You Never Forget Your First Earl
by Ella Quinn

伯爵の都合のいい花嫁

エラ・クイン
高橋佳奈子・訳

ラズベリーブックス

伯爵の都合のいい花嫁

主な登場人物

エリザベス・ターリー……………………ターリー子爵令嬢。

ジェオフリー（ジェオフ）・チャールズ……………ハリントン伯爵。マーカム侯爵の跡取り。

ギャヴィン・ターリー…………………………エリザベスの兄。

レディ・ブリストウ…………………………エリザベスの伯母。

先代のレディ・マーカム……………………ジェオフリーの祖母。

マーカム侯爵…………………………………ジェオフリーの父。

レディ・マーカム……………………………ジェオフリーの母。

アポロニア・コヴニントン…………………ジェオフリーの親戚で祖母の付添人《コンパニオン》。

サー・チャールズ・スチュアート……………英国大使。

シャーロット・ケニルワース…………………ケニルワース侯爵夫人。エリザベスの親友。

ドロシア（ドッティ）・ブラッドフォード……………マートン侯爵夫人。エリザベスの親友。

ルイーザ・ロスウェル…………………………ロスウェル公爵夫人。エリザベスの親友。

ヴィッカーズ…………………………………エリザベスのメイド。

ネトル…………………………………………従者。

プレストン……………………………………執事。

1

マーカム侯爵の長男で跡取りであるハリントン伯爵ジェオフリーは、借りている住まいをあとにした。妻を見つけるという仕事がようやく終わることに気持ちはたかぶっていた。

今日こそは、レディ・シャーロット・カーペンターに結婚を申しこむのだ。彼女の保護者で義理の兄のワーシントン伯爵には面会を申し入れる手紙を送ってあった。もうすぐ、花嫁市場でもっとも人気のご婦人と結婚し、英国大使であるサー・チャールズ・スチュアートの副官としての職務に就くために大陸への旅をはじめることになる。

ジェオフはバークリー・スクエアへと角を曲がった。朝のこの時間は忌々しいほど大勢の人間が外に出ていた。公園に足を踏み入れてぎょっとして足を止める。なんらかの大騒ぎが起こっているようだ。レディ・シャーロットの家族が飼っている二頭のグレート・デーン犬が何人かの男の使用人といっしょにいる。

荒っぽい見かけの男が連れていかれ、レディ・シャーロットが腰に手をあて、顔を真っ赤にしてケニルワース侯爵に何か話している。ジェオフが一番会いたくない紳士だ。ロンドンに戻ってきて以来、あの男は脇腹に刺さった棘のような存在だった。それでも、ケニルワースがレディ・シャーロットにまだ結婚を申しこんでいないのはたしかだ。

それにしても、朝のこの時間にいったい何が起こっているというのだ？

「わたしもいっしょに行くわ。男性がひとりで行っても彼女は信頼しないでしょうから」とレディ・シャーロットが言い張っている。

泣いている女の使用人が目を惹いた。シャーロットのふたりの幼い妹がその女性をなぐさめようとしている。ワーシントンの親戚であるマートン侯爵がその騒ぎの輪に加わっていた。

「シャーロット、だめだ」とマートン侯爵が彼女からケニルワースへと目を移して言った。

ケニルワースは、どうでもいいが巻きこまれたくないとでもいうように肩をすくめた。

「ワーシントンが許さないよ」

シャーロットの義理の兄で保護者であるワーシントンが何を許さないのかをジェオフがはっきりと理解するまでにはさらに時間がかかった。それから、ケニルワースがすぐそばに馬車を停めているのがわかった。なんてことだ！　彼女があの放埓な遊び人といっしょに行くのを許すわけにはいかない！

「ぼくもそれに心から賛成だ」ジェオフは道理を説く側に加勢しようとまえに進み出た。

「レディ・シャーロット、きみはケニルワースに同行してはだめだ。ぼくが禁じる」

「あ、あなたが。あなたにはわたしの行動を禁じることなんてできないわ」彼女の声は募る怒りで震えていた。「どんなことをしてもわたしを止められないわよ。必要とあれば――」

彼女がそんなふうに興奮するのを見るのは初めてだった。どうにかなだめようとしたところで、彼女の義理の兄が現れた。

「どこへ行くって？」ワーシントンがそばまで来て訊いた。レディ・シャーロットのじつの姉であるレディ・ワーシントンがほとんど小走りになってそばについている。

「ミス・ベッツィがまた若い女性をさらわせたの」シャーロットは険しい目でジェオフを見てから背を向けた。「女性が連れていかれた宿にケニルワース様が行こうとしているの。わたしもいっしょに行くつもりよ」

「ケニルワース？」と彼女の兄は訊いた。

「シャーロットの身の安全はぼくが守る」とケニルワースは言った。

「ぼくは反対だ」ジェオフはスタンウッド・ハウスへと向かおうとするシャーロットのあとを追いはじめた。

ケニルワースがジェオフの肩をつかんだ。「きみには反対する権利はない。決めるのは彼女の保護者であるワーシントンだ」

ジェオフは肩をつかむ手を振り払った。「どういうことかぼくにはわかっているんだ」とワーシントンに向かって言う。「きみは結婚の申しこみにおいて、ぼくよりもケニルワースを優遇している」

ワーシントンは振り向き、おかしくなってしまったのかという目を向けてきた。「彼は――」ワーシントンはケニルワースを示した。「たしかに妹に結婚を申しこんだよ。きみは申しこんでいるとは言えないようだが。ここから消えてくれ。力づくでそうされるまえに」

こんなことはあってはならない。ジェオフは自分の耳や目が信じられなかった。自分の妻として完璧だと判断したレディ・シャーロットが、遊び人のケニルワースとともに馬車で去ろうとしている。そして、彼女の保護者は彼女を止めるのを拒んだだけでなく、ケニルワースの肩を持ち、手を貸そうとまでしているのだ。

ジェオフは口をきつく閉じ、馬車から目をそらした。未来の計画が、レディ・シャーロットへの求愛に注ぎこんだ時間と努力のすべてが……無に帰したのだ。いったいぼくはどうしたらいい？

ああ、まったく！　自分には妻が必要なのだ。それもすぐに。まだすべてが失われたわけではないかもしれない。彼女をとり戻す方法がきっとある。「ワーシントン――」

「きみがレディ・シャーロットと結婚したいと思っていたなら――」ワーシントン伯爵はその場を離れながらジェオフのことばをさえぎって言った。これ以上話し合うことなど何もないとでもいうように。「シーズンのさなかにいなくなるべきじゃなかったな」

〝いなくなった〟わけではない。レディ・シャーロットには、父に会わなければならないとはっきり告げてあった。「でも、レディ・シャーロットのことで話がしたいと、結婚の意思を示す手紙を送ったはずだ」ジェオフは広場を出ようとするワーシントンを追いながら言った。つまるところ、それこそがご婦人と結婚したいと願う紳士がすべきことではないのか。

ワーシントンが足を止めてすばやく振り向いたため、ジェオフは彼にぶつかりそうになった。「それはそうかもしれないが、ぼくは妹にはケニルワースと結婚してほしいと心から願っている」ふたりはスタンウッド・ハウスの玄関に達しており、ワーシントンはその脇に立った。玄関のそばではレディ・マートンが馬車にトランクを積むよう男の使用人に指示を出していた。ワーシントンは唇を引き結んでから言った。「彼らが結婚するという事実を受け入れて、きみは別のご婦人を見つけることだな」

みぞおちに拳をくらったかのように息が押し出された。受け入れがたいことだった。かぎられた時間のなかで、いったいどうやって父が認める女性を見つけ、結婚しろというのだ？ジェオフは口を開いたが、ことばは何も出てこなかった。しばらくして、かすれた声で言った。「シーズンも終わりかけているのに？　ほぼ不可能だ」

「ロンドンを離れるまえにそのことを考えておくべきだったな」ワーシントンは首を下げた。「すぐにはじめたほうがいい。レディ・ホランドの舞踏会が今晩ある。花嫁候補となるご婦人方も参加するはずだ」

しかし、その誰をとってもレディ・シャーロットではない。英国大使の副官としての職務に就くとしたら――サー・チャールズはブリュッセルで逸《はや》るオラニエ公（オランダ国王ウィレム二世のこと）を抑えようとしているという――結婚していなくてはならなかった。ワーシントンの言うとおりだ。レディ・シャーロットに無駄に費やす時間はない。自分と結婚したいと思ってくれ、ほかの男と馬車で去ったりしない女性を見つけなければならない。でも、誰を？　ほかに関心を惹かれる女性はいなかった。シーズン中ずっと、ほかの女性には関心を払ってこなかったのだ。

ふと、今夜舞踏会があるとワーシントンが言っていたことを思い出した。その催しへの招待状は受けとっていたか？　受けとっていなくても問題はなかったが。レディ・ホランドに招かれていなかったとしても、参加はできるはずだ。彼女は母の友人で、友人の息子を追い返すことはしないはずだ。花婿候補として望ましい紳士の参加を禁じる女主人などいない。まだ会ったことのないご婦人たちにも紹介してもらえるだろう。

指で髪をかき上げそうになって自分を抑えた。どうしてこんなことがぼくの身に起こっているのだ？　これまではずっと運に恵まれてきたというのに。望みをかなえることがむずかしかったことは一度もなかった。それでも、フランスとハーグに対するイギリス大使であるサー・チャールズ・スチュアートの副官になるまで一カ月もない今、妻を必要とするその職務のために、ジェオフは自分にふさわしいご婦人を見つけなければならなかった。なぜか運命は自分を打ちのめしにかかっているにちがいなかったが。

ジェオフは通りを歩きはじめ、広場を出て借りている住まいのあるジャーミン街へ向かった。レディ・シャーロットとの将来はあれほどにたしかなものに思えたのに。

ここ三週間ほど、レディ・シャーロットのことについて父の許しを得、サー・チャールズ・スチュアートの副官として外務省で職務に就くことを許可するという知らせを待つために、家族の所領地に出向いていたのはたしかだ。ジェオフの父のマーカム侯爵は、散財しながら父親が死ぬのを待つ若者をよしとしていなかった。侯爵自身、若いころに外務省で職務に就いたことがあり、長男も同様にすべきだと決断を下していた。

それに対してジェオフに異存があるわけではなかった。ヨーロッパで暮らし、ほかの国々の文化や、外交が世界にどんな影響をおよぼしているかを学ぶことには惹きつけられた。

外務省での職務を約束する連絡が来たのは三日まえだった。あとひとつ乗り越えるべき障害は結婚だった。それは簡単に成し遂げられるだろうと思っていたのだ。今シーズン一番人気の花嫁候補であるレディ・シャーロット・カーペンターとの結婚を父も許してくれた。完璧な身のこなしとマナーを身に着けているレディ・シャーロットは、未来の外交官が妻として望むすべてを兼ね備えている。騒ぎ立てることもなく、癇癪を起こすこともなかった――ただ、最近は少々不機嫌そうに見えたが。じっさい、ありとあらゆる面で節度を保っていた。そして金色の巻き毛と空色の目をした美しい人だった。彼女は、結婚まえはレディ・ルイーザ・ヴァイヴァーズだった義兄の妹と、ミス・スターンだった友人とともに、〝三人の美の女神〟と呼ばれていた。

父の邸宅に職務を約束する連絡が届いた一時間後には、ジェオフはレディ・シャーロットの保護者と会って結婚の計画を詰めようという決意を胸にフルバート・ホールをあとにしたのだった。今、すべてを一からやり直さなければならなくなった。どうしてこんなひどいことになったのだろう？

「旦那様？」馬丁が黒毛に白い毛が混じった二頭の馬の手綱を引いてあとに従っていた。馬たちと馬車についてはすっかり失念していた。「厩舎へ連れていってくれ。ぼくは歩いて帰る」

「かしこまりました」

借りている住まいには帰りたくなかったが、ほかに行く場所も思いつけなかった。早急に妻を見つけるには誰かの助言が必要なのは明らかだ。ロンドンには姉がいる。姉は力を貸してくれるかもしれないが、自尊心はまちがいなく打ちのめされる。できればそんな目には遭いたくなかった。

しかし、ロンドンには祖母もいた。祖母のほうが喜んで花嫁を見つけてくれるだろう。それはさほどむずかしくないはずだ。自分は花婿として極めて望ましく、花嫁に求めるのは、生まれのよさと、感じのよさと、会話を続ける能力——彼の妻はほかの外交官やその妻たちと世界情勢について会話をすることになる——と、上品にダンスを踊れる能力——ダンスが下手で夫に恥をかかせる妻を持つなど想像もできなかった——と、知性と、ある種の優美さだけだった。そう、それが求めるすべてだ。見た目のいい女性が望ましいのはたしかだが、すごい美人は求めていなかった。それどころか、単にかわいいぐらいの女性のほうがいいかもしれない。

愛情は重要ではなかった。ジェオフにとっては。最近の若い女性の多くが恋愛結婚を望んでいるように思えるのは困ったことだ。ジェオフの考えでは、それは結婚生活をはじめるにあたっては厄介な方法でしかなかったからだ。両親も祖父母も恋愛結婚ではなかった。

祖母ならきっと誰か思いついてくれるだろう。祖母、すなわち先代のマーカム侯爵夫人以上に、将来のマーカム侯爵夫人に求められるものをわかっている人間はいない。

気分が多少よくなり、ジェオフはグローヴナー・スクエアへと歩き出したが、やがてまだ朝早いことに気がついた。祖母の助けが必要ならば、どんなに早くても十一時で、それよりまえに訪ねるべきではない。

ほかの選択肢はクラブのどれかに行くことだった。しばし足を止めて〈ブードルズ〉にするか〈ホワイツ〉にするか考える。この時間、ブードルズは田舎者で一杯だろう。農作物などの話を聞くのは気が進まなかった。ジェオフは肩をすくめた。だったら、ホワイツだ。彼は方向を変えてセント・ジェームズ街へ向かった。

バークリー・スクエアから歩いてくるあいだずっと、ひどい扱いを受けたという気持ちが募りつづけていた。どうしてレディ・シャーロットはケニルワースといっしょに行くことができたのだ？　ぼくが彼女の兄と話をするつもりだと知っていたはずなのに——いや、じっさいにそう言っておいたはずだ。一方で、彼女は海外で暮らすことを極度に嫌がる様子を見せた。そしてケニルワースは精一杯、彼女の関心を独占しようとしていた。ジェオフは顔をしかめた。あの男はそれに成功したのだ。

この時間にクラブに来る紳士は自分ひとりだろうと思いこんでホワイツに足を踏み入れたジェオフは、そうではなかったことを知った。朝の間にはいっていくと、左側で何人かの紳士が新聞を読んでおり、コーヒーの香りが部屋に広がっていた。ジェオフは知っている顔がないかと部屋を見まわした。知り合いがいないとわかると、広間を横切って別の朝の間へ行った。

「ハリントン」扉からなかへはいると、ターリー子爵の長男であるギャヴィン・ターリーがジェオフに手を振った。「何週間も姿を見かけなかったな。何をしていたんだい？」

「父を訪ねていた」ジェオフは低いテーブルの反対側に置かれた大きな革の椅子に腰を下ろした。給仕が運んできたお茶をひと口飲む。自分が何を飲むか給仕が心得ているだけクラブでの認知度があるのは心地よかった。コーヒーは、香りはいいかもしれないが、味が我慢ならない。友に対し、もっとも差し迫った問題については言わないでおこうかと思ったが、追いつめられているのはたしかだった。「こんなことを言うのもなんだが、ぼくは妻となる女性を探していてね」

ターリーはジェオフをしばらくじっと見つめていたが、やがて手でもてあそんでいたお茶のカップに目を落とし、その目をまた上げた。「そうなのかい？」

「ああ」ジェオフはうなずいた。「それも早急に。聞いたかもしれないが……。まあ、それはもうどうでもいい」レディ・シャーロットにどれほどひどい扱いを受けたかを自分の口から世界中に知らせる必要はない。とはいえ、自分が結婚したがっていることを人にわかってもらうのは重要だ。なんといっても、どんなご婦人にとっても自分は望ましい花婿候補なのだから。

「なあ」ターリーが身をまえに乗り出して言った。「今日の午後、グリーン街のぼくの父の家にお茶を飲みに来いよ」ターリーは濃いブロンドの眉を上げた。「もちろん、ほかに予定がなければの話だが」

ターリーと同じ明るい亜麻色の髪のご婦人の姿が心に浮かんだ。レディ・シャーロットがミス・ターリーを紹介してくれたことがあった。ターリーの妹でターリー子爵の娘。「たしかきみにはデビューした妹さんがいるんだったな?」

「ああ」ターリーは褐色の革の椅子に背をあずけた。「初めてのシーズンをたのしんでいるよ。とてもきれいで——少なくともぼくはそう思う——愛想もいい。ぼくが怒らせようとしても、癇癪を抑えて汚いことばを返してくることもない」

ジェオフはすでに彼女には紹介されたと言おうかと思ったが、そうしないことにした。ミス・ターリーとお茶をともにすることは、花嫁探しの手はじめとしてもっとも望ましいことだとジェオフは思った。「ほかの予定はないよ。喜んでうかがわせてもらう」

「よし」ターリーはカップを下ろして立ち上がった。「今日の午後三時に待っているよ」

ジェオフも立ち上がり、手を差し出した。「たのしみにしているよ」

ターリーが去ると、ジェオフは彼の妹についてできるだけ思い出そうとした。きれいな女性だった。ただ、顔立ちについてはあまりよく思い出せなかった。兄の目は青い。彼女の目もそうだろう。家柄についてはまったく問題ない。爵位は非常に古いものだ。記憶ちがいでなければ、ノルマン人とともにイングランドへやってきた一族だ。知っているかぎり、家族に悪い噂もない。祖母なら、もっと詳しく知っているだろう。ミス・ターリーとは、レディ・シャーロットに紹介されたあとで一度カントリーダンスをともに踊ったことがあった。覚えているかぎり、優美に踊る女性で、会話も淀みなかった。妻としてふさわしいかどうかはまだ判断できないが。ジェオフは肩をすくめた。運に恵まれれば、今日の午後、より多くを知ることになるだろう。

2

ジェオフはクラブのダイニングルームにはいっていって朝食を注文した。そのため、祖母がシーズンのあいだ住まいとしているグローヴナー・スクエアのマーカム・ハウスへと辻馬車で向かったのは一時間以上もあとのこととなった。

祖母の老いた執事が扉を開け、お辞儀をしたときには、油の切れた蝶番《ちょうつがい》さながらにきしむ音がするのではないかと思った。「伯爵様、いらっしゃいませ。奥様は居間にいらっしゃいます」

「ありがとう、ギブソン。あの忌々しいオウムがいっしょにいるかどうか教えてくれるかい？」

「ネルソン提督は運動中でございます。ご来訪を告げてまいります」

ジェオフは神に感謝した。子供のころ、オウムに指を血だらけにされてからというもの、祖母の忌々しい鳥には我慢ならなかったからだ。「大丈夫だ。居間の場所はわかる」

抗議する暇も与えず、執事に帽子を渡すと、ジェオフは執事の顔にかすかに浮かんだ、とがめるような表情を無視してすばやく階段をのぼった。のぼりきって右に曲がり、それから廊下を左に進んで家の奥へと向かった。

祖母が使っている一画に着くと、扉をノックした。少しして、祖母とほぼ同い年の親戚で付添人《コンパニオン》のアポロニアが扉を開けた。

「ハリントン、訪ねてきてくれてうれしいわ。どうやら、ギブソンに案内されるのを待ちたくなかったようね」ふつう貧しい親戚なら、ぺこぺこするものかもしれないが、アポロニアはちがった。しかし、祖母にとってはそのほうがいいのだ。「きっと彼の気持ちを傷つけたわよ」

「じっさいにけがをさせるよりもいい」執事が階段を踏み外して落ちたとしても意外ではなかった。「あまり足腰がしっかりしていないから。どうしてまだ引退させないんです？」

ジェオフはアポロニアが差し出した頰に愛情をこめてキスをした。

「たしかに彼がだいぶよぼよぼになってしまったことは認めざるを得ないわ。それでも、あなたのお祖母様は若い執事を望んでいないのよ。しっくりこないんですって。そうであっても責められないわね。彼女が自分のやり方を曲げないのはご存じでしょう。新しい人を訓練しなきゃならないとしたら、神経に障るのよ」アポロニアはジェオフの腕に手を置いた。「それだけじゃなく、未婚で家族もいないかわいそうなギブソンを家から追い出して、友達とも引き離してしまうのは残酷だわ」

そう聞いて、ジェオフも納得がいった。「そう言われれば、彼に引退してほしいと思ったのが冷酷だった気がしますよ。彼が階段から落ちないように手助けすればいいだけなんだから」ふたりは、ジェオフの母の庭に生えているセージに似た色の緑っぽいクリーム色と金メッキで内装された入口の間を通り抜け、いつも庭にいるような気分にさせられる祖母の居間へ向かった。「お祖母様はどんな様子です？」

「全然のんびりしようとしないわ」アポロニアは愛情をこめた笑みを浮かべた。「きっとあちこち動きまわることで若さを保てると思っているのよ。でも――」そう言いかけて彼に横目をくれた。「今はもう明け方までダンスを踊ったりはしないわ。わたしたちは午前〇時には家に帰るほうがいいの」彼女は彼の腕を指で軽くたたいた。「今晩のレディ・ホランドの舞踏会に参加するなら、お祖母様と踊ってあげてほしいわ。若い殿方と踊るほうが好きなのよ。そのほうが元気がいいからって」

ジェオフは笑いをこらえた。「もちろん、踊りますよ」

それでも、今夜の催しがほかの催しと同様のものならば、祖母は祖母にぴったりの相手に事欠かないことだろう。

「それに、あなたのお祖母様だけじゃなく」アポロニアは続けた。「ダンスのお相手となる花嫁候補の若いご婦人方も少なくとも何人かはいらっしゃるはずよ。ダンスカードが一杯でなければ。それでも、もうシーズンも終盤で、上流社会の人間の多くがブリュッセルに行ってしまっているけどね」

アポロニアは誰が誰に求婚したというような話にはすべて通じている。それでも、レディ・シャーロットとのことはついさっき起こったばかりだ。「ぼくに花嫁候補が必要なことについてはどうして知っているんです？」

「ああ、かわいそうに」アポロニアは赤い眉の片方を上げた。「レディ・シャーロットがケニルワース様と結婚するという知らせは、あなたが戻ってくるまえにロンドンじゅうに広まっていたのよ。彼女に対するかぎり、あなたはやり方をひどくまちがったわね」

レディ・シャーロットに関しては何もわかっていなかったということか？　彼女に求婚するのに必要なことはすべてしたと思っていたのだった。しかし、待てよ。「ぼくが戻ってくるまえに？」

「もちろん、ケニルワース様が彼女に関心を寄せているのには気づいたでしょう？」

「ええ。でも、彼らが婚約していたとは知らなかった」それに、レディ・シャーロットも、婚約したとはひとことも言わなかった。奇妙なことに。

「まさか、みんながあなたのところへ来て、それを教えてくれるとは思っていないでしょう？」

「まさか」それでも、自分が笑いものになるのを誰かが止めてくれていればと思わずにいられなかった。

アポロニアはジェオフを引っ張って祖母の居間へと続く両開きの扉を通り抜けた。「ねえ、誰が会いに来てくれたと思う？」

祖母が振り向き、ジェオフは急いでまえに進み出ると、祖母の椅子のまえに片膝をついて両手をとった。祖母は実年齢の七十歳よりは十歳かそこら若く見え、そのように行動した。

「お祖母様、いつにもましておきれいです」

「おべっか使いね」厳しい声だったが、温かい灰色の目は躍っていた。「年寄りにおべっかを使うなんて恥を知りなさい」

「おべっかじゃないですよ。ぼくはそれほど嘘つきじゃない」ジェオフは立ち上がってお辞儀をした。「ここへはダンスを申しこむのと、妻を見つけるのに力を貸してもらうために来たんです」

祖母の唇が笑みの形になった。「どちらについても喜んで力になるわ」

ジェオフは足台を引っ張ってきて、祖母の膝元にすわった。「そう言ってくださると思っていました」


「ねえ、エリザベス」ミス・エリザベス・ターリーの伯母、レディ・ブリストウはターリー・ハウスの朝の間にはいってきて椅子にすわった。「ハリントン様が戻ってきて、花嫁探しに躍起になっているそうよ」

エリザベスは刺繍の輪を下ろし、息を吸った。親友のシャーロットがハリントンのプロポーズを受け入れないと決めたことは知っていた。といっても、彼がプロポーズしていたらの話で、じっさいはしていないなかったのだが。シャーロットはエリザベスをハリントンに紹介すらしてくれた。

それでも……花嫁探しに躍起になっている？　それはいい話とは思えなかった。「どうしてそれを？」

男の使用人が淹れ立てのお茶のポットを運んできてテーブルに置き、部屋から下がった。

エリザベスはお茶をカップに注いだ。伯母の好みで砂糖やミルクを加える。

「レディ・コリンウッドから聞いたの。ハリントン様はサー・チャールズ・スチュアートの副官として採用が決まったんだけど、結婚していなくちゃならないそうよ。それで、あなたも知ってのとおり、レディ・シャーロットは彼を袖にした。それどころか、彼女が今朝、ケニルワース様の馬車に乗って出かけていくのをレディ・セント・ジョンが見たそうよ。数分後にレディ・マートンの馬車がそのあとに続いたらしいけど。だから、ハリントン様が拒絶されたのは明らかよ」伯母はエリザベスからカップを受けとった。「ハリントン様が副官としての職務に就くとしたら、すぐに大陸へ出立しなければならないし、そのまえに妻をめとらなければならないわ」伯母はひと口お茶を飲んで眉を上げた。「あなたにとっての問題は、何を受け入れるかということね」

シャーロットはどこへ向かったのだろうとエリザベスは考えていたが、そこで伯母のことばに注意を惹かれた。「受け入れる？」エリザベスはお茶を飲んで砂糖を加えた。伯母はエリザベスの好みよりもアッサム茶の配合を多くしたようだ。「おっしゃっている意味がわからないわ」

「恋愛結婚には二、三週間では足りないわ」伯母はからかうように言った。「あとから愛情を育てる可能性があれば、気が合う程度でも受け入れられる？」

もちろん受け入れられない。それはまさしくいとこのラヴィニアがしたことだから。彼女の結婚は大失敗だった。ラヴィーは夫の死によってようやく救われたのだった。それだけでなく、今シーズン、間近で目にしたことから言って、二週間あれば、恋に落ちるのには充分すぎるほどだった。今はロスウェル公爵夫人のレディ・ルイーザ・ヴァイヴァーズは何日もかからずに恋に落ちた。ドッティとマートンが恋に落ちるのも長くはかからなかった。じっさい、殿方たちも恋に落ちたのだった。シャーロットについては、ケニルワース侯爵と恋に落ちるのにそれよりは長くかかったが、彼を愛し、彼からも愛されていなければ、結婚に同意したはずはなかったから、恋に落ちたのはまちがいない。

だからと言って、自分とハリントン卿がそれほど短いあいだに愛し合うようになるとはかぎらないことはエリザベスにもよくわかっていた。それでも、数週間あれば、恋愛結婚ができるかどうか見極めるのには充分のはず。男性との結婚に同意するまえに、その人を愛せるかどうかたしかめなければ。

「わからないわ」エリザベスはゆっくりとそう言ってカップを下ろし、シードケーキをひと切れ選んだ。「彼についてわたしがどう感じるかによるでしょうね」最初、ハリントン卿は背が高くブロンドの髪をしている外見からマートン侯爵を思い出させた。ただ、ハリントン卿には、ドッティと結婚するまえにマートン侯爵が見せていたような重苦しい気質は感じられなかった。それはおそらく、まだ両親が健在だからだろう。ハリントン卿の青い目には笑みがたたえられていることが多い気がした。問題は、シーズン中ずっと、その目がシャーロットのみに注がれていたことだ。

ケーキをひと口かじり、エリザベスは伯母の質問について考えながら、混じり合うスパイスを味わった。「まず、わたしに気づいてもらわなければならないわ。ギャヴィンが彼と親しかったら、うんと助けになってもらえるのに」

「誰と親しいって？」兄が部屋にはいってきて、ケーキを三切れかすめとり、二時間まえに朝食をたっぷりとったことなどなかったかのように、それをがつがつと食べた。

「ハリントン様よ」エリザベスが兄のためにカップにお茶を注ぎ、砂糖とミルクを加えた。

兄の口の片方の端が持ち上がった。何かたくらんでいるにちがいない印だ。「彼とはイートンとオックスフォードでいっしょだったよ。どうしてだい？」ケーキを食べ終えると、ギャヴィンはそのひょろりとした体を、テーブルをはさんでエリザベスと向き合う椅子に沈め、お茶のカップを受けとった。

「ハリントン様はあなたの妹にとってすばらしいお相手になると思うの」しばらくギャヴィンをしげしげと眺めてから伯母が言った。「エリザベスに彼の注意を惹く方法を見つけなければならないけど」

「いっしょだった？」エリザベスは兄に訊いた。「そんなこと、これまで一度も言わなかったじゃない」さまざまな思いつきが心をよぎったが、ひとつこれはと思うものが浮かんだ。「あなたが」とギャヴィンに向かって言う。「今週、彼を夕食に招待してくれればいいわ」

兄はお茶の残りを飲みながら、思いもしなかったというように目をみはった。「そうかい？」

「ええ、そうすべきだと思うわ」エリザベスはきっぱりと言った。

ギャヴィンはカップを下ろして立ち上がりかけたが、伯母の杖が腹を打った。兄は「うっ」というような小さな声をもらした。「そんなに急がないで、ギャヴィン。計画を立てなきゃならないんだから」

ギャヴィンは逃げ出す気満々に見えた。すぐに何か手を打たないと、機会を逸してしまう。

「シーズンのあいだずっと、わたしに結婚しろってうるさく言ってきたじゃない。レディ・ルイーザとレディ・シャーロットのお相手のことまで揶揄してきたりして。彼女たちはお兄様が力になってくれたのよ。今度はあなたがわたしを手伝ってくれる番よ」

「それだけじゃなく」伯母がギャヴィンの平らな腹から杖を動かさずに言った。「ハリントン様は花嫁を探しているそうよ。結婚しないと、彼のお父様が外務省のカースルレー卿を説得して彼のために手に入れた職務を失ってしまうんですって。エリザベスの言うとおりよ。彼を夕食に招待してくれなくてはならないわ」

ギャヴィンは椅子に背をあずけた。エリザベスは兄にすばやくお茶のお代わりとケーキの最後のひと切れを手渡した。「夕食に招くのは悪くないけど、もっといい考えがあるよ。お茶に招くんだ」

伯母は鋭い目をギャヴィンに向け、杖を椅子のそばに戻した。「どうしてお茶に？」

「そのほうが堅苦しくないからですよ。お互い気に入ったら、庭をふたりで散歩するとかなんとか、伯母さんかリジーが提案すればいい」兄は上の空でケーキをほおばった。「それで、それがうまくいったら、舞踏会にいっしょに行かないかとか、別の晩に夕食をともにしないかとか訊いてみればいい」ギャヴィンはゆったりと眉を上げてエリザベスに目を向けた。「それでどうだい？」

お茶？　エリザベスは兄の提案について考えてみた。ハリントン伯爵についてもう少しよく知るいい機会になるだろう。エリザベスは兄ににっこりとほほ笑んでみせた。「たしかにそうね。ありがとう。ハリントン様と話をして、お茶に来てくれることになったら、知らせてちょうだい」

「じつは」ギャヴィンはにやにやした。「今朝ホワイツで会って、もう今日のお茶に招いてあるんだ」

「ギャヴィン、ちょっと！」エリザベスは兄に向って投げつけられる硬いものが手元にあったならと思ったが、クッションで間に合わせるしかなかった。「どうしてすぐに言ってくれなかったの？」

クッションを受けとめてギャヴィンは妹ににやりとしてみせると、それをソファーに置いた。「おまえと伯母さんが、どうにかぼくを言いくるめておまえのために何かさせようとするのを眺めているほうがずっとおもしろかったからさ」

ギャヴィンはお茶の残りを飲み干した。「またあとで」

「どこへ行くの？」と伯母が訊いた。

ギャヴィンは目を見開いた。「タッターソールズとクラブに。今シーズン、妻を探している紳士がハリントンだけじゃないと賭けるつもりなんだ」

「じっさいちがうわよ」伯母はうなずいた。「花婿を見つけたいという妹の願いをようやく本気で受けとめてくれたのは喜ばしいことだわ。お茶の時間には戻ってきてちょうだい」

「ええ、必ず」ギャヴィンはにやりとした。「妹の結婚願望をぼくが後押ししていないなんて二度と言わないでくださいよ」

「でも、マートン様のときにはちがうことを言っていたじゃない！」エリザベスは兄に思い出させた。

「マートンはおまえにはなびかなかっただろうからね、リジー」ギャヴィンは身をかがめて妹の頰にキスをした。

「ギャヴィン」エリザベスはふいに自分が何も知らないことが心配になった。「ハリントン様のことはよく知らないの。どういう方なの？」

兄はわずかに眉根を寄せた。「いいやつさ。たいてい誰とでも仲良くやっている。恐ろしいほど賢いし。オックスフォードでも首席だった。スポーツにも興味があるから、学者ぶってるとも言えない。女関係はあまり派手じゃないから、おまえは喜ぶべきだな」

「ギャヴィン・ターリー」伯母がたしなめるように言った。「妹にそんな話をしないだけの分別を持つべきよ」

「あとでわかるより、先に知っておいたほうがいいですよ。ラヴィニアがどうなったか見ればいい。マナーズがどんな人間か誰かが教えてやっていれば、彼女も彼とは結婚しなかったんじゃないかな」

「それは否定できないわね」伯母はレモンでもかじったかのように口をすぼめた。

「ハリントン様のことに話を戻せない？」いとこの結婚が想像しうるかぎり最悪のものだったことに異論はなかったが、午後にハリントン伯爵が訪ねてくるまえに、彼についてできるかぎりのことを知っておきたかった。今しかその機会はない。「ほかに何かある？」

ギャヴィンは椅子に腰を戻した。「ちょっともったいぶったところがあるかもな。もちろん、マートンほどじゃないが。でも、彼、というか、その父親は、家柄とか、悪い噂とか、そういったものにうるさい人間なんだ」

「ターリー家には何の問題もないわ」伯母が言った。「あったとしたら、あなたたちのお母様がお父様と結婚するのを許されなかったでしょうから。それに、どちらの側もこれまで悪い噂を立てられたこともないし。駆け落ちひとつないぐらいよ」

「つまらない家系だよな」ギャヴィンはそう言ってエリザベスににやりとしてみせた。

「つまらないなんてことはありませんよ」伯母が彼をにらみつけた。「うちの家系がほかの多くの家系に比べてより多く分別を持ち合わせていたというだけだわ」

そこでエリザベスは重要なことを訊き忘れていたことに気づいた。「ギャヴィン、どうしてハリントン様をお茶に招くことにしたの？　これまでそんなことをしてくれたことなんてなかったじゃない。まえにわたしがお願いしたときでさえ」

「ああ」ギャヴィンはうなじをこすった。「その、今朝、例のコルシカ人（ナポレオンのこと）の動向について情報を得ようとホワイツにいたときに、彼が朝の間にはいってきたんだ。話をはじめたら、花嫁を探していると言うじゃないか。ちょっと考えたんだけど、おまえと彼ならうまくいくかもしれないと思ってね。おまえは昔から旅が好きだったし、誰もが知っていることだが、彼はサー・チャールズ・スチュアートのもとで働くことになっている」

エリザベスはうなりそうになった。とんでもなく気まずい状況になる可能性がある。「つまり、どちらも、相手のことをよく知りたいと思うかどうか、見極める機会になるってわけね」

「そのとおり」兄はほっとした顔になった。「なあ、リジー、彼と結婚するかどうか、今日決める必要はないんだぜ」

「まあ、それはそうね」エリザベスはひとりつぶやくように言った。「彼がいらっしゃればの話だけど」

「心配要らない」ギャヴィンはにやりとした。「絶対に連れてくるから」

3

祖母を訪ねたあとで、ジェオフは借りている住まいに戻った。従者のネトルが待っていた。

「お帰りなさいませ、旦那様」ネトルが扉を開けて押さえてくれ、ジェオフはなかにはいった。「結婚式の日取りを決めることはできましたか？」

ふいに疲れを感じ、ジェオフは従者に帽子と手袋を渡した。「レディ・シャーロットとの結婚はなしだ。まずはブランデー、それから風呂、そのあとで昼食を頼む」

その知らせは、ふだんは物に動じない従者を驚かせたらしく、ネトルが答えるまでにしばし間が空いた。「結構でございます、旦那様」

少しも結構じゃない。数分後、ジェオフはガウンをはおり、マデイラ酒のグラスを手に小さいが整った居間にいた。ワーシントンが妹の相手としてケニルワースのほうを気に入っているのは明らかだ。ロンドンを離れさえしなければ、今ごろはレディ・シャーロットと結婚しているか、結婚式の日取りを決めているかしていたのはまちがいない。すでに合意ができていると思いこむなど、どうしてこれほどに勘ちがいできたのだ？

ジェオフはワインをあおり、酒が喉を焼く感触をたのしんだ。ご婦人への求愛を一からくり返さなければならないのは嫌でたまらなかった。それでも、誰と結婚することになろうとも、早々に結婚式を行うよう求め、式のあとすぐに大陸へ発たなければならない。

オーストリアとプロイセンはすでに戦いをはじめており、ナポレオンの義理の弟であるナポリ王ジョアシャン・ミュラとの戦いに勝利して、フェルディナンド四世が王座を奪回していた。しかし、その後コルシカ人はパリに留まって兵を集めており、わがイギリスのウェリントン公の命で連合軍はブリュッセルに集結しつつある。

ウェリントン公はできるかぎり半島戦争でともに戦った兵士を集めようとしていた。しかし、その多くはいまだにアメリカで、イギリスには勝ち目のなさそうな戦争に従事していた。ナポレオンがエルバ島から脱出すると、リッチモンド公爵夫人を含む上流社会の半分の人間が、ブリュッセルに移ることを決断した。ただ、公爵夫人について公平を期すならば、夫の公爵がブリュッセルに派遣されたのが理由だった。つまり、彼女がブリュッセルに移ったのは、ほかの多くの同国人とはちがって、ヨーロッパで浮かれ騒ぐためではなかった。

それから、ウェリントンが到着するまで連合軍の指揮をまかされているオラニエ公を巡る緊張状態もある。噂では、サー・チャールズでさえも、オラニエ公の手綱をとるのに苦労しているそうだ。そんなさまざまな問題があるなかでも、ウェリントン自身の着任は四月五日以降となる。

戦争とその後のルイ十八世の王位復活に向けての準備の只中に身を置くほど血沸き肉躍ることは想像もできなかった。

それなりの住まいを見つけるのがひどくむずかしいとの助言があり、父がすでにハーグとヘントとブリュッセルにジェオフとその妻のための家を手配してくれていた。そこでは、オラニエ公やその他の高官はもちろん、外国やイギリスの将校たちとその妻をもてなすことになっていた。

きっとレディ・シャーロットなら、大陸に派遣された高官たちのあいだで人気者になったことだろう。じっさいに結婚することになるご婦人がその半分もうまくやってくれることを祈るしかなかった。

従者が扉のところに現れた。「旦那様、お風呂の用意ができました」

「ありがとう、ネトル」

数分後、ジェオフは熱い湯に体を沈め、気を緩めようとした。しかし、レディ・シャーロットと結婚できなかったことについて父に何と言われるか考えると、温かい湯のなかでも筋肉がこわばった。息子の失敗についてほかの誰かから知らされるまえに、父には手紙を書かなければならない。

湯から上がると、ジェオフは急いで体を拭き、ズボンとシャツを身に着けて机に向かった。しかし、ペン先を削り終えるまえに、ネトルが手紙を持ってやってきた。「お父上からです、旦那様」

「ああ、くそっ」いい知らせのわけはない。

手紙にはきっとレディ・シャーロットを妻にできなかったまぬけな息子に対する辛辣なことばが連なっているはずで、ジェオフはそれに対して身がまえた。マデイラ酒をグラスに注いであおり、手紙の封を切る。

親愛なるハリントン

手紙は予想外の内容だった。

レディ・シャーロット・カーペンターがケニルワース侯爵と婚約したと知らされた。この残念な知らせをもたらしてくれたおまえの母によると、

ジェオフはその悪い知らせを自分で父にもたらさなくて済んだことを心からありがたいと思った――

それは完全に私のせいだそうだ。（おまえの母によるとだが）私がおまえに会いに来いと言い張らなければ、きっと今ごろはそのご婦人との結婚を祝っていたはずだという。

それはかぎりなく真実に近かった。ロンドンに留まっていたならば、レディ・シャーロットがケニルワースと知り合いになるようなことには絶対にさせなかったはずだ。

おまえの母はこんなことも知らせてくれた（おまえにもわかるだろうが、だんだんうんざ

りしてきた。私が一度にこれほど多くのことでまちがいを犯したのは初めてだ)。おまえは花嫁を自分で選ぶことができ、助言が必要な場合には、おまえの祖母と親戚のアポロニアがロンドンで適宜助言をしてくれるそうだ。

おまえの母は花嫁候補のご婦人の名前を書き連ねてこの手紙に同封させたが、おまえがそのうちの誰かに申しこまなければならないと思う必要はないそうだ(正直、彼女がどうしておまえに直接手紙を書かないのか理解できない)。

それだけでなく、もうおまえには私に会いに来る余裕はない。まず、ここへ来る暇がないはずだ。ゆえに、花嫁選びに関しては、おまえの判断を受け入れざるを得ない。

おまえはすでに私が作成させた夫婦財産契約の写しを持っているので、ロンドンにいるわが家の事務弁護士であるフィールディング・アンド・コナーズに連絡をとり、花嫁に選んだご婦人との契約に際し、それを修正してくれてかまわない。

おまえの父　マーカム

ジェオフは手紙がほんとうに父からのものであることをたしかめるためにさらに二度読んだ。何にしても、父がこれほど謝罪に近いことばを書いてくるのは初めてだった。それについては母に感謝すべきであるのはまちがいない。ジェオフが家に戻ったときには、母はバースの祖母を訪ねていた。そうでなければ、ジェオフもきっとロンドンに戻ってくるまえに母からレディ・シャーロットとケニルワースの婚約について知らされていたことだろう。

ジェオフはまたマデイラ酒をあおった。

両親のあいだで極めて不愉快な会話が交わされたことはまちがいなく、その場に居合わせたくなかったのはたしかだった。とはいえ、鍵穴に耳をあててその会話を聞いてみたかった。父にこんな悔恨の手紙を書かせるなど、ふだんはのほほんとした母が、めずらしく怒り狂っていたにちがいない。

ジェオフは息を吸った。大きな重荷が肩から外された気分だった。父の許しを気にしなくていいとなれば、花嫁探しもずっと楽になる。

それから、母のきちんとした筆跡で書かれたもう一枚の紙に目をやった。いくつか名前が書いてある。

レディ・メアリー・リンリー
レディ・エミリー・オークウッド
レディ・ジェーン・サマーズ
ミス・ジュディス・ファーナム
ミス・エリザベス・ターリー

そこに書かれたご婦人たちには、シーズンのあいだのときどきにレディ・ジェーン以外は紹介され、そのほとんどとダンスを踊っていた。しかし、それだけで、このうちの誰が、自分が妻に求めるものを満たしているかは見当もつかなかった。

ジェオフはペンを手にとり、インク壺に浸すと、ミス・ファーナムの名前を線で消した。ダンスが下手くそで、もっとも重要な条件のひとつに見合わなかったからだ。彼女と踊ったときのことを考えただけで足が痛むほどだった。とても感じはいいのだが、音楽のセンスのない気の毒な女性だった。外国の高官に痛みや気まずさをもたらすような妻を持つわけにはいかない。

レディ・メアリーは打ち解けない女性として知られていたが、優美で、知的には見えた。彼女のことをつらつらになぞらえる紳士もいた。それがほんとうかどうか知るにはもっと親しくなる必要がある。冷たい妻はほしくなかった。ほしい男などいないはずだ。

レディ・エミリーは好ましい若い女性だった。しかし、まだ十七歳で、たまにくすくす笑いが止まらなくなることがあった。いつかは成熟してそうしたこともなくなるだろう。希望的観測だが。ただ、そのいつかはジェオフが求めるほどすぐではない。

レディ・ジェーン・サマーズについては何も知らなかったが、今夜の舞踏会に来るはずだ。

そして、ミス・ターリーがいる。今日彼女の名前が出てくるのが二度目なのは興味深かった。彼女とは一度だけダンスを踊ったことがあった。覚えているかぎりでは優美なダンスを踊り、会話にもついてこられる女性だった。もっと何か覚えているはずだ。ジェオフはまたマデイラ酒を飲んだ。亜麻色の巻き毛。そう、派手ではないが、かなりきれいな女性だった。そして目は青かった。

ジェオフは時計に目をやった。ほかのご婦人たちについては今夜まで待たなければならないが、二時間ほどのあいだに、彼女のことはもっとよく知ることになる。

思わず顔に笑みが浮かんだ。今朝ミス・ターリーの兄とばったり会ったのは運がよかった。お茶をいっしょに飲むことで、彼女が妻として望ましいかどうかを知る機会を持てる。期待どおりならば、今夜の舞踏会でのダンスを予約しよう。舞踏会には彼女も出席するはずだ。

ジェオフは椅子に背をあずけ、グラスを干した。今日という日は初めこそ最悪としか言いようがなかったが、じょじょによくなってきている。きっとすぐに結婚したいと思えるご婦人も見つかるだろう。

エリザベスと伯母が買い物や昼間の訪問から戻ってきたのはお茶の時間まで一時間もないころだった。エリザベスがおちつきなく歩きまわっているのを見て、ハリントン伯爵とのお茶について考えて時間を過ごすよりも忙しくしていたほうがいいと伯母が言ったのだった。そのときは異を唱えたが、結局は伯母が正しかった。ぴりぴりして過ごすのではなく、時間に間に合うように急いで行動することになった。

寝室にはいっていくと、メイドのヴィッカーズがブラシと櫛を出してドレッシングテーブルの上に置いていた。

「青緑色の光沢のある綿のドレスがいいと思うわ、ヴィッカーズ」その色は母が好きだったトルコ石の指輪を思い出させた。「お茶にお客様がいらっしゃるの」

「きっとそのドレスを選ばれると思っていました」ヴィッカーズはドレスを振ってからエリザベスの頭の上に持ち上げた。「殿方がおひとりお見えになるとミスター・ブロードウェルがおっしゃっていました。お嬢様についてみんなに話してまわっているわけじゃありませんが」

「若い使用人たちには言わないでほしいわ」娘を今シーズンで結婚させたいという父の願いを年上の使用人たちがみな心得ているのはよくわかっていた。

「わたしもそういう意味で言ったんです」ヴィッカーズはエリザベスのドレスの背中についた小さなボタンを留めた。「みんながすべてを知る必要はないですから」

エリザベスがドレッシングテーブルのまえにすわると、メイドが髪からピンを外し、頭の高い位置で結う髪型に変えた。以前はどうしても形を整えられなかった巻き毛を最近切って顔をとり巻くようにしたのだった。今はうまい具合に顔を囲んでいる。

巻き毛にリボンを編みこむと、ヴィッカーズはエリザベスの首に一連の真珠のネックレスをまわした。それから、それとそろいのイヤリングも加えた。

「ノリッジ・ショールはどうします、お嬢様？」

ショールは伯母からの贈り物で、このドレスも含め、多くのドレスを際立たせてくれるものだった。「ええ、お願い」

数分後、ショールが肩にかけられると、エリザベスはバッグを手に持った。「どう？　大丈夫？」

「絵のようにおきれいです」メイドはわずかに唇の端を持ち上げた。「もう行かれたほうがいいです。あまり長くお待たせしたくはないでしょうから」

着替えを済ませ、階下《した》に降りようとしたところで、胃のなかで蝶々が羽ばたいているような感じがした。手が湿り、その手をスカートで拭かなければならなかった。さらに最悪なことに、ハリントン卿は五分以上もまえに到着していた。

ふつうだったら、すでに応接間にいるはずだったが、エリザベスは最初からそこにいるのではなく、ハリントン卿が来てから居間にはいってくるべきだと伯母が言い張ったのだった。「遅れていくのは無作法じゃないかしら？」家に紳士を招いたときに、どうして遅れていかなくてはならないのか理解できずにエリザベスは訊いた。

「ちょっと遅れて現れたほうがいいのよ」と伯母はきっぱりと言った。「そうすれば、殿方に心待ちにするものを与えられるんだから。さあ、わたしが言ったことを忘れないで。殿方は追いかけるのが好きなのよ」

伯母だけでなく、シャーロットからも、ハリントン卿に確信を持たせすぎてはだめだと忠告されていた。追いかけるに値しない女性だと男性に思わせても、いいことは何もないのだから。「それについては心配しないで。レディ・シャーロットにしたみたいな扱いをわたしには許すつもりはないから」

伯母はよしというようにうなずいたのだった。

今、応接間に足を踏み入れようとしたところで、父の執事のブロードウェルに止められた。

「お嬢様、レディ・ブリストウがお茶はテラスでお出しするそうです」

「ありがとう」すばらしい考えだと思ったが、そう聞いても張りつめた神経は緩まなかった。注目を集めるのはつねに友人たちで、見られることには慣れていなかったからだ。それでも、兄と伯母とハリントン卿がすでにそこにいるとすれば、自分が目を惹くことになるのはしかたない。

さほど暑い日ではなく、庭は花が満開だった。エリザベスが家の奥まで行くと、朝の間と庭の方角から男性の声が聞こえてきた。

テラスには、応接間に似せてふたつのソファーと二脚の椅子と三つのテーブルが据えられていた。兄はソファーの右にある椅子にすわり、伯母はいつもどおり左にすわっている。ハリントン卿はエリザベスがいつもすわる場所の反対側にある小さなソファーに腰を据えていた。

そのとき、兄が彼女に気づいて立ち上がった。ハリントン卿もすぐにそれに従った。

ギャヴィンがエリザベスに近づき、手をとった。「エリザベス、まだハリントンに紹介されていなかったら、ぼくに紹介させてくれ」

エリザベスは感謝の印に兄の指をきつくにぎった。「ありがとう。でも、ハリントン様には数日まえの舞踏会でお会いしたの」ハリントン卿へと目を上げてエリザベスはほほ笑んだ。「ようこそ。お茶をごいっしょできて光栄ですわ。どうぞおすわりください。すぐにお茶も来ますから」

ハリントン卿は背の高い体を彼女と反対側のソファーに沈めた。ほんとうに上品でハンサムな人だ。それほど胸幅が広いわけではないが、上着の肩はよく張っている。クラバットは優美に結ばれ、襞《ひだ》はサファイアのピンで留められていた。新しい形の長ズボンを避け、よく磨かれたヘシアンブーツを履いているのを見てうれしくなる。ふくらはぎにパッドを入れている人もいるが、この人はそうしたものを必要としない男性だ。スポーツを好むと兄が言っていたが、それがよくわかる。

おそらく、そういうことを考えるべきではないのだろうが、考えずにいられなかった。ハンサムな人がハンサムらしく振る舞うものかどうかをたしかめよう。彼女はハリントン卿にがっかりさせられませんようにと神に短く祈りをささげた。すでに彼を好きになるほうに気持ちが傾いているのだから。

4

お茶のトレイを持ったブロードウェルがテラスに出てきて、その後ろに小さなサンドウィッチを載せたもうひとつのトレイを運ぶ使用人が続いた。

トレイがふたつのソファーのあいだの低いテーブルに置かれると、エリザベスが伯母のお茶を注いでからハリントン卿に向かって訊いた。「お茶には何を入れます、ハリントン様？」

「ミルクを少しと砂糖をふたつお願いします」彼はお茶を注ぐ彼女をじっくりと見つめていた。エリザベスにはそれが少々奇妙に思えた。貴婦人なら誰でもできることだからだ。

エリザベスは皿にビスケットをふたつ置いた。「うちの料理人の生姜ビスケットはすばらしいんです。サンドウィッチもいかが？」

「お願いします」ハリントン卿はほほ笑んだが、礼儀のために無理に浮かべた笑みらしく、形のよい唇はこわばって見えた。

なんてこと。この人はいつもこんなに堅苦しいの？　それとも、少し緊張しているから？　まあ、いずれにしても、気が楽になるようにしてあげなくては。エリザベスは兄にお茶を手渡した。妹が皿に載せてくれるのを待たずに、兄はサンドウィッチとビスケットをいくつか選んでいた。ハリントン卿にも同じだけ食べてもらおうと、エリザベスは急いで彼の皿にサンドウィッチとビスケットとレモンカードタルトを載せた。これで少なくとも、彼はおなかを空かせずに済む。

「もうすぐ大陸に行かれるとお聞きしていますわ」願わくは、それによって彼のほんとうの気持ちを引き出せるといいのだけれど。

ハリントン卿はカップを下ろした。「すばらしいお茶です、ミス・ターリー」

エリザベスは少し胸を張らずにいられなかった。「ありがとうございます。独自の調合なんです」

「質問にお答えすると――」彼は目を輝かせてわずかに身を乗り出した。「そう、近いうちに大陸へ行き、英国大使のサー・チャールズ・スチュアートの副官になります」ハリントン卿はわずかに眉根を寄せた。「出発まえにいくつか解決しなければならない問題はありますが」

妻をめとるというような問題ね、とエリザベスは推測した。「きっととてもわくわくなさっていますわね。わたしも旅がしたいとずっと思っていますわ」

「ほんとうですか？」きれいな青い目が輝いた。エリザベスは続けてと促すようにうなずいた。「今の家からあまり離れたくないと思うご婦人もいるようですが」

ああ、シャーロットのことにちがいない。考えてみれば、ハリントン伯爵が彼女を家族から遠く引き離して幸せにできると思うなど、驚きだった。「ご婦人のなかには――殿方も同様ですけど――イギリスを離れたくないと思う方がいるのはたしかですわ。でも、わたしはちがいます」エリザベスは彼に励ますような笑みを向けた。「小さいころ、父や祖父の大陸巡遊旅行《グランドツアー》のことを聞かされて育ったんです。祖母にはフランスにたまに訪ねていく親戚もおりますし。昔から、話に聞いていた場所を見てみたいとずっと思っていました」

「ぼくも同じような話を聞かされていましたよ」伯爵は気の合う人間を見つけたとでもいうように、身を乗り出した。エリザベスはそうであってほしいと願った。「ぼくがグランドツアーに行くことはきっとないでしょうが、父たちが訪れた国や街の多くを訪ねられたらと思っています」

ふたりはヨーロッパの大きな街についての話を続けたが、驚いたことに、伯母と兄は話を向けられたときにしか会話に参加しなかった。

気がつくと、お茶も食べ物もなくなっていた。ハリントン卿はもうすぐ帰ることになるが、まだ、今夜のレディ・ホランドの舞踏会については何も言わなかった。

「そんな立場を約束されているなんて、ほんとうに幸運ですわね。うらやましいほどですわ」エリザベスは立ち上がった。

ハリントン卿も勢いよく立ち上がった。「それについては父に感謝しています」そう言ってしばらく彼女と目を合わせていたが、やがて言った。「今夜、祖母に付き添ってレディ・ホランドの舞踏会に行く予定なんです。そこでぼくと踊ってもらえますか？」

「喜んで」エリザベスは考えこむように唇を引き結んだ。「夜食まえのダンスのお相手がまだ決まっていませんわ」

ドッティ、ルイーザ、シャーロットが夫となる人を見つけてからというもの、エリザベスの人気は高まっていたが、彼女の関心を惹いたのはハリントン卿だけだった。シャーロットがハリントン卿には関心がないと表明してから、エリザベスは彼が申しこんできたときのために、ダンスの予約をひとつ空けておくようになった。それがようやく実を結んだのだ。

「よかった」ハリントン伯爵は首を下げた。「今夜をたのしみにしております」

「わたしもです、ハリントン様」エリザベスはお辞儀をし、彼も差し出された彼女の手に顔を伏せたが、ほとんどの紳士がするようにその手をとろうともせず、指にキスをする振りすらしなかった。エリザベスはそれをどう解釈していいかわからなかった。わたしに関心を寄せてくれているの、いないの？

ギャヴィンがハリントン卿とともに家のなかに消えると、伯母がエリザベスに目を向けた。

「で、どう思ったの？」

「最初はぎごちなかったけど、とても魅力的な人だったわ」指にキスしてくれなかったとしても。

「ハンサムな人ね」伯母は考えこむようにして言った。

エリザベスはギャヴィンといっしょに立ち去る彼をじっと見ていた。思ったとおりだった。背が高く、肩幅の広いその体は、どこにもパッドを入れる必要はなかった。「ええ。とくに目がきれいな青い色だわ。身に着けていたサファイアと同じ色」髪はブロンドだったが、彼女よりも若干濃い色だった。「髪の毛のカールの具合も悪くないし」

「でも、かわいらしい顔ではないわね」と伯母は言った。「バイロン（美男子で有名なイギリスの詩人）とはちがうわ」

「ええ。とても男らしい見かけだわ。顎もがっしりしているし」彼の肩と形のよい脚が脳裏から消えなかった。エリザベスはため息をつきたくなるのをこらえた。彼の肉体的特徴に少々関心を寄せすぎているかもしれない。

「それに、あなたとの会話が盛り上がっていた」伯母がからかうように言った。

「ええ、とても」とくに外国に行く話をしているときには。それどころか、ほぼそのことしか話さないほどだった。こちらの好き嫌いは何も訊いてくれなかった。

「よかった」伯母の声に少しばかり苛立ちが加わった。「背が高くてブロンドでハンサムな人だわ。会話を聞いていると、知的で本もよく読んでいるみたい。家柄もよく、いつか侯爵になる人で、花嫁を見つけたいと思っている」伯母のレディ・ブリストウは眉を上げた。

「ねえ、彼のどこが気に入らないの？」

伯母の言うとおりだった。ハリントン卿の何かがエリザベスに……ちがうと思わせたのだ。外見を脇に押しやって、何が気になるのかを考えてみた。ああ、外見でもなく、態度でもない。彼は……ほんとうにわたしに関心を寄せてくれている？「あの人は今度の職務に就きたいと強く願うあまり、それを手に入れるのに見合ったご婦人なら、きっと誰とでも結婚すると思うの」エリザベスは顔をしかめた。「わたしの言っている意味がわかる？」伯母は理解できないという表情でじっと姪を見つめた。別の言い方で説明しなければならない。「ある意味、彼は財産狙いの男性と変わらない気がしたの。自分の望むものが手にはいるなら、結婚相手が誰であっても気にしないというような。財産狙いの男性が望むのはお金で、ハリントン様の場合はサー・チャールズの副官としての地位なんだわ」そう言って目のあいだをこすり、張りつめたものをほぐそうとした。「わたしは目的をはたすための手段にはなりたくない」

伯母はそばのテーブルの上にあったベルを鳴らした。「愛情を感じるかどうかは気にしない人だと思ったわけね」

男の使用人がふたつのグラスと赤ワインのはいったデキャンタを運んできて、テーブルに置くと、家のなかに戻った。

「気が合うかどうかすら気にしないんじゃないかと思うわ」伯母はエリザベスにワインのグラスを手渡した。「ギャヴィンに妻にする女性を探していると言ったんだとしたら、レディ・シャーロットのことをずいぶんと早く乗り越えたのもまちがいないし」もっと早く気づいてしかるべきだったが、ハリントン卿がお茶に来ると聞いてわくわくしすぎていたのだった。「わたしが海外を旅行したいと思っていること以外は、わたしについて何も関心はないように見えたし」

「一度に一歩ずつ進んでいきましょう」しばらくして伯母が言った。「あなたが彼に関心を抱いているのはわかっているけど、結婚すべきでない相手と結婚するのは、誰とも結婚しないよりもよくないわ。わたしと意見を同じくする人は多くないけど」

「そうするしかないでしょうね」

個人的なことを何も話し合わないとしたら、ハリントン伯爵に愛してもらえるようになるか、どうやってわかるというの？　逆にわたしが彼を愛せるかどうかも。

彼は目的をはたそうとそればかり考えている。真の自分を見せているかどうかも定かではない。ただ、その地位を望んでいて、そのために妻が必要であることだけはたしかだったが。

ジェオフが歩道に出ると、二人乗り四輪馬車《フェートン》が待っていた。ジェオフはターリーのほうを振り返って手を差し出した。「お茶に招待してくれてありがとう。ミス・ターリーと話すのはとてもたのしかったよ」

ギャヴィンはジェオフの手をとって握手した。「来てくれてうれしいよ。きみたちは共通点がとても多いみたいだな」

「ああ、そうだな」ジェオフもそう思ったのだった。少なくとも、彼女が海外で暮らしたり、旅してまわったりすることが好きだということはわかった。家族から離れて暮らすと考えただけで驚愕していたレディ・シャーロットとちがって。そしてミス・ターリーがとてもきれいだったのは驚きだった。ドレスは目の色と同じ空色で、旅の話をするときには、その目が水平線の太陽のように輝いた。ドレスは慎ましい仕立てだったが、胸のふくらみは思わず探りたくなる気がするほどだった。今晩、さらに会話をし、ミス・ターリーについてもっとよく知ろうと思った。「また舞踏会で」

「ああ、また」彼女の兄は一歩下がり、ジェオフは馬車に乗った。

馬丁が後ろにのぼると、ジェオフは馬を走らせ、借りている住まいへと向かった。以前会ったときに、ミス・ターリーがあれほどに快活だと気づかなかったのはなぜだろう？　まえに一度だけダンスしたときに何を話したかも思い出せなかった。話しやすい相手だと思っただけだった。

もちろん、母の推薦に従って、レディ・メアリーやレディ・ジェーンやレディ・エミリーについてもそれなりに考えるつもりだったが、ミス・ターリーは彼が妻に求めるものを満たすぴったりの女性だという気がしていた。

彼女は国内と海外の両方の政治に精通していて、旅をしたいと思っている。人を会話に引き入れて気を楽にさせるすべを知っている。自分がわざとぎごちなく振る舞ったことについては多少やましさを感じたが、彼女の能力を見極める必要があった。そのささやかな試験に彼女が合格した今、そのことをあえて知らせる必要はない。あとは彼女がフランス語とイタリア語を話せるかどうか訊くのを忘れないようにしなくては。ドイツ語も話せれば役に立つ。フランス語は欠かせないが、ほかのふたつの言語については、必要とあれば教師を雇うこともできるだろう。

彼女の音楽の才能についてはとくに気にならなかった。既婚婦人になれば、ピアノを弾いてほしいとか、歌ってほしいと頼まれることもないだろう。それでも、音楽や美術の教育を受けていないとは思えなかった。彼の母は自分自身や家族のたのしみのために何時間もピアノを弾いたり歌を歌ったりしていたものだ。そう考えてみれば、妻には音楽の才能もあってほしかった。

心のなかでジェオフは父と話し合ったことをひとつひとつ思い出し、未来の妻が備えているべき重要な資質がほかにあったかどうか思い出そうとしたが、抜けはないと判断した。

概して非常に生産的な午後だった。ミス・ターリーが妻としてふさわしいと確信が持てたらすぐに、彼女の父親に面会を求めよう。

通りは洒落た馬車や庶民の乗り物でにぎわっていたが、馬に注意を集中させなければならないほどには混雑していなかった。そのせいか、気がつけば、ミス・ターリーのよりはっきりした身体的魅力について考えていた。鼻はまっすぐだがとがってはいない。唇は形がよく、口の端は自然に持ち上がるように思えた。唇はどんな味だろう？　キスしたら、情熱的に応えてくれるだろうか？　そしてあの髪。巻き毛はそれ自体が命を持っているかのようだった。お茶のあいだずっと、その巻き毛を指に巻きつけ、見た目どおりにシルクのような手触りなのかたしかめたくてたまらなかった。

自分は結婚に愛を求めてはいないかもしれないが、情熱は持ちたかった。そのためには、性的な関係をたのしむ妻を得なければならない。今日、ミス・ターリーと過ごすまで、その点について考えたこともなかったのは奇妙なことだった。自分の妻にはレディ・シャーロットが完璧だと思ってはいたが、ミス・ターリーに対して考えたようには、レディ・シャーロットにキスすることを考えたことはなかった。ミス・ターリーについては、口だけでなく、豊かな胸や、形のよい曲線を描くほかの部分にもキスすることを想像した。裸の彼女がどんな感じであるかを想像すると、下腹部が硬くなった。

「旦那様、ご自宅の建物を通り過ぎましたよ」

馬丁の声を聞いてジェオフは振り返った。通りの端まで来ていた。いったいどうしたというのだ？　女性のことでこれほどに頭が一杯になるなど、なんとも愚かな遊び人になった気分だった。「ここで降りる」

「おおせのままに」

「今晩九時半に街用の馬車を表にまわしてくれ。ホランド家の舞踏会に参加する」

「かしこまりました」

ジェオフはフェートンから降りて住まいへと戻りはじめた。どの女性に注意を向けるかをすぐに決めなければならない。おそらく、今晩、ほかの三人のご婦人と話をしたあとで早々に。

ジェオフは自分の住まいに足を踏み入れ、時計に目をやった。まだ五時にもならなかった。上流の人間がこぞって公園に出かける時間に馬車に乗りに行かないかとミス・ターリーに訊いてみるべきだった。彼女と話す時間をもっとたのしめたはずだ。ジェオフは、ほかの三人のご婦人の誰も彼女以上に妻としてふさわしい女性ではありませんようにと願いはじめていた。

玄関のテーブルの中央に置かれた銀の盆に、手紙が一通載っていた。ジェオフはそれを机に持っていって封を開け、広げて読んだ。田舎の邸宅の近所に住む友人で軍に加わっているトム・コットンからだった。ロンドンで数日過ごす予定で、その晩の夕食をともにしないかと訊く手紙だった。ジェオフはすぐさまぜひにと返事をしたためた。友人と再会するのも悪くない。

二時間あまりのちに、ジェオフはブードルズに足を踏み入れ、グラスのワインを飲んでいるコットンを見つけた。「会えてよかった」

「ハリントン」コットンはジェオフの手をにぎり、背中をたたいた。「古い友達に会うのはいいいな。これまでどうしていた？」

「元気だったよ。ブリュッセルのサー・チャールズの副官になりたいと思っている」ジェオフは友人の隣の革の椅子に腰を下ろした。給仕がワインのグラスを持ってきた。

「きっとそこに長くいることはないよ。ウェリントンがこの戦争に勝ったらすぐに、パリに行くことになる。政府はできるだけ急いでルイを王座に戻したいと思っているから」

「そう考えても仕方ないだろうな。ほかの誰かに悪さをする暇を与えたくはないだろう」ジェオフはワインを飲んだ。「きみはどうしていたんだい？」

コットンはにやりとした。「少佐になったばかりさ。ナポレオンが島を脱出しなかったら、そうはならなかったんじゃないかと思うよ。きっときみにはブリュッセルで会えるな」

友が向こうにいてくれるのはすばらしいことだ。ジェオフは学校時代の仲間のうち何人が戦争に行くことになるだろうと考えた。跡継ぎ息子ではない連中のうち、すでに軍に加わっている人間も何人かいた。「どうやって連絡をとったらいい？」

「ぼくはフィッツジェラルド指揮下の近衛第二連隊にいる。軍の本部がどこに設置されるにせよ、そこへ行けば、ぼくを見つけるのはむずかしくないはずだ」

ジェオフは手帳をとり出して友が所属する連隊を書きとめた。「ぼくも、遅くとも六月中旬にはブリュッセルに行くことになる」

「そうか」コットンは笑みを浮かべた。「ブリュッセルでは数かぎりなく催しが開かれているという話だ。運がよければ、きみもパーティーがすべて終わるまえに向こうに行けるな」

ジェオフもそうだといいと思った。誰と結婚するにせよ、妻も多少浮ついた遊びをたのしめることだろう。「ナポレオンの動向については何か聞いているかい？」

「兵を集めているのはたしからしい。ぼくは味方の軍の動向についてのほうが詳しい。ただ、きっときみも内輪もめがいくつも起こっていることは聞いているはずだ。ドイツの将軍のひとりが望みどおりの指令を受けられなかったことに腹を立てて解任を要求してきている。オランダ王は何かにつけて絶えず文句を言っているしね」

ジェオフはまたワインを飲んだ。「うちの父も、和平推進派の連中がウェリントンを人殺し呼ばわりして議会で問題を起こしてばかりいると文句を言っているよ。父の弟がそれを知らせてきて力を貸してほしいと言ってきたらしく、もちろん、父は力になろうとしている。たとえロンドンに来なきゃならなくなろうともね。父は少しも来たいとは思っていないんだが」

「ウェリントン公が外国の司令官に交じって戦うのにあくせくしているのは気の毒でたまら

ないよ」コットンはワイングラスを置いた。「食事にしよう。ぼくはレアのビーフステーキが食べたくてたまらなくてね」

ジェオフも立ち上がって言った。「悪くないな」

コットンといっしょにダイニングルームへと足を踏み入れながら、ジェオフは今夜の舞踏会はどうなるだろうと考えた。母が推薦してくれた女性たちのなかから結婚相手を選べるだろうか？　そうであってくれと神に祈りをささげた。ブリュッセルのことを聞けば聞くほど、早く出発したくてたまらなかった。

5

数時間後、ジェオフは祖母と親戚のアポロニアに付き添ってレディ・ホランドの込み合った舞踏場へ足を踏み入れた。舞踏会は大盛況だった。「これではダンスはもちろん、動けるかどうかもわからないな」

「心配要らないわ」祖母がジェオフの手を軽くたたいた。「ダンスのための余地は必ず充分に作られるから。お客の多くがダンスの位置につくだけで、ほかの人間は場所を空けるものよ」

「レディ・メアリーかレディ・ジェーンかレディ・エミリーがここに来ているかどうかわかりますか？」

「レディ・ジェーンとそのお母様にはしばらくお会いしていないけど、彼女のお父様はあなたの右手の奥の壁際にいらっしゃるわ」アポロニアが知らせてくれた。「レディ・メアリーやレディ・エミリーの姿は見えないわね」

ジェオフが祖母たちと別れて少ししてからターリーが声をかけてきた。「ハリントン、会えてよかった」

「こんばんは、ターリー」ジェオフは振り返って首を下げた。「ミス・ターリー」彼女が差し出した手にジェオフは顔を伏せた。

彼女は今日の午後よりもさらに美しかった。亜麻色の髪は複雑に巻かれていて、真珠のついたプルシアンブルーのリボンがその合間に見えていた。またもその髪に触れたくなる。ちょっとだけ引っ張り下ろして、それが元に戻るかどうかやってみたかった。婚約していれば、そんな思い切ったこともできたかもしれない。「まさに押し合いへし合いですね」

ちょうどそのとき、フィッチリー卿がミス・ターリーに近づいた。「ミス・ターリー、このダンスのお相手はぼくのはずです」

「ええ、フィッチリー様」そう言って彼女はフィッチリーといっしょにその場を離れた。

ジェオフは自分が何を期待していたのかわかっていなかったが、こういう状況でないのはたしかだった。彼女と話をしたいと思っていたのだ。

「妹は引く手あまたなんだ」ターリーが言った。「次の舞踏会でいっしょに踊りたかったら、今夜予約しておいたほうがいい」

おそらく、レディ・シャーロットに求婚しようとしていたときよりも、ミス・ターリーにはもっと注意を向ける必要があるだろう。無駄にする時間はないのだから。

ジェオフは人ごみを縫い、レディ・メアリーの父親のグロトン公爵が立っている舞踏場の奥へと向かった。つららのようだと評されるレディ・メアリーはその脇で別の女性と頭を寄せ合っており、ジェオフが近づいてくるのには気づいていないようだった。

「ハリントン」父の友人である公爵が首を下げた。「サー・チャールズの副官になるそうで、おめでとう。幸運を祈るよ」

「ありがとうございます」ジェオフはレディ・メアリーに目を向けた。「お嬢さんにダンスを申しこみに来たんですが」

「紹介させてくれ。メアリー」彼女は急いで父のそばに寄った。「ハリントン伯爵を紹介してもいいかな？　そう、マーカム侯爵の跡取りだ」

レディ・メアリーは冷たい淡青色の目を彼に向け、ジェオフは身震いしそうになるのをこらえた。「ご機嫌いかが、伯爵様」

ジェオフはお辞儀をしたが、彼女が手を差し出そうともしないのを見て、できるだけ急いでその場を離れる方法を考えようとした。それでも、彼女の父親がそこにいたため、彼女にダンスを申しこむしかなかった。「上々です、ありがとう」なぜか、襟のすきまに指を走らせたい衝動を感じた。「ぼくとダンスを踊ってほしいのですが」

ダンスを申しこむ無謀さが信じられないとでもいうように、レディ・メアリーの冷ややかな青い目がしばらく彼に据えられた。「カードは予約で一杯ですの」

「では、次の舞踏会で」彼は社交辞令でそう言った。

薄い色の眉が片方上がった。「はっきり言わせてくださいな、伯爵様。わたしは海外に住む気はありません」

それほどはっきりと拒絶されたのは初めてだった。とはいえ、これで彼女の名前をリストからとり除ける。彼女はジェオフの妻としての生活に興味がないばかりか、その立場にまるでふさわしくない女性だった。「でしたら、ご機嫌よう」

「ご機嫌よう、伯爵様。幸運を祈りますわ」

それに反応する暇をジェオフに与えることなく、レディ・メアリーは振り返って歩み寄ってくる紳士に笑みを向けた。もはや凍りついたような表情ではなくなっていた。つまり、そういうことだ。彼女以外の女性に注意を向ければいいだけのこと。

舞踏場の端をまわりながら、ジェオフはレディ・エミリーを探した。公平を期すために、その若い女性にも機会を与えるべきだった。しかし、ついにはあきらめてレディ・ホランドを見つけることにした。彼女なら、レディ・ジェーンが来ているかどうか知っていて、紹介してくれるだろう。

「ハリントン様」探していた女性がそばに歩み寄ってきた。「お相手のいない若いご婦人とのダンスに力を貸していただかなければなりませんわ」

「喜んでお力になりましょう」レディ・ホランドは彼の腕に手を置いた。「ところで、レディ・ジェーン・サマーズにご紹介いただきたいんですが」

「彼女、今はレディ・ジェーン・ガーヴィーよ」レディ・ホランドは茶目っ気たっぷりに言った。「数週間まえに結婚したの。それを知らないのはあなたひとりじゃないと思うわ。結婚式は田舎でひっそりと行われたから。わたしが知らされたのは、彼女のお母様と仲良しだからよ」

だからこそ、ジェオフの母もアポロニアもその結婚について知らなかったのだろう。これで花嫁候補はふたりにしぼられた。ミス・エリザベス・ターリーとレディ・エミリーに。

「今晩、レディ・エミリー・オークウッドがここにいらしているかどうか教えていただけますか？」

「いらしているわ」レディ・ホランドは舞踏場の遠くの端に目をやった。「彼女のお母様はオーケストラのバルコニーから遠くないところにいらっしゃる。金色のターバンに白い羽根をつけた女性よ」

ジェオフは示された方向へ目をやった。「レディ・エミリーを見つけるのはこのダンスが終わってからにします」

「ありがとう」レディ・ホランドは彼に感謝の笑みを向けた。

そうして連れていかれた先には気の毒なほどに内気そうな若い女性がいて、ジェオフはすぐさま相手の気を楽にしようと努めはじめた。それでも、カントリーダンスの四分の一が過ぎるまで、その少女――どう見ても社交シーズンにデビューするには若すぎる女性だった――はたのしんでいるとは言いがたかった。彼女をその母親のところに戻したときには、彼女とダンスしようとほかの若い男たちが集まっているのを見てほっとせずにいられなかった。

そのダンスのあと、ジェオフはレディ・エミリーとその母親を見つけた。舞踏会やその他の催しについて立て板に水とばかりにしばらく話を聞かされただけで、ジェオフは彼女のダンスカードが一杯であることに感謝した。

もっと選択肢が多いほうがよかったが、少なくともこれでミス・ターリーに集中できる。今度はご婦人に指のあいだからするりと逃げられるようなことにはしない。

彼女とダンスできるまでにはまだ数回別のダンスがあったため、レディ・ホランドに頼まれるままにダンスの相手を必要としている若いご婦人方といっしょに踊り、ようやく夜食まえのダンスの時間となった。

その晩のすべてのダンスを踊っているミス・ターリーを見つめているあいだに、彼女の夜食まえのダンスの相手がまだ決まっていなくてなんとも運がよかったと思わずにいられなかった。兄のギャヴィンが言ったとおり、彼女は人気者だった。彼の助言に従って、彼女がどの催しに参加するかを調べ、ほかの紳士たちに先を越されるまえにダンスの予約をとっておいたほうがいい。

「ミス・ターリー」ジェオフは彼女の手に顔を伏せた。「たしか、ぼくの番のはずです」

ミス・ターリーは礼儀正しくほほ笑んだが、そのほほ笑みにレディ・メアリーが先ほど紳士に向けたような熱はなかった。あんなふうにミス・ターリーをほほ笑ませることができるだろうか？　そのためには何をすればいいのだろう？　「ええ、そうですわ、ハリントン様」

ジェオフはミス・ターリーをダンスフロアに導き、ふたりは位置についた。腰に手を置いたときには、もっと近くに引き寄せたくなった。そして、彼女が手を彼の腰に置いたときには、軽く押しつけられたその手の温かさを服越しに感じられる気がした。ジェオフの手は彼女のずっと小さな手を実質包みこむようで、手袋越しでなく、素手で触れたいと思わずにいられなかった。「今晩ずっとこのダンスをたのしみにしていたんです」

それを聞いてミス・ターリーはうっとりとほほ笑むのではなく、礼儀正しい笑みとともに冷ややかに答えた。「そう言ってくださってありがとうございます。とてもおやさしいのね」

どうしたら彼女の情熱を燃え上がらせられるのだろう。

彼の予想に反して、じつはエリザベスもひと晩じゅう、ハリントン卿とのこのダンスを心待ちにしていた。理由は説明できず、あれこれ懸念はあるものの、彼には惹かれるものがある。彼の腕に抱かれるのがどんな感じか知りたかった。それでも、ハリントン卿にそれを伝えるつもりはなかった。ひどくむずかしいことではあったが、どうにか彼への反応を礼儀正しいだけのものに留めていた。

彼の手がしっかりと支えている腰は熱くなり、手袋越しにもふたりがつながっているのが感じられた。彼は妻に強い関心を寄せることはなくても、やさしい夫にはなるだろう。エリザベスは結婚して子供を持ちたかった。プロポーズしてくれるよう彼を促すのはどれほど簡単なことだろう。でも、それこそが、彼について好ましくないと思うことではない？　愛情なしに結婚しようと思っているところが。

まえにドッティがささやいた助言が耳の奥で鳴り響いていた。

〝あなたを得るのに苦労させるの。あなたにふさわしい男性なら、それを証明してもらわなきゃならないわ。あなたにはあなたを愛してくれる男性がふさわしいのよ〟

友の言うとおりで、エリザベスにも内心わかっていた。愛し合える可能性なしに結婚しても、絶対に幸せにはなれない。

シーズンの初めには、父を喜ばせようと、マートン侯爵をつかまえるためにできるかぎりのことをしたが、今はほかの誰かではなく、自分を喜ばせるほうがずっといいと判断していた。つまるところ、その男性とともに生きていくのは自分であり、一旦夫となれば、その人を排除するのはほぼ不可能なのだから。

　曲がはじまり、ふたりはダンスフロアをまわった。知っているほかの紳士とちがって、ハリントン卿はまわるときに体を引き寄せようとはしなかった。つまり、わたしに惹かれていないということ？　それとも、ただ単に礼儀を守っているの？

「きみはとてもダンスが上手だね」と彼は言った。

「お相手がすぐれた踊り手のときは楽ですから」自分がもってまわった言い方をしているのはわかっていたが、単に気が合うというだけでなく、なんらかの思いを抱いていると彼のほうから示してこないかぎり、口説き落としたと思わせるわけにはいかない。

　じっさい、彼は極めてダンスが上手だった。床の上を導かれながら、自分が羽ほども軽くなったような気がした。腰に置かれた手はしっかりと頼りになり、エリザベスは自分のほうから彼を引き寄せ、抱きつきたい気がするほどだった。ほかの誰も――マートン侯爵でさえも――これほどに……体を熱くさせることはなかった。

　ハリントン伯爵は彼女にほほ笑みかけた。エリザベスは、自分と同じように彼もふたりのあいだに何かを感じているのだろうかと思わずにいられなかった。彼が急いで妻を探しているのはわかっていたが、エリザベスは急かされるつもりはなかった。一生のことなのだから、正しく進めなければ。

　またもふたりの会話はブリュッセルの出来事を中心にはずんだ。ハリントン卿は今日の夕方、近衛連隊にいる友人と交わした会話について話してくれた。エリザベスはそこに数多く登場する人物や小競り合いの話に夢中になった。

　プロイセンの使節について聞いた話をしたときには、ハリントン卿はいくつかドイツ語の言いまわしを使った。彼女が同じ言語で答えても、驚いた様子はなく、何かについて推測があたっていたとでもいうようにほほ笑んだだけだった。

「あなたは何カ国語を話すんです？」と彼は訊いた。

「英語を含めて四つですわ」その答えを聞いて彼が浮かべた笑みは、エリザベスに授業でとくによくできたときに家庭教師が浮かべた笑みを思い出させた。

　それでも、彼とのダンスはたのしく、気がついたときには曲が終わっていた。彼の手が腰から離れると、熱も失われてしまった。

　あまりにすぐにエリザベスは伯母のもとに送り届けられようとしていた。

「今週はどの舞踏会に出られる予定ですか？」

「正直、わたしは知らないんです。伯母が招待を受けて参加を決めているので」

　ハリントンは当惑したように濃い青い目をエリザベスに据えた。「ダンスが行われる舞踏会などの催しのすべてで、一曲ダンスのお相手をお願いしたい」

　一曲だけ？　わたしに求愛するつもりがあるなら、二曲頼んでくるはず。そう考えて、彼がシャーロットに求愛していたときのやり方を思い出した。自分が求愛しているつもりのご婦人とより多く時間を過ごすためだけに、余分なダンスを求める気はないようだった。結婚するとすれば、どんな形であれ、自分と過ごす時間をたのしんでくれる人でなくてはならない。それでも、彼にとってはここまで頼むのもかつてないことなのだろう。「結構ですわ。どのダンスを予約できるかわかりませんけれど」

ハリントンは彼女の家族のところでゆったりした歩みを止めた。「残っているなら、夜食まえのダンスをお願いしたい」

エリザベスはかすかな笑みを浮かべた。「空いていれば、あなたにとっておきますわ」

ふたりはエリザベスの伯母と兄ギャヴィンに合流した。夜食が供される部屋へ行くと、ギャヴィンがすばやくテーブルを見つけた。彼が伯母のために椅子を引き、ハリントン伯爵がエリザベスの椅子を引いた。

いとこのラヴィニアが、エリザベスのためにマートン侯爵をはめようと画策した晩以来、兄はすべての催しに伯母と妹の付き添いを務めると言い張った。伯母はラヴィーがしたことは何も知らなかったが。事実を知ったら驚愕したことだろう。ギャヴィン自身は付き添いをあまりたのしんではいないようだったが、いずれにしてもありがたかった。兄がそばにいると、より安全な気がしたからだ。父はそれを自分の義務と考えることはなかった。たとえそうであったとしても。

兄とハリントン卿が食べ物と飲み物をとりに行くと、伯母がエリザベスに身を寄せてきた。

「ハリントン様とはどうなの？」

「はっきりわからないわ」エリザベスは伯母に顔を向け、誰にも聞かれないように声をひそめた。「わたしがほかの言語を話したり、政治の話をしたりするのをあれほどに喜ぶ殿方は初めてよ。ただ、彼が外交官であると考えれば、意外でもないわね。舞踏会やダンスの催しがあるごとに一曲踊ってほしいとはっきり言っていらしたけど、それだけよ。それがどういう意味か、彼がどういうつもりなのか、わからないわ」

「のんびりしている人なのね」伯母がうんざりした口調で言った。「そういう煮え切らない態度のせいでレディ・シャーロットを失うことになったのよ」

「わたしもそうだと思うわ」シャーロットについてケニルワース侯爵がどれほど異なる扱いをしたか考えながら、エリザベスはゆっくりと言った。ケニルワース卿はほとんど彼女のそばを離れず、シャーロットがほかの男性とダンスを踊っているときには、彼女だけを見てよそに目を向けることはなかった。マートン侯爵とロスウェル公爵もドッティとルイーザに対して同様に振る舞っていた——今もそうだ。

ハリントン卿はわたしに関心を抱いているように見えた。それでも、その振る舞い方は、結婚するにあたって特別な思いを寄せられる女性を求めているようではない。きっともっといっしょに時間を過ごせば、より関係も近くなるはず。そうすれば、彼の振る舞いも変わる？　それとも、彼の態度を変えさせる方法をわたしが見つけなければならないの？　もしくは、彼はわたし自身には関心を抱いていないのかも。頭が混乱し、エリザベスは両手を放り上げたくなった。

ギャヴィンとハリントン卿がトレイを運ぶ給仕を連れてテーブルに戻ってきて、エリザベスの物思いは途切れた。

「きみの兄上が親切にもきみの大好物を教えてくれたんですよ」ハリントン卿はエリザベスにほほ笑みかけ、隣に席をとった。「ほんとうにそうならいいんだが」

エリザベスは好物で一杯の皿に目をやり、マカロンを選んだ。「ほんとうですわ。ありがとう」

「どういたしまして」彼はまた笑みを浮かべてから、ロブスターのパティをとった。

会話は——今日三度目に——差し迫ったナポレオンとの戦いや、ウェリントン公が古くからの部下やその他の将校を集めるのに苦労していることなどを中心に交わされた。

「できるだけ急いでアメリカから連隊を呼び戻そうとしていると聞きましたわ」とエリザベスが言った。

「そのとおりです」またハリントン卿は彼女によくできましたと言いたげな目をくれた。「でも、間に合って到着するかどうかは誰にもわかりません。それだけじゃなく、訓練不足の志願兵も多すぎる」

近衛騎兵連隊にいるギャヴィンの友人から、ウェリントンがかつて半島戦争で活躍した連隊を呼び戻したがっているという話を聞いたのだった。「少なくとも、アメリカとの講和条約は締結されたから、ナポレオンがパリに長く留まればそれだけ、ウェリントン公が望むだけの兵を集めることもできるはずですわ」

ハリントン卿は彼女に顔を向けた。「どうしてそんなに情報に通じているんです?」

「情報を得るのは大事だと思うので」とエリザベスは答えた。言うまでもなく、友人のルイーザとシャーロットも政治やフランスの状況について知るべきことはすべて知っておくべきだという確固たる意思を持っていて、世界情勢や、それがイギリスにどんな影響をおよぼすかについて話し合うことに多くの時間を費やしていた。

ハリントン卿はまた笑みを向けてきたが、今度は、とくにうまく踊れたときにダンスの教師が向けてきた笑みを思い出させた。すばらしい。最初は家庭教師で、今度はダンスの教師。花婿候補の顔に見たいと思う反応ではなかった。

伯母のレディ・ブリストウが立ち上がり、ギャヴィンとハリントン卿も急いで立った。

「何もかもすばらしい夕べでしたけど、そろそろお暇する時間よ」彼女は首を下げた。「ハリントン様、またお会いできますわね」

「たのしみにしております、レディ・ブリストウ」彼は彼女の伯母にお辞儀をしてから、エリザベスの手をとった。触れられて指がちくちくしはじめ、エリザベスは息を呑んだ。「明日の夕方にまた」

エリザベスは浅くお辞儀をした。少なくとも、今度は手に触れた。彼が好意を寄せてくれているかどうかもわからないのに、こんな反応をするのはまちがっている。おそらく、伯母の言うとおり、彼はのんびりしている人で、自分をどう表現していいかわかっていないのだ。

「そのときにまた」

ギャヴィンが彼女と伯母を玄関の間へと連れ出した。「うまくいっているようだね」

伯母は鼻を鳴らした。「そう思うとは、さすが殿方ね」

「どうして？」ギャヴィンは眉を下げ、伯母に鋭い目を向けた。「ふたりはいっしょにダンスしていたし、夜食もいっしょにとった。それ以上何を望むと？」

「二度のダンスよ、ギャヴィン」伯母は扇で彼の腕をたたいた。「それと、いっしょに馬車に乗りに行こうというお誘い」言いたいことがギャヴィンには伝わらないとわかって、伯母はため息をついた。「結婚したいと本気で思ってご婦人を追い求める殿方は、その対象であるご婦人ともっとずっと多くの時間を過ごすべきなのよ」

しばらくして、ギャヴィンの青い目に光がともった。「そんなこと、考えたこともなかったけど、まったくそのとおりだと思いますよ」彼はふたりが馬車に乗るのに手を貸した。「今夜は遅くまで戻りません。それと、明日から一日か二日、ロンドンを離れるつもりです。戻ってきたら、また」

伯母はすでに怒りに大きな胸をふくらませていた。「エリザベスの力になると約束したでしょうに」

「そのつもりですよ」ギャヴィンはいたずらっぽく目を光らせた。「信用してください」

「そうするしかないようね」馬車が出発し、エリザベスは手を振った。兄がすぐに戻ってきてくれるといいのだけれど。ギャヴィンは何をするつもりでいるのかしら？

6

ジェオフはミス・ターリーに別れの挨拶をしてから、祖母と付添人のアポロニアのところへ戻った。

今晩、ミス・ターリーとのあいだに進展があったことには満足していた。ワルツのあいだにもっと近くに引き寄せたとしても、きっと彼女は許してくれたことだろう。次にワルツを踊るときには、それを試してみてもいい。彼女の体を近くに引き寄せると考えただけで、下のほうが硬くなった。たとえ礼儀を逸脱しないことにしたとしても、数日中には、彼女の父親と話をして結婚の計画を立てることはできるはずだ。

ジェオフが近づいていくと、年輩の身内のふたりはソファーにすわって会話に没頭していた。

ジェオフはアポロニアが息を吸うために話を止めるまで待ってから言った。「そろそろ家までお送りしましょうか？」

祖母は細い銀色の眉根を寄せて彼を見上げた。「問題はあなたがもう帰ってもいいのかってことじゃない？　まだ夜も早い時間で、花嫁候補のご婦人のうち、たったひとりとしかダンスを踊っていないじゃない。それもたった一度」

「ミス・ターリーこそが、ぼくが結婚したいご婦人だとわかったので」レディ・メアリーに鼻であしらわれたことについては祖母に言うつもりはなかった。それに、自分の選択には満足していた。「彼女が今週の催しのすべてにおいて、一曲ずつぼくと踊ってくれると約束してくれましたから」

「一曲だけ？」アポロニアの眉根も祖母と同じように寄った。「それはあまり見込みがあるとは言えないわね。そのご婦人があなたに関心があるなら、二曲踊ると約束してくれたはずだから」

「ぼくが一曲しか頼まなかったんですよ」ジェオフは声に怒りが表れないようにして言った。アポロニアも祖母も目を天井に向けた。いったいこのふたりはどうしたというのだ？　こんなふうに反応されると、ほんとうに苛々《いらいら》する。「ほかにぼくにどうしろと？」

祖母は立ち上がり、アポロニアも間髪入れずに従った。「帰る準備はできているわ」

ジェオフはふたりを玄関の間へ導き、馬車が正面にまわされるまで待った。ふたりの身内は、彼の手を借りて祖母の馬車に乗りこむまで聞いたばかりの噂話を交換していた。「ぼくはここから歩いて帰ります」

「いっしょに来てちょうだい」祖母は手に負えない子供に言い聞かせるように命令した。

一瞬、ジェオフは逆らおうかと思ったが、逆らってもいいことは何もなかった。そこで馬車に乗りこみ、後ろ向きの座席にすわった。馬車のなかの明かりはついており、ふたりの表情ははっきりと見えた。「ぼくに話があるんですね？」

「ええ、そうよ」祖母はため息をついて首を振った。「でも、この話し合いにはシェリーが一杯必要だわ」

まったく！　ジェオフは待つのが嫌いだった。祖母を怒らせる何を自分がしたにしろ、すぐに言ってほしかった。しかし、ふたりの表情からして、こちらの思いどおりにはいかないようだ。

数分後、祖母は応接間の火がはいっている暖炉の隣に置かれた小さなソファーに腰を下ろしていた。アポロニアはそのソファーの暖炉をはさんで反対側の椅子にすわった。

ジェオフはふたりのためにグラスにシェリーを注いでやった。自分は立ったまま、マントルピースの端に肘をついた。「どうやら、ぼくはおふたりを怒らせるようなことをしてしまったようですね」

「アポロニア、ハリントンにブランデーを注いでやって。ワインのほうがよければ、ワインでも」

「ブランデーでいいですが――」

「それから、すわってちょうだい」祖母が辛辣な声で言った。「あなたを見上げなくちゃならないのが嫌なの。首が痛くなるわ」

ジェオフは暖炉から祖母と向かい合うソファーへと移り、アポロニアがブランデーのグラスを手渡してくれた。「いったいどういうことなのか話してくれるといいんですが。正直、まるで見当もつかないので」

「そうでしょうね」祖母の口調はかなり冷ややかだった。「ミス・ターリーに求愛すると決めたの、決めてないの？」

「決めました。まさしく、今その真っ最中です」そう言わなかったか？　そうでなければ、どうしてこれからの一週間、毎日彼女のダンスカードに名前を載せたりする？

「そうなの？」祖母は片方の眉を上げ、しばらく黒っぽい鋭いまなざしを彼に向けてから言った。「求愛しているような振る舞い方じゃないから」

ジェオフはアポロニアのほうに目をやったが、援軍は得られなかった。彼女はシェリーを飲んで言った。「彼女といっしょに馬車に乗りに行ったり、散歩に行ったりする約束はしたの？」

ジェオフは身もだえしたくなったが、なぜかはわからなかった。「いいえ、していません」

「それで、そのご婦人と舞踏会ごとにたった一度ダンスを踊るというのね。ほかのご婦人たちとも踊るんでしょう？」アポロニアは耳にしたことが信じられないという口調で訊いた。

「もちろんです」ジェオフはクラバットを引っ張りたくなった。こんなにきつく感じたのは今夜初めてだ。「ぼくは紳士ですから。ほかのご婦人たちを無視するわけにはいかない。あなた方おふたりが何を言いたいのかわかりませんよ」

「あなたの言ったとおりだったわね」祖母はアポロニアに目を向けて首を振った。「この子は恋しているわけじゃない」

「残念ながら、ハリントンが彼女のそばに留まっていなかったときにそのことははっきりわかったわ」親戚の女性は唇をすぼめた。「まえのご婦人のときもそうだったし」

「あなたが正しいとこれでわかったわ。この子が結婚するには、明らかにわたしたちの助けが必要ね」

ジェオフの顎が痛み出した。自分がそこにいないかのようにふたりが自分について話し合っているのを聞いていることにもうんざりしはじめていた。しばらくして彼は歯噛みするようにことばを押し出した。「助け、とは、何の？」

アポロニアは目をみはった。「もちろん、あなたが女性に求愛する助けよ。ほかに何だというわけ？」そう言って祖母に目をやってから続けた。「妻を得るのにどうやったらうまくいくか、あなたがまったくわかっていないのがはっきりしたから」

祖母もうなずいた。「そのとおりよ。完全に台無しにしつつある」

ジェオフは耳にしていることが信じられなかった。「何ですって？」

「だいたいその女性に好意を持っているの？」アポロニアが鋭く訊いた。

「もちろん、持っていますよ」愛情をまったく感じない女性と結婚するなど考えもしなかった。ミス・何某については、結婚したくないと思って花嫁候補のリストから名前を消しすらしたのだった。そして、レディ・メアリーに拒まれたときにはありがたく思った――ほっとしたというほうがあたっているが。「妻とは好意的な関係を持たなければなりませんから」

「でも、彼女のことを愛してはいない」アポロニアの声には嫌悪がありありと表れていた。

「愛が結婚にどう関係しているのかわかりませんね」恋愛結婚をして不幸になった夫婦の名前なら、いくつでもあげられる。ジェオフは結婚して不幸になるような選択をするつもりはなかった。

「誰かを愛したら、自分が何をしようとしているのかわかるでしょうよ。それはともかく――」祖母は指をひらひらさせた。「あなたには助けが必要なんだから、わたしたちが力を貸すことにしたの」

「ただし」親戚の目が不気味に細められた。「そのご婦人に好意を持っているならの話よ」

「ええ、持ってますよ」ジェオフはきっぱりとうなずいた。「とても気が合うんです。外交官の妻として必要な言語はすべて話せるし、乗馬も上手です」乗馬については彼女の兄から聞いていた。「自分で馬車も操れるし、イギリスやヨーロッパの情勢にもよく通じている。旅行もしたいそうだし」

「ああ、まったく」アポロニアが目をむきそうになっているのはたしかだった。「ミス・ターリーに何か感じたりはしないの？」

ジェオフはしばらく考えを巡らした。彼女に好意を持っているのはまちがいない。レディ・シャーロット以上にいっしょにいてたのしい相手とすら言える。彼女にキスしたいとも思った。そう、キス以上のことも。長いブロンドの巻き毛に囲まれて裸でベッドに横たわる彼女を見たいという強い願望もあった。これまで女性にそんな強い欲望を感じたことはない。「ええ。しますよ」

祖母とアポロニアは目を見交わした。しばらくして祖母が言った。「彼に指示書きを渡して」

アポロニアは立ち上がり、天板に型押しされた茶色の革が張られ、金メッキが施された小さなサクラ材の書き物机のところへ行くと、紙を一枚とってきてジェオフに渡した。「この指示に従って」

「従わなかったら」祖母がもったいぶった声で言った。「ミス・ターリーへのプロポーズはうまくいかないでしょうよ」

ジェオフは手渡された紙を読んだ。彼がしなければならないと祖母たちが考えることが両面を埋めていた。女性に求愛することが、これほどに時間を要するものであるはずがない。〝彼女がほかの人とダンスを踊っていても、ひと晩じゅう彼女のそばにいること〟もしくはこれほどにばかばかしいものであるはずがない。

〝あなたが彼女を選んだことを知らせるために、ほかの紳士ににらみをきかせること〟祖母に指示書きについて意見を述べるのに、礼儀正しい言い方を見つけるまでしばらくかかった。「つまり、ぼくに完璧な色男になれというわけですか？」

「ちがうわ」祖母はシェリーをごくりと飲んだ。「あなたにそのご婦人の心をつかんでほしいのよ」

「あなたが恋に落ちていたら」アポロニアが覚えの悪い子供に対するような口調で言った。「そこに書かれているすべてを、疑念を抱くことなくするはずよ。何をしなければならないか指示される必要もないでしょうよ」

ジェオフは口を閉じた。信じられない。ふたりは何を考えているのだ？「ぼくに恋に落ちている振りをしろと?」

「いいえ、ミス・ターリーにきちんと求愛してほしいだけよ」祖母は席から立った。「さあ、アポロニア、わたしたち、できることはすべてしたわ。あとはハリントン次第よ。レディ・シャーロットを失ったようにミス・ターリーのことも逃したとしたら、それはこの子のせい。そのご婦人を口説き落として結婚するのにどのぐらい時間の猶予はあるの?」

「二、三週間です。でも、それがどうしてそんなにむずかしいのかわかりませんね」

アポロニアが、馬を水辺に連れていっても水を飲むかどうかは……というようなことをつぶやき、ふたりは応接間を出ていった。

ジェオフはまた渡された指示書きに目をやった。

〝いっしょに馬車に乗りに行くこと〟

〝各催しで二度はダンスを申しこむこと〟

それほど大変なことでもない。ご婦人を馬車に乗せたところで、おかしく見えることもない。ハイドパークでご婦人といっしょに馬車に乗っている紳士は多い。ご婦人たちは上流社会の人間がこぞって馬車に乗りに行く時間に姿を現すことを好む。ジェオフ自身、新しい馬車の試し乗りをする必要もあった。

同じ手紙で二度目のダンスも申しこめばいい。明日朝一番に書きつけを送ろう。しかし、それ以外の助言は最悪だ。よくいる軽薄な男のように見えてしまうにちがいない。

執事が帽子とステッキを手渡してくれ、扉を開けてくれた。「おやすみなさい、伯爵様」

「ありがとう、ギブソン」

借りている住まいまで半分ほど歩いたところで、ミス・ターリーを愛さなければならないとか、愛せる可能性を持たなければならないと、祖母とアポロニアがあれほどに言い張ったのはなぜだろうと考えはじめた。愛よりも気が合うほうが重要ではないのか？　恋愛結婚については、あてにならない厄介なもので、頭痛の種になるばかりだと聞いている。恋愛結婚をした夫婦は有頂天になるか、絶望するかで、中間点はないように思える。

祖父母の結婚が恋愛結婚でなかったことは事実として知っていたが、祖父が亡くなるまでふたりはとても幸せな夫婦に見えた。ああ、祖母が恋愛しろと孫にしつこく言ってくるなど道理に合わない。アポロニアがどういうつもりでいるかは推測するのも嫌だった。どうせ単に祖母に合わせているだけだろう。

ミス・ターリーは穏やかで知的な女性に思えた。恋愛結婚は望ましくないという意見にもきっと賛成してくれるはずだ。そう思いながら、なぜかその考えがしっくりこない気がしたが。もしかして、彼女も祖母の考えに賛成だろうか？　恋愛結婚を望み、期待しているとでも？

ジェオフはみずからを叱責した。そんなことを彼女に訊くわけにはいかない。よくない結果を招くことになる。何であれ、誰であれ、邪魔されたくはなかった。

住まいに帰ると、ジェオフは指示書きを机に放り、グラスにワインを注いであおった。祖母から渡された紙に目を向け、暖炉に放ってやれたならと思ったが、部屋の暖炉に火ははいっていなかった。

明日、ミス・ターリーへの求愛活動をはじめよう。今週末には婚約が成立するであろうことに微塵も疑いはなかった。

翌朝早く目覚めたときも、成功はまちがいないように思えた。ミス・ターリーに急いで書きつけを送る代わりに、ゆっくりと朝食をとり、お茶を二杯飲んだ。そうして初めて居間へ行き、書き物机に向かってミス・ターリーへの手紙をしたためた。

手紙でお願いすることが、あとから思いついたように見えないことが重要だ。つまるところ、祖母とアポロニアにそうすべきだと言われるまで、二度目のワルツを踊ってほしいと頼むなど、考えもしなかったのだから。それが求愛の証だということなど。それでも、慎重に正しい頼み方をしなければならない。躍起になっているように見えたくはないのだから――じっさいにはそうでも。

まったく、ミス・ターリーのカードにまだ空きがあるといいのだが。

7

翌朝、エリザベスはベッドに横たわったまま、昨晩のことを考えていた。じっさいにはハリントン卿の振る舞い方について。伯母が言っていたようにのんびりした人なのだろうか？　それとも、女性に求愛するやり方がわかっていないだけ？　それはつまりどういうこと？　シーズンのあいだに会った紳士はみな、愛情の対象が決まったら、やるべきことはちゃんとわかっているようだった。

愛情の対象が定まっていないのかもしれない。そう考えて、彼がお茶に来たときに感じたことを思い出した。彼にとって結婚相手は誰でもいいのだ。

着替え室でメイドが忙しくしている物音に耳を傾ける。部屋の扉が開き、メイドのひとりが暖炉の火をおこした。すぐに起きる時間になる。

エリザベスは家のなかの者が起き出す音を意識から遮断し、また物思いにひたった。

いいえ、誰でもいいわけではない。彼が結婚する女性は生まれ、家柄、能力が並み以上であるという一定の条件を満たさなければならない。あの忌々しい人はじっさいわたしを試すようなこともした。でも、条件にあてはまったからといって、彼が愛するようになるということではない。彼が結婚すると決めた女性は誰であれ、サー・チャールズの副官になる彼が妻に求める役割をはたすことになるだけだ。

サー・チャールズの副官としての立場が何よりも重要ってわけね。

ハリントン卿の望みがそれだけなら、妻という役割を演じるだけの存在として生きることはできないとエリザベスは考えた。夫になる人には愛してもらいたいと思っており、自分にも愛される資格はあるはずだ。唯一関心を持った紳士との結婚を断らなければならないとしても、愛のほうがより重要だ。

ベッドカーテンを払いのけて、エリザベスは足を脇に垂らした。ハリントン卿を拒んだら、父は烈火のごとく怒るだろうが、伯母は受け入れてくれるかもしれない。双子の妹の娘のために、きっとそうしてくれるはずだ。

わたしを愛してくれない男性との結婚を父が無理強いしようとしても、できることはほとんどない。伯母が味方についてくれるなら。それに、ギャヴィンも力になってくれるかもしれない。

一時間後、伯母といっしょにお茶を飲み終えたところで、ブロードウェルが朝食の間に銀の盆を運んできた。「使いの者がお嬢様にお手紙を運んできました」

伯母のレディ・ブリストウが手を差し出した。「わたしに見せて」

伯母が手紙を開いて読むあいだ、エリザベスは我慢強いところを見せて待った。伯母は手紙をエリザベスに手渡した。「ハリントン様が今日の午後、いっしょに馬車に乗ってほしいそうよ。今夜の催しでは、ダンスのお相手を二度お願いしたいですって。とても当を得たお願いね」伯母はにっこりした。「予想外ではあるけど」

エリザベスは手紙に目を通した。

親愛なるミス・ターリー
今日の午後五時にぼくといっしょに馬車に乗っていただけると非常にありがたい。また、今晩はダンスを二曲踊っていただきたい。二曲目のダンスをお願いしなかったのはぼくの不注意でした。

敬具　　　　　　　　　　　　　　　　　　　　ハリントン

あら。このお招きについてはどう考えるべきかしら？　エリザベスは伯母に目を向けた。

「ほんとうに予想外ね」

「彼がこれまで思いつかなかったことが驚きなだけよ」伯母の辛辣な口調を聞いてエリザベスは思わず笑みを浮かべた。伯母はブロードウェルに目を向けた。「使いの者は返事を待っているの？」

「ええ、奥様。お嬢様がお返事をしたためるあいだ、厨房へやってお茶を飲ませております。すぐに呼びにやりましょうか？」

「いいえ、だめよ」伯母は言った。「エリザベスは朝食を終えるの。お返事をしたためるのはそれからよ」

「かしこまりました」執事はお辞儀をした。

執事が部屋を出ていくまえにエリザベスが声をかけた。「使いの者にトーストかビスケットもあげてね」

「きっと料理人が面倒を見ております、お嬢様。お茶のお代わりをお持ちしましょうか？」

執事の顔には何の表情も浮かんでいなかったが、片方の口の端がわずかに持ち上がった気がした。「ええ、お願い」

「ちょっと思ったんだけど――」伯母が言った。「ハリントン様は自分の望むものは必ず手にはいると思ってきたんじゃないかしら。あなたが結婚して幸せになろうと思うなら、彼にはちゃんとしたやり方をしてもらわないと」

「今朝、わたしも同じような結論に達したの」エリザベスは伯母の手に指を重ねた。「ありがとう」

「あなたのお母様が亡くなったときに、わたしがあなたを引きとるべきだったわ。そうしなかったことを後悔しているのよ」伯母は唇を噛み、部屋の反対側の壁をじっと見つめた。

「エリザベス、何が起ころうとも、あなたはいつでもわたしのところで暮らしていいのよ」

「ありがとう」エリザベスは願いがかなったことを神に感謝して言った。「そうおっしゃっていただくことがわたしにとってどれほどの意味を持つものか、伯母様にはわからないわ」

伯母はゆがんだ笑みを浮かべた。「あら、たぶん、わかるわ」

エリザベスが朝の間へ行って誘いを受ける返事を書いたのはさらに三十分が経過してからだった。ハリントン卿が分別をきかせて馬車に乗りに行こうと誘ってきたからといって、それを大喜びで受け入れるように見えてもいいことは何もない。

エリザベスは時間をかけてペン先を整え、何と返事するかを考えた。ようやく、短く端的な返事にしようと決めた。

親愛なるハリントン様
今日の午後、喜んで馬車にごいっしょさせていただきます。五時五分まえに迎えてきてください。
かしこ
E・ターリー

返事を読み返すと、インクを乾かすために紙に砂をまき、封をし、呼び鈴を鳴らしてブロードウェルを呼んだ。二度目のダンスについての答えは今日の午後、馬車に乗っているときにすればいい。

しばらくして、執事が部屋にはいってきた。「お呼びですか、お嬢様？」

エリザベスは手紙を差し出した。「これをハリントン様の使いの者に渡して」

執事はお辞儀をし、エリザベスは時計に目をやった。手紙が届いてから一時間も経っていない。「急ぐ必要はないけれど」

ブロードウェルの足取りがすぐさまカメの歩みになった。「おおせのままに、お嬢様」

その日の午後、エリザベスは目の色とほとんど同じ色の新しい馬車用のドレスに身を包んだ。ハリントン卿はきっかり五時五分まえにやってきた。エリザベスは階段を降りながら、彼のプルシアンブルーの上等な生地の上着が広い肩を誇示しているのをじっくりと眺めた。ウェストコートは青と白の縞模様で、織りこまれた細い金糸が彼の髪の色とも合っていて、縞模様を際立たせている。長ズボンは形のよい脚にぴったりしており、この距離からでも、磨きこまれたブーツに自分の姿が映っているのがわかった。金のネクタイピン以外は、装飾品は片眼鏡と懐中時計だけだった。要するに、どこからどこまでも称賛するしかない姿だった。

確信が持てないのは、彼が自分に関心を寄せているかどうかだった。運に恵まれれば、今日の午後、それをもっとよく知ることになるだろう。

「ミス・ターリー」エリザベスがお辞儀をすると、ハリントン卿もお辞儀を返し、手を差し出した。「誘いを受け入れてくれてうれしいですよ」

「誘ってくださってありがたいですわ」エリザベスは満足していることは明らかにしつつも、心を奪われたとは思わせないだけの笑みを浮かべた。彼のほうは結婚を急いでいるのかもしれないが、彼女は一生をかけた一歩を踏み出すまえに、彼が愛してくれていること、もしくは愛してくれる可能性があることをたしかめるつもりでいた。

「行きましょう」ハリントン卿は彼女の手を自分の腕にたくしこんだ。「ぼくの新しいフェートンをお見せしたいんです。大陸の荒れた道用に特別に設計させたものです」

ハリントン卿はほとんど少年のような無邪気さで馬車に手を加えた部分をうれしそうにす

べて見せてまわった。「ご覧のように、ふつうのフェートンよりもずっと安定しているんです」

「あなたが使っている馬車職人はいい仕事をしましたね」そう言いつつも、エリザベスはほぼ青いといっていい毛色のベルジアン種のそろいの馬のほうに関心を惹かれていた。鼻を撫でてやると、馬たちは彼女の手に鼻息をあてた。「おまえ、ハンサムね」と馬につぶやく。ハリントン卿に向かってはこう言った。「こんな毛色のベルジアン種は初めて見ましたわ。なんて色なんです？」

「粕毛の青です」彼の笑みが深くなった。「ふつうの種類とはまったくちがうんです」

「そうでしょうね」左側の馬がボンネットをかじろうとしたので、エリザベスは馬から帽子を遠ざけようと少し後ろに身をそらし、馬の鼻を撫でてやった。「このきれいな馬たちも連れていくんですか？」

ハリントン卿は手を伸ばして片方の馬の耳のあいだをかいてやった。「ええ、もちろん。すぐに疲れない馬が必要ですから」

エリザベスがこれまで聞いたところでは、大陸では馬を交換のために宿屋に置いていくことはしないらしい。馬を失いたくなければ。そして戦争のせいで、道の状態はひどく、馬車の乗り心地は最悪とのことだった。「道の状態について耳にしたことからして、この馬たちならよく走りそうですね」

「ぼくもそういう結論に達しました」ハリントン卿はまだ笑みを浮かべたまま、彼女が馬車に乗りこむのに手を貸した。

馬車の反対側に乗りこむと、彼はハイドパークに向けて馬を走らせはじめた。

いつものようにすぐに会話は政治の話におちついた。エリザベスが、劇場にかけられている最新の芝居やオペラなど、ほかの話題に水を向けようとしても、ハリントン卿がヨーロッパへと話題を戻すのだ。ハイドパークの馬車道に到達しても、彼は友人や知人に挨拶するために馬車を停めようとはしなかった。エリザベスについても、多少情報を確認する以外は、一度も好き嫌いを訊いてくることさえなかった。二度目のダンスを申しこんだことすら口に出さなかった。その時点で、エリザベスは、彼がそれを話題に出さないのなら、こちらからも出さないことにしようと決めた。

馬車を彼女の家のほうへ戻らせようというころには、ハリントン卿が自信過剰だとシャーロットが言った意味がエリザベスにもわかった。これまで会ったなかで誰よりもハンサムな紳士のひとりではあったが、近くにいるときにその肉体を意識することはあっても、エリザベスが結婚の申しこみを受け入れようと思うにはほど遠い男性だ。

その晩、エリザベスは彼と一度ダンスを踊った。それからのふた晩も一度ずつ踊った。彼と踊るワルツは願ってもないほどにすばらしく、彼が手を置いた腰は火がついたように熱くなった。エリザベスはダンスフロアをまわりながら、自分が羽毛ほども軽くなった気がした。踊りながら彼がもっと体を近くに引き寄せてくれないことは少しがっかりだったが、少なくとも、彼女のことを知ろうとしてくれれば、それも許せたかもしれない。しかし、彼はそうしようとはしなかった。エリザベスのほうにも、外交官候補ではなく、ひとりの男性としての彼を知るうえで、ほとんど進展はなかった。

ハリントン卿がすぐにやり方を変えないならば、田舎へ発って次のシーズンがはじまるのを待ったほうがいいかもしれない。


数日後の朝、伯母のレディ・ブリストウが手にカードを持ってターリー・ハウスの朝食の間にはいってきた。「わたしたち、何に招待されたと思う？」

エリザベスは誰からの招待状か見極めようとしたが、伯母が激しく振りまわすのでわからなかった。「想像もできないわ」

「スタンウッド・ハウスでの〝シーズン終わりの朝食会〟」伯母は興奮もあらわな声で言った。

「シーズン終わりの朝食会？」エリザベスは鸚鵡返しに言った。「そんな催し、聞いたこともないわ」

「わたしもよ。たぶん何かをごまかそうとしているんでしょうけど、その理由は見当もつかないわ。でも、たしかな筋からの情報では――」つまり、伯母のおつきのメイドが噂を仕入れてきたということだ。「レディ・シャーロットとケニルワース侯爵がすぐに結婚するそうよ。レディ・マートンとロスウェル公爵夫人がロンドンに戻ってきたから、きっと噂はほんとうだわ」伯母はエリザベスが手渡したお茶のカップを受けとった。「あの家族の誰も、結婚を待てないようなのは、まったく理解できないけれど」

なぜなら、みな愛し合っていて、結婚式以上にいっしょの人生をはじめるほうに重きを置いているからよ。

伯母の言うとおり、シャーロットの結婚式がまもなくとり行われるであろうことはたしかだった。婦人服仕立屋での試着の予定がなかったら、すぐにもスタンウッド・ハウスに行ったことだろう。そのせいで、シャーロットを訪ねるのはその日の午後になった。シャーロットはドッティとルイーザといっしょだった。

「エリザベス」シャーロットはエリザベスに挨拶し、頰にキスをした。「お元気なの？」

「元気よ」友は頰を輝かせ、目をきらめかせていた。「あなたにも同じことを訊いてもいいけど、まるで雲の上を歩いているみたいに見えるわ」

「そういう言い方もできるわね」シャーロットは笑みを浮かべた。エリザベスはわくわくするものを感じた。友はこれまでになく幸せそうだった。

ドッティとルイーザもエリザベスを抱擁すると、シャンパンのグラスが配られ、四人はソファーに腰を下ろした。

エリザベスはシャーロットに目を向けてにっこりした。「結婚するのは夏まで待つって言っていた計画はどうなったのかしらと思って」

シャーロットの頰がピンク色に輝いた。「家族と同じぐらいわたしも待てないことがわかったの。シーズンもまだあと数週間残っているけど、あなたには何か見こみはないの？」

「まえまえからある紳士に目をつけていたんだけど」エリザベスはゆっくりと言った。友人たちのあいだでハリントン卿が好かれていないことはわかっていた。「あなたが花嫁市場から姿を消したので、その人はわたしのほうに目を向けてくれているわ」

「ハリントン様？」シャーロットの唇が引き結ばれ、端が下がった。エリザベスはうなずいた。友のことばを聞きたいかどうかわからなかった。「彼との結婚に同意するまえに、結婚に値する人かどうか試さなきゃだめよ。あの人はどこまでも自信過剰だから」

たしかにそうだった。エリザベスもそう思ったのだった。彼はシャーロットのことも同じように扱っていたのだろう。彼は求婚するそぶりを見せながらも、シャーロットを放って数週間ロンドンを離れ、戻ってきたばかりだった。「ほんとうにそう思うわ。少なくとも、以前は。でも、あなたが別の紳士と結婚すると知って、ずいぶんと打撃を受けたみたいよ」

「そうかしら」シャーロットは疑うような顔になった。「あなたに対してはどう振る舞っているの？」

どんなふうに説明したらいいのかしら？「妙に冷めたやり方で注意を向けてくれているわ」エリザベスはひとつの催しにつき一度のダンスを踊ることと、たった一度馬車に乗りに行ったことを話した。「ある立場を得るための面接をされているような気になることがよくあるの。わたしが何をたのしいと思うか訊かれたこともないし。わたしが何か個人的なことや、劇場の話とか、そういったことに話を向けても、彼はサー・チャールズの副官になることに話を変えるのよ。彼のことはどう判断していいかわからないわ」

「あなたのことを思っていると示させなきゃ」ルイーザは彼女らしい率直な言い方をした。「それから、彼のせいで傷ついちゃだめ」

それこそエリザベス自身が心配していることだった。惹かれるあまり――彼のことは客観的に見ようと精一杯努めてはいたが――ハリントン伯爵を好きになってしまうのではないかと不安だったのだ。同じように思ってもらえなかったら、きっとみじめになる。「腹立たしいのは、彼が与えてくれようとしている人生はすばらしいんだけど、愛していない、もしくは愛せない男性とは結婚できないってことよ」

「結婚すべきでもないわね」とシャーロットは言った。「誰かを愛し、その誰かにも愛してもらう以上にすばらしいことは何もないときっぱり言えるわ。愛していない男性と関係を持つなんて想像もできない」

「関係？」エリザベスは友のことばの意味がはっきりわからなかった。

「あら」ドッティがため息をついた。「男女のあいだに何があるか、誰からも聞いたことない？」

いとこのラヴィーがほのめかすようなことを言ったことはあったが、察するに、それは恐ろしく、苦痛に満ちたものだった。いとこはロンドンを離れていて、もう戻ってきそうもなかったため、男女のあいだに何があるかについては、いまだにほとんど知らないままだった。

伯母に訊くのは問題外だ。「正確には」

「そうじゃないかと思ったのよ。わたしが知ったのもたまたまだったんだけど、ドミニクのときには……」ドッティの頬が染まった。「知っていてよかったとだけ言っておくわ」ドッティはルイーザに目を向けた。

「まあ、そうね」ルイーザも赤くなった。「グレースが話してくれたので、とても役に立ったわ」

「誰も異議がなかったら――」ドッティがシャーロットとルイーザに目を向けると、ふたりとも異議なしというように首を振った。「何を期待できるか、わたしたちが話してあげるわ」

それからの数分は、エリザベスがこれまでまったく思いおよばなかったほどに目を開かされるものとなった。男女がそれほどに――親密になれるなんて誰が思う？「男性がじっさいに女性の体にはいるの？」

「エルギン卿の博物館に行ったことはない？」とドッティが訊いた。

エリザベスは今の話に大理石の彫像がどう関係するのかわからなかった。「あるわ。シーズンの初めにいとこが連れていってくれた」

ルイーザは唇をすぼめ、眉根を寄せた。「男性の彫像の脚のあいだにぶら下がっているものに気づいた？」

思い返してみれば、たしかに気づいていとこに訊いたのだったが、ラヴィーは答えてくれず、次の展示へと急かされただけだった。「ええ」

「それがずっと大きくなるの」とドッティは言った。「それによってあなたのなかにはいることになるわけ」エリザベスは口を開けてどこにと訊こうとしたが、ドッティはことばを続けた。「月のものが出てくる場所に」

きっとぎょっとした顔をしているせいだろう。ルイーザが言った。「痛いのは一度だけよ。その後はとてもたのしいものになるわ」

ドッティは未来の夫とはほかにもいくつか経験できることがあると付け加えて、エリザベスの気持ちをやわらげようとした。そのなかには信じがたいこともあった。「指をあそこに入れるの？」

ふたりの既婚女性はうなずき、シャーロットは真っ赤になった。

話が終わると、ドッティの額にうっすらと縦皺が寄った。「何か質問は？」

「今はないわ」エリザベスにわかるのは、友人たちが極めて率直に説明してくれたということだけだった。「ありがとう。これで、どう進めなきゃならないかわかったわ」

何はともあれ、こうして友人たちと話をしたことで、ハリントン卿が――もしくは誰であれ、結婚する相手が――結婚まえに自分を愛してくれているかたしかめようと意を決することになった。

8

エリザベスが家に着くと、ちょうどギャヴィンがこれまで会ったことのない紳士をともなって馬車で帰ってきたところだった。極めて見た目のいい紳士だった。髪は真っ黒で、エリザベスの髪と同じぐらいカールしている。明るい緑の目は、彼女の兄が言ったことを聞いてきらりと光った。鼻は鷲鼻で、唇の形はよく、顎はたくましかったが、角張ってはいない。笑みを浮かべることが多いようで、ほほ笑むと右の頬になんとも魅力的なえくぼができた。

ただ、議論の余地なく見た目のいい紳士ではあっても、エリザベスはハリントン卿のときとはちがって、すぐさま惹かれることはなかった。ありがたいことに。

「ギャヴィン、何日もいなかったわね！」エリザベスは兄の頬にキスをしながら責める口調で言った。「どこにいたの？」

「すぐに詳しく説明するよ」玄関の間にはいると、ギャヴィンは言った。「エリザベス、リトルトンを紹介させてくれ。リトルトン、ぼくの妹のミス・ターリーだ」

「はじめまして」リトルトン卿はほほ笑みながらお辞儀をした。エリザベスの脳裏には、彼に手をとられた瞬間に気を失うだろうと思われる若い女性が何人も浮かんだ。その挨拶の仕方はすばらしかった。

「リトルトン様、お会いできて光栄です」エリザベスは首を下げた。それから、兄に問うような目を向けた。

見るからに自己満足にひたっているギャヴィンが言った。「リトルトンはおまえに関心がある振りをしてくれるそうだ」そして明確な理由もなく顔をしかめた。「唯一の条件は、おまえが彼を好きにならないことだ」

この人たち、おかしくなってしまったにちがいない。それとも冗談を言っているの？　いったいどうしてわたしがリトルトン様を好きになるの？「きっと――」ふたりのまじめな表情を見て、すぐさま、彼らがこの茶番を心底真剣に実行しようとしていることがエリザベスにもわかった。「でも、どうして？」

「ぼくの聞いたところでは――」ギャヴィンが家の奥の朝の間へと先に立って歩きながら言った。「ハリントンは、ケニルワースにかすめとられて初めて、レディ・シャーロットに求愛をはじめたそうだ。リトルトンとはその――参加したスポーツの催しで会ったんだ。ハエを惹きつけるように女性を惹きつける男だ」ギャヴィンはしかめ面を作った。「悪く思うなよ、リトルトン」

「思わないさ」リトルトンは人のよさそうな笑みを浮かべた。「ありとあらゆる女性がぼくを興味深いと思うようなんだ」

「だから」兄は言った。「おまえもリトルトンに関心があるんじゃないかとみんなが思うはずだ。ハリントンのようなぼんくらでもね。そうすれば、彼もさすがに何をどうしたらいいか気づくはずだ」ギャヴィンは道理にかなった話だとでもいうように、はっきりとうなずいた。

常軌を逸している。まるで正気じゃない。狂っている、ふたりとも。そんなことを思いつくギャヴィンも、その話に乗るリトルトン卿も。エリザベスは額をこすった。「どうしてそんなお芝居をしなくちゃならないのか理解できないわ」

「きみがぼくに関心がある振りをするだけじゃなく――」リトルトン卿が説明した。「ぼくのほうもきみに関心があるように見せるんですよ」

そんなことは必要ないように思えた。自分がハリントン卿に望まれると望まれないとにかかわらず。相手をだますようなことにかかわりたくはなかった。「どんな目的で？」

「ああ、かわいい人だ」リトルトン卿は彼女の手をとり、目で目をとらえた。

まったく、この人は危険だわ。エリザベスは自分が影響をおよぼされていないことを神に感謝した。「こういうことをわざとやってらっしゃるの？」

彼は首を振って彼女を見つめた。「こういうことって？」

エリザベスは狭めた目を彼に向けた。「この世でいっしょにいたいのはきみだけだとでもいうように、女性の目をのぞきこむことよ」

「あ、いや」リトルトンは若干恥ずかしそうに言った。「そうなってしまうんですよ。自分で自分を止められなくて」

「こういうことさ、リジー」兄が口をはさんだ。「ご婦人に関心のある紳士は誰だって、ほかの男がそのご婦人に言い寄るのを見たくはない」そう言って友人にうんざりした目をくれた。「リトルトンが力になると約束してくれたんだが、彼がロンドンにいるとどれほど危険なことになるか、おまえにもわかったはずだ。女性といちゃつかずにいられなくて、長くロンドンに留まると困ったことになる。まだ足枷をはめられる心の準備はできていないんだが、ご婦人の期待を高めてしまってまずいことになるわけだ」

「そのとおり」リトルトン卿はまだエリザベスの手をとっているのに気づいたにちがいない、そこで手を放した。「でも、ぼくが適任だとターリーとともに考えた理由はそれだけじゃないんです。そう、ハリントンとぼくは昔から馬が合わなくてね。だから余計に、彼もきみにちゃんと求愛しようという気になるはずだ」

「それに」ギャヴィンが付け加えた。「リトルトンは活力に満ちた男で、ハリントンに負けず劣らず夫として望ましい。つまり、爵位以外にもということだが」

兄とリトルトン卿はエリザベスに目を向け、彼女はふたりの男を見比べた。「わかったわ」というよりも、わかったような気がするだけだけど。男性ってほんとうに奇妙な生き物だ。どうしてハリントン卿はリトルトン卿を嫌いなのだろう。感じのよい人に見えるのに。

「いいわ。どんなふうにはじめるの?」

「まず、リトルトンを好きにならないと約束してもらわなきゃならない」と兄は言った。

「そんなことになったら、不都合極まりないからな」

リトルトン卿は見た目もよく――あのまなざしは言うまでもなく――魅力的な物腰の持ち主だが、ハリントン卿のようにエリザベスの心をはためかせはしなかった。手をとられて触れられても、彼のなかに身を沈みこませたいと思ったりもしなかった。「約束するわ」

「よし」ギャヴィンはうなずいた。「ハリントンにはどのダンスを約束したんだい？」

「夜食まえのダンスを申しこまれたわ」もう一曲申しこまれたのだったが、結局それには答えなかったのだった。「今夜はそのダンスだけよ」

「カードにはほかにもワルツはあるかい？」と兄は訊いた。

今夜、ワルツは三曲だけだった。ひとつは最初のダンスで、そのお相手はまだ決まっていない。「ええ。最初の曲がワルツよ」

兄の目がいたずらっぽく躍り、リトルトン卿はまた彼女の手に顔を伏せた。「ミス・ターリー、最初のダンスをぼくと踊っていただけますか？」

エリザベスは噴き出したくなるのをこらえ、うなずいた。「ええ、もちろん。喜んでお相手いたしますわ」

「完璧だ」兄が胸をふくらませた。「きっと思ったとおりにことが運ぶぞ」

その晩、リトルトン卿はターリー家で夕食をともにしたが、舞踏会にはあとからひとりで到着したほうがいいということになった。エリザベスが彼に好意を持っていると誰かに思われたくなかったからだ。最初のダンスを踊る相手なのだから、なおさらだった。

彼女とリトルトン卿がワルツの位置についたときに、ハリントン卿が到着した。ダンスフロアをまわりながら、エリザベスはハリントン卿の姿を目でとらえた。ハンサムな顔がしかめ面になっているのは願ってもないことだった。どうやら兄は正しかったようだ。エリザベスがリトルトン卿と踊っていることで、ハリントン卿は関心をかき立てられたようだった。「ミス・ターリー」伯母のところにエスコートされるやいなや、ハリントン卿が近づいてきた。「今夜、ぼくに二曲目のダンスを予約してくれていますか?」

エリザベスは唇をすぼめ、憂うように眉を上げて、悲しげで物思わしげに見えるようなまなざしを彼に向けた。「いいえ、ハリントン様。馬車に乗りに行こうというお誘いにお返事を出したあとで、ダンスについてのご質問にはお返事しなかったことに気がつきましたの」それは純然たる真実というわけではないが、まったくの嘘でもなかった。「馬車に乗っているあいだにそのことについて何もおっしゃらなかったから、それについては忘れてしまって、リトルトン様とお約束してしまいました」

ハリントン卿の引き結ばれた唇の端はほとんど持ち上がらず、エリザベスは彼を永遠に失ってしまったと思った。が、そこで彼が言った。「明日は二度目のダンスもお願いしたい」

伯母がひと晩にひとつの催しとかぎらないでくれるか、夜食のあとも残ってくれたならと願わずにいられなかった。しかし、そういうわけにはいかず、エリザベスのカードは一杯だった。「残念ですが、明日はもう空いているダンスはありません」

彼とのワルツの番が来ると、またその話が持ち出されるだろうかと思い、その期待は裏切られなかった。まえと同じように、彼の腕に抱かれてダンスフロアをまわっていると、体が熱を帯びた。また彼の将来の立場について会話を交わしていると、ふいにハリントン卿が言った。「二度目のダンスについて約束をとりつけなかったことをお詫びします。馬車に乗っているあいだにダンスのことを思い出して訊かなかったとは、ぼくがまぬけだった」

その悔しそうな声を聞いて、エリザベスのほうも謝りたくてたまらなくなったが、友人たちのことばを思い出し、こう答えるだけに留めた。「わたしもあなたが思い出してくださったならよかったのにと思いますわ」

兄の計画は想像以上の効果を上げていた。


ジェオフは舞踏場の柱にもたれ、別の紳士がミス・ターリーを――今夜二度目に――ダンスフロアへと導くのを見て、顔をしかめずにいられなかった。それだけでなく、今彼女を腕に抱いているリトルトン卿は、昨晩の最初のダンスを彼女と踊り、今夜の夜食まえのダンスも予約していた。

リトルトンのせいで、ミス・ターリーは二度目のダンスを約束してくれなかったのだ。何とも忌々しいことだ。あの男のことはイートン校でも大学でも気に入らなかった。今、将来の花嫁を奪われそうになり、やつのことはますます嫌いになった。リトルトンにとっては女性の心をつかむこともあまりに容易なのだ。ミス・ターリーをそんな女性のひとりにしてはならないとジェオフは心に誓った。彼女はぼくのものなのだから。

彼女に――社交界のすべての人にも――単純な事実を理解させる方法を見つけなければ。何かできることはあるはずだ。レディ・シャーロットのときと同じように物事が進めば、ミス・ターリーのことも失うことになる。それはつまり、サー・チャールズの副官の地位も失うということだ。そんなことになったら耐えられない。

振り返って舞踏場から出ていこうとしたところで、ジェオフはもっとも会いたくない人物にぶつかりそうになった。彼はお辞儀をした。「アポロニア、今夜、いかがお過ごしですか？」

「あえて言えば、あなたよりはましでしょうね」アポロニアは片方の眉を上げ、砂漠ほども乾いた声を出した。「どうやら、お祖母様の助言には従わなかったようね」

ジェオフはこんな会話をするつもりはなかった。すでに気分がぼろぼろの今はとくに。できることはひとつだ。ジェオフは首を下げた。「失礼します」とどこまでも尊大な声で言う。「もう帰るところなので」

「そうでしょうね」アポロニアのことばはナイフのように彼の臓腑にねじこまれた。「たぶん、次のときには、年上でより賢い人の意見に耳を貸すのね」そう言って、ミス・ターリーがリトルトン卿と踊っているほうへ目をやった。「ひとつのシーズン中にふたりも。次はもっと運に恵まれるといいわね。たぶん、無理だと思うけど」

できるかぎりの威厳をもってその場から歩み去るジェオフにアポロニアの明るい笑い声がついてきた。ジェオフはばかにされるつもりはなかった。どうにかしてミス・ターリーの好意をとり戻すのだ。

二十分後、借りている住まいに戻ると、机の上を探しはじめた。「ネトル！」

「これほどに早いお戻りとは思いませんでした、旦那様」

「舞踏会が死ぬほどつまらなかったんだ」机の上から紙が床に散らばった。「あの指示書きが要る」

「指示書きですか？」従者はちょうどジェオフの手が届かない場所に立っていた。さもなければ、襟首をつかんでいただろう。昔からとり乱すことのない気性だと自負してきたのに。今は誰かを絞め殺したかった。

「ああ。数日まえ、祖母の家から戻ってきたときに机の上に放った紙だ」

「それは先代のレディ・マーカムの筆跡で書かれたものですか？」

「おそらくはアポロニアの筆跡だろう」

ジェオフは髪を手でかき上げた。「まったく。どこへ行ってしまったんだ？」

ネトルは一歩まえに進み出て引き出しを開け、一枚の紙をとり出すと、親指と人差し指でつまんで持った。「お探しなのはこれではないですか、旦那様？」

ジェオフは従者の手から紙を奪いとった。「そうだ」指示書きに目を通す。「明日朝一番にバラの花を見つけてきてもらいたい」

「バラですか？」従者は一瞬眉を上げた。「どんなバラです？」

ジェオフはまた指示書きに目をやった。「ピンクのバラだ。緑も混ぜた花束にするんだ」

「それで、花をご用意したあとは？」ネトルは当然ながら、困惑した顔になった。自分を軽薄に見せることになってしまった極端な一度の例外をのぞき、ジェオフは誰にも花など贈ったことはなかったからだ。

「ミス・ターリーに花を届けるのに書きつけを用意しよう」

「ああ、かしこまりました。市場が開き次第、花を買いに行ってまいります。おそらく、私自身が行ったほうがいいと思いますので」

「頼む」ジェオフは大きなグラスにブランデーを注いだ。「使いの者には返事を待つように言ってくれ」前回のように、返事に一時間もかからないでくれるといいがと思わずにいられなかった。ただ、あのときは、彼女がリトルトンとすでに約束しておらず、自分と約束してくれるだろうかとやきもきしてはいなかったのだ。

ジェオフは机に向かった。花に添える書きつけにふさわしい文章を考えなくては。躍起になっているのを悟られてはいけないが、彼女といっしょに過ごしたいという思いははっきりと表れている文章。そもそもこんなシーズンも終盤にリトルトンがロンドンで何をしているのだ？　なぜロンドンに？　彼は所領地に引っこんでいるのがつねだった。

ジェオフは息を吐いた。あの男のことで頭を悩ませてもしかたない。やるべきことに集中しなければならない。

親愛なるミス・ターリー
あなたのカードが一杯になるまえに二度目のダンスを申しこまなかったことを再度謝ります。

二度目のダンスを約束しておかなかった自分には今も腹が立った。リトルトンは今夜いきなり現れたのだから、予約さえしておけば、二度踊れたのだ。

サマーヴィル家の舞踏会では、二度のダンス――両方ともワルツで、片方は夜食まえのダンス――を予約させてください。それから、これからの催しではずっとダンスを二曲ずつお願いします。

また、今日の午後五時に馬車に乗りにお付き合いくだされば幸いです。使いの者がお返事を待ちます。

あなたの僕《しもべ》たるG・ハリントン

忌々しいリトルトンのせいで、結局、洒落男めいたことをせざるを得なくなったようだ。ジェオフはネトルが重要な手紙を置く机の片隅に目を向けた。父からの手紙が載っていた。

ハリントンへ

ミス・ターリーへの求愛について何も知らせがないので、うまくやっていることと信じる。大陸では情勢が急速に変化しつつある。できるだけ急いで出立できるようにしておくこと。

マーカム

ああ、忌々しい！　あのくそ指示書きにはほかになんと書いてあった？

〝花やボンボンやガンターズのアイスクリームなど、彼女がもっとも好むものを贈ること〟

ミス・ターリーの好むものなどどうやってわかるというのだろう？　そんなことが話に出たことはなかった。

〝必ず面と向かって申しこむこと。そうすれば、断られることも少なくなる〟

くそっ！　ジェオフは書きつけを丸めて暖炉に放った。「ネトル」と従者を呼ぶ。「明日の朝、市場から戻ってきたら、起こしてくれ。花は自分で彼女のところに持っていく」

「かしこまりました」

従者の声に表れていた気がしたのは笑いだったか？　まったく。この状況を滑稽に思うのは、ネトルが最初かもしれないが、最後ではないだろう。

単純に父が結婚を手配してくれていたら、ジェオフの人生はずっと楽なものになっていただろう。しかし、彼自身がそれは望まなかった。自分の妻は自分で選びたかった。そして、そうすることで自分がどうなるものか見極めたかった。結局は窮地におちいっただけだったが。

9

ジェオフは小さな居間を行ったり来たりしていた。ミス・ターリーを妻にするにはもっと確実ないい方法があるはずだ。

　はっと足を止める。うちの父が結婚を手配してくれるつもりがないとしても……ミス・ターリーの父親であるターリー子爵が娘のために結婚を手配できないということはないはずだ。そうすれば、彼女に求愛する必要もなくなり、すべてがずっと手早く進むはずだ。

　ジェオフは子爵について知っていることを思い出そうとしたが、残念ながらあまり多くは知らなかった。娘を結婚させたいと願っており、良縁を望んでいるという噂以上には。それについては何もめずらしいことではなかった。子供に良縁を望まない父親がいるだろうか？　ターリー卿がロンドンにいるかどうかも知らなかった。あの日のお茶の席にはもちろんいなかったし、その他の催しにも参加していない。

　どうやら、彼女の兄のほうが父よりも所在がはっきりしているようだ。つまり、ギャヴィン・ターリーに頼らなければならないということか？　ミス・ターリーに関心を持つよう促したのも彼だった。一方で、彼女の兄はリトルトンの親友で、ふたりの仲もとり持とうとしているようだ。ターリーは妹が結婚してくれれば、相手は誰であっても気にしないのだろう。リトルトンが極めて望ましい花婿候補であることはジェオフですら否定できなかった。ただ、その相手がほかのご婦人であってほしいと思うだけだ。しかし、おそらくミス・ターリーは彼に好意を持っているのだ。

それでも、彼女を失うわけにはいかない。

話を進める最善の方法は、ただちに父親のターリー卿に接触することだ。彼女がリトルトンとイギリスに留まるほうがいいと判断するまえに。問題は、いったいどこでターリー卿が見つかるかだ。

ホワイツかブードルズか。どちらかのクラブの常連のはずだ。ホイッグ党員でなければだが、それは考えられない。ギャヴィン・ターリーがホワイツの会員だから、父親も同様のはずだ。

ジェオフは帽子とステッキをつかんで部屋を出ると、クラブに向かった。ターリー卿がいなくても、ホワイツの常連であるかどうかはわかるだろう。常連であれば、どのぐらいの頻度でやってくるかも。ブードルズにも行ってみなければならないかもしれない。

数分後、ジェオフは——父が言うところの——最高級の紳士のクラブへと石段をのぼり、支配人に尋ねていた。「こんばんは、今ターリー卿が来ているか教えてくれるかい？」

支配人はお辞儀をした。「いいえ、伯爵様。ターリー様はふつう、大陸からの知らせを求めて午前中にいらっしゃいます」

ジェオフは支配人の背後をのぞきこんだが、ほかに知っている顔がなかったので、「ありがとう、明日また来る」と言った。

家に戻る途中、計画を練り直した。やはり花は届けさせることにしよう――そのほうが自分で届けるよりは手際よくいくはずだ。行きすぎなほどのメッセージを添えればいい。ミス・ターリーの艶めく肌を褒めるとか、そういった類いの。そう考えてみれば、彼女の肌は極めてきめ細やかだ。シルクやバラの花びらを思わせるような肌。触れてもやわらかいのだろうか？　またも彼女に触れたいと思っている自分がいた。豊かな胸をもみ、胸の先を口に含む。彼女はいつもラベンダーとレモンのにおいがした。味はどうだろう？　運に恵まれれば、すぐにそのやわらかさをこの手で知ることになる。

口で口を探り、彼女を欲望に身もだえさせたかった。湿ったシルクのなかにみずからを沈めると考えて自分が硬くなるのがわかった。ジェオフはうなり声をもらした。ミス・ターリーへの欲望のせいで何か愚かなことをしてしまうまえに、彼女について考えるのはやめにしなければ。

しかし、あの髪。今夜、結い上げられ、一部垂らされた巻き毛は、月明かりを受けてきらめく薄い色の金のようだった。その笑い声はふんわりと軽く……。

まったく！　詩人きどりか。詩など書けもしないのに。前回詩を書こうとしたときには、姉が大笑いし、本気でそれをご婦人に送るつもりかと訊いてきたというのに。

それでも、すばらしい書きつけをしたためて花に添えなければならない。花は朝早く届けさせよう。それから、早朝にホワイツへ行ってターリー卿が来るのを待つのだ。彼女の父と話をして結婚の意思をはっきり示せば、婚約してミス・ターリーをベッドに連れこめる。そうなったら、彼女はぼくのものだ。

「彼はどこ？」エリザベスはそばにハリントンがいないとわかったときに、彼を探さないようにしていたのだった。

「怒って帰ったわ」伯母のレディ・ブリストウがいたずらっぽく目を光らせて言った。「ギャヴィン、すぐに戻ってきてほしかったのに戻ってこなかったのはまったく感心しないけど、ハリントン様をその気にさせるために必要な手は打ってくれたようね」

「手柄をひとり占めしたいところだけど」エリザベスの兄は言った。「でも、最初にこれを思いついたのは、ここにいるリトルトンなんです」

非常にハンサムながら、どこまでも遊び人風のリトルトン卿が首を下げた。

エリザベスはリトルトン卿が力を貸すのに同意したことをいまだに信じられずにいたのだが、彼がそれを言い出したとなると……。「どうしてです？　その、どうやってそれを思いついたんです？　それにどうして？」

リトルトン卿は熱を帯びた緑の目を彼女に向けた。またもエリザベスはこの紳士が非常に危険な理由を知った。ギャヴィンからも、彼のことは好きになるなと警告されていた。幸い、エリザベスの好みは青い目とブロンドの髪だった。

そう考えると、あの特別な青い目を思い出さずにはいられなかった。

「ぼくの祖母がよく話してくれたんです」リトルトン卿が話しはじめた。「どんなふうに祖父と結婚したかを。どうやら、リトルトン家の男たちは結婚を避けようとすることで有名らしくて。祖父は祖母をうんと好きだったんですが、だからといって関係を進めようとはしなかった。祖母の親戚のひとりが友人とともに訪ねてきて、祖父を嫉妬させる計画を練ったそうです。それがうまくいった。別の紳士が祖母に関心を寄せているのを見て、祖父は祖母と結婚するのを目標とするようになったんです」

「なんて巧妙なの」この計画がうまくいくと、兄とリトルトン卿があれほどに確信していたのも不思議はない。「お祖母様と結婚して、お祖父様は幸せだったんですの？」

「世界一幸せな男だと言っていましたよ」リトルトン卿はエリザベスにほほ笑みかけた。「あなたがハリントンを好きだとターリーから聞きましたし、彼が結婚しなければならないことはみんなが知っています」リトルトン卿は肩をすくめた。「ぼくはあなたのお役に立てるのではと思ったわけです」

「うまくいくといいんですけど」エリザベスは下唇を嚙んだ。「彼がわたしのことを好きになってくれるといいんですが。その職務に就きたいからというだけでなく」

「それについては心配要らないと思いますよ」リトルトン卿はにやりとした。「ハリントンの顔に浮かんでいた表情からして、彼はまもなくあなたの父上を訪ねていくと思いますね」

「きみを殺してやりたいという顔だったのはたしかだな」とギャヴィンがリトルトン卿に言った。

「内心の思いを行動に移さないでくれればいいさ」リトルトン卿は冷ややかに応じた。「明日、ぼくと馬車に乗りに行って、ハリントンをさらに刺激しますか、ミス・ターリー？」

「ありがとう、そうします」エリザベスは笑みに笑みを返した。「彼がちゃんと段階を踏んで振る舞おうとしないとしたら、簡単に受け入れるつもりはありませんから」

「ああ、そうね、エリザベス」と伯母が言った。「男性に追いかけさせようとするのは悪いことじゃないわ」

そう、友人たちも同じことを言っていた。シャーロットとルイーザとドッティがここにいたならと思わずにいられなかったが、彼女たちは明日朝のシャーロットの結婚式の準備に忙しくしている。結婚式のことを打ち明けられたときには、秘密を守ると誓ったので、伯母にすら告げていなかった。

ハリントン卿が父に接触するだろうというリトルトン卿の推測がまちがっていますようにと祈らずにいられなかった。父はあまりに簡単に許しを与えてしまうことだろう。そうなると、すべてが台無しになってしまう。「ギャヴィン、彼がすぐにお父様に会いたいと言ってきたらどうするの？」

兄は考えこみながら顎をこすった。「父さんのことは一日か二日、いつも行く場所から遠ざけておくよ。それでどうにかなるはずだ」

「そうだといいんだけど」エリザベスは安心できずに言った。「お父様がしばらくロンドンを離れていてくださるといいんだけど。でも、ハリントン様がほんとうに訪ねていらっしゃるとしても、明日の朝、わたしは家にいないわ。伯母様といっしょにワーシントン家のシーズン終わりの朝食会に出席する予定だから」

「あら」伯母が言った。「そのことを忘れるところだったわ。ハリントン様はきっと出席されないわね」

「これだけは言えますが、明日の夜には彼もだいぶ困りはてているはずですよ」リトルトン卿は笑いながら保証した。「父上から彼を遠ざけておくことにはぼくも賛成です。ご婦人ということになると、昔からハリントンは少々冷淡なところがあると思っていた。そんな彼をあなたは釣り上げたいというわけだ」

釣り上げる？　ほかの紳士に冷淡と思われているとしたら、ほんとうにそんな人をわたしは望むのかしら？

翌朝早く、エリザベスと伯母はバークリー・スクエアのスタンウッド・ハウスに一番乗りした客のひとりとなった。

ケニルワース卿の隣に立つシャーロットは光り輝くようで、ケニルワース侯爵のほうはぼうっとした様子だった。その表情こそ、エリザベスが自分を見下ろすときのハリントンの顔に見たいものだった。兄の計画がうまくいって、そうなるといいのだけれど。

「おめでとうございます」エリザベスはケニルワース侯爵夫妻にお辞儀をした。「うんとお幸せにね」

シャーロットは夫になったばかりの人をちらりと見た。「もう幸せよ。あなたは？　どうなっているの？」

「そうね」シャーロットの頬にキスする振りをしながらエリザベスは言った。「あなたにお時間があったら、お話しするわ」

「ドッティとルイーザを見つけて。テラスのテーブルで落ち合いましょう」とシャーロットはささやいた。

ドッティの結婚の祝宴のときに集まったのと同じ場所だった。「一時間後？」

シャーロットはうなずいた。「それだけあれば、ここでの挨拶も終わるわ」

「もう何かたくらんでいるのかい、シャーロット？」ケニルワース卿が、エリザベスが思うに官能的な声でつぶやいた。

「お友達の力になろうとしているだけよ」シャーロットはにっこりした。

一時間後、シャーロット、ルイーザ、ドッティ、エリザベスはテラスの片隅に置かれた丸いテーブルに集まった。使用人がシャンパンと小さなサンドウィッチとジンジャービスケットを運んできた。

エリザベスとほかの面々が花嫁に向けて乾杯すると、シャーロットは訊いた。「わたしたちがどんなふうに助けになれる？」

「あなたたちの助けが必要かどうかわからないけど」エリザベスは言った。「意見をぜひ聞きたくて。そう、兄のお友達のリトルトン様――」

「リトルトン様があなたに関心を寄せたなんて言わないでね！」ルイーザが声を張りあげた。

「まさか」エリザベスは忍び笑いをもらさずにいられなかった。「ハリントン様の件で力になってくれているの」

「それはおもしろそうね」ルイーザはワインをひと口飲んだ。

「かなり。ハリントン様にやきもちを焼かせようとしているのよ」エリザベスは友人たちを見まわした。ルイーザは笑いを抑えるように口を指で覆っている。シャーロットは考えこむように首を傾けている。ドッティは心配そうに眉根を寄せていた。

「うまくいくかしら?」と三人は口をそろえて言った。

「まあ、数日まえにはじめたばかりだから、まだ判断するのは早いかもしれないけど、わたしはうまくいくと思うの」エリザベスはショールのフリンジをいじりかけたが、代わりにシャンパンをひと口飲んだ。「伯母が言うには、昨晩の舞踏会でわたしとリトルトン様が踊っているときに、ハリントン様がひどく動揺して、リトルトン様とわたしをにらみつけていたそうよ」

「それはたしかに見込みありだわ」とシャーロットが言った。「彼がケニルワースにやきもちを焼いている感じは一度もなかったもの。わたしがケニルワースを選んだことが不都合だと思っているだけのようだった」そう言って指でテーブルをたたいた。「マットによると、別の結婚相手を見つけなければならなくなったと彼が文句を言っていたって」

そうではないかとエリザベスも思っていたのだった。いじらないようにしようと思っていたのに、ショールのフリンジをひねり出してしまう。もうひと口シャンパンを飲んだら、グラスを空にしてしまうだろう。彼女は友人たちに目を向けて訊いた。「それってつまり、彼がわたしのことを思ってくれているってことだと思う？」

　シャーロットとドッティとルイーザは目を見交わした。しばらくしてドッティが言った。

「わからないわ。あなたがハリントン様を望んでいるのはたしかなの？　その、今シーズンで結婚しなければならないの？」

「しなくてもいいんだけど、ハリントン様に惹かれているのはたしかよ」エリザベスはシャーロットに目を向けた。「あなたが彼を望まないと言ったときはとてもうれしかった。個人的なことを話題にできないところは嫌なんだけど、彼にはうんと好意を抱いていて、簡単に好きになれると思うの。でも、彼のほうにもわたしを好きになってほしいのよ」愛を返してもらえなかったら、心が傷ついてしまうだろう。

「それはもちろんそうよ」シャーロットが身を乗り出してエリザベスを抱きしめた。「悪くない計画だと思うわ。ただ、それでも彼にあなたがほしいと思わせられなかったら、あきらめなきゃだめよ」

「わたしもそう思うわ」とルイーザも言った。

「わたしもよ」とドッティも賛同した。

　エリザベスは大きく息を吸って吐いた。彼のことはどうしてもあきらめたくなかった。それでも、彼女たちの言うとおりだ。望む人生を与えてくれるとしても、愛がなくてはなんの価値もない。その場合は、彼と結婚しない選択肢しかなかった。「ありがとう」

それからほんの一時間後、エリザベスが家に戻ると、これまで見たこともないほどに美しい淡いピンクの可憐なバラが届いていた。「きれい」

ブロードウェルがカードを手渡してくれた。「お嬢様にです」一瞬、リトルトン卿からかと思ったが、見慣れた勢いのある力強い筆跡を見れば、ハリントンからだとわかった。たぶん、計画がうまくいっているかどうかがこれでわかるはずだ。

親愛なるミス・ターリー

このバラはきみを思い出させる。きみへの賛辞の印として受けとってほしい。

今夜のレディ・サマーヴィルの舞踏会で、きみのダンスカードにぼくが二度目のダンスを予約できる空きがあれば、そしてそれが夜食まえのダンスだったら、それを予約させてもらえれば光栄だ。

今日の午後五時に時間があれば、ぼくと馬車に乗りに行ってもらえないだろうか？　すでに約束があれば、明日の同じ時間にごいっしょしてもらいたい。

心からきみの僕であるハリントン

「まあ」彼はあきらめるつもりはないようだ。エリザベスはカードを伯母に手渡した。「これ、どう思います？」

伯母のレディ・ブリストウはカードの文言を読んだ。「すてきね。ギャヴィンがあなたのお父様をハリントンから遠ざけておければ、計画を成功させることができるかもしれないわ」

エリザベスはブロードウェルのほうを振り返った。「今朝、お兄様を見かけた？」

「ええ、お嬢様。朝食の間にいらっしゃいます」

エリザベスは伯母といっしょに廊下を急ぎ、部屋を出ようとしている兄と鉢合わせした。

「ギャヴィン、あなたの計画はうまくいっているけど、誰かがお父様からハリントン様を遠ざけておかなければならないわ。あなたにそれができる？」

「それよりもっとすばらしい手を打ったよ」兄は妹と伯母に癪に障るような気取った笑みを向けた。「お祖母様を訪ねなきゃならないと父さんを説得したんだ。今朝、手紙が届いて、お祖母様の家でお祖母様には解決できない問題が起こったと伝えてきたんでね」

いったいそれは何？　どんな問題が起ころうとも、祖母に解決できないものはこれまでなかった。祖母が父に手紙を書かざるを得ないような何かをギャヴィンがしたにちがいない。

エリザベスは兄に笑みを向けた。「そう、あなたがどんな手を使ったのかはわからないけど、心からお礼を言うわ」そう言って兄を抱きしめそうになったが、服に皺が寄るのを兄が忌み嫌っているのを思い出した。「あなたがそこまでのことをしてくれるとは思っていなかった」

「聞けよ、エリザベス」ギャヴィンは子供のころにしたようにエリザベスの顎の下を軽く撫でた。「ぼくにはまったく面倒なことはなかったし、計画が台無しになることもなくなる。

ハリントンが父さんに会いたがっていることは父さんの耳にもはいっていた。おまえの推測どおりだと言えるよ。父さんのせいで計画が全部だめになっただろうからね。ハリントンに結婚の許しを与える気満々だった。父さんはお祖母様のところへ行くにあたって、ハリントンと話をする役目をぼくに与えたんだ。それだけじゃなく、夫婦財産契約の話になったら、父さんの代理で弁護士と話をする権限もぼくに与えてくれた」

「なんともまぬけな話ね」伯母は天井に目を向けた。「わたしに言えるのは、よくやったということだけよ、ギャヴィン」

「ほんとうによくやってくれたわ」エリザベスはほっとして息を吐いた。みんなの予想どおりに父がハリントンに結婚の許しを与えていたら、彼には彼女にちゃんと求愛する理由がなくなり、エリザベスは彼に愛してもらえるかどうかたしかめられなかったことだろう。

「何が来たんだい？」とギャヴィンが訊いた。

エリザベスはハリントンからの手紙を忘れかけていた。ハリントン――いつから彼についてそんななれなれしく考えるようになったのだろう？「ハリントン様からの書きつけよ。これを添えてお花を贈ってくださったの。今夜、空いていれば二度ダンスしてくれと申しこまれたわ。それから、今日の午後、わたしと馬車に乗りに行きたいんですって」彼女はまた手紙に目を通した。「すでにリトルトン様と馬車に乗りに行く約束をしてしまったわ。ハリントンには――」またなれなれしい呼び方をしてしまった。「先約があると告げるけど、明日なら喜んでごいっしょしますとお返事するわ」エリザベスは二度目のダンスを断ろうかと考えたが、そうしないことにした。「二度のダンスの申しこみは受けることにする」

「そうすれば、あなたがリトルトン様と馬車に乗りに行くとわかってちくりと胸が痛んでも、その棘を抜くことができるわね」伯母がよしというようにうなずいた。

「今日の午後はぼくも馬に乗りに行くことにするよ」兄はいたずらっぽくにやりとした。「おまえがリトルトンといっしょにいるのを知ったときのハリントンの顔が見たいからな」

「彼がハイドパークに来ると思うの？」とエリザベスは訊いた。ハリントンが公園に来る理由がわからなかったからだ。

「おまえが誰といっしょなのかたしかめるためだけにでも来るだろうよ」そう言って兄はぶらぶらとその場を立ち去った。

10

ジェオフはミス・ターリーからの返事の封を開き、うなり声をあげた。

くそっ。今日の午後、きっとミス・ターリーはリトルトンと馬車に乗りに行くにちがいない。あの男に先を越されるなど信じられなかった。しかし、それがリトルトンでなかったらどうする？　別の紳士が彼女を目にしてその美しさに惹かれ、いっしょに馬車に乗りに行かないかと誘ったのだとしたら？　たしかめる方法はただひとつだ。

ジェオフはフェートンを使おうかと考えたが、そうせずに去勢馬に乗っていくことにした。フェートンのほうが人目を惹くが、馬で行くほうが動きやすかった。それに、自分に注意を惹きたくもなかった。誰がミス・ターリーといっしょなのかをたしかめたいだけだったからだ。

それがリトルトンなら、きっとまだ彼女の心を勝ち得ることはできる。しかし、別の男だったら、敵の目的を知らなければならない。

ジェオフは五時五分まえに葦毛のヘラクレスを正面にまわしておくよう、厩舎に伝言を送った。

彼らを見つけたのは二週目の途中だった。リトルトンとミス・ターリー。彼女は彼に顔を寄せて笑っていた。ジェオフのいるところからは距離があったが、風に載って軽い笑い声が聞こえてきた。あの笑いはぼくがもたらすべきものだ。

　悪態をついてジェオフは自宅に戻った。今夜彼女はぼくと二度ダンスを踊る。きっとリトルトンよりもぼくといるほうがいいと思うはずだ。


　またもジェオフは祖母とアポロニアを舞踏会にエスコートした。到着するやいなや、彼女たちのために席をふたつ見つけ、ミス・ターリーを探しに行った。彼女の伯母が必ず舞踏会の初めに到着することはわかっていた。今は舞踏場の奥まで行っていることだろう。

　ジェオフは結婚させたい娘を持つ母親たちを避けるため、舞踏場の端に沿って奥へ向かった。ようやく伯母と兄といっしょに立っている彼女を見つけた。舞踏場にいるなかで誰よりも美しい女性であることは容易に見てとれた。今夜は動くたびに蠟燭の明かりを反射してきらめく銀色のネットのついた白いドレスを身に着けている。貝殻のような耳からは真珠がぶら下がっていた。優美な首にはイヤリングとそろいの真珠からなる二連のネックレスをまわしている。

　リトルトンが彼女を最初のダンスへと導いた。ジェオフは最初のワルツと夜食まえのダンスを予約してあった。彼は人目を避け、柱に寄りかかって彼女とのダンスの順番を待った。

　二曲後、彼はミス・ターリーにお辞儀をして手をとった。「ぼくの番だと思うが」

「ええ、ハリントン様」優美な唇にかすかに笑みが浮かんだ。もっと大きな反応がほしかった。

「二曲予約させてくれてありがとう」ジェオフはてのひらを彼女の腰にあてた。もっと近くに引き寄せたくてたまらなくなる。

ミス・ターリーは軽く肩をすくめた。「ひとつ予約が空いていましたから。あなたとお約束していけないわけはありませんわ」

それはそうだ。曲がはじまったが、ジェオフは一度ターンしてから、ふたりの距離を縮めた。喜ばしいことに、彼女は文句を言うことも一歩下がることもなかった。彼女を見下ろしたジェオフは、初めて言うべきことばを見つけられなかった。

ミス・ターリーはわずかに首を片方に傾けて彼を見返した。「レディ・サマーヴィルはすばらしい飾りつけをなさったのね」

舞踏場は金色とピンクのシルクで一杯だった。大きなユリの花束が四隅に置かれ、鉢植えの植物が壁際に並べられている。フランス窓も壁沿いの長い窓もすべて開けられていて、そよ風が舞踏場に流れこんでいた。ミス・ターリーが女主人として最初の舞踏会を開くとしたら、どのように内装を整えるのだろう？「ええ、そうですね」

それ以上何も言わずにいると、彼女がため息をつくのが聞こえた気がした。「ウェリントン公のための軍資金作りに問題を生じさせている要素があると新聞で読みましたわ」

「ぼくも同じ話を聞きました。彼と軍だけが、われわれとナポレオンのあいだに立ちはだかってくれているのに、どうして理解できないんでしょうね？　ナポレオンを勝たせるわけにはいかないのに」

「冷静なほうに利があるよう祈るしかありませんわ。あなたはいつ大陸に出発なさるんです？」

「まだわかりません」彼女次第だとは言えなかった。

「兄は軍に加わってブリュッセルやその周辺地域に向かおうとしている紳士を数多く知っています。きっとあなたもそうだと思いますけど」

「おそらく、その多くは共通の知人でしょうね」彼女と差し迫った戦争について話し合いたくはなかったが、ほかに何を言っていいかはわからなかった。

二度目のダンスも最初と同じぐらい不満の残るものとなった。ジェオフは彼女の気持ちをつかめたかどうかわからないまま舞踏会をあとにした。ミス・ターリーを自分のものにするためには何か手を打たなければならないことだけはたしかだった。

翌朝、運命はまた彼の邪魔をした。そんなひどい目に遭うような何を自分がしたか、ジェオフにはわからなかった。ついにターリー卿を訪ねてミス・ターリーとの結婚の許しを得ようと意を決したのだが、彼らのタウンハウスを訪ねてみると、ターリー卿は早朝に所領地に向かって出発したと執事に告げられた。いつ戻ってくるかはエリザベスの兄、ミスター・ターリーにしかわからないという。しかも、ミスター・ターリーもその日の午後遅くならないと戻ってこないというのだ。ジェオフはミス・ターリーがご在宅かと訊くこともしなかった。レディ・ワーシントン主催の〝シーズン終わりの朝食会〟に参加しているはずだったからだ。

ジェオフはターリー・ハウスのまえの歩道に出ると、自分の住まいに向けて歩き出した。クラブのどれかに行ってもよかったが、きっと耳にするのは、シーズン終盤の催しについてだけだろう。今朝朝食会が行われているなか、誰かがクラブにいればの話だが。その催しへの招待状は受けとっていたが、レディ・シャーロットとの一件があったので、欠席の返事を送ったのだった。

「よう、ハリントン」ジェオフが振り向いて足を止めると、エンディコット卿が速足で近づいてきた。「レディ・ワーシントンの朝食会では見かけなかったな」

「ああ、ほかに用事があってね」結婚したいと思っているご婦人の父親を見つけようとするような用事が。

「今シーズン一番のびっくりを見逃したな」エンディコットはジェオフと並んだ。

ふたりはジャーミン街へと曲がった。「どんなびっくりだい？」

「レディ・シャーロット・カーペンターとケニルワースが今朝結婚したんだ。〝シーズン終わりの朝食会〟はじっさいは彼らの結婚の祝宴だったのさ」

「その何がびっくりなんだい？」彼女がケニルワースと結婚することはわかっていた。ふたりが結婚することは周知の事実だったのだ。妙なことに、一時期レディ・シャーロットを妻にと望んでいたにもかかわらず、それについて嫌な感情は抱かなかった。今自分にはミス・

ターリーがいる。もしくは、すぐに彼女を自分のものにするのだ。「レディ・ワーシントンが結婚の祝宴だと言ってなかっただけだろう？」そう考えてみれば、それもかなり奇妙なことではあったが。

「それが、ケニルワースは今日足枷をつけられると知らなかったようなんだ」エンディコットは忍び笑いをもらした。「だから、結婚の祝宴であることは内緒にされていた」

自分が結婚することを男が知らないなどということがどうしてあり得るのだ？「それはおかしいな。きみはまちがった噂を聞いたにちがいない」

「そんなことはないさ。ぼくはその場にいて、彼自身から話を聞いたんだから。ケニルワースは、ワーシントンに結婚式の日取りを決めるよう何日もかけて迫ったことや、レディ・シャーロットがそれを秘密にしておくために大変な思いをしたことについて、笑いながら話していたよ」エンディコットはまた笑った。「だまされてあれほど幸せそうにしている男は見たことがないな」

ジェオフは秘密の結婚式の花婿になりたいとは思わなかった。それどころか、何にしても、虚をつかれるのは好きではなかった。そこで初めて、そんなばかげたことをする女性だとしたら、レディ・シャーロットと結婚しなくてよかったと心から思った。

ミス・ターリーがそんな軽率な行動をとるとは思えない。おそらく、レディ・シャーロットを失ったのは思っていた以上に幸運だったのかもしれない。そのせいで余計にミス・ターリーと結婚しなければという決意が固まった。アポロニアにはああ言われたが、ミス・ターリーを失うつもりはなかった。なんとしても、結婚にこぎつけなくては。

ジャーミン街へと向かうあいだ、エンディコットは結婚の祝宴について話しつづけたが、しまいにこう訊いた。「きみの花嫁探しはどうなっているんだい？」

「ここだけの話だが、今日ミス・ターリーに申しこみをしようと思っていたんだ」ジェオフは顔をしかめた。「でも、彼女の父上が何日かロンドンを離れていてね」

「ターリー？　へえ。それは運が悪いな」エンディコットは同情するように言った。「いい娘《こ》みたいだな。きれいだけど、ぼくには物静かすぎる」

エンディコットに教えてやるつもりはなかったが、ミス・ターリーは、レディ・シャーロットやレディ・ルイーザの隣にいると物静かに見えるが、じっさいはそれほど物静かではなかった。おそらく、目立とうとする女性ではないからだ。エンディコットが彼女に関心を持つのは困る。彼女が娘《こ》と評されるのも気に入らなかった。これは彼女にとって最初のシーズンかもしれないが、彼女は極めて成熟した女性だ。「ぼくにはぴったりさ」

「うちの母もぼくに結婚しろとうるさいんだが、どうやらぼくは次のシーズンまで待たなきゃならないようだ」とエンディコットは言った。「残った女性たちの誰にも関心を持てるとは思えないから」

「聞いたんだが」とジェオフは言った。「娘たちをブリュッセルに連れていく家族が多いらしいな。今やパリではイギリス人は歓迎されないそうだ」

「ナポレオンが動きはじめた以上、ブリュッセルに娘たちを連れていくのはあまりいい判断とは思えないな」エンディコットの意見はジェオフと同じで、その問題についてはそれ以上言うことはなかった。

それぞれ目的の建物に到着すると、ジェオフは言った。「きっとレディ・サマーセットの舞踏会で会えるな」

「もちろんさ」エンディコットは挨拶代わりに手を振った。「意中の人とうまくいくよう祈っているよ」

「ありがとう」ミス・ターリーを自分以外の誰かにも自分のものと言えるだけ確信が持てたならいいのだが。

借りている住まいに戻ると、壁際の小さなマホガニーのテーブルの上に何通か手紙が置いてあった。外務省からの手紙を選んで封を開ける。

ハリントン伯爵殿

サー・チャールズからのご挨拶と、六月中旬よりまえにご着任できるようにしていただきたいという要望をお伝えいたします。サー・チャールズが現在オラニエ公に助言を行っているブリュッセルへ渡っていただくことになります。

敬具

六月中旬！　くそっ。結婚してブリュッセルへ渡航するのに二週間しか猶予がない。今日中にミス・ターリーの兄を見つけ出さなければ。彼女の父親に会いにサフォークまではるばる出向かずに済めばいいのだが。

前回ロンドンを離れたときのように、物事がうまく運ばなくなるのは困る。


昼食後すぐに、ジェオフはまたターリー・ハウスの低い石段をのぼって扉をノックした。

「伯爵様」執事がお辞儀をした。「ミスター・ターリーが図書室でお会いになります」

ジェオフは執事のあとから広間の左側にある廊下を進み、家の奥へ向かった。開いた扉の先に、本棚と窓に囲まれた部屋があった。どっしりとした机と椅子がふたつの窓のあいだの部屋の中央に置かれている。ギャヴィン・ターリーは机の奥の大きな革の椅子にすわっていた。

「旦那様」執事はお辞儀をした。「ハリントン伯爵様がお見えです」

ターリーは立ち上がった。「ハリントン、よく来てくれた」そう言ってジェオフに、火のはいっていない暖炉のまえにある小さなソファーを示した。「すわってくれ。ブロードウェルがお茶を運んでくる。ブランデーかワインのほうがよければ別だが」

「お茶を頼む」この面談のあいだ、強い酒を飲む必要はない。望む答えを受けとることにあまりに多くがかかっていた。

ターリーはジェオフと向かい合う椅子にすわった。お茶が運ばれてきて、あいだにあるテーブルに置かれるまでは、大陸での出来事について話した。

それぞれがお茶のカップを手にすると、ターリーが言った。「ぼくの妹のことについて話し合いたいんだろう」

ジェオフはお茶をひと口飲んでカップを下ろした。「彼女との結婚についてきみの父上と話をしたかったんだ」

「残念ながら、父は田舎に呼び出されていてね。そう、領地の問題だ。いつ戻ってくるかはわからない」ターリーの声は穏やかだったが、きさくなその口調の陰に何とはっきり言えないものが隠されている気がした。

ジェオフは首を下げ、ここへ来たのは時間の無駄だったのだろうかと考えた。お茶をもうひと口飲む。「それはそうだ」

「でも、父はぼくにエリザベスのことについて権限を与えてくれた」ターリーの笑みは歯を多く見せすぎている気がし、ジェオフは自分がわずかに精神の均衡を失いかけているように思った。「正確に何について話をしたいんだい？」

もう待たなくていいことを運命に感謝しなくては。ようやくミス・ターリーと婚約する機会がまわってきた。

間に合って妻を得てブリュッセルに到着する機会が。「きみも知ってのとおり、ぼくはきみの妹に関心がある」相手はそのことばが信じられないというように眉を上げた。「ぼくはミス・ターリーと結婚したいと思っている。彼女といっしょに過ごすことで、きっとぼくたちはうまくいくと確信できたんだ」

「なるほど」ターリーは椅子のふっくらとしたクッションに背をあずけ、両手の指先を合わせた。「妹はきみが結婚したがっているのを知っているのかい？」

まったく。この男はぼくが彼女にはまだ話していないことを知っているはずだ。「もちろん、まずは父上と話したいと思ったんだ」

「もっともだな」ターリーがあまりに簡単にそう言うので、ジェオフの心の平穏が崩れそうになった。「きみたちが過ごした時間だが、妹がきみとの結婚に同意するかどうか判断できるほど充分じゃないと思うね。あえて言うが、リトルトンもきみと同じぐらい妹と過ごしている。つまり、きみには妹に求愛する許しを与えることはできるし、そうするつもりだ。ただ、きみのプロポーズを受けるかどうかはエリザベス次第ということだ」

「ターリー子爵は――」

「何を言われても答えは同じだ」ジェオフをさえぎってターリーは言った。

このやりとりは期待していたものとはまるでちがった。それどころか、正反対と言ってよかった。シーズンの初めから、ターリー卿は娘を手放したがっていて、それなりの申しこみがあれば、必ず受けるだろうと噂されていた。

噂がまちがっているのか、それとも、目のまえにいるターリーが嘘をついているのか？　ジェオフは半ば父のターリー卿を探し出そうかと思ったが、それには移動に何日もかかることになり、リトルトンが彼女にまとわりついていることを考えれば、ジェオフに無駄にする時間はなかった。彼女の兄の答えで満足せざるを得ないというわけだ。

「ありがとう」ジェオフは結婚の申しこみをすぐさま受け入れてもらえなかったことへの募る怒りを隠した。「ミス・ターリーがご在宅かわかるかい？」

「今はいない」ギャヴィン・ターリーは接戦に勝利したとでもいうようににやりとした。「お茶のときに来てくれ。そのときはいるから」

ジェオフは立ち上がって手を差し出し、相手はふたつの椅子のあいだにあるテーブルをまわりこんできた。「ありがとう。お招きを受けるよ」

「じゃあ、そのときに」ターリーはジェオフを玄関まで見送った。「妹のことでは幸運を祈るよ。気休めにならないかもしれないが、きみと妹は似合いだとぼくは思う。でも、きみが説得しなきゃならないのは妹だ」

「再度礼を言うよ」扉が閉まり、ジェオフは石段を降りた。

なんてことだ。祖母とアポロニアは正しかった。夜に彼女と二度ダンスを踊り、花を贈り、ハイドパークへいっしょに馬車に乗りに行くということ以上を求められるわけだ。恥をかかずに済む方法はないということか。またあの忌々しい指示書きを探さなければならない。

何をしなければならないにせよ、ミス・ターリーを口説いて花嫁にするつもりだった。リトルトンをロンドンから追い出す方法さえあれば、競争相手を排除できるのに。

11

エリザベスは階段のてっぺんの角から階下をのぞきこみ、ちょうどハリントンが玄関から出ていくのを目にした。彼とのダンスのせいで、これまでになく感情が混乱していた。最近、ハリントンはまったく会話できなくなっているように思われた。

伯爵が歩道へ出たころを見計らって、エリザベスは兄に目を向けた。「何ですって？」

「図書室で話すよ。伯母さんが在宅だったら、連れてきたほうがいい。同じ話を二度したくないからね」

「伯母様はお友達のところへ出かけたわ」エリザベスは階段を急いで降り、ギャヴィンに追いついた。兄は図書室の扉を開けて押さえていてくれた。机のまえの小さなほうの椅子に腰を下ろすと、エリザベスは膝の上で手を組んだ。「何もかも話して」

「彼がおまえと結婚したいと言ってきたことはおまえにもわかっているはずだ」エリザベスはうなずいた。ハリントンが兄と話がしたいと言ってくる理由はそれしかない。「その決断ができるのはおまえだけだと言ってやった」エリザベスは口を開けたが、兄が手を上げてそれを制した。「彼は不満そうだったが、ぼくは続けて、おまえに求愛する許しは与えると言ってやった」

ああ、それなら申し分ないわ！「それで、彼は何て？」

「そう言われても納得はしていない顔だったが、礼を言って、おまえは在宅かって訊いてきたよ」

「みんなの推測は正しかったのね。彼はわたしと結婚することには関心があるけど、わたしの関心を得るための努力をしようとはしない」

「おそらく、おまえの言うとおりだな」兄はうなずいた。「一方で、単にリトルトンをおまえから遠ざけたかっただけかもしれない。ハリントンをお茶に招いておいたよ」

「またお茶？」前回彼がお茶に来たときには、何も進展しなかったのに。

「おまえが彼とふたりだけの時間を持てるようにするよ」兄の気楽な態度が突然まじめなものに変わった。「リジー、これは……おまえはほんとうにハリントンを求めているんだよな？」

「疑問の余地がないぐらいに」エリザベスは兄を納得させようとした。「彼とは共通点が多いの」ハリントンがまだ気づいていないとしても。「それに、外交官の妻としての人生はうんと気に入ると思う。昔から、外国を旅したいと思ってきたから」

ギャヴィンは机をまわりこんできて、妹の手をとった。「リジー、おまえにはいい人生を送ってもらいたいんだ。望みどおりの人生を。ハリントンがその伴侶としてふさわしいと思うなら、ぼくは引きつづき力になるよ」

「ありがとう」エリザベスはまばたきして涙をこらえながら、マートン侯爵に結婚を強いるためにいとこが立てた計画を兄に邪魔されて、腹を立てたことを思い出していた。しかし、ギャヴィンが正しかった。ドッティとマートン侯爵はお似合いだ。一方、父は娘に今シーズン中に良縁に恵まれてほしいと思っていた。父はギャヴィンが邪魔をしたと知って腹を立てていたが、兄は意見を変えず、今また力になろうとしてくれている。「あなたは望み得るかぎり最高のお兄様だわ。でも、お父様は――」

「父さんのことはぼくにまかせておけばいい」ギャヴィンはしばし顔をしかめた。「ただ、おまえにとってハリントンが望ましくないことがわかったら、父さんが戻ってくるまえに、彼には身のほどをわからせてやる」兄は軽く妹の指をにぎった。「急がせたくはないんだが、決断はすぐに下さなくちゃならないぞ。お祖母様もシーズン終わりまで父さんを田舎に引き留めてはおけないだろうから。ハリントンが自分に会いたがっていると父さんもわかっているわけだから余計に」

父がそもそもロンドンを離れることに同意したことが驚きだった。「ええ」エリザベスはうなずいた。「もちろんよ」父の問題だけでなく、ハリントン卿も結婚して大陸へ向かうまでにあまり時間の猶予はないはずと伯母が言っていた。時間をかけたいと思ってもそれは許されなかった。「本気でわたしに求愛してくれるようになったら――」ひと晩に一度のダンスとたまに馬車にいっしょに乗りに行くだけでは、真剣に求愛しているとは誰も思わないはずだ。たとえ二度のダンスを彼が申しこんでくれるようになったとはいえ。「すぐに自分の気持ちははっきりさせられるはずよ」

「ぼくがおまえに望むのはそれだけだ」ギャヴィンの唇の端が持ち上がり、目に輝きが戻った。「何時間かハリントンのことを忘れられることをするんだな。メイドと男の使用人を連れていくといい」

「それってすばらしい提案ね」エリザベスはハンカチをとり出して目ににじんだ涙を拭くと、鼻をかんだ。「買い物に行ってくるわ」

「なあ、請求書はここに送ってもらうんだ。ぼくが払うから。小遣いをもらう日が来るまえにおまえがすっからかんになったら困るからな」

早い時期から小遣いの管理の仕方は身に着いていたので、小遣いが足りなくなったことはこれまでなかったが、兄の気持ちがうれしかった。「ありがとう」エリザベスは兄を抱きしめようと手を伸ばしたが、兄は一歩下がった。「クラバットに皺が寄るのをあなたが嫌ってるの、忘れるところだったわ」

「ああ、そうさ」ギャヴィンはクラバットの襞のひとつを伸ばした。「これにどれだけ時間がかかるかおまえが知っていたら、それか、これほどの正確さを達成するのにぼくがどれほどたくさんのクラバットを結んだか知っていたら、二度とぼくを抱きしめようとはしないだろうよ」

クラバットをきちんと結んだ紳士の姿は好ましいと思ってはいても、彼らが自分でクラバットを結ばなければならない必要性は理解できなかった。「従者にまかせれば、半分の時間で結べるでしょうに」

ギャヴィンはぎょっとしてぽかんと口を開けた。「ぼくは従者にクラバットを結ばせるような気取り屋じゃないからね」そう言ってクラバットをつかもうとするかのように手を持ち上げたが、すぐにその手を下ろした。「そんなことをしたら、二度と顔を上げて表を歩けなくなる」

「今後は絶対にこんなこと口にしないわ」エリザベスは兄をなだめようとして言った。結局、ハリントン卿に対して、兄は大いに役に立ってくれたのだから。「そのほうが簡単なのにとちょっと思っただけよ」

「簡単かどうかは問題じゃないんだよ、リジー。技を磨くということなんだ。なあ、ボー・ブランメル（当時有名な洒落男）は満足するまで日に二十本ものクラバットを結ぶと言われているんだぜ」

摂政皇太子と仲たがいしたあとも、ブランメルほど紳士の装いに影響をおよぼしている人はいなかった。エリザベスはできるだけ高く爪先立って身を寄せ、兄の頬にキスをした。

「今日の午後にまた」

料理人にお茶の席に客人が来ることを伝えてから、エリザベスは伯母が戻ってきているのを知り、伯母に、ギャヴィンとともにハリントン様も――結婚するとしても彼のことはハリントン様と呼ぶのだろうか――お茶に来ると伝えた。当然ながら、ハリントン伯爵に対する兄の返答について伯母はよくやったと褒めた。

数分後、伯母とともにエリザベスは街用の馬車に乗り、ボンド街とブルートン街に向けて出発した。伯母といっしょに〈ハッチャーズ〉へ行っておもしろそうな本を何冊か見つけ、手袋屋や、いくつかの帽子屋や、〈フェートンズ・バザール〉でも買い物をしたが、そのあいだずっとハリントンが午後に訪ねてくることを頭から払いのけることができなかった。

もっといっしょに過ごしたいと彼に思わせるには何をしたらいいのだろう？　彼自身のことについて話させようとしたことはあったが、会話は必ず彼がサー・チャールズの副官になることに戻ってしまう。おそらく、もっと積極的になるべきなのだ。しかし、ハリントンにがっかりなお転婆娘だと思われたくはなかった。彼がわたしの好きなことにもっと関心を持ってくれさえすれば、お互いのちがいや似ている点について話もできるのに。

要するに、彼についてわかっているのは、極めてハンサムで、旅が好きで、ダンスがすばらしく上手で、就く予定の職務にわくわくしているということだけだ。そう考えてみれば、思っていたよりはずっと多くのことを知っている。わたしへのほんとうの気持ち以外は。

とはいえ、彼に直接訊く以外——そんなことは絶対にできない——どうやったら、それがわかるだろう？

そのとき、伯母のことばがエリザベスの心によみがえった。

〝男性に追いかけさせようとするのは悪いことじゃないわ〟

エリザベスはため息をついた。ハリントンが自分を思ってくれているかどうか知る方法を考えたほうがいい。きっと表情や態度に表れるはずだ。

友人たちの夫がどんなふうに振る舞っているかを考えると、みなひとつ共通点があった。妻を自分のものだと示す行動。

男性たちは自分が選んだ女性がそばを離れることがあると目で追い、そばにいれば体を寄せるのだった。別の男性がその女性になれなれしくしすぎると、傍目にわかるほどにらみつけることもあった。あるとき、ドッティとダンスをしたいと言ってきた紳士をマートン侯爵がじっさいに追い払ったこともあった。

ハリントンはわたしにずっとそばにいてほしいと思うだろうか？　もしそうなら、そのことが、彼がわたしを思ってくれているかどうかを知る鍵にならないだろうか？　わたしを愛してくれているかどうかの。

そうだとしても、そこまでの道のりは遠い。

「何を物思いにふけっているの？」と伯母が訊いてきた。

「ハリントン様がわたしのことを思っていてくださるかどうか、その振る舞い方からわかるものかしらと思って」

「まあ、エリザベスったら」伯母は忍び笑いをもらした。「彼の気持ちがその振る舞い方からはっきりわかるのはまちがいないわ」

夫婦の営みについて友人たちから聞いたことを思い出し、エリザベスは頰が熱くなるのを抑えようとした。「そうだといいんだけど」

ジェオフはネトルに向かって手を差し出し、従者が糊のきいたリネンを慎重に手に置くのを待った。そして息を吸ってから、クラバットを首に巻いて結びはじめた。数分後、ようやく完璧な滝状結び《カスケード》ができた。

従者は笑みを浮かべた。「僭越ながら、すばらしい出来でございます、旦那様」

「ああ。しかも、たった四度目でだ」アルヴァンリー卿がそんなふうにクラバットを結んでいるのを見て以来、自分も同じ結び方をしようと決めていたのだった。

ご婦人たちがうまく結んだクラバットを好むとよく耳にしていた。ジェオフはミス・ターリーが気に入ってくれればとそれだけを願った。「あの指示書きはどこだ？」

「机のなかです、旦那様」

ミス・ターリーにじっさいに求愛しなければならないとわかって、彼女に会うたびに、祖母とアポロニアの指示書きのうち、少なくとも三つは実行しようと決心したのだった。

引き出しを開けると、一番上に指示書きの紙があった。それをとり出し、指示を読んでいくと、効果がありそうなものがあった。

〝好きなものを訊くこと。会話を終えるころには、彼女の好きな色、好きな花、好きな音楽を聞き出していること〟

さらに〝花を贈ること〟は必須だ。お茶の席では、明日の晩の二度目のダンスを申しこみ、翌日ハイドパークに馬車に乗りに行こうと誘おう。そうすれば、ふた晩続けて彼女と二度ダンスを踊ることになり、二日続けていっしょに馬車に乗りに行くことになる。そうなれば、彼女とのあいだに多少の進展があるはずだ。

ジェオフは指示書きに注意を戻した。

〝彼女の行きたい場所に連れていくこと。ガンターズにアイスクリームを食べに行くのは必ず喜ばれる。リッチモンドでのピクニックもしかり。劇場も同様だが、その場合は、ほかにも連れを作らなければならない〟

ガンターズはいいだろう。リッチモンドへは誰かといっしょに出かける暇も出かけたいと思う気持ちもなかった。劇場へ行くのにほかに連れを作るのは簡単だ。彼女の兄と伯母を招待すればいい。それと、彼女がどんな芝居が好きかを訊く必要がある。ジェオフ自身は喜劇が好きだったが、ミス・ターリーの望みに従わなければならない。好みが似ているといいのだが。

ジェオフがミス・ターリーの家に到着すると、ちょうど帰宅したレディ・ブリストウが馬車から助け下ろされるところだった。

「こんにちは、レディ・ブリストウ」

「ハリントン様、お茶をごいっしょできてうれしいですわ」

「ぼくもです」ジェオフは急いで歩み寄り、使用人を脇によけさせると、ミス・ターリーの手をとった。「ミス・ターリー、たのしい一日を過ごされたならいいんですが」

「こんにちは、ハリントン様」ミス・ターリーは彼に笑みを向け、指を彼の腕に置いた。「たのしい一日でしたわ。あなたは？」

ジェオフは笑みの浮かんだ青い目をのぞきこんだ。彼女に求愛するのは、最初に思ったほど面倒ではないかもしれない。「今はずっとよくなりました」

彼女の頬がうっすらと赤くなった。「お茶を飲みましょう。料理人が特別なビスケットを作っているかもしれません」

「レディ・ブリストウ、ミス・ターリー」そのとき、リトルトンが歩み寄ってきた。忌々しいやつだ。どうしてミス・ターリーから離れていられない？

幸い、リトルトンはミス・ターリーに挨拶するまえにレディ・ブリストウに挨拶しなければならなかった。ジェオフはミス・ターリーに耳打ちした。「明日、二度ダンスを踊るのと、馬車にいっしょに乗りに行くことに同意してくれてありがとう。きみのおかげでぼくは極めて幸せな気分ですよ」

ミス・ターリーはまたにっこりした。ジェオフは、彼女の関心を得るのがたのしいことであるのを知った。あとはリトルトンが彼女との仲を進展させないようにしなくては。

「よかったら、お茶をごいっしょにどうぞ、リトルトン様」とレディ・ブリストウは言った。

ジェオフは内心毒づいた。

「ありがとうございます」リトルトンはお辞儀をした。「ぜひ」自分はミス・ターリーに求愛していいという許しを得ているのだから、リトルトンに帰れとほのめかすべきかもしれないとジェオフは思った。

ジェオフは腕に置かれた彼女の手にもう一方の手を重ねたが、家にはいろうと振り返ったところで、リトルトンが言った。「ミス・ターリー。きょうはとくにすばらしいお姿ですね。またお会いするのに、馬車に乗りに行くまで待てなかったんです」

なんてことだ！　思ったとおりだった。今日も彼女はこの遊び人と馬車に乗りに行くのだ。

「ありがとうございます、リトルトン様」彼女の唇の端が持ち上がった。彼女がリトルトンに向けた笑みが、先ほど自分にくれた笑みほど光り輝いていないことはうれしかった。

ああ、くそっ。今や、彼女のほほ笑み方のちがいにすら気づくほど、もしくは気づきたいと思うほど、彼女をじっくりと見つめているとは、いったいぼくはどうしてしまったのだ？

ミス・ターリーに求愛していいと言われたからといって、ほかの男が彼女に近寄ってはならないということでないのは明らかだ。もしかしたら、まだターリーはリトルトンに話をしていないのかもしれない。そうだ。そうにちがいない。ミス・ターリーがすでにぼくのものだとリトルトンに知らせるのはぼくの役目のようだ。そしてそれはことばよりも態度で示したほうがいいのかもしれない。お茶のあいだ、彼女をひとり占めするというやり方で。

ミス・ターリーがソファーに腰を沈めると、ジェオフはソファーの隣にある椅子を示す彼女の伯母の手を無視してソファーのミス・ターリーの横にすわった。それを見たリトルトンの唇がゆがんだ気がした。

お茶のトレイが運びこまれ、そのあとからギャヴィン・ターリーがはいってきた。まもなく婚約するはずの未来の妻がお茶を注いだ――それを見るのは喜ばしかった。しかも、彼女がお茶を注ぐ姿はジェオフの母に負けないほど優美だった。ターリーはリトルトンといっしょにテラスへ通じる扉へと歩み寄った。ふたりの声は低くて聞こえなかったが、きっとターリーはリトルトンに、ジェオフがミス・ターリーと結婚するつもりでいることを告げたはずだ。彼女は花嫁市場から姿を消すということを。

しかし、リトルトンも彼女と結婚したいと思っていたらどうする？　すでに彼は二度の催しで二度ずつ彼女と踊っていた。ターリーも、決めるのは妹だと言っていたではないか。

ああ、それを忘れていた。今週別の舞踏会がある。彼女と二度ダンスを踊る機会を再度失うつもりはなかった。「ミス・ターリー、レディ・ジャージーの舞踏会で、最初のワルツと夜食まえのダンスをぼくと踊ってもらえませんか？」

きれいな弓型の眉のあいだにうっすらと皺が寄った。「もっと早くに申しこんでくださっていたらよかったのに。最初のワルツは予約済みですわ」エリザベスはわずかに首を傾げてほほ笑んだ。「よければ、一曲目のワルツをごいっしょしますけど」

「ええ」最初のダンスほど重要ではなかったが、それでもかまわない。「それで、夜食まえのダンスは？」すでに約束してあったダンスを彼女に思い出させるために彼は訊いた。「たしか、それもワルツのはずだ」

「ええ。あなたのお名前はすでにダンスカードに記されていますわ」彼女はうなずいた。

「たぶん、おっしゃったとおりワルツですし」

ジェオフはお茶のカップを下ろして彼女に目を向けた。「きみの家の庭はきれいですね」

「ありがとうございます。母が植えた草花ですわ」母親とのいい思い出をなつかしむように声がやわらかくなる。しばらくしてミス・ターリーは言った。「庭を歩いてみますか？」

「ありがとう。それはたのしそうだ」ジェオフは立ち上がって手を差し出し、彼女がその手をとった。誰もいっしょに来ると言い出さないかぎり、彼女の好きな花や色や音楽を知るいい機会になるだろう。

リトルトンがふたりのほうへやってこようとするのを見て、ジェオフは毒づきそうになるのをこらえた。「ミス・ターリー」リトルトンはお辞儀をした。「すばらしいお茶でした。残念ながら、ぼくは帰らなければなりません。五時にまた」

ジェオフは腕にしっかりと彼女の指を抱えこみ、彼女がお辞儀できないように押さえていた。「たのしみにしておりますわ」

「ぼくも馬車に乗るのをたのしみにしていますよ」リトルトンはジェオフに首を下げた。

「では、ハリントン」

「リトルトン」ジェオフも顎をこわばらせまいとしながら首を下げた。この忌々しい男がすぐに田舎に戻ってくれるといいのだが。リトルトンはミス・ターリーに関心を寄せすぎている。「いい日になるよう祈っているよ」

「そうかい？」リトルトンは眉を上げた。「ぼくがいなくなるよう祈っているんじゃないのか」

12

エリザベスは笑いたくなるのをこらえた。ハリントンの顎がぴくつき出すのを見て、彼がリトルトン卿に対し、テムズ川に落ちて溺れるといった不運な巡り合わせを祈っているのはたしかな気がした。

「まいりましょうか？」男性のどちらにもそれ以上ことばを発する暇を与えず、エリザベスはハリントンを庭へ導いた。「伯母がブリュッセルにいるお友達から手紙を受けとったんです。どうやら、向こうではたくさんの催しに参加する以外、何もすることがないようですわ」

「ぼくもそう聞いています」ハリントンはにやりとしてから真顔になった。「笑いごとではないが、パリにいる代理大使のフィッツロイ・サマセット卿が残っている大使館の人間を集めてディエップに退去を余儀なくされたことは、きみもすでにご存じかもしれませんね」

「それは聞いていませんでしたわ。外交官をそんなふうに扱うなんて国としてあるまじきことですわね」サマセット卿が先見の明をきかせ、求めていた通行許可証の受領を待つことなく、大使館の人々を退避させたことには安堵せずにいられなかった。

エリザベスはハリントンを庭の片隅にある東屋へ導いた。家からは見えない場所だ。

「ぼくもそれには同意せざるを得ませんね」ハリントンは手袋をはめていない彼女の手を自

分の唇へと持っていった。指の節に唇を押しつけられ、エリザベスははっと息を呑んだ。

「それよりも、きみの話を聞きたい。ぼくたちはいつもほかのことばかり話しているので、ぼくはふと、きみの好きな色すら知らないと思ったんです」

エリザベスの鼓動が速まった。こうなることを待ち望んでいたのだった。妻としてふさわしいかどうかではなく、個人として関心を持ってもらうことを。「ピンクです」

「ピンクならどんな色でも？」と彼は訊いた。「薄い色から濃い色までさまざまあるようだが」

「あなたが贈ってくださったバラと同じピンクですわ。うちの母が異なる色のピンクのバラを数多く植えたんです」ふたりは足を止めており、彼女は彼の目をのぞきこんだ。「春が訪れて大地が生まれ変わるころを思い出させてくれるから。あなたのお好きな色は？」

ハリントンは驚いた顔になった。「そんなことを訊かれたのは初めてだ」そう言ってしばし口を閉じた。「たぶん、芽吹いたばかりのトネリコの葉のような緑かな」

「つまり、わたしたち、どちらも春が好きってこと？」ふざけているようにも、内気すぎるようにも聞こえない声が出せたのはありがたかった。

「たぶん、そう言えるでしょうね。気候が穏やかになりつつあるときの空気の感触やにおいが好きだから」なぜか、エリザベスは少し彼に身を寄せていた。スカートが彼の脚に触れるほどに。「花はどうです？」

「わたしの好きな花はすでにご存じのようですわ」目と目が合い、エリザベスの頬に熱がのぼった。

「そうかな?」ハリントンはさらに近くに来て指と指をからめた。

エリザベスの鼓動はあまりに激しくなり、彼にもその音が聞こえるのではないかと思った。

「あなたが贈ってくださったピンクのバラはほんとうに美しかった」息が乱れた。彼は非の打ちどころのない恋人になりつつある。それもすべて、リトルトン卿が関心あるふりをしてくれたから?「あれがわたしの好きな花ですわ」

「音楽は何が一番好きですか?」ハリントンの声は低く、キスしようとするように彼が首をかがめると、エリザベスの全身に震えが走った。

「あなたはまだご自分のお好きな花をおっしゃっていないわ」エリザベスは彼のほうへ顔を上げた。ふたりの唇はほんの数インチしか離れていなかった。

「きみに贈ったあのバラだな」一本の指で彼は彼女の頬を軽く撫で、エリザベスはその愛撫に顔を寄せずにいるのが精一杯だった。「あの花びらはきみの頬を思わせる。やわらかく、なめらかで」

「そう」われながら間の抜けた反応だったが、それ以上ことばを思いつけなかった。

彼がキスしてくれますように。

ハリントンは巻き毛を指に巻きつけ、それを放した。そしててのひらを彼女のうなじにあてた。彼がキスしてくれなかったら、おかしくなってしまう。「音楽については?」

音楽? キスすべきときに、どうして音楽の話などしているの? 「ミスター・プレイエルがとても好きですわ」

彼は片手を彼女の腰に置き、もう一方の手でそっと巻き毛をもてあそんだ。「ぼくはストラーチェとベートーベンのほうが好きだな」

彼の息がかかり、耳がちくちくした。互いにあまりに近くにいた。一インチでも動いたら、スカートが彼のブーツに触れるほどに。そうして彼も動いたら、体同士が触れてしまう。エリザベスは彼に身をあずけたくなる衝動と闘った。心のなかの小さな声が気をつけろとささやいたが、すぐに血管をどくどくと流れる血の音のせいで聞こえなくなった。

一本の指で彼は彼女の顎を持ち上げた。そして唇がとても近くまで寄せられた。

ええ、ええ！　エリザベスは目を閉じた。ようやくキスしてもらえる。

「お嬢様」男の使用人が生け垣の向こう側から呼びかけてきた。「馬車に乗りに行くのに遅れたくなければ、着替えなければならないとレディ・ブリストウがおっしゃっておられます」

「すぐに行くわ」伯母を殺してやりたいぐらいだった。エリザベスはハリントンの目を探るようにのぞきこんだ。そこにはこれまで見たことがないほどの熱が浮かんでいた。「残念だわ」

「ぼくもだ」一歩下がる代わりに、彼は唇で彼女の唇をかすめるようにした。キスではなかったが、それを約束するものではあった。体の奥に火をつけられたかのようで、次にもたらされるものがほしくてたまらなくなる。「今夜会おう」

「たのしみにしていますわ」そのときに最初のキスを経験できるかもしれない。

ハリントンの笑み――甘いと同時に悲しげな笑み――がエリザベスの魂に触れた。「きみの兄上がきみを探しに来るまえに戻ったほうがいい」

「ええ、そうね」エリザベスは機械的に答えた。どう頭を使ったらいいか忘れてしまったような気がした。そんなふうになるとは誰も教えてくれなかった。友人たちも、キス以外の何も考えられなくなると教えてくれるべきだったのに。もしくは、もうすぐキスされるとなると、考えることなどできなくなると。

エリザベスが彼の腕に手を置くと、ハリントンは庭から居間へと彼女を導いた。ギャヴィンがハリントンを玄関へ送ろうとそこで待っていた。ふたりきりになれる時間は先送りとなった。兄たちが部屋を出ていくと、エリザベスはため息をついた。

「何もかもうまくいっているということ？」と伯母が訊いた。

「ええ」エリザベスは指を唇に持ち上げた。「期待を大きく超えるほどに」

昨晩までの行動から、彼がキスしたがるとは夢にも思わなかったのだった。そして、初めて彼女自身のことについて訊き、ほんとうの意味で会話を交わすことになった。エリザベスは空中を歩いているような気分だった。もしくは雲の上を。人ってこんなにたやすく恋に落ちるもの？

時計に目をやると、リトルトン卿と馬車に乗りに行くために着替える時間は十五分しかなかった。今は行きたいとも思わない外出だったが、行かなければならない。

「リジー」兄の声にエリザベスは物思いから引き戻された。「ハリントンに何をしたんだ？ 帰るときの彼は浮き浮きしていると言ってもいいぐらいだったぞ」

彼女が彼に何をしたのかではなく、彼が彼女に何をしたかが問題だった。エリザベスは首を振った。「わからないわ」

ジェオフはターリー・ハウスを出たが、少しばかり気取って歩かずにいられなかった。ミス・ターリー――エリザベス――とのあいだに進展があったのだ。彼女とはこの二時間ほどで、過去二週間かけた以上に、内心名前で呼べる間柄になったのはたしかだ。今や彼女の好きな色――ピンク――や、好きな花――ピンクのバラ――や好きな作曲家――プエイエル――を知っただけでなく、キスしそうになって、彼女もそれを許した。それどころか、キスしてほしそうな反応を見せてくれた。リトルトンとの忌々しい約束がなかったら、彼女にキスしていたことだろう。彼女が結婚に同意するまでキスしつづけていたはずだ。そうしたら、彼女は自分のものになっていただろう。

エリザベスとの関係が進展しても、リトルトンに対して寛大な心は持てなかった。彼がエリザベスを馬車に乗りに連れていくのは今日が最後だ。今日以降、彼女の午後の予定は自分がひとり占めするつもりだった。

祖母からの助言に対する自分の反応を思い出すとやましさを感じた。エリザベスを妻にするべく突き進んでいる今、祖母とアポロニアに礼を言わなくては。そして、自分の結婚の意思を社交界全体に知らしめるのだ。

舞踏会やその他の催しで、何人かの紳士が意中のご婦人方のそばにいつづけている姿を目にしたことがあった。今夜以降、自分もエリザベスのそばから離れないつもりだ。少なくとも、結婚するまでは。誰にも彼女を奪わせたくなかった。

エンディコット所有の巨大な粕毛が、馬丁に轡《くつわ》をとられてジェオフの住まいの隣の建物のまえに立っていた。

馬を押さえている若い馬丁には見覚えがあった。ジェオフは声をかけた。「エンディコットが出てきたら、厩舎に戻ってぼくの馬も正面にまわしてくれ」

若者は丁寧にお辞儀をした。「ただちに、伯爵様」

自分のご婦人を馬車に乗りに連れていくことはできなくても、馬で同行することはできる。ジェオフはひとりほくそ笑んだ。リトルトンはうれしくないはずだ。

「最近にはめずらしく上機嫌のようだな」エンディコットが馬丁から手綱を受けとって硬貨を放った。

「ああ、たしかに」馬丁はジェオフのヘラクレスの準備をしに走り去った。手に入れて三年になる大きな葦毛の去勢馬だ。「馬を正面にまわすよう命じたんだ。着替えなきゃならない。ハイドパークで会えるかな？」

「ああ。あそこでは多少の運動ぐらいしかできないだろうが」

その後まもなく、ジェオフは馬をセント・ジェイムズ・スクエアからハイドパークへと向かわせ、上流社会の人間が馬車や馬を走らせているなかに加わった。馬車道を半周ほどしたところで、エリザベスの姿が見えた。彼女がリトルトンと話をするよりも友人たちに挨拶するほうにより多くの時間を費やしているようなのは喜ばしいことだった。

人ごみを縫うように馬を進め、ようやくリトルトンの馬車に並ぶと、ジェオフは帽子を持ち上げた。「こんにちは、ミス・ターリー、リトルトン」

「こんにちは」エリザベスの笑みが明るくなった。「ここでお会いするとは思いませんでしたわ」

「そうですか?」ジェオフはリトルトンに目を向けたが、リトルトンは彼を無視していたため、エリザベスだけに向かって言った。「何よりも美しいものがすべてここにあるのに、どうして来ずにいられます?」

頰を染める様子から、彼女のことを暗示したことはきっと伝わったにちがいない。「そうなんですか?」

ジェオフは彼女のまなざしをとらえた。「絶対にたしかですよ」しばらく彼は馬車と歩調を合わせてエリザベスと話をしたり、友人や知人に挨拶したりした。自分が彼女に関心を持っていることが噂の種になるだろうと確信を得ると、別れを告げた。「また今晩」

エリザベスは手を差し出し、彼はその手をとった。「ダンスをたのしみにしておりますわ」

「ぼく以上にということはないはずだ」ジェオフは素手ならよかったのにと思いながら、手袋をはめた手に唇を押しつけた。あのバラ色の唇にキスできたなら、彼女とふたりきりになれたなら。そして――ジェオフはふくらみかけた欲望をたたきつぶした。硬くなったまま馬に乗るのが心地いいはずはないからだ。

リトルトンは背中を火かき棒ほどもまっすぐに伸ばし、エリザベスとジェオフの会話を無視しつづけた。運がよければ、これでリトルトンも、エリザベス・ターリーは人のものと理解するはずだ。

「うまくいったわ」エリザベスにとって、今日ハイドパークでハリントンに会うとは驚きだった。夢のなかですら、ハリントンが馬車のそばに留まり、リトルトン卿ではなく彼女と話をするような目立つ行動をとるとは思ってもみなかったのだった。一方のリトルトン卿もハリントンとは口をきこうとしなかった。ハリントンはまわりの人たちが眉を上げたり、興味津々の目を向けてきたりするのに気づかなかったかもしれないが、エリザベスは気づいた。今夜は注目の的になることだろう。

エリザベスはリトルトン卿に目を向けた。「まさかハリントン様がここに現れるとは思いませんでしたよね？」

「思ったより早かったな」リトルトン卿はほかにも何かつぶやいたが、エリザベスには聞こえなかった。

「何ですって？　最後におっしゃったことばは聞こえませんでしたわ」

「きみに聞いてもらおうと思って言ったわけじゃないから」馬車は門のひとつに達していた。門をくぐると、リトルトン卿はため息をついた。「きみの兄上とぼくは、ぼくを好きにならないときみに約束させた。どうやら、ぼくのほうもきみを好きにならないと約束すべきだったようだ」

「そんなの本気のはずがないわ」エリザベスは突然張りつめた空気と、うっかり発してしまったことばをやわらげるようなことばを探した。「あなたはまだ結婚する心の準備ができていませんもの」

「結婚すべき女性に対してはできているようでね」彼は馬車をエリザベスの父の家のまえに停めた。「きみに打ち明けるべきじゃなかった。互いの関係をむずかしくしてしまった。きみが望んでいるのはずっとハリントンで、どうやら彼はきみのものになりそうなんだから」リトルトン卿はエリザベスの手をとった。「でも、うまくいかなかったら、彼が望んだ紳士とちがうとわかったら、ぼくのことを考えてほしい。ぼくの爵位は男爵どまりだが、財産はある。領地もいくつかあるし、きみのことを幸せにするために精一杯努めるよ」

彼の表情は真剣で、悲しげだった。しばらくエリザベスはことばを発することができなかった。「あなたはすばらしい人だわ――」

リトルトン卿は彼女の指を放して片手を上げた。「それ以上言ってくれなくていい。きみの気持ちがどこにあるかはわかっているから」

使用人が出てきて、エリザベスを馬車から助け下ろしてくれた。「ありがとう。すべてにおいて」

リトルトン卿はうなずき、馬車で通りを下っていった。

「ああ、こんなことになるなんて誰が想像した？」彼女はほかの誰かにというよりも自分に向かって言った。

「何かおっしゃいましたか、お嬢様？」父の執事が言った。

エリザベスが石段の上に目をやると、ブロードウェルが扉を開けて押さえていてくれた。

「いいえ、ブロードウェル。何も」

まあ、思いもよらない日になったのはたしかだ。シーズン中、紳士たちはわたしにほとんど関心を寄せてくれなかったのに、今やふたりの紳士がわたしと結婚したがっている。それでも、わたしの呼吸を浅くし、鼓動を速める紳士はたったひとり。ハリントンに触れられた唇はまだちくちくしていた。

リトルトン卿のことは気の毒に思った。自分を望んでくれない相手を望むほど最悪のことはない。次のシーズン、わたしはロンドンにいない可能性が高いが、友人たちはいるはずだ。彼女たちに手紙を書いて、リトルトン卿が彼にふさわしい妻を見つけるのに力を貸してくれるよう頼むことにしよう。

その日はそれからずっとエリザベスはおちつかない気分でいた。休憩したり、読書をしたり、刺繍をしたりしようとしたが、神経がぴりぴりしていて集中できなかった。いいえ、ぴりぴりというのは正しい表現ではない。興奮してというほうがずっとあたっている。エリザベスはハリントンといっしょに過ごしたいとそれだけしか望んでいなかった。早く夜が来ればいいのに。しかし、時計の針はまったく動いていないような気がした。一時間ごとに目をやっているつもりだったが、じっさいは数分ごとだった。

「エリザベス」伯母が朝の間にはいってきながら言った。「そうやってうろうろするのをやめないと、日が暮れるまえにへとへとになってしまうわよ」

「止めようとしても止められない感じなの」エリザベスはまた時計に目をやり、伯母はため息をついた。

「ぎりぎりの連絡になってしまうけれど、あなたさえよければ、今晩うちであり合わせの夕食をとってから、いっしょに舞踏会に出かけましょうとハリントン様に書きつけを送るわ」

「ああ、そうしてくださる？」それはすばらしい考えだった。夕食まではもうそれほど待たなくていい。「彼が来てくださると思う？」

「わたしにできるのは招待することだけよ」エリザベスは口を開いていつ招待の書きつけを送るのか訊こうとしたが、ことばを発するまえに伯母が続けた。「すぐに送るわ。あなたはヴィッカーズを呼んでお風呂にはいったほうがいいわね。そうすれば、気持ちもおちつくわよ」

「ありがとう」エリザベスは伯母の頰にキスをすると、自室に向かった。

思った以上にすばやく湯船が据えられ、湯がたっぷり入れられた。エリザベスは湯が冷めるまでそこにつかっていようとした。

彼はわたしを思うようになってきている？　わたしがキスしたいと思うのと同じだけ、キスしたいと思ってくれている？　疑問は無数に胸に湧き、貴重な答えはほとんど得られなかった。

　ああ、彼がほんとうに夕食に来ると誰か教えてくれれば！

「お嬢様、そろそろ体を拭いて着替えをなさらないと」ヴィッカーズのてきぱきとした声がエリザベスの波立った神経をなだめる役に立ってくれた。

　伯母の言うとおりだ。あれこれ憶測したり悩んだりしてもいいことは何もない。エリザベスは湯船から出てメイドが手渡してくれた拭き布をとった。シュミーズとストッキングとコルセットとペティコートを身に着けると、すわってヴィッカーズに髪をとかして整えてもらった。

　メイドが選んだ髪型やドレスには注意を向けなかった。ハリントンが来ないことは明らかだったからだ。舞踏会では会えるだろうが、今日キスしそうになり、ハイドパークでいっしょに時間を過ごしたとはいえ、いっしょに食事をしようと思うほどにはわたしに気持ちがないにちがいない。

「お嬢様がこんなにお嬢様らしくないのは初めてです」とヴィッカーズが言った。「気分が高ぶっていると思ったら、次の瞬間にはひどく落ちこんでいらして」

　エリザベスもこんなふうに感じるのは初めてだった。そしてそれが嫌でたまらなかった。兄に、田舎の家に帰りたいと訴えようかしら。父が受け入れてくれなければ、伯母に頼んでもいい。

　数分後、ロンドンを離れようと心を決め、応接間へ足を踏み入れたが、そこで心臓が止まった。紺色の上着とズボンを身に着け、颯爽とした様子のハリントンがそこにいたのだ。クラバットは芸術的に結ばれている。そうするまでにいくつものクラバットを試し、時間もずいぶんとかかったはずだ。こんなすばらしい結び方を完成させるのにどのぐらいかかったのかしら？　まったく、わたしは何をばかなことを考えているの？

そこで彼がそばに来た。「こんばんは」

「ほんとうにいらしたのね」舌を嚙み切りたくなる。言うにことかいて。「その――」

「きみから離れていられなくて」彼は彼女のてのひらにキスをし、それを包むように指を閉じた。「ぼくに会えてうれしいと言ってくれ」

「うれしいわ。会えてとてもうれしい」心臓が胸から飛び出そうで、ちゃんとした文章を組み立てられなかった。「すてきな装いね」

「きみの伯母上がご親切にぼくを招待してくれた」ハリントンは彼女の手をとったまま彼女を見下ろした。

「そうしてくれてよかった」彼が来ると誰かが知らせてくれれば、もっとうれしかったのに。ああ、まったく。自分が何を着ているかさえわからなかった。ピンクのドレスのどれか。でも、どれだった？　それもどうでもいい。もう着替えるには遅すぎるのだから。それでも、彼の目によく映りたいとエリザベスは思った。

13

「きみはほんとうに美しい」エリザベスが流れるような足取りで部屋にはいってくると、ジェオフは彼女から目を離せなかった。淡いピンクのドレスは蠟燭の明かりを受けて光り、スカートはその下に隠された曲線を暗示している。アクアマリンのついたピンが巻き毛のあいだからのぞいていた。耳からも同じ宝石が下がり、ネックレスの大きな涙型のアクアマリンがみずみずしい胸の谷間におさまっている。

触れたくてたまらない胸の谷間に。彼女のことはサファイアやルビーやダイヤモンドや真珠でも飾りたかった。

てのひらにキスするだけでは足りなかった。彼女に触れなければ。これほどに女性を欲するなど、考えたこともなかった。何よりすばらしいことに、彼女も同じように欲してくれているようだ。

手に触れたときには、彼女の首元の脈が速まった。いつものラベンダーとレモンの香りに彼女自身のにおいが混じり、ジェオフはうっとりした。彼女の味は甘いのかぴりっとしているのか。唇で覆うとやわらかくなる唇が想像できた。まずは首に、そして胸にキスをするときに彼女の体が発する熱も。ああ、彼女の胸が頭から離れない。

まったく。このまま続けていたら、キスするまえに種をばらまいてしまうことになる。

「劇場へ行く計画を立てたい。きみが一番好きなのはどんな芝居だい？」

エリザベスは唇をわずかに開いて彼を見上げた。目の色が濃くなる。「喜劇のほうが好みですわ」

「計画してもいいかな？」芝居の好みは合うようだ。付添人なしに彼女を連れていけるといいのだが。「きみの伯母上と兄上ときみとぼくとで」

エリザベスの唇の端が持ち上がった。「とてもたのしいと思いますわ。劇場には行ったことがないんです」

「だったら、行かなくては。ロンドンにいて、芝居を観ないなんてあり得ない」

彼女の伯母と兄の声が聞こえてきて、ふたりはすばやく互いから離れた。エリザベスはクリスタルのデキャンタとグラスが置かれた脇卓のところへ行った。「赤ワインをお飲みになります？」

「ええ、お願いします」彼に必要なのは湖に体を沈めて冷やすことだった。ジェオフはエリザベスからグラスを受けとった。「シアター・ロイヤルに『十人十色』がかかっている。明日の晩に行ってもいい」

「伯母に訊いてみなければ。舞踏会に参加することになっていたはずですけど、欠席のお返事を送ればいいわ」

ジェオフは明日の舞踏会のことは頭になく、今晩の舞踏会のことばかり考えていた。彼女とダンスを二度踊る舞踏会。初めてではないが、キスしかけてからは初めてで、彼女をずっとそばに留めておくよう努めるつもりだった。「舞踏会に行くよりも劇場のほうがきみもたのしいのではないかと思って」

「劇場に行くのはきっとたのしいわ」レディ・ブリストウとギャヴィン・ターリーが応接間にはいってきて、エリザベスが扉のほうにちらりと目をやった。「やっといらしたのね。わたしたちのことを忘れてしまったのかと思っていたわ」

「お招きありがとうございます」ジェオフはまえに進み出てレディ・ブリストウにお辞儀をした。「少々早く着いてしまってすみません」

「いいのよ、ハリントン様」レディ・ブリストウは頭を下げた。「姪がお相手していたようね」

エリザベスの頰がバラ色に染まった。「劇場の話をしていたの。ハリントン様が明日の晩、喜劇を観に行こうと誘ってくださって」彼女は伯母と兄のためにグラスにワインを注ぎ、自分のグラスにも注いだ。「伯母様も行きたい？」

「ええ、行きたいわ。あなたのこと、いずれ連れていきたいと思ってはいたんだけど、空いている晩がないようだったから」伯母はワインを受けとってひと口飲んだ。「ギャヴィン、あなたは明日予定があるの？」

「あるけど、だからって伯母さんとエリザベスが行けないことにはならないよ」彼はジェオフと握手した。「劇場に行くのに、割り切れる人数じゃなきゃならないってことはないんだから」

「たしかに」ジェオフは上等の赤ワインを飲んだ。「劇場の支配人に明日行くと伝えておくよ」

　ワインを飲み終えるとまもなく、夕食の準備ができたと告げられた。席順はかしこまったものではないだろうと期待していたジェオフはがっかりすることになった。テーブルは四人用に縮められていたが、彼の席はレディ・ブリストウの右で、テーブルをはさんだ向かい側はターリーだった。兄の右にエリザベスがすわった。

　ほんとうにあり合わせの夕食であることはすぐにわかった。最初に春野菜のポタージュと前菜がふた皿出され、そのあとに豚の腰肉、野ウサギのシチュー、焼いてクリームソースをかけたタラが出され、さらにフランス産の豆とアーモンド、グリーンサラダを含む三皿が続いた。最後はさまざまなクリームとやわらかいゼリーだった。家族だけの夕食で出されるような料理だったが、出された食べ物はすばらしく、エリザベスが政府高官や政治家や外国の貴族たちを招いた、もっと大きなテーブルを差配する姿は容易に想像できた。

「お話ししておきたいんですが、ハリントン様」レディ・ブリストウが声に誇らしさをにじませて言った。「二年まえに母親が亡くなってからというもの、姪はこのタウンハウスだけでなく、田舎の家もとり仕切っているんです」

　だから大人びているわけだ。エリザベスはほんとうに完璧な妻になってくれるだろう。妻としての条件にすべてあてはまるだけでなく、ふたりのあいだには情熱もある。それは予期せぬ恩恵だった。

ジェオフはエリザベスにほほ笑みかけた。「きみが極めてよくやっているのは明らかだね」

「ありがとう」彼女はまた頬を染めた。「知るべきことを母が教えておいてくれたので」

みずからの才能を軽んじることをエリザベスにしてほしくなかった。「正直に言うと、うちの母も一番上の姉に教えこんでいたんだが、姉はその教えを行動に移すのにえらく時間がかかっていたよ」

エリザベスは軽い笑い声をもらして言った。「それなら、わたしの努力に対するお褒めのことばをすなおに受けとりますわ。ありがとうございます、ハリントン様」

「殿方たちだけでポートワインをたのしめるようにして差し上げましょう」レディ・ブリストウが立ち上がりながら言った。

伯母のあとから部屋を出ていくエリザベスの後姿を見送りながら、ジェオフは舞踏会で彼女とふたりきりになれる時間を見つけようと決心した。そろそろ結婚の約束をとりつけなければならない。

女性たちが出ていって扉が閉まると、ジェオフとターリーはポートワインを頼んだ。ワインを注いでデキャンタをテーブルに置くと、使用人たちは下がった。

「きみの父上がいつごろ戻ってくるかわかるかい?」ジェオフはすぐにもプロポーズするつもりだったが、年若い彼女には父親の許しが必要だった。エリザベスのことはぼくがまかされていると彼女の兄は言っていたが、それは、彼女が結婚するにあたって必要なすべてのことにおける権限をターリー卿が息子に与えたということだろうか?

「たぶん、今週中には」ターリーはグラスをまわし、濃い色のワインがグラスを染めるのを見つめた。「きみとぼくの妹はうまくいっているようだな」そう言ってワインのルビー色をたしかめるようにグラスを掲げた。「今日の午後、ハイドパークできみがうちの妹に強い関心を見せたことが噂を呼んでいると、きみ自身わかっているんだろうな。クラブというクラブで広まっているよ」

「そうなるだろうとは思っていた」ジェオフはポートワインを飲んだ。悪くないワインだった。「きみの妹さんに結婚を申しこむつもりだ」そう言って彼女の兄に目を向けた。「きっと受け入れてもらえると思う」

ターリーは椅子に背をあずけた。「さっき妹がきみに向けたまなざしを見るかぎり、きみの言うとおりだろうな。妹がきみを望むなら、ぼくは邪魔をしないが、これだけは言っておくよ。妹を粗末に扱ったりはしないでくれ」

「ぼくは女性を粗末に扱ったりする男じゃない。妻となればなおさらだ」粗末に扱うと考えただけで胸が悪くなった。それだけでなく、そんなことをすれば家族にも絶縁されることになるだろう。

「ぼくが頼みたいのはそれだけさ」ターリーはワインをあおった。

もっと言いたいことがありそうな口調だったが、留めてくれたのはありがたかった。エリザベスとのあいだに起きたことはふたりだけの秘密にしたかった。

「ご婦人方のところへ行ったほうがいいな」ターリーが立ち上がり、ジェオフもそれに従った。「伯母は舞踏会に行くまえにお茶をほしがるはずだ」

エリザベスは伯母に促されてピアノを弾きながらバラッドを歌った。演奏は情熱的というよりは正確に音符を追うものだったが、声はひばりを思わせた。澄んでいて甘く、好みの声だ。彼女が夫のために、そしてのちにはふたりの子供たちのために歌を歌ってくれる夕べがたのしみになった。

お茶が済むと、一行は舞踏会へ出発した。舞踏会に着くと、彼が彼女の家族といっしょに到着したことに人々が気づいた。最初のダンスのためにエリザベスをリトルトンに渡すのは嫌でたまらなかったが、リトルトンが彼女と踊るのはそのダンスだけだ。

今晩、ジェオフは舞踏会を開いた女主人に挨拶に行く以外、エリザベスが踊っているあいだはターリーとレディ・ブリストウの近くに留まった。戻ってきた彼女にそばにいてもらうために。エリザベスがほかの紳士と踊っているあいだ、注意をよそに向けないようにした。この舞踏会が終わるころには、彼女を妻にしたいというぼくの思いが真剣であることを社交界全体が知ることになるだろう。あとは彼女にぼくと結婚したいと思わせるだけだ。

「たのしんでいるかい?」夜食まえのダンスが終わると、ジェオフは彼女の兄と伯母の姿を探した。なぜか、どちらも姿が見えなかった。

「とてもたのしい夕べですわ」彼女の空色の目がきらきらと輝いた。「夜食をとりに行くまえに、温室を見に行く時間はあると思います? レディ・ドーヴィルは温室をとても自慢にしているんです」

「行ってはいけない理由はないと思うよ」彼女とふたりきりになれる時間ができる。心底望んでいる時間が。「場所はわかっているのかい？」

エリザベスは舞踏場の反対側を指差した。「フランス窓のそばのアーチをくぐり抜けたところですわ」

ふたりは舞踏場の反対側へ行き、温室へ続くアーチをくぐった。ほかにも温室を訪れている客たちがいたが、ほとんどが温室から出るところだった。長方形の温室はタウンハウスの一方の側をほぼ覆っていた。通路は片側が下りで、もう一方の側がのぼりになっている。ジェオフとエリザベスが見学をはじめようとしたときには、下りの通路にはほかに誰もいなかった。温室の片隅からは水のしたたる音が聞こえてくる。

「きれいだわ」エリザベスは喜びもあらわな様子で温室のなかを見まわした。「ランタンが妖精の光のよう」

何十もの、おそらくは何百もの小さなガラスのランタンが木々に吊るされたり、ひもを張ってそこに吊り下げられたりしていた。「星のようでもあるし」

ふたりは反対側の小道からのぼってきた客に挨拶した。

「右側から見ていったら、最後はここにのぼってくることになるわ」と女性のひとりが言った。

「ありがとう」エリザベスは笑みを浮かべ、ふたりは通路を下りはじめた。

通路を半分ほど行ったところで、ジェオフは自分よりほんの数フィート高い木の下で足を止めて彼女と向き合った。「今晩、ずっときみとふたりきりになりたかったんだ」

エリザベスは黒っぽいまつげの下から彼を見上げた。「そうなの？」

その声はかすれており、また首元の血管が大きく脈打っていた。緊張しているのか？　それとも興奮していると？「きみはぼくとふたりきりになりたいかい、エリザベス？」名前で呼ばれて彼女は目をみはった。ジェオフはその日の夕方にしたように彼女の頬を撫でた。

「きみを名前で呼んでいいかな？」

「ええ、もちろん」手に頬を押しつけるようにする彼女の声はかすれていた。「あなたのことはなんて呼んだらいい？」

「ジェオフリー。ぼくを名前で呼ぶ人はほとんどいない」じっさい、ひとりもいなかった。

「きみが呼んでくれたらうれしいよ」

「ジェオフリー」エリザベスは名前の響きを噛みしめ、感触をたしかめるかのように発音した。「いい名前だわ。強い名前」

「きみにキスしたい」キスしたくてたまらないというほうがあたっていた。「今日の午後からずっときみにキスしたいと思っていた」そしてそのまえも。

エリザベスにまじまじと見つめられるあいだ彼は待った。少しして彼女は爪先立ちになり、彼の首に手をまわした。「わたしもあなたにキスしたい」

ああ、死んでしまいそうだ。

ジェオフは彼女の腰をつかんだ。両手をしっかりと止めておかないと、どこへさまよってしまうかしれなかった。きっと彼女の全身に。それにはまだ早い。胸の感触を知りたいのは山々だが、それはもっとあとになってからだ。

ジェオフはお茶のあとのときのように、唇で唇をかすめるようにした。彼女はやわらかい息を吐き、よりきつく口を押しつけてきた。彼は唇と顎に軽いキスの雨を降らせ、口に戻ると、そっと彼女を求めた。

口をふさがれた彼女は無邪気に口をすぼめていた。これまで誰ともキスをしたことがないのは明らかだ。ぼくが最初の相手。すべてにおいてぼくが初めての相手となる。長いこと眠っていた原始的な部分が、部屋を見つけて今すぐ彼女を奪えと促してくる。

分別を失うまえに、彼は顔をもたげ、キスを止めた。「完璧だ」

「ほんとうに？」エリザベスは彼の目を探るように見た。「初めてなの」

「ほんとうさ」彼は彼女の唇を親指で軽くなぞった。

エリザベス・ターリーこそ、自分が真に望む女性なのに、レディ・シャーロットを追いかけてこのシーズンを無駄にしたことが信じられなかった。今こうして手に入れた彼女を絶対に放しはしない。

ジェオフリーの唇がまた唇に触れ、エリザベスはため息をついた。彼のキスはやさしく、たしかで、すばらしかった。友人たちの言ったことはほんとうだった。男性のキスがすべてを変える。ほかの誰かとキスするなど想像もできなかった。

これまでキスについて思い描いていたすべてがそこにはあった。エリザベスは彼のやわらかい巻き毛に触れ、また首を下げさせた。彼の両手は腰に置かれていたが、親指が撫でるように動き、胸に触れそうになった。もっとほしい。今していることをやめたいとはまったく思わなかった。

それでも、今は舞踏会の最中で、温室を見に来る人もいる。いつかこれを好きなだけ続けられる場所でふたりきりになればいい。残念ながら、それは今夜ではないけれど。

「夜食をとりに行かないと」どんなごちそうが提供されても、彼のキスにかなうものは何もない。

「そうだね」ジェオフリーも――ああ、彼を名前で呼べるなんて――エリザベスと同じだけひそやかな温室から離れたくないようだった。「ぼくはきみとここにいるほうがずっといいが」

喜びの震えが全身に広がる。エリザベスは手をゆっくりと彼の腕に置き、ふたりは温室の奥まで行って反対側の通路をのぼった。ジェオフリーが廊下へ続く扉を開け、植物を守るための温かい空気のなかから外へ出ると、エリザベスの全身を涼しい風が包んだ。

14

「そこにいたのね、ハリントン」エリザベスが見たことはあっても、紹介されたことのないふたりの年輩の女性が近づいてきた。どちらも最新流行の装いをしているが、着こなせる女性の少ないヒナゲシのような赤いドレスに身を包んだ女性には、人の注意を惹かずにいられない雰囲気があった。「温室の見学に行ったと言われたのよ」赤いドレスの女性は宝石で飾られた棒つきの眼鏡を持ち上げた。「その若いご婦人にわたしを紹介してちょうだい」

横ではジェオフリーがわずかに身をこわばらせていた。エリザベスは彼を力づけようと腕に置いた指に力をこめた。

「お祖母様」ジェオフリーはお辞儀をした。「ミス・ターリーをご紹介します。ミス・ターリー、ぼくの祖母で先代のマーカム侯爵夫人だ」

お祖母様！　エリザベスはジェオフリーの家族に会う心の準備ができていなかった。みな田舎にいるものだと思っていたのだ。張りつめた神経のせいで分別を失うまえに、エリザベスは表情を作り、これまで練習してきたことを思い出して深くお辞儀をした。「レディ・マーカム、お会いできて光栄です。ハリントン様のお身内がロンドンに来ていらっしゃるとは存じ上げませんでした」

「とてもおきれいね」先代のレディ・マーカムはよしというようにうなずいた。「ハリントンはたぶん、わたしたちがいつも邪魔しないでくれるといいと思っているわ」先代のレディ・マーカムはジェオフリーに反応する暇を与えず、横の女性に目を向けた。「ミス・ターリー、こちらはわたしの親戚で付添人のミス・コヴニントンよ」

エリザベスは敬意をこめてお辞儀をした。「お会いできて光栄です、ミス・コヴニントン」

「夜食はもうとったんですか？」全員で舞踏場へと戻りはじめると、ジェオフリーが訊いた。

「いいえ」彼の祖母が答えた。「あなたを見つけていっしょに夜食をとろうと思って。きっとあなたもまだでしょうから」

「ええ。ミス・ターリーとぼくは客たちのほとんどが別の場所にいるときに温室を見たいと思ったんです」

先代のレディ・マーカムのことばに対し、ジェオフリーが即座に言い訳を思いついたことにエリザベスは感心した。彼は顔を赤らめることもなかった。

「それで、温室はどうでした、ミス・ターリー？」ジェオフリーが祖母の腕をとったので、彼の親戚がエリザベスの隣を歩いていた。

「とてもきれいでした」キスのあとでは、温室のなかのものにはほとんど気を惹かれることもなかったのだが。「植物も興味深かったですし、小さなランタンがたくさんあって、まるで魔法の国のようでしたわ」ほうら。思っていたよりはましな答えができた。「ご覧になったことがありまして？」

「残念ながら、昼間にね。あなたのご説明を聞くとすてきなようね。今日帰るまえに絶対に見なくては」

それ以上は何も言うことを思いつけなかったが、幸い、一行は夜食を提供している部屋に着いていた。ジェオフリーは入口近くのテーブルを見つけ、彼女と祖母とミス・コヴニントンがそこにすわると、食べ物が置かれたテーブルへ向かった。

「ミス・ターリー」先代の侯爵夫人が鋭い灰色の目をエリザベスに向けた。「なんて喜ばしい驚きでしょう。あなたとお知り合いになれて、とてもうれしいわ」

エリザベスはぽかんと口を開けずにいるのが精一杯だった。ジェオフリーはわたしについてお祖母様に何を話したの？　それとも、ジェオフリーがわたしに関心を向けているのに気づいたか、噂で聞いたの？　エリザベスは首から熱がのぼりそうになるのを抑えようとした。おちつきを失うつもりはなかった。身内として迎えてほしいと願う相手といっしょのときには。ジェオフリーに多大な影響をおよぼすかもしれない女性でもある。

「ええ、ほんとうに。ハリントン様のご家族にお会いできてうれしいですわ」話題を見つけるのがどうしてこれほどにむずかしいのかエリザベスにはわからなかった。世間話をする練習は何年も続けてきたのに。「ロンドンには一年を通してお住まいですか？」

「多くの時間を過ごすわ。バースに家があって、田舎に未亡人用の住まいもあるんだけど」先代のレディ・マーカムはテーブルの上で手を組んだ。「これはあなたにとって最初のシーズンよね？」

「そうです。伯母のレディ・ブリストウが後見人になってくれています」

「彼女とあなたのお母様がデビューしたときのことを覚えているわ」先代のレディ・マーカムはやさしく言った。「あなたはお母様によく似てらっしゃる。きっとお母様もあなたを誇りに思ったことでしょうね」

母は誰もが認める美人だったが、エリザベスはそうではなかった――充分悪くない容姿ではあったが。「母がここにいてくれればと思いますわ」

ミス・コヴニントンは手を伸ばしてエリザベスの手を軽くたたいた。「お母様を亡くすのは辛いことよ。きっとその悲しみからすっかり立ち直ることはないわ」

もうひとりのご婦人の思いやり深い手の感触に、喉が痛いぐらいに締めつけられた。母の死を思い出すといまだに目に涙が浮かんだが、今夜はそうならないようにしたかった。「ええ、そうですね。母と過ごす時間は充分ではありませんでしたが、母はわたしの準備をちゃんとしてくれました」

「きっとそうでしょうね」と先代のレディ・マーカムが言った。「あなたのお母様に、とある公爵が結婚を申しこんだのはご存じだった？」

エリザベスは首を横に振った。母からはデビューしたころの話を数多く聞かされていたが、その話は聞いていなかった。「まったく知りません」

「彼女が公爵の申しこみを断ったことに彼女のお父様は不満だったそうだけど、あなたのお母様はターリー子爵と結婚すると言ってきかなかったの。幸せな結婚だったならいいんだけど」

「幸せでした。父はまだ母の死を乗り超えられずにいますけれど」永遠に乗り越えられないのではないかと思うほどに。伯母が言うには、父は伯母を見ると母を思い出さずにいられないそうだ。母と伯母はそっくりな双子ではなかったが、似ている部分もある。だからこそ、父は伯母とはあまりいっしょにいたがらないのだ。エリザベスは背筋を伸ばした。「わたしも恋愛結婚をするつもりです」

「みんなそうすべきよね」先代のレディ・マーカムはうなずき、ミス・コヴニントンと目を見交わした。

つまり、ジェオフリーのお祖母様も恋愛結婚をしたということ？　それとも、恋愛結婚じゃなかったことを悔やんでいると？　エリザベスが質問を発するまえに、ジェオフリーが給仕を従えて戻ってきた。

彼は手際よくテーブルの上にさまざまなご馳走を並べさせた。皿がテーブルに置かれ、シャンパンがグラスに注がれると、彼はエリザベスと祖母のあいだに席をとった。「きみの伯母さんに、きみはうちの祖母と親戚といっしょに夜食をとると言っておいたよ」

「ご親切にありがとう」伯母もギャヴィンもエリザベスはどこへ行ったのだろうと思っていたはずだ。「伯母様たちは夜食後すぐに帰るつもりでいるのかしら？」

「ああ。ぼくも同じときに祖母たちを馬車まで送っていくつもりだ」ジェオフリーはアイスクリームをひと口食べた。「これはとてもおいしいよ。ラベンダーのアイスだ」

エリザベスも彼が運んできてくれたアイスクリームを食べた。「すばらしいわ。ガンターズが用意したものかしら」

先代のレディ・マーカムとミス・コヴニントンも、アイスクリームはガンターズからとり寄せたものにちがいないと言った。その後、会話はさまざまな話題におよんだが、ジェオフリーの将来の職務について語られることはなかった。彼といっしょにいて、彼がそのことについて何も言わなかったのは初めてだった。

「ミス・ターリー」先代の侯爵夫人が言った。「明後日、わたしたちとお茶をごいっしょしてくださるとうれしいんだけど」

エリザベスは口に含んだばかりのシャンパンにむせそうになったが、急いでおちつきをとり戻し、唯一返せる答えを返した。「なんてすてきなお申し出でしょう、レディ・マーカム。喜んでお茶にうかがわせていただきますわ」

「よかった」先代のレディ・マーカムはジェオフリーに目を向けた。「ハリントンがお迎えに行きます」

そう、それが心のなかで尋ねていた、伯母も招かれているのかどうかという質問への答えになる。招かれていないのは明らかだ。

「喜んで迎えに行きますよ」とジェオフリーは言い、押しつけられたという印象を急いで払おうとしてか、こう訊いた。「お茶のあとでハイドパークに馬車に乗りに行かないかい？」

そのときふとエリザベスは、彼の祖母が婚約もまもなくだと思っているのかもしれないと思った。理由は説明できないが、彼との婚約を急かされているような気分になった。

ジェオフリーと結婚したくないわけではない。したいのはたしかだ。キスされたときにあんな感情を経験したのに、その相手と結婚したくないと思うはずはない。そういう意味では、結婚したくない相手とはキスすべきではないのだ。ただ、もう少し時間がほしかった。

一方で、彼には時間がない。いつまでに大陸に行かなければならないか、はっきりは言わないが、かなり近い将来であるのはたしかだ。それだけでなく、翌週父が戻ってくるまえに自分も決断をくださなければならない。

ジェオフリーに手をにぎりしめられ、エリザベスは唇を笑みの形に曲げた。

三人の年輩のご婦人が足を止めて彼の祖母と話し出すと、ジェオフリーはささやいた。

「提督がいないといいんだけどね」

「提督？」レディ・マーカムに求愛者でもいるの？

「祖母が飼っているオウムさ。ネルソンという名前なんだ」ジェオフリーは声をひそめて答えた。「気まりの悪い思いをさせられると言っても過言じゃない」

「これまでオウムを見たことはないわ」

エリザベスはとても見たいと思ったが、ジェオフリーはうなるように言った。「だったら、もっとあとで見ればいい」

先代のレディ・マーカムは首を巡らして孫を凝視した。「またネルソンのことをけなしているの？　子供のころは大好きだったじゃない」

「ちがうわ」ミス・コヴニントンが言った。「大好きだったのはエドモンドよ。ハリントンとネルソンは昔から仲が悪かった」

先代のレディ・マーカムは眉根を寄せた。「ほんとうにエドモンドだった？　そう考えてみれば、あなたの言うとおりだわね」

エドモンドって誰？　どうやら、今夜はその問いに答えをもらうことはなさそうだった。老婦人たちが立ち上がり、ジェオフリーも従った。話に出たエドモンドとは誰なのか、彼に訊くのを忘れないようにしないと。

ジェオフは給仕に合図し、馬車をまわすように命じた。女性たちがマントを見つけるころには、エリザベスの家族もそこに加わり、馬車が石段の下で待っていた。

ターリーは別の催しに参加することにしていたため、ジェオフがレディ・ブリストウに手を貸して馬車に乗せ、それからエリザベスのほうを振り向いて手をとった。その手を唇に持ち上げてささやく。「またきみにキスできるといいんだが」

エリザベスは一瞬彼と目を合わせた。「わたしも同じ思いよ」

ジェオフは彼女の指に一本ずつキスをした。「今夜はきみの夢を見るよ。きみもぼくの夢を見てくれるかい？」

危険を冒していることはジェオフにもわかっていた。おそらく、あまりに早く物事を進めすぎている。それでも、彼女はキスをしてくれた。

少しして彼女は唇の端を持ち上げてかすかな笑みを浮かべた。「あなたの夢を見ないはずがありませんわ」

「今のぼくの願いはそれだけだ」ジェオフは彼女に手を貸して馬車に乗せ、扉を閉めた。

「ハリントン様」レディ・ブリストウが言った。「申し訳ないんですけど、明日の晩、劇場にごいっしょできなくなってしまいました。レディ・ジャージーの舞踏会が明日だったのを忘れていたんです。すでに出席とお返事しているのに欠席のお返事をするのは賢明ではないので。オールマックスの後援者のひとりを鼻であしらうようなことはできませんから」

「わかりました、レディ・ブリストウ」それを聞いて不満を感じはしたが、いたしかたないことでもあった。

ジェオフは御者に馬車を出せと命じてから、祖母の馬車へ歩み寄り、祖母とアポロニアを見送った。

今晩はこれ以上ないほどにうまくいった。祖母とアポロニアと会ったときにエリザベスが優美でおちついた態度をとっていたのは誇らしかった。内心びくびくしていたとしても——祖母の評判を考えれば、そうだとしても責められないが——それを表には出さなかった。祖母とアポロニアの両方にうまく対応しているようだった。お茶に来いとの祖母の命令に対しても、顔色ひとつ変えなかった。

自分の彼女への求愛も、彼女に対する家族の反応も、これ以上はないほどにうまくいっている。母ともうまくいくはずだ。彼女は母が作った花嫁候補のリストに名前があったのだから。父もエリザベスを歓迎するだろう。彼女には嫌われるようなところが微塵もなかった。

人生がまた軌道に乗ったように思える。そろそろさらなる状況の変化が必要だ。「お祖母様、借りていた住まいから引っ越すことにしました。ミス・ターリーをお茶にお連れする日に、マーカム・ハウスのぼくの部屋に戻ることにします」

「そんな話を道端でできないわ。乗りなさい。家に帰る途中で話しましょう。そのあと、ジャーミン街まで馬車であなたを送らせるから」

「仰せのままに」ジェオフは馬車に乗り、後ろ向きの座席にすわった。ふたりといっしょに馬車に乗るときはいつもそうだ。

「さっきの様子からして、ミス・ターリーとのことはうまくいっているようね」祖母は孫に目を据えたままでいた。

「彼女への求愛はとてもうまくいっていると言えますね」祖母には何か言いたいことがあるのだろうかとジェオフは訝った。あるとすれば、いつ本題にはいるのだろう。

「それはそうと、彼女のことはとても気に入ったわ」祖母はスカートの皺を伸ばした。「あなたのすばらしい伴侶になるでしょう」

「とても見識の広い方ね」とアポロニアが付け加えた。

「そう思います。彼女を見つけられてぼくは幸運でしたよ」きっと彼女も結婚に同意してくれるだろうと今は確信が持てた。「あと何日かしたら、結婚を申しこむつもりです」

祖母はうなずいた。「あなたのお父様とお母様が新婚のころに使っていたお部屋を準備させておくわ。あなたが元々使っていた一画よりも広いし、家族ができてロンドンで過ごすことになっても充分な広さがあるから」

祖母もアポロニアもエリザベスに好意を持っているのかと訊いてこないのは驚きだった。

「そこまで考えてくださってありがとう」

祖父がまだ存命のころに両親がマーカム・ハウスに部屋を持っていたとは思いもしなかった。ただ、道理にかなったことではあった。結婚したときに父は外交使節団の一員で、母も父に同行することになった。イギリスに戻ってくるのは短いあいだに過ぎず、両親には自分たちだけのタウンハウスを持つ必要はなかったはずだ。

あの家は改装されてからどのぐらい経つのだろう。別にどのぐらいでもかまわなかった。エリザベスには好きなように改装していいと言ってやるつもりだったからだ。

「彼女が受け入れてくれたら、すぐに父さんに手紙を書かなくては」ジェオフはふたりにというよりはひとりごとのように言った。

「あなたのお父様も喜ぶわね」祖母はそこで黙りこんだが、ジェオフには祖母の考えていることが聞こえる気がした。

数分で馬車はタウンハウスに着いた。ジェオフは飛び降り、女性たちに手を貸して馬車から下ろした。「遅くてもまた明後日に」

「ハリントン」祖母が彼の手をとった。「ミス・ターリーが、あなたがほんとうに結婚したいご婦人だといいんだけど」

「もちろん、そうです」彼は祖母の頬にキスをした。「心配する理由などありませんよ」

少しして、ジェオフは自分の住まいに向かっていた。待つ理由はない。明日、レディ・

ジャージーの舞踏会でプロポーズしよう。劇場でするほうがよかったが、レディ・ブリストウが舞踏会について思い出してしまったのだから、しかたない。婚約を発表してその舞踏会を忘れられないものにしてもいい。レディ・ジャージーも喜んでくれるはずだ。エリザベスが受け入れてくれたら、できるだけすぐに彼女を妻にする。

住まいに着くと、いつものようにネトルが待っていた。「これから数日のうちにマーカム・ハウスに移る」

「かしこまりました、旦那様」従者はジェオフの上着と帽子と手袋を受けとった。「大陸への出発の準備もはじめましょうか？」

「ああ」エリザベスとの結婚式はどのぐらいすぐに行えるだろう。「今から十日後に出発できるよう手配を頼む。スリー・カップス亭に部屋をとってくれ」第九十五ライフル連隊の将校となっているイートン時代の友人が最近手紙で、ハリッジ（イギリス南東部の港町）からオーステンデ（現ベルギーの港町）へ行くにも、フックファンホランド（オランダ南西部の港町）へ行くにも、移動手段がどんどん見つけにくくなっていると知らせてくれていた。友人と連隊の兵士たちは船を待つのに一週間、風向きを待つのにもう一週間待ったという。

無駄にする時間がないばかりか、兵士や馬などで一杯の船にエリザベスを乗せると考えただけで嫌だった。父が小型の帆船を所有していないのは残念だ。「ハリッジからストア川へはいって、ぼくから連絡が行くまで川で待機していてくれる船の船長を見つけてくれ」

「かしこまりました」ネトルは手帳と鉛筆をとり出して指示を書きつけた。

「軍に徴用されないだけ離れた場所で待機していてもらいたい」ジェオフはオランダへ渡るのに、風向きを長く待たずに済むようにと祈った。「父にも手紙を書いておく。父なら、帆船を所有している人間を知っているかもしれないから」

「結構です、旦那様。明日朝一番で手配をはじめます」

そしてまた花を――ピンクのバラを――エリザベスに贈るのだ。明日の午後、いっしょに馬車に乗りに行くのと、夜にはダンスを踊るのをたのしみにしていると記した書きつけとともに。

明日の晩が待ち遠しかった。

15

舞踏会にはまたエリザベスとその家族といっしょに到着したものの、ジェオフはまたも運に見放されたようだった。エリザベスとふたりきりになろうとするたびに、誰かが彼女の注意を惹くのだ。さらに最悪なことに、その忌々しい邪魔者はたいてい、彼女とダンスを踊りたいという紳士だった。最後に言ってきた男には思わず文句を言いそうになったが、残念ながら、彼女から結婚の約束をとりつけるまでは、彼女に自分とだけ踊るよう言い張ることもできない。

ようやく最初のワルツが終わったのは、ジェオフからするとあまりに遅くなってからだったが、彼はエリザベスの手をとって鉢植えの植物の陰へ引っ張っていった――ありがたいことに鉢植えは、舞踏場からテラスに出るフランス窓のそばの壁にずらりと並べられていた。

「きみと話をしなくちゃならない」

ロマンティックな台詞とは言えなかったが、誰にも見られることなく、彼女をテラスへ連れ出さなければならなかった。ジェオフはフランス窓から外へ出ると、急いでテラスの端へ向かった。そこは数フィート離れたところにある壁の燭台の明かりだけに照らされていた。

レンガの壁にはツタが這い、観賞用の木がこちらに目を向ける人々の気をそらしてくれそうだった。彼は彼女をさらに暗い場所へと引っ張った。ありがたいことに、ほかには誰もここであいびきをしている者はいなかった。

彼女に息を整える間も与えず、彼はキスをした。まえにしたようなゆっくりと誘惑するようなキスではなく、自分のものと主張するキスだった。エリザベスは驚いて息を呑んだが、彼は舌を彼女の口にすべりこませた。彼女も恐る恐る舌で舌に触れた。ジェオフはうなるような声をもらし、彼女をきつく抱きしめた。首をかがめてキスを深めると、悦びのため息が彼女の口からもれた。

エリザベスの手はジェオフのうなじの毛をもてあそんでいる。彼は両手を彼女の腰から胸に動かし、コルセットから魅惑的なふくらみを解放し、両方の胸の先を親指で軽く撫でて硬いつぼみにした。

服を全部脱がせ、裸の彼女が自分の下で身もだえするのを見たかった。しかし、エリザベスが結婚に同意して初めてそれは可能になる。

片手を尻の上まで下ろし、短いコルセットに感謝しながら尻を愛撫する。「きみがぼくにどんな影響をおよぼしているか見当がつくかい？」

「あなたがわたしにおよぼしているのと同じこと？　もう一度触れて」胸をこするとエリザベスは声をもらした。

ジェオフはもう一方の手を胸から離し、やわらかい体をさらにきつく抱きしめた。自分がどれほど求めているかを感じさせたかった。しかし、彼女はたぶん、硬い竿の感触がどういうことか知らないだろう。

硬くなったものがズボンを押し上げ、ジェオフは解放されたくてたまらなくなり、声をもらした。正気を保つためだけにでも、プロポーズを終えてしまわなければならない。しかし、身を離そうとすると、彼女がきつく抱きしめてきた。

「放さないで」彼がしたのと同じように、エリザベスも軽いキスの雨を彼の顎に降らせた。

「きみに訊かなきゃならないことがある」

「だったら、キスをはじめるべきじゃなかったわ」彼女は彼の尻に手をすべらせた——さっきの彼の手の動きを真似たのだ。ジェオフは彼女の体を壁に押しつけて、でき得るかぎり根本的なやり方で自分のものにしたくなった。

片膝をついて結婚を申しこむつもりでいたのだが、今片膝をついたら、スカートの下にもぐりこんで彼女を味わってしまいそうだ。もうすぐだと自分に約束する。「エリザベス」ジェオフは彼女の首にキスをし、胸のあいだの魅惑的な谷間に唇を下ろしてなめた。「ぼくの妻になってくれるかい？」

予期せぬ質問だったというように彼女は身動きをやめた。ジェオフは答えを待つあいだ、息を止めていた。しばらくして、彼女は手を持ち上げて彼の頬をはさみ、「ええ」とささやいた。

ああ、神よ、運命よ。幸運をもたらしてくれたすべてのものに感謝しよう。「ぼくはきみのおかげで誰よりも幸せな男になった」

エリザベスがプロポーズを受け入れてくれたことにジェオフは安堵の息をついた。女性の関心を惹くのにこれほど懸命になったことはこれまでなく、彼女に断られていたら、打ちのめされていたことだろう。彼女を求めているのはもちろんだが、これでサー・チャールズの副官としての立場も保証された。大陸へ出立する明確な計画を立てられるのがうれしかった。できるだけすぐに結婚して、ブリュッセルへの旅をはじめなければならない。しかし、驚きだったのは、彼女を自分のものにしたいという思いが募り、副官としての立場を手に入れたいという思いを凌駕したことだった。エリザベスに触れたいという衝動は抑えきれないほどだ。

ジェオフは彼女を肩に担ぎ上げ、舞踏会から連れ去りたいという欲望と闘わなければならなかった。彼女の体を壁に押しつけないでいるだけで精一杯だった。彼女とベッドをともにしなければならない。すぐに。「音楽が終わっている。戻ってきみの伯母上と兄上に話さなければ」

「ええ、そうね」エリザベスは彼にそっとキスをした。「誰かに見つかるまえに」

ジェオフは一歩下がって彼女を客観的に眺め、ボディスを直した。胸をコルセットにおさめる際には胸の先を愛撫し、彼女がはっと息を呑み、その目に愛撫がかき立てた欲望が浮かぶのをたのしんだ。秘められた部分を撫でることができたら、きっと濡れて準備ができているることだろう。

「ぼくの服装は乱れていないかい？」ジェオフリーが何事もなかったかのように訊いた。

エリザベスの胸は腫れて重くなっていた。胸の先は、コルセットの下におさめる際にジェオフリーが指ではさんで転がしたせいでまだうずいている。脚のあいだのどくどくいう感じは耐えがたいほどで、膝はぐにゃぐにゃのブラマンジェになってしまったようだった。彼が背中を撫でて尻を愛撫するあいだ、エリザベスはどうにかおちつきをとり戻そうとしていた。この人はいつからこんないけない人になったの？　彼を愛撫するだけの勇気がわたしにもあったなら。

「エリザベス？」ジェオフリーが唇にいたずらっぽい笑みを浮かべて訊いた。自分がどんな影響をおよぼしているか、ちゃんとわかっているのだ。

エリザベスは息を吸って彼のクラバットを直し、彼の髪に手を走らせた。「これで大丈夫」それから、ジェオフリーの腕に手を置いた。脚はまだ少しばかりおぼつかなかった。彼の愛撫のせいか、ようやく彼に愛されていると確信が持てたからかはわからなかった。

愛していなければ、あんなことを言ったり、あんなふうにキスしたりはできなかったはずだ。彼はまだ愛していると口に出して言ってくれていなかった。だからこそ、彼の妻になることに同意するのをためらったのだ。ただ、伯母によれば、愛していると口には出せず、行動で示す男性もいるそうだ。ジェオフリーはこれ以上はないほどに思いやり深かった。そしてあのキスと愛撫……。あれ以上にすばらしいものはあり得ない。

何があるか、友人たちから聞いていてよかった。とくに舌を使ったキスについて。そうでなければ、驚愕していたことだろう。じっさいはジェオフリーの味をたのしみ、唇から脚のあいだの秘められた場所へと血管を火が走ったような感覚をたのしんだのだった。彼の硬く長いものが体に押しつけられるのを感じ、望まれているとわかって興奮を覚えた。そして彼は自分もきみの夢を見るから、きみもぼくの夢を見てくれと言っていた。わたしを愛しているのはまちがいない。

「舞踏場のなかにはいる心の準備はいいかい？」彼ははじめたことを止められないとでもいうように、少しずつ彼女に触れつづけながら訊いた。

エリザベスは舞踏会には戻りたくなかった。ひと晩じゅうここに留まっているほうがずっとよかった。「結婚のこと、わたしの家族に話すべきだと思うわ」

「ぼくの祖母と親戚にも」すぐにも舞踏会に来ている全員がそれを知ることになる。

「わたしたちの婚約を喜んでくださるかしら？」エリザベスは下唇を噛みはじめた。

「ふたりとも大喜びするのはたしかさ」ジェオフリーは彼女の頬を撫で、唇に親指を走らせた。「祖母はきみをとても気に入っていた」

そう聞いて、気分がましになった。新しい家族の一員になることがどれほど神経を揺さぶられることであるか、これまで考えたこともなかったのだった。

ジェオフリーは彼女の手を肘に抱えこみ、ふたりは舞踏場に戻った。暗がりにいたせいで、シャンデリアや壁の燭台で輝く蠟燭の明かりが、部屋をまえよりも明るく見せた。彼女とジェオフリーがはいっていくと、振り向く人が何人かいた。羽根飾りのついたターバンを巻いたふたりの中年女性がささやきを交わした。エリザベスは頬が真っ赤になるのを抑えようとした。

伯母とギャヴィンはフランス窓から遠くないところにいた。ふたりのうちどちらか、もしくは両方がジェオフリーとわたしのあいだに何があったか察していたとしたら？

「あなたたち、外を歩いてきたの？」伯母がエリザベスをじっと見つめながら訊いた。噂を交わす女性たちも、伯母の探るような目も、エリザベスの気分をくもらせることはできなかった。

「ぼくがプロポーズしていたんです」とジェオフリーが満面の笑みで答えた。

そうして、ふたりの婚約は突如として現実のものとなった。エリザベスは彼に笑みを向けた。これほどに幸せだったことはない！「それで、わたしはそれをお受けしたの」

ギャヴィンがシャンパンのグラスを掲げて大きな声で言った。「おめでとう。最初にお祝いを言わせてもらっていいかい？」

兄がさらにシャンパンを求め、何があったのか聞こうとほかの人たちが集まると、残っていた疑念も心から消え去った。ジェオフリーは何人かの紳士たちから背中をたたかれ、エリザベスは数人の女性たちから抱きしめられた。

「結婚式はいつだい？」とエンディコット卿が訊いた。

エリザベスはジェオフリーに目を向けた。すぐでなければならないはず。彼も彼女を見たが、何も答えなかった。つまり、わたし次第ということ。「特別結婚許可証を手に入れて、司祭様の予約がとれたらすぐに」

新しいドレスを作らせる暇はないだろう。幸い、デビューしたときに着た淡い色のドレスが自分に似合っている。それ以外のドレスは大陸に行ってから作ればいい。

エリザベスは、ウェリントン公の作戦が成功し、すぐにもナポレオンが囚われの身になるだろうと心から信じていた。そうなったら、ジェオフリーとふたりで、望みどおりの生活を送れるはずだ。

「ハリントン」兄が低い声で言うのが聞こえた。「すぐに夫婦財産契約について話し合わなくちゃならない。きみについての情報をうちの弁護士に送ってくれたら、きっと明日か明後日には契約書の草稿を作れるはずだ」

「どんな契約にしても、うちの父の許しが必要だ」とジェオフリーが答えた。「きみの弁護士が情報をぼくに送ってくれたら、そのほうがいいな。ぼくの結婚の意志は父も知っている。きっと条件を弁護士に送ってあるはずだ。きみの弁護士から情報をもらったらすぐに、ぼくが処理するよ」

「それでいい」兄も同意した。

ジェオフリーはエリザベスに目を戻した。「祖母を見つけてほかの誰かから聞くまえに報告しなければ」

「兄があんな大声で言うとは思わなかったわ」エリザベスは顔をしかめた。「まずいやり方だったわね」

「彼のことは責められないよ」ジェオフリーは大丈夫というように彼女の手をにぎりしめた。

ふたりが彼の家族に婚約のことを告げるためにその場を辞そうとしたところで、ミス・コヴニントンのひややかな声がした。「あなたたちのまわりにこんなに人が集まっている理由はひとつしか思いつかないわね」

「お祝いを言うべきかしら？」と彼の祖母が訊いた。

「もし、よければ」エリザベスはジェオフリーの言うとおりでありますようにと祈りながら言った。

「だったら、幸せを祈りますよ」先代のレディ・マーカムは言った。「あなたがわたしを訪ねてきてくれたときに、詳しいことを話し合えるでしょう」

エリザベスはお辞儀をして嘘を言った。「たのしみにしておりますわ」

先代のマーカム侯爵夫人の何がそうさせるのかはわからなかったが、エリザベスは心底彼女が怖かった。


翌日、エリザベスはドレスを三度着替えてから、初めに着てみたドレスにすることにした。

「どうしてこんなにびくびくしているのかわからないわ」彼女は赤く染まった頰にてのひらを押しつけた。「先代のレディ・マーカムにお会いするのは初めてじゃないのに」

「神経というのは頼りにならないものですから」メイドはそっけなく言った。「おそらく、もうすぐ家族になるからじゃないですか」

「ええ、そうにちがいないわね」もしくは、決断を下し、短いあいだに人生が劇的に変化するからだ。「真珠がよさそうね」

すでに兄は父に手紙を書き、エリザベスとジェオフリーが結婚することを伝えていた。娘が良縁を結んだのを父はとても喜ぶことだろう。父は遅くても明日の午後にはロンドンに戻ってくるはずだ。

今日、ジェオフリーはドクターズ・コモンズの大主教院に特別結婚許可証を申請し、セント・ジョージ教会の司祭と結婚式の日取りについて相談することになっていた。また、彼の父に手紙を書き、夫婦財産契約について家族の弁護士に、エリザベスの父の弁護士に連絡するよう指示してほしいと告げることになっていた。

エリザベスも忙しかった。レディ・ワーシントンに手紙を書き、シャーロットとルイーザとドッティに――友人たちが今どこにいるかはっきりわからなかったので――結婚について知らせてくれるよう頼んだあとは、伯母といっしょに婦人服仕立屋で何時間か過ごした。エリザベスは知らなかったのだが、伯母のレディ・ブリストウの手配で、婦人服仕立屋はエリザベスのために新しいドレス一式を作りはじめていたのだ。

「結婚したら」伯母は言った。「デビューしたばかりの女の子のような装いをするわけにはいきませんからね。多少信頼と先見の明があったというだけよ」

「でも、こんな短いあいだにこれだけたくさんのドレスをどうやってあつらえられたのか、わからないわ」エリザベスは五着目のドレスの試着をしたあとで言った。

「あなたのお父様はあなたのためにもうひとシーズン分のお金をとっておかなくてよくなったんだから、結婚後に使う新しい衣服の代金を支払う余裕は充分あると思ったのよ」伯母はエリザベスに後ろを向くよう指示した。「それだけじゃなく、もうシーズンも終わりに近いから、仕立屋にもそれほど多くの注文も舞いこまないでしょうし」

これだけの新しい衣服が必要だと父も思うかどうか一瞬不安になったが、父は不在で反対できず、請求書を受けとるころには、エリザベスも伯母もロンドンを離れているはずだ。

昨晩の出来事が夢のように思われたとしたら、今朝のエリザベスは逃げ馬の背に乗せられた気分だった。

「もじもじするのを止めてくださらないと」とメイドが言った。「おぐしをきちんと整えられません」

もじもじなどしていないと言いたかったが、それはほんとうではなかった。「しないようにしようとしているのよ」うまくいかなかったが。「ひとつのお団子にまとめてくれればいいわ。これ以上すわっていられないから」

ヴィッカーズはエリザベスの髪に櫛を差し、首に真珠のネックレスをまわして留め金を留めた。「できました」

エリザベスがイヤリングをつけると、メイドが新しいボンネットを頭に載せてくれた。時計に目をやると、ジェオフリーが迎えに来るまでまだ数分あった。「屋根裏からトランクを下ろすように言ってくれた？」

「今朝一番に。トランクは隣の部屋にあります。今お持ちのふたつじゃ足りないですよ。ミスター・ブロードウェルに頼んで、トランクを買うよう手配してもらいますか？」

「ええ、お願い」エリザベスはすばやく考えを巡らした。「そうしたかったら、あなたが店に出向いて、必要と思われるトランクや入れ物を選んでくれてもいいわ」

メイドの顔に笑みが広がった。「ええ、お嬢様。ぜひ」

その表情を見れば、ヴィッカーズが大陸へいっしょに来てくれるつもりでいるように思われた。お付きのメイドにいっしょに来てもらえるのはありがたい。「わたしといっしょに大陸に行ってくれる？」

「お嬢様さえよければ。わたしがイギリスに残る理由はありませんし、ヨーロッパも見てみたいので。たとえそのほんの一部であっても」

「あなたにはいっしょに来てほしいわ」ふと、慣れ親しんだすべてを置いていくことになるのだと思った。男の使用人のケントンと馬丁のファーリーも連れていけるかどうか相談してみなければならない。うまくいけば、慣れ親しみ、信頼できる三人の使用人をいっしょに連れていけることになる。

どこかで時計が鳴った。ジェオフリーがいつ到着してもおかしくない。「何時に戻るかわからないわ。夕食のまえには戻れると思うけど」

「お出かけのあいだに、追加のトランクを探しておきましょう」ヴィッカーズはエリザベスに手袋を渡した。

短いあいだにしなければならないことがあまりに多かった。エリザベスは息をついた。でも、きっとできるわ。

16

父の執事がジェオフリーのために扉を開いたときには、エリザベスは階段のてっぺんに立っていた。彼女がどこにいるか正確にわかっていたかのように、ジェオフリーは彼女のほうに目を上げた。目と目が合って彼がほほ笑むと、エリザベスの胸のなかで蝶がはためいた。

エリザベスが階段の一番下の段まで降りると、ジェオフリーは彼女の手をとった。「きみにはうっとりさせられるよ」

「ありがとう」そのまなざしと手の感触が、これまで感じたこともないほどの熱をもたらした。「あなたはとてもハンサムだわ」

「きみが喜んでくれてよかった」彼は彼女を扉へと導いた。「お茶のあとできみをびっくりさせることがある」

「それが何か、あてる手がかりはもらえるの？」彼はフェートンの踏み台へと彼女の体を持ち上げ、大きな手をしばらく腰に置いたままにした。

「ぼくの家族の伝統だとだけ言っておくよ」彼は身を寄せて彼女の頬に唇を近づけた。「きみにキスできたらいいのに」

彼につかまれたところからうずくものが全身に広がった。「わたしもあなたにキスしたいわ」

乗りこんだ。

「たぶん、あとで」彼は彼女が座席にすわるまで手を貸し、反対側にまわって自分も馬車に乗りこんだ。

新たに見つけたお気に入りの遊びに興じるのに、ふたりきりになれる場所をどこで見つけようというのだろう？　これから彼の祖母の家に行き、そのあとはハイドパークに行くことになっている。たしかに、木立のなかの小道をうまく利用する人はいるが、そこまで大胆なことをしたいとは思えなかった。「正直、ちょっと不安なの」

「きみはひとりじゃない」ジェオフリーはすばやく彼女に目を向けた。「祖母はそうしようと思えば相手を震え上がらせることもできるけどね」

「どこか、レディ・ベラムニーを思わせるところがおありだわ」ただ、彼のお祖母様はとてもよくしてくれたけれど。社交界の大物のひとりであるレディ・ベラムニーは、長年若者たちから恐れられてきた。レディ・ベラムニーの近くにいるときは、エリザベスもいつもできるだけお行儀に気をつけるようにしていた。

「レディ・ベラムニーは女性に対しては男性に対するほど辛辣じゃないと思うけどね」とジェオフリーは言った。「ぼくはいつ彼女から叱責されるかとびくびくして暮らしているよ。気の毒なベントリーは不運にも叱責されたことがあって、一週間どんな舞踏会にも参加しなかった」

「とにかく、お行儀には気をつけるわ」エリザベスは先代のレディ・マーカムのまえで自分が愚かしいことを何もしませんようにと祈った。

ふたりの若いご婦人がメイドを連れて通りを横切り、ジェオフは一瞬馬を停めた。祖母が何をするかびくびくしているのはエリザベスだけではなかった。あの忌々しい鳥がその場にいないことと、祖母がエリザベスへの気持ちを訊いてこないことを祈るしかなかった。

彼女への好意は大きかった。女性をここまで好きになれると思っていなかったほどに。数多くの話題について会話ができ、友好的な夫婦関係を結べる妻。もちろん、エリザベスと分かち合っている情熱も重要だ。跡継ぎを作らなければならないのだから。子供を作ることはたのしみでもあった。それをはじめるのは早ければ早いほどいい。

彼女の胸の味わいと感触を頭から払いのけることはできなかった。裸の彼女をベッドで組み敷くのが待ちきれないほどだった。先ほどもそう言いそうになったが、キスと言ったほうがいいと思い直した。昨晩、自分の思い切った行為に彼女が極めてよく反応してくれたことで、彼女も夫婦の営みを同じだけたのしんでくれるだろうという希望が持てた。それでも、彼女を怖がらせないように気をつけなければならない。このままその気でいさせようと思うなら、最初のときをたのしいものにしなければ。

街なかを馬車で通りすぎるあいだ、会話は天気やささいな世間話に留まった。それはそれでかまわなかった。ジェオフの頭は半ば彼女のことで一杯だったからだ。いっしょにいてもいなくても、なぜかエリザベスを頭から追い出すことができない気がした。

しなければならないことや、決めなければならないことについてネトルが何か言うたびに、ジェオフはエリザベスを思い出し、彼女はどうしたいだろうと考えるのだった。彼女とは話し合うことも計画することも山ほどあったが、祖母と会うまえはそれをすべきときではない。大陸へ向かう旅については、あとで話し合えばいい。

数分後、ジェオフはマーカム・ハウスのまえで馬車を停めた。彼の持ち物は今日すでに家族のタウンハウスに運びこまれていた。ジェオフが婚約について父に、夫婦財産契約について弁護士に手紙を書くのに忙しくしているあいだ、ネトルが荷物の移動を手配してくれた。父がレディ・シャーロットのために作った夫婦財産契約をそのままエリザベスのために使うことはターリーには知られたくなかった。ゆえに、弁護士には契約書を慎重に書き直してもらわなければならない。

今ごろは、エリザベスといっしょに暮らす住まいを従者が整えてくれているはずだ。お茶のあとでジェオフは、祖母の家にあったいくつかの指輪のうちから選んだものをエリザベスに贈るつもりでいた。それから、ふたりの住まいを見せるつもりだった。そしてそのあとで……すでに行った以上の親密な行為ができたならと思っていた。

何もかもしかるべく進んでいる。人生はまた軌道に乗った。車輪にくさびが打ちこまれるような事態が起こらなければ、もう大丈夫だ。

「着いたよ」内心の緊張が声に表れなかったのはありがたかった。最悪なのは、なぜ自分が心配しているのか、見当もつかないことだ。エリザベスと祖母が会うのはこれが初めてではないのに。ジェオフは自分を奮い立たせた。何もまずいことなど起こるはずはない。

フェートンから抱え上げられ、エリザベスはジェオフリーに笑みを向けた。彼女の足が歩道につくと、彼は腕を差し出した。彼女は腕に指を置く代わりに、肘に手をたくしこんだ。「準備はいいわ」と嘘をつく。彼の祖母に会う心の準備はまったくできていなかったのだから。ささいなことを大事に考えすぎているだけでありますようにと祈りながら、エリザベスは言った。「連れていって。お茶に遅れたくはないはずよ」

エリザベスが思うに、いつ何時倒れてもおかしくないような老いぼれた執事が扉を開けてお辞儀をした。「旦那様、お嬢様、奥様は奥の応接間でお待ちです」

「ありがとう、ギブソン。来訪を告げる必要はないよ。先代のレディ・マーカムはすでにミス・ターリーと会ったことがあるし、今ここはぼくの家でもあるんだから」

「かしこまりました。そうおっしゃるなら」老いた執事はおとなしく従ったが、それに不満を抱いているのは明らかだった。執事が声を殺してこうつぶやいたのはたしかな気がしたからだ。「今風のやり方にはどうも慣れませんで」

思わず笑いそうになり、エリザベスは唇をきつく引き結んだ。ジェオフリーが来訪を告げる必要がないと言い張ったことが気の毒なギブソンの気を悪くさせたのだとしたら、ここで自分が笑ったりしたら、余計に事態を悪化させることになる。

「誰も慣れろとは言わないさ」ジェオフリーは如才なく言った。

彼は広間の左側にある廊下へ彼女を導いた。執事に声が届かないところまで来ると、こう言った。「いつか彼はばたりと倒れて亡くなるよ」

「わたしたちみんなそうだわ」と彼女は答えた。「理解できないのは、どうして引退しないのかってことね」

「ああ、そう、ぼくも同じことを言ったんだが、引退すれば、彼の死期が早まるだけだって言われたよ」

「教えてくれてありがとう」エリザベスは先代のレディ・マーカムの執事について意見は述べないこと、と自分に言い聞かせた。

「父がもっとロンドンで過ごしていたら、きっと誰か彼よりは……その、元気な人間を求めたと思うんだけど、そうじゃない。だから、ここは祖母が牛耳っていて、あと何年かはそれが続くことになる」

エリザベスはうなずいた。「わかるわ。理由もなくお祖母様のお気持ちを乱しても、意味はないもの」

「そのとおり」ジェオフリーは彼女に笑みを向けたが、その笑みはよくできましたというものではなく、きみに触れたいと告げるものだった。「さあ、虎穴にはいろうか」

「ジェオフリー、ご自分のお祖母様のことをそんなふうに言ってはだめよ」

彼は少年っぽい笑みを彼女に向けた。「ぼくのことを告げ口しないでくれよ」

「わたしが告げ口したことがあるみたいな言い方」エリザベスは笑みを返した。

人生がこれほどにすばらしかったことがあっただろうか？　彼が望んでくれないのではないかとあれほどに心配していたのに。どんな女性もそうだろう。でも、ギャヴィンとリトルトン卿がちょっとしたお芝居をしてくれたあとは、彼の振る舞いは劇的にいいほうに変わったのだった。

かわいそうなリトルトン様。彼が別の女性を見つけてくれますようにと祈らずにいられなかった。ほんとうにとてもすてきな人なのだから。

ふたりは奥の応接間にはいった。エリザベスの胃のあたりで大きくなっていた結び目は、先代のレディ・マーカムの笑みを見てほどけた。

彼女はまえに進み出てふたりに挨拶した。「来てくださってほんとうによかった」先代のレディ・マーカムはエリザベスの頰にキスをした。「彼女を連れてきてくれてありがとう、ハリントン。すわってちょうだい。すぐにお茶がここへ来るわ」

「お招きいただき、ありがとうございます。この部屋は美しいですね」壁は大きな花模様が印刷されたクリーム色のシルクで覆われていた。若葉色のカーテンが長い窓にふわりとかかり、窓の外では黄色いバラが育っている。家具は新古典主義様式で、派手すぎもせず、華奢すぎもしなかった。

「もうわたしの親戚で付添人のアポロニアはご存じよね」と先代の侯爵夫人は言った。

「ええ」エリザベスは手を差し出した。「ご機嫌いかがですか？」

「とてもいいわ、ありがとう」アポロニアはジェオフリーをちらりと見やった。「あなた方おふたりもとてもお元気そうね」

理由もなくエリザベスの首から頰に熱がのぼった。

「たしかに」ジェオフリーがアポロニアの頰にキスをした。

アポロニアは先代のレディ・マーカムがすわっていたソファーの隣にある椅子に腰を下ろした。エリザベスとジェオフリーは、ふたりの女性と向き合うように置かれた、チンツをかけたソファーに、互いのあいだに少なくとも多少隙間を保つようにしながら、並んですわった。

ふたりが腰を落ちつけるとほぼ同時に、扉が開き、ギブソンが大きなトレイを持った使用人を引き連れてはいってきた。トレイにはティーポットとカップに加え、ビスケットとタルトとシードケーキも載っていた。トレイはソファーとソファーのあいだにある低いテーブルに置かれた。

「お茶を注いでくださる、ミス・ターリー？」と先代の侯爵夫人は言った。

「もちろんですわ」それが試験なのだとしたら、きっと簡単に合格できる。長年お茶を注いできたのだから。「お砂糖とミルクはいかがなさいます、レディ・マーカム？」

「お砂糖をひとつとミルクをほんの少し」

「わたしはお砂糖をふたつとミルクをたっぷりお願いするわ」とアポロニアが言った。

エリザベスは女性たちに手渡してもらうためにジェオフリーにカップを渡し、彼のお茶を用意した。

ジェオフリーは皿にお菓子をひとつずつ載せてエリザベスに渡し、自分にはビスケットをいくつかとレモンタルトをひとつ、シードケーキをひと切れとった。

エリザベスはお茶を飲み、いぶしたような味わいをたのしんだ。「お茶の葉にはラプサン・スーチョンをお使いですか？」

先代のレディ・マーカムの唇にかすかな笑みが躍った。「なんて鋭いの。そのとおりよ。おもしろい味になると思って」

エリザベスはさらなる試験があるのだろうかと身がまえたが、どうやら先代のレディ・マーカムは知りたいことは知ったらしく、それからの一時間は世間話で過ぎた。

しまいにジェオフリーの祖母が立ち上がった。「ハリントン、きっとエリザベスにこの家であなたたちが過ごす一画を見せたいでしょう」年輩の女性はエリザベスに両手を差し出した。「うちの家族にようこそ。あなたがわが家の財産になるのはまちがいないわね」

妙なことを言うとは思ったが、先代のレディ・マーカムが言いたいのは、これでジェオフリーがサー・チャールズの副官の地位に就けるということだろう。

エリザベスはお辞儀をした。「ありがとうございます」

老婦人たちが部屋を出ていくと、エリザベスは婚約者のほうを振り返った。「この家でわたしたちが過ごす一画ってどういうこと？」

「父と母が新婚のころに使っていた部屋をぼくらが使えることになったんだ。父も外交官として海外にいたから、あまり頻繁に使うことはなかったが」ジェオフリーはエリザベスの両手をとって片手ずつにキスをした。「ここに来るまえに言ったわが家の伝統とはそのことさ。部屋を見たいかい？」

エリザベスの鼓動が乱れた。身内以外の紳士と、親しい間柄の人間しかはいれない部屋にはいったことは一度もなかった。それでも、婚約している身なのだから、新しい住まいとなる場所を見に行ったとしても、誰もいけないことだとは思わないだろう。それに、それを勧めたのは彼の祖母なのだ。「ええ、とても見たいわ」

彼は彼女を連れて広間に戻り、階段をのぼると、右へ廊下を進んだ。「両親は家の裏手に部屋を持っていたんだ。祖母が使っている一画はほとんど同じような間取りで反対側にある」

ほんの数歩歩いてジェオフリーが扉を開けると、そこは天板が丸い大理石のテーブルが置かれた寄木張りの床の小さな広間のような場所だった。壁は黒っぽい模様のはいったシルクで覆われている。これは変えなければならないだろう。このせいで部屋が薄暗く見える。

右と左に扉があり、ジェオフリーはまず左の扉を開いた。「ここはきみの寝室だ」

エリザベスはさまざまな色合いの深緑色で飾られた部屋に足を踏み入れた。「あら」

ジェオフリーは顔をしかめた。「きみには似合わない色だな」

「ええ」緑は絶対に着られない色で、緑色に囲まれて暮らすのは居心地が悪そうだった。

「変えてもいい？」

「もちろんさ」ジェオフリーは手を差し出した。「この……ぼくたちの部屋をきみに見せたかった理由のひとつは、きみが新しい壁紙やカーテンを注文できるようにと思ってなんだ。きみが望む色を選べば、部屋の改装はうんと短期間で終えられるはずだ」

それでも、大陸へ発つまでには無理だろう。部屋の正面の右手には扉がふたつあった。

「このふたつの扉はそれぞれどこに続いているの？」

「最初の扉は着替え室で、そこから居間と小さなダイニングルームにつながっている。もうひとつは――」彼の目が熱を帯び、キスをして胸を愛撫したときと同じ表情が浮かんだ。「ぼくの寝室に続く通路につながっている」

エリザベスの頬に熱がのぼった。彼女ははっと顔に手をあてた。もちろん、この一画には彼の寝室もあるはずだ。顔を赤らめる理由はない。

「おいで」ジェオフリーは彼女を腕に引き入れた。「きみを驚かせるつもりはなかったんだ」

「ちがうの……その、驚くべきじゃなかったわ。だって、わたしたち、結婚するんですもの」

ジェオフリーは彼女の首と顎に唇を押しつけた。「ぼくがたのしみにしている催しだ」

彼の口に口を求められ、エリザベスは声をもらして口を押しつけた。しかし、あまりにすぐに彼は首をもたげてキスをやめた。「居間を見せよう。ソファーをふたつと、椅子をいくつかと、きみが望むなら寝椅子と、机をふたつ置ける広さがある」

彼の言うとおりだった。部屋は想像よりずっと広く、明るかった。バルコニーに出られる長い窓が暖炉の両脇にある。壁紙とカーテンの色も――淡い青とクリーム色で――完璧だった。「ここはきれいな部屋ね」

「ぼくも昔からそう思っていた」ジェオフリーはこの部屋での喜ばしい思い出にひたっているのか、なつかしむような笑みを浮かべた。

「子供のころ、ここでよく過ごしたの？」

「シーズンのあいだ、学校から家に戻ったときはね。そのころはまだ祖父も生きていた」

「お祖父様とは親しい間柄だったの？」エリザベス自身は父方の祖父のことはほとんど知らなかった。両親はつねに自分たちだけの家を持っていたからだ。

「親しいとは言えなかったが、必ずぼくにボンボンとかぼくの好きなものをこっそりくれたよ。それで、両親はそれに気づかない振りをしていた」ジェオフリーは飾り棚のところへ行って中央部分の扉を開いた。「はっ！　まだここにあった」そう言ってジャックストロー（木切れを積み上げ、山を崩さないように一本ずつ抜きとる遊び）のセットをとり出した。「見つかるといいと思っていたんだ。きみもこれで遊ぶかい？」

「ええ。うちの家族全員がとても上手なのよ」

彼の家族もそうだった。「いつかやってみないとね」

エリザベスはもうひとつの部屋をのぞきこんだ。「ダイニングルームも気に入ったわ」

壁は縞模様のように白い模様がはいった黄色い壁紙で覆われていた。「壁紙も新しいみたい。わたしたちが替えなくちゃならないのはわたしの寝室と入口の間《ま》だけだわ」

ジェオフリーは時計に目をやった。「最後にきみに見せたいのはぼくの寝室だ」

エリザベスは唾を呑んだ。彼の寝室に足を踏み入れると考えただけで口のなかが渇いた。

エリザベスはみずからを叱責した。まったく、ベッドに押し倒されて体を奪われるわけじゃないのに。少なくとも、彼がそうするとは思わなかった。ただ、最後まで行っても、あのキスや愛撫のようだったら、少しも悪いものではない。それどころか、とてもたのしいもののはずだ。

ジェオフリーは扉を開き、エリザベスは部屋に足を踏み入れた。まず目にはいったのは、じっさい、唯一目にはいったのは、真紅と金のペイズリー柄のキルトがかかった巨大なクルミ材のベッドだった。

エリザベスは無理にも部屋のなかを見まわした。頭板には大きなクッションがふたつ立てかけてあったが、より小さな装飾用のクッションがあちこちに置かれていた。片側にはナイトテーブルがある。キルトと同じ赤と金のベッドカーテンがかけられているせいで、もう一方の側は見えなかった。ハーレムについて耳にしたことを連想させるベッドだった。

口もきけないままでいるのが嫌で、エリザベスは咳払いをして言った。「とても広々しているのね」

ジェオフリーは笑い出した。「きみが悲鳴をあげて部屋から逃げ出さなかったことをぼくはありがたく思うべきなんだろうな」

「まさか、そんな恥ずかしいことはできなかったわ」エリザベスは忍び笑いをもらした。「まえまえからこんなふうだったんじゃないと思うわ。ベッドカーテンはわたしの部屋のものよりもずっと新しく見えるもの」

「正直、ぼくにはどうしてこうなったのか、見当もつかないね。この部屋に来たのはこれが初めてなんだ。今朝、ぼくが外出中にネトルがすべてを運び入れてくれた」ジェオフリーは腕を彼女に巻きつけた。「きみがそうしたかったら、キルトとカーテンは替えればいい」

エリザベスは首を振った。「慣れれば大丈夫」

そのことを考えると、熱と若干のうずきを感じずにいられなかった。

彼女に軽くキスをすると、ジェオフリーはため息をついた。「ギブソンにきみの寝室用の生地見本をとり寄せる手配をさせるよ。緑じゃない生地を」

「たぶん、わたしの好みの色を書いておいたほうがいいわ」ふたりは居間に戻り、エリザベスは女性用の書き物机についた。インクとペンと紙が用意されているのは意外ではなかった。ここはとてもよく管理された家なのだ。将来ジェオフリーとともに持つ家について考えを巡らさずにいられなかった。外国の家はどんな感じなのかしら？

新たな生活をはじめることにはわくわくするものを感じた。すぐに子供もできるといいのだけれど。ドッティとルイーザはすでに身ごもっている。シャーロットがそうなるのもそれほど先ではないだろう。

エリザベスは生地について書きつけたものをジェオフリーに渡した。誰にもとやかく言われることなく部屋を装飾できるのは初めてのことだ。「たぶん、これを手配するのは家政婦が一番適任だと思うわ」

「きみの言うとおりかもしれないが、ギブソンにまかせておけばいい」

五時になろうとする時間で、ふたりはハイドパークへ馬車に乗りに行くことになっていた。

エリザベスは、ベッドカバーとベッドカーテンについてあれほどとり澄ましたことを言わなければよかったと後悔した。ジェオフリーともっとキスしたり触れ合ったりできたかもしれないのに。そのほうがよかったはずだ。

それでも、あのベッドで新婚初夜を過ごすのだということは頭から離れなかった。

17

思っていたほどうまく行かなかった。ジェオフは馬車に乗りに行くのはやめて、エリザベスに夫婦生活の利点のひとつを教えてやるつもりでいた。それなのに、あの忌々しいベッドカバーのせいで、彼女は怯えた雌馬のようになってしまった。

彼女の昨晩の反応からして、準備はできていると思っていたのだが、明らかに誤解だった。それもきっとぼくのせいだ。最初に部屋を見ておくべきだった。じっさい、ひと目見て、娼館を思い出し、木の天蓋に目を上げてそこに鏡が据えられていないかたしかめたくなる衝動と闘わなければならなかった。いったいあの生地を選んだのは誰なんだ？

エリザベスとは、ふたりきりでもっと時間を過ごさなければならないのは明らかだ。幸い、それはむずかしいことではない。今から大陸に到着するまで、彼女をひとり占めするつもりだった。

彼女が新しい生地をマーカム・ハウスのふたりの住まいで選ぶとしたら――あの赤いベッドカバーの上で裸の彼女が明るいブロンドの髪にとりまかれ、四肢を伸ばしている姿は頻繁に頭に浮かび、そのたびに硬くなるのだった――ぼくもそこにいて手伝おう。彼女の寝室があんな陰鬱な色なのは残念だった。色が人の気分に大きな影響をおよぼすなど、誰にわかる？　彼女がそこで過ごす姿はまったく想像できなかった。すぐにも替えなければならない。

まったく。どうしてほかのことをほぼ考えられないほどに彼女のことばかり考えてしまうのかわからなかった。エリザベスは、ほかの女性とはこれまで経験したことがない形でぼくのものとなる。妻となり、協力者となるのだ。

彼女を失うと考えると、心が恐怖で一杯になった。彼女を自分のものにするために急いで行動を起こさなければ。

「そう言えば、今日、父から手紙を受けとったんだ。父と母は結婚式のためにロンドンに来ることにしたそうだ。ぼくの結婚式を母が見逃したくないからって」

「当然のことと思うわ」エリザベスは居間の窓のひとつから外に目をやった。「いつ到着なさるの？」

「正確にはわからない。いつ発つとも、いつ到着するとも手紙には書かれていなかったから」両親が来るとなれば、出発が数日延期となる可能性がある。

「あなたのお母様はお祖母様と同じぐらい怖いの？」エリザベスに目をやると、じっと見つめてきていた。

「そう思ったことはないな。ただ、たぶん、怖くもなれるんじゃないかとは思うけど。母のことは母鶏みたいだといつも思っていたよ」

「母鶏？」エリザベスは忍び笑いをもらした。「興味が湧くわね。お会いするのがたのしみ」

階段のてっぺんに使用人がひとり立っていた。「馬車を正面にまわすように言ってくれ」

「かしこまりました」

使用人が去ると、ジェオフはエリザベスの腰に手をあてた。「明日、生地を見たいかい？ ここでいっしょに昼食をとって、午後に生地を選べばいい」

ブロンドの眉根が寄った。「そんなにすぐに手配できるの？」

「させておくよ」彼が唇を耳のそばに寄せると、彼女の体に震えが走るのがわかった。彼女はため息をついた。「今晩、舞踏会があるでしょう？」

「レディ・ヘイヴァーストックの舞踏会」ジェオフがエリザベスのうなじを撫でると、首元の脈が速まった。

「まだ予約のはいっていないワルツは全部ぼくと踊ってほしい」ほかの男が彼女を腕に引き入れるのは絶対に許せなかった。

エリザベスはわずかに首を巡らし、彼の目と目を合わせて恥ずかしがるようなまなざしをくれた。「全部ですって、ハリントン様？」

お転婆め。彼女をほかの男に触れさせせないためだ。「まだ予約のはいっていないほかのダンスも全部」

エリザベスは目をみはった。「全部？　なんのために？」

唇で唇に触れて彼は言った。「きみがぼくのものだとみんなに知らしめるためさ」

ジェオフは彼女を廊下に連れ戻しながら、腕のなかに引き入れた。エリザベスは両手を彼の上着にすべらせ、首にまわした。「そんな極端な手段が必要だと思うの？　リトルトン様はロンドンを離れたし、ほかの誰もわたしに関心はないわ」

エリザベスに振られることは考えられなかったが、ジェオフはどんな危険も冒すつもりはなかった。「きみといっしょに過ごしたいんだ」彼女の目が彼の目を探るように見つめたが、このことばに嘘はまったくなかった。ジェオフは彼女の唇に沿って舌を走らせた。「口を開けてきみを味わわせてくれ」

エリザベスは彼に体を押しつけ、彼の口を口で探った。舌と舌が触れ合い、絡み合う。ジェオフは彼女をベッドに連れ戻したいとそれしか思わなかった。胸を手で包むと、彼女はため息をついた。「寝室に戻ってもいいんだ」

エリザベスが応えるまえに、ギブソンの声が階下《した》から聞こえてきた。「旦那様を見つけて、馬車が待っているとお伝えするんだ」

ジェオフはフェートンを用意するよう命じた自分を呪いそうになったが、このほうがよかったのだと思い直した。ベッドに対する彼女の反応からして、エリザベスとのことはゆっくり進める必要があった。そしておそらくは、あのベッドカバーとベッドカーテンは替えたほうがいい。

「行かなくては」ジェオフは彼女の腕を自分の腕にたくしこんだ。「年輩の使用人を動揺させたくはないからね」

「その使用人があなたの使用人じゃない場合はとくに」

「そのとおり」父や母の使用人を悩ませないほうがいいことは、年若いころに学んでいた。

ハイドパークに着くころには、ふたりが婚約したことが知れ渡っているのがわかった。

鹿毛の雌馬に乗ったトム・コットンがふたりの馬車に追いついた。彼はジェオフに目をやり、それからエリザベスを見やった。「婚約したというのはほんとうだったんだな。おめでとう」

「ありがとう」ジェオフはエリザベスの手をとった。「エリザベス、ぼくの親友のコットン少佐を紹介させてくれ。彼はブリュッセルに向かうところなんだ。コットン、ぼくの婚約者のミス・ターリーだ」

「少佐」エリザベスは笑みを浮かべた。「ハリントン様のご友人にお会いできて光栄です。わたしたちがブリュッセルに着いたときにまたお会いできるといいんですけど」

「向こうでお会いするのをたのしみにしています、ミス・ターリー」コットンはお辞儀をした。「ぼくは明日発って、きみたちのために街の状況に目を光らせておきますよ」コットンはジェオフに目を向けた。「宿泊施設は満杯になりつつある。宿はもう手配してあるのかい？　まだなら、ぼくがなんとかできないかやってみるが」

「手配してある、ありがとう」ジェオフは友に答えた。

「向こうで会えるのをたのしみにしているよ」コットンは首を下げた。「ミス・ターリー、ハリントン。じゃあ、馬車に乗るのをたのしんで」

友人が少し離れたところにいた軍人仲間のところへ去ると、ジェオフはまた馬を走らせはじめた。

「いい方みたいね」とエリザベスが言った。

「ああ、いいやつだ。ほかに何もなくても、向こうに知り合いがひとりはいる」

「たぶん、夕食にお招きしたらいいわ」エリザベスの目がきらめき出し、ジェオフは一瞬友人に嫉妬した。それから、彼女がたのしみにしているのは自分たちだけの家を持つことだと気づいた。

「そうしよう」彼女といっしょに暮らすのはどんな感じだろう？

ふたりはハイドパークをぐるりと馬車でまわり、昨晩のレディ・ジャージーの舞踏会に来ていなかった知り合いからお祝いのことばを受けた。馬車をエリザベスの家のまえに停めたときに、ジェオフは明日の昼食をともにとろうという誘いに返事をもらっていなかったことを思い出した。「明日は一時少しまえに迎えに来ればいいかな？」

エリザベスの笑みは太陽ほども明るかった。まえにジェオフが彼女から返事をきちんともらうのを忘れたときのことを思い出しているのはたしかだ。「ええ、お願い」

家に戻ると、祖母が自室にいて、ジェオフに会いたがっていると知らされた。

寝室について訊いてみるいい機会になる。「ありがとう、ギブソン。まっすぐ向かうよ」

少しして、アポロニアがジェオフを祖母の部屋に迎え入れてくれた。「わたしたちが戻ってきたときに、まだいるんじゃないかと思ったのよ」そう言ってテーブルを示した。「いっしょにお茶をどうぞ」

ジェオフは彼女の頬にキスをした。「エリザベスとぼくはハイドパークで馬車に乗る予定でいたから」

「ええ、それは知ってるけど、きっと——」アポロニアは顔をしかめた。妙な反応だった。

「まあ、ちょっと言いすぎたわね」

何を言いすぎたんだ？　何を考えている？「ところで、寝室のひとつを緑に装飾したのはきっと母さんですよね。緑が好きだから。でも、ぼくの寝室に赤と金を使ったのは誰なんです？」

祖母がまるでやましいところなどないという顔をしたので、ジェオフは何かあるなと察知した。「気に入らなかった？」

「あれはちょっと……ちょっと……」寝室が娼館を思い出させると祖母にどうやって説明すればいいのだ？

「官能的？」祖母の目にいたずらっぽい光が浮かんだ。「古代の文化では、夫婦の営みを促すために、官能的な壁画などで寝室を装飾するのが適切なことで、望ましいことですらあると考えられていたのは知っていた？」

いったい何なんだ？　ジェオフは顔が熱くなるのを感じた。もう何年も顔を赤くしたことなどなかったのに。「そういうことは何も知りませんね」祖母とこんな会話をしたいとは思わなかった。「そもそも、誰からそういう話を聞いたんです？」

祖母は指をひらひらと振って言った。「あなたのお祖父様には幅広い種類のお友達がいたのよ」それで説明がつくとでもいうようだった。「それでも、あなたとミス・ターリーが知り合ってまだ長くないのはわかっているわ」祖母はやさしい笑みを浮かべた。「だから、助けになるかと思ったの」

「まあ、なりませんでしたよ。彼女は驚愕していました」これで祖母も干渉しないことを学ぶだろう。

「正直、そうなるとは思っていなかったのよね」祖母は一瞬眉根を寄せてから、また笑みを浮かべた。「彼女が不安になっても、あなたならきっとどうにかできるはず」

「まるでヘンリーみたい」大声ではやしたてる声がして、さらに、くり返された。「ヘンリーみたい」

「もう充分よ、ネルソン」祖母はオウムからジェオフに目を戻した。「そう、今言おうとしていたように、かわいそうなミス・ターリーを驚かせて悪かったけど、あなたが彼女をなだめられなかったのにはびっくりだわ」

ヘンリーだって？　祖父のヘンリー？「ぼくがヘンリーみたいとは、その忌々しい鳥はどういう意味で言ったんです？」

「ヘンリーみたい」

「アポロニア、提督の鳥かごに覆いをかけてちょうだい。この子がこういう気分でいるときに邪魔されるわけにいかないから」

「覆いは朝の間にとりに行かないと」アポロニアはそう言って部屋を出ていった。

「ここにキスして。ここにキスして。いい気持ち」

いったい何なんだ？　ジェオフは鳥からその飼い主に目を移した。「お祖母様、ぼくの質問に答えてください」

「ええ、その」祖母は口をすぼめた。「あなたは昔から、亡くなったあなたのお祖父様を思い出させるのよ」

それだけではないはずだ。「きっとエリザベスとぼくはぼくらだけでうまくやりますよ」

「わたしはただ、あなたの力になりたかっただけよ」祖母は肩をすくめた。「あなたのお祖父様のときはうまくいったから」

うまくいった――。「お祖母様たちは見合い結婚だと思っていました」

「ええ、そうよ」祖母はカップを下ろした。「というか、彼はそう思っていたわね」そう声をひそめて付け加えた。

〝彼はそう思っていた〟とはどういうことかと祖母に訊きそうになったが、別に知りたくないと考え直した。

「すわらない？」祖母は彼を見上げた。「あなたがそうやって立ったままにらみつけてくるのは気に入らないわ」

「すわれと言われなかったので」ジェオフは抗議するように言って、祖母の隣の椅子に腰を下ろした。

「あなたがわたしの気をそらしたから」ジェオフは祖母がお茶のお代わりを注ぐのを辛抱強く待った。「そう、今言ったとおりよ。結婚したときには互いのことをよく知らなかったわ。あなたのお祖父様は特定の色にとても影響を受けやすい人だったので、結果として夫婦関係はいいほうに変わったの」

あのベッドカバーの色からして、どの色が最大の効果をあげたかを推測するのはむずかしくなかった。それらはジェオフにも多大な影響をおよぼしたのだった。「わかりました」

「そうかしらね」祖母はそう言って口のまえまでカップを持ち上げた。「でも、そのうちわかるでしょう。さあ、ゆっくりお茶を飲ませてちょうだい。きっとあなたにもやるべきことがあるでしょうし」

たとえば、エリザベスを誘惑して寝室に連れ戻すというような？　ジェオフは立ち上がってお辞儀をした。「夕食のときに会えますか？」

「いいえ、夕食はお友達といっしょにとるつもりよ。あなたがレディ・ヘイヴァーストックの舞踏会に出席するつもりなら、そこで会いましょう」

「エリザベスはピンクが好きなんです。ここを出るときに、ギブソンに渡す好みの生地のリストを作ってくれましたよ」ジェオフは部屋を出るまえに言った。「それと、明日彼女はここで昼食をとることになっています」

「彼女のためにすべて準備は整えておきましょう」祖母は手で追い払うような仕草をした。

「行かなくちゃ、行かなくちゃ」鳥が羽をばたつかせ、居間に戻ってきたアポロニアが鳥かごに覆いをかけた。

ジェオフは、こともあろうに祖母とこれほどに気恥ずかしい会話をするとは思ってもいなかった。ベッドカバーやベッドカーテンのことなど口にするべきではなかったのだ。しかし、あの色を選んだのが祖母だったなんて誰にわかる?

ジェオフには歩く必要があった。ギブソンから帽子を受けとると、家をあとにした。祖母は夫婦関係が変わったと言っていたが、それはどういう意味なのだ? 単純な意味で言っているのなら——いや、それについて考えるつもりはなかった。

今日は何ひとつ期待したようには進まなかった。あの忌々しい鳥は言うまでもなく。エリザベスが鳥を飼ったりしないといいのだが。

18

エリザベスは家に帰ると、まっすぐ自室に戻るつもりだったが、隣の部屋の物音に興味を惹かれた。なかをのぞいてみると、黒と褐色の新しい革製の旅行用トランクが三つあった。

「頑丈な作りみたいね」

「お嬢様のお気に召すと思って」ヴィッカーズはトランクのひとつを開けて言った。「これには靴を入れる場所があるので、ひとつひとつ靴を包まなくてもいいんです」

「よく考えてあるのね」別のトランクを開けてみると、シルクの内張りがしてあった。「それに優美だわ。もうできているのを見つけたなんてびっくりよ」メイドがふつうの木製のトランクを買ってくるものと思っていたのだった。

「これらはヨーロッパに行く予定だったのに、最後の最後にイギリスに残ることにしたご婦人が注文したものなんです。そう、わたしがこれらを引きとったので、店主は大喜びでした。ケントンに頼んで、底にお嬢様のイニシャルを入れさせますね」

もうひとつ変わるもの。名前。ああ、人生がひっくり返ったような感じだった。名前も、爵位も、社会的立場もすべて変わる。夫と自分の家庭を持ち、ブリュッセルへ旅立つことは言うまでもなく。

伯母があれだけ新しい衣服を注文したことを考え、エリザベスは訊いた。「五個で足りるかしら？」

「足りるはずです」ヴィッカーズはふたりで作った荷物のリストをとり出してエリザベスに手渡した。「たぶん、大丈夫です。足りなかったら、また店に買いに行きます」

「いくつか消してあるものもあるのね」

「すでに荷造りが済んでいるものです」とメイドは答えた。

「わかったわ。リストを書き直してもう一度渡すわね」

エリザベスは机のところへ行っていくつか持っていくものを付け加えた。書き終えると、夕食とその後の舞踏会のための着替えをする時間になっていた。

トランクや、父がロンドンに戻ってくるという知らせや、ナポレオンの動向についての報告などに気をそらされはしても、あのベッドを心から追い出すことはできなかった——ジェオフリーのベッド。まるで彼に触れられたかのように胸がうずく。

友人たちのおかげで、彼とどのぐらい親密になるものかは知っていた。それでも、彼やあのベッドのことを思うだけでなぜ肌がこれほどに敏感になるのか説明はつかなかった。ギブソンが呼びかけてこなかったら、どうなっていただろう？

夕食後、伯母とお茶を飲みながら、思いはまたあのベッドへと戻っていた。というよりも、自分とジェオフリーがあのベッドのなかにいることに。

「エリザベス、ほんとうに舞踏会に参加したいの？」伯母が訊いた。「顔が赤いわ。結婚式のまえに病気になりたくはないはずよ」

「いいえ、大丈夫よ」エリザベスは多少ましになればと思って扇を使った。「ここがちょっと暑いだけ」

伯母は片方の眉を上げたが、それ以上は何も言わなかった。数分後、ジェオフリーの到着が告げられた。

エリザベスはすぐさま立ち上がって彼のところへ行った。「こんばんは」

ジェオフリーは彼女の指を手にとり、一本ずつ持ち上げて軽くキスをした。「大丈夫かい？」

「この部屋が暑いだけよ」エリザベスは伯母にも聞こえる声を出した。伯母が手袋をはめ出したところで、小声で言った。「あなたのベッドのことが頭から離れないの」

ジェオフリーは最初は驚いた顔になったが、すぐに目がきらめき出した。「理由はわかる気がするよ。ふたりきりになれる時間を見つけたら、そのことについて話せる。ほら、レディ・ブリストウが出発する準備ができたようだ」

しかし、舞踏会に着くと、あまりに多くの人が足を止めて婚約のお祝いを言ってくるので、ダンスがはじまるまえに舞踏場にはいるのがやっとだった。

どちらも相手の望みがわかっているかのように、ジェオフリーとエリザベスはゆっくりとフランス窓のほうへと進んだ。鉢植えの植物と楽団のあいだのどこかでエリザベスの伯母はふたりと離れた。そして二曲目のダンスがはじまると、彼は彼女を連れてフランス窓を抜け、石造りのテラスに出た。

「絶対に抜け出せないと思ったわ」エリザベスはジェオフリーに笑みを向けた。

「ロンドンにこれだけ大勢が残っているのが驚きだよ」彼は彼女の腰に腕をまわした。

「こっちだ」

テラスの端に行く代わりに、ジェオフリーは石段を降りて小さな庭にはいっていった。ランタンを吊るした背の高い杭によって小道が示されている。

ジェオフリーは広い小道から別の小道へ曲がった。

「どこへ行くの？」

「今にわかる」彼は彼女を引き寄せ、腰にまわした腕に力をこめた。明かりはじょじょに暗くなったが、夜に咲くジャスミンや花煙草の香りがあたりを満たしていた。「夜の庭があるんだ。たしか、そう呼ばれているはずだ。この奥だ」

少しして、ふたりは中央に噴水があり、片側にベンチのある小さな丸い庭にはいった。さまざまな大きさの白い花が月に向かって伸びていた。「こんなの初めて見るわ。ここのことをどうやって知ったの？」

「レディ・ヘイヴァーストックは母の友達で、今年うちに訪ねてきたときに、この庭のことを話していたんだ。きみも気に入ると思ってね」

エリザベスは彼を見上げた。庭に明かりはあったが、彼の顔は影に沈んでいた。「気に入ったわ。とても。ここに連れてきてくれてありがとう」

ジェオフリーはベンチにハンカチを敷いた。「しばらくふたりきりになれる場所はここしか思いつかなかったんだ」

エリザベスは石ではなくハンカチの上にすわるよう慎重にベンチに腰を下ろした。ジェオフリーはその隣にすわった。あまりに近くにいたため、一枚の紙でさえもふたりのあいだにはさめないほどだった。

ジェオフリーは彼女の巻き毛を人差し指に巻きつけた。「きみはぼくのベッドのカバーとカーテンに困惑していた。替えさせたほうがいいかい？」

エリザベスは彼に身を寄せ、大きくてたくましい体の心地よさにひたった。「困惑したんじゃなく……どう説明していいかわからないわ。そのことばかり考えてしまうの。それで、考えれば考えるほど、肌が熱くなっていって」そう言って顔を手で隠した。「ばかなことを言っているのはわかってる」

「ばかなことじゃないさ」ジェオフリーは彼女の背中を撫で、指を背筋に沿って押しつけた。エリザベスはその指に溶けこんでしまいたくなった。「あのベッドで何が起こるか想像したからじゃないかい？　それとも、誰からも聞いてないのかい？」

「レディ・マートンが――」ふいにエリザベスの口のなかがまたからからに渇いた。「――何が起こるか少し話してくれたわ」

ジェオフリーは身を動かし、彼女と向き合った。そして両手を彼女の腰に置いた。声が厳しくなる。「それを聞いて動揺したかい？」

「いいえ、そういうんじゃないの。自分にぴったりの相手なら、とてもたのしいものになるって話してくれただけよ」エリザベスは彼の目を探るように見たが、あたりがあまりに暗かった。

「ぼくがぴったりの相手じゃないなんて絶対に疑わないでくれ。きみにとって唯一の男じゃないなんて」ジェオフリーに唇を求められ、エリザベスは口を開けて舌と舌を絡めた。

彼が首をかがめてキスを深めると、エリザベスは声をもらした。体のどこか奥深くから出てきた音だった。ボディスが下げられ、彼の指がコルセットから胸を解放した。彼は胸に手をあて、片方の胸の先を口に含み、もう一方をゆっくりと手で愛撫した。エリザベスの肌を火がなめた。彼女は唇と胸に同時にキスしてもらえたならと思いながら、彼の頭を引き寄せた。

脚のあいだのあの場所で張りつめているものを何かが解放してくれなければ、体が燃えてしまいそうだった。うずきがひどくなり、どれほど身もだえしてもそれはおさまらなかった。「何だい？」首に口をあてたまま発したジェオフリーの声は太く、官能的だった。「怖がったり、恥ずかしがったりしないで。ぼくに言えばいい。なんでも訊いてくれ。ぼくはきみのためにここにいる」

エリザベスの顔は燃えるようだった。でも、結婚するつもりでいる男性に言えなくて、誰に言えるというの？「脚のあいだが。あそこが……」

「ああ、わかるよ。もっと気持ちよくさせてくれ」彼は彼女を膝に乗せた。「恥ずかしがる必要はない」

彼の片手の指は胸を撫でつづけ、舌は彼女の舌と絡み合っていた。ひんやりとした空気を感じなかったら、スカートを持ち上げられたことに気がつかなかっただろう。突然手が秘められた部分に押しつけられ、その部分を手に押しつけてくるようにと誘った。ジェオフリーは、エリザベスが小さなつぼみと教えられた部分を見つけ、そっと撫で出した。

「きみはすっかり濡れている。達してくれ。ぼくのために」

彼はそうささやいて指を差し入れた。突如として体をとらえていた張りつめたものが爆発し、そこに波が押し寄せるような感じがした。

「エリザベス？　愛しい人」ジェオフリーは彼女をきつく抱きしめた。「大丈夫かい？」

「大丈夫よ。いいえ。大丈夫なんてものじゃないわ。ずっといい。極上の気分」彼女は腕を彼の首にまわしてキスをした。「あのベッドカバーはわたしたちにぴったりの色よ」

ジェオフリーは笑い声をあげ、軽々と彼女を持ち上げてスカートを下ろした。ボディスのひもを結び直すと、彼が彼女を膝に乗せたまま、ふたりは黙ってすわっていた。しばらくして彼が言った。「戻ったほうがいい。家に帰りたいかい？」

「ええ」こんなすばらしい悦びを経験したあとで、舞踏会に残ることは考えられなかった。たぶん、明日はもっと先まで教えてもらえるだろう。

ジェオフリーはエリザベスを自宅に連れ帰って愛を交わしたくてたまらなかった。そうできる方法を思いつけたなら、きっとそうしていただろう。しかし、まさかこんなふうに言うわけにもいかない。〝レディ・ブリストウ、あなたの姪御さんをいっしょに自宅に連れ帰ることにしましたが、夜明けまえにはお戻しすると約束します。もしくは二度と戻さないか〟

それでも、明日がある。明日はエリザベスと午後じゅうふたりきりだ。

舞踏場に戻ってレディ・ブリストウを見つけると、彼女も家に帰る気でいた。頭痛がすると言って、ターリー・ハウスに着いても、お茶に誘ってくることもなかった。

「ほんとうにごめんなさい」レディ・ブリストウは言った。「頭痛に襲われることなんてめったにないんですけど、結婚式のあれこれを計画しているせいで、ちゃんと休んでいなかったのよ。すべての手配が整ったらすぐにとおっしゃっていたけど、じっさいの日取りは決まったの？」

「明日の朝、特別結婚許可証が手にはいります」今日とりに行くつもりだったのだが、夫婦財産契約に時間をとられたのだった。「両親が明後日こちらに来るはずです」ジェオフはエリザベスにちらりと目をやり、三日と声に出さずに言った。彼女はうなずいた。「三日以内に、準備はできるはずです」

「じゃあ、三日後に」レディ・ブリストウは言った。「いらっしゃい、エリザベス。あなたはひと晩じゅう顔が赤かったわ」

ジェオフは婚約者が投げかけてきたいたずらっぽい目を見て吹き出しそうになった。しかし、その場にふさわしいおちついた態度を崩さずに言った。「そうだね、エリザベス。きみは休まなければ」

「そうね」ことば自体は妥当で従順だったが、今度はあまりに熱いまなざしを向けてきたため、彼女を馬車に引きずりこみたくなった。「そうおっしゃるなら」

「お転婆め」彼は彼女の手にキスをしながらささやいた。「気が変わったよ。きみさえよければ、明日は十一時半に迎えに来る」ジェオフはできるだけ長く彼女とふたりきりになりたかった。

「待っていますわ」なぜか彼女の手を放すことができなかった。彼女の指が離れ、空気しか残らなくなるまでその指に指を添えていた。

翌朝、ジェオフはドクターズ・コモンズのカンタベリー大主教院に、扉の鍵が開く九時に到着した。

その朝はデブレット貴族名鑑の最新版でエリザベスの生年月日とフルネームを調べた。エリザベス・キャサリン・アメリア・ターリー。彼女にぴったりの名前だ。誕生日が六月二十九日であることは忘れないようにしないと。妻の誕生日を忘れると困ったことになる。父が母の誕生日を忘れていたときのことを思い出してジェオフは顔をしかめた。父が母に埋め合わせをするのには何カ月もかかったのだった。

「おはよう」ジェオフはもう一杯お茶でも飲んだほうがよさそうな顔の書記官に言った。「特別結婚許可証をとりたいんだが」

若い書記官は一枚の紙をとり出した。「あなたのフルネームと、お相手の女性のフルネームをうかがえますか？」

「ハリントン伯爵のジェオフリー・オーガスタス・チャールズだ。婚約者はエリザベス・キャサリン・アメリア・ターリー……」ジェオフはそれぞれの父親の名前も述べた。

「ご婦人は未成年ですね」書記官は言った。「父親か保護者の許しは得ていますか？」

「ああ。ターリー子爵が許可してくれ、夫婦財産契約の書類にもサインしてある」昨日、特別許可証をとりに来られなかった唯一の理由だ。父がどれほど気前がいいかわかって驚き、ほっとしたのだった。ターリーは何度か目を止めて説明を求めるなどして、ジェオフの父が送っておいた書類を入念に確認した。しまいに、いっさい変更を求めることなく契約書にサインをした。

「一時間後に戻っていらしたら、特別許可証を準備しておきましょう」

ジェオフはあたりを見まわし、壁際に四つの椅子が置かれているのを見つけた。「ここで待つよ」書記官はため息をついた。ジェオフは若者にひとこと意見を言ってやろうかと思ったが、言わないほうがいいと思い直した。怒ってもいいことは何もない。許可証の発行にはかなり時間がかかるだけだ。「このあたりで用事もないし、結婚式は明後日なのでね。サー・チャールズ・スチュアートの副官の職務に就くことが決まっているので、式後すぐに大陸に出立しなければならない」ジェオフは怒りを呑みこんだ。「力を貸してくれるとありがたいよ」

書記官はしばらくジェオフをまじまじと見つめてから言った。「うちの兄は近衛連隊にいるんです。大陸に行ったら――」

「名前を書いてくれたら――」ジェオフは男のことばをさえぎって言った。「きみの兄上を見つけてきみに連絡すると約束するよ」ジェオフの弟のエドモンドはまだイートンにいたが、あと一年で入隊することになっていた。ジェオフは今回の遠征に弟が加わらずに済んだことを神に感謝した。

「ありがとうございます。兄はめったに手紙をよこさないので」書記官は別の紙をとり出して書きはじめた。

若者は書き終えると、扉の向こうへ姿を消し、ジェオフは待つよりほかになくなった。それでも、書記官が戻ってくるまでにさほど時間はかからなかった。

「どうぞ」ジェオフは若者が手渡してくれた書類を受けとった。許可証に目を通してから、もう一枚の紙に目をやった。「ホークスワース。いったい公爵の跡取りが軍で何をしているんだい？」

書記官はまたため息をついた。「うちの父には会ったことがないようですね」若者は手を差し出した。「ぼくはセプティミウス・トレヴァーです」

「セプティミウス、きみに連絡すると約束するよ」その男の司令官を探さなければならないとしても。

「ぼくらがお願いできるのはそれだけですよ。ありがとうございます」セプティミウス卿はかすかな笑みのようなものを顔に浮かべた。

ジェオフは一時間以内にマーカム・ハウスに戻った。「ネトル」自分の住まいへと足を踏み入れながら呼びかける。

「ただいままいります、旦那様」少しして従者が現れた。どこか疲れた様子だ。「すみません、旦那様、洗濯女とのあいだに問題がありまして。ただ、旦那様が心配なさるようなことではありません」

この家に長居することになったら、心配するようなことになるかもしれないとジェオフは思った。ネトルは長年仕えてくれているが、とり乱すことは一度もなかった。ジェオフは特別結婚許可証をとり出した。「結婚式の日に見つけやすいところに保管しておいてくれ」

ネトルは書類に目を向けた。「宝石箱に入れておきましょう。それで結婚式は？」

「なんと、明後日だ。その翌朝には出立したいと思っている」

「かしこまりました。すべて準備しておきましょう」

「おまえならそうしてくれるとわかっているさ」

時計が十一時を打った。「ミス・ターリーを迎えに行ってくるよ。昼食後に生地を選べるように。生地見本を伯爵夫人の寝室に用意しておいてくれ。昼食に客人を招いたので、一時ではなく、十二時に食事したいと料理人に伝えるんだ。そのあとおまえは午後休暇をとっていい」

ネトルはお辞儀をして着替え室に戻り、ジェオフはエリザベスの家へ向かった。今日から先は、昼食は自分たちのダイニングルームでとることになる。彼女が永遠に自分のものになる日が待ちきれなかった。

19

エリザベスは時計に再度目をやった。ほんの数分のうちにジェオフリーが迎えに来る。残念ながら、父が二時間まえに到着し、どうしてまだ自分はハリントン伯爵に会っていないのだと延々と愚痴を言いつづけていた。まったく！　父はマートン侯爵にも会っていなかったはずだが、あのときは喜んで娘を差し出すつもりでいたというのに。

エリザベスとジェオフリーの婚約について権限を与えられたギャヴィンはすべきことをしてくれていたが、父は——父にしかわからない理由で——立腹していた。兄はその事実を冷静に、しかしきっぱりと父に思い出させていた。

父はエリザベスと扉に背を向けていた。エリザベスはゆっくりと立ち上がり、そろそろと部屋から出ようとした。

扉のそばまで来たところで、父が振り向いた。「エリザベス」ああ！　今行かないと、遅れてしまう。「まだここにいたのか。何をしている？　このことはおまえには関係ない」

エリザベスは拳をにぎった。口を開き、わたしの夫婦財産契約と結婚は当然わたしに関係あると口答えしそうになったが、そこで、その場を離れていいと言われたのだと気づいた。

離れても問題はなかった。契約のことはギャヴィンから説明を受けていた。それに、ここまで来ると、父が何をしても結婚をだめにすることはできない。「ええ、そうね、お父様」

エリザベスは急いで応接間をあとにした。ヴィッカーズがボンネットと手袋とショールを持って控えていた。すぐにもエリザベスは玄関の間にいた。幸い、そこにいたのは執事ではなく、男の使用人のひとりだった。「ハリントン様がいらっしゃるの。彼が到着したら、すぐに扉を開けて。ただちに出かけるから、来訪を告げる必要もないわ」

「かしこまりました、お嬢様。ただ、伯爵様はもうお着きのようです」

エリザベスは横にある明かりとりの窓の外へ目をやった。ジェオフリーはフェートンを停めようとしているところだった。外へ駆けていって出迎えられたなら。後ろに目をやり、朝の間の扉がまだ閉まっているのを確認して安堵の息をついた。運に恵まれれば、父に見つかるまえに出かけられるはずだ。父の機嫌がよくないときにジェオフリーに会ってほしくなかった。

ジェオフリーが扉のところまで来ると、使用人は指示どおりに扉を開けた。「ハリントン様」エリザベスは彼にほほ笑みかけた。「お互い時間ぴったりだなんて。行きますか？」

ジェオフリーは腕を差し出し、エリザベスは明るい笑みを浮かべてそれをとった。「生地見本を見るのがとてもたのしみだわ」

ジェオフリーは彼女をフェートンに乗せ、反対側にまわった。手綱を持つと、彼女に横目をくれた。「ぼくは何かよくないことが起こったと気づくぐらいにはきみのことをわかっているつもりだよ。どうしたんだい？」

エリザベスはなんと答えようか考えながら、しばしショールのフリンジをもてあそんだ。

「あなたが心配するようなことは何も」

「きみを動揺させることは何でもぼくにとって問題だ」彼は馬に目をやってから、その目を彼女に戻した。「いっしょの人生をはじめるのに秘密があるのは嫌だからね」

　エリザベスは一瞬目を閉じ、父のことは彼には関係ないとみずからに言い聞かせようとしたが、いずれ父に会ってもらわなければならないのはたしかだった。つまり、二日のうちには。「父が今朝早く戻ってきて、癇癪を起こしているの。わたしが出てくるときは、かわいそうなギャヴィンに怒鳴っていたわ」

「いつも気むずかしい人なのかい？」

「母が亡くなってからは」エリザベスは息を吸った。「ほぼ何に対しても腹を立てるの。苛々していて不機嫌になったわ。兄にこれをしておくようにと言いつけるくせに、兄がそれをしたといって文句を言うの。もう父には何を期待していいかわからない。かわいそうなギャヴィンも同じ思いよ」

　ジェオフリーは手袋をはめた手を彼女の手に重ねた。「だったら、ぼくらのところにはあまり頻繁に訪ねてこないことを祈ろう。どんな形であれ、きみが侮辱されるようなことがあったら、ぼくは自分の意見を言わざるを得なくなる」

　兄以外には、無条件に自分の味方になってくれる人はこれまでいなかった。「ほんとうに？」

「もちろんさ。ぼくはきみの夫なんだから」彼女の指を包む彼の指に力が加わった。「というか、もうすぐそうなる」

喜びの涙が目を刺し、エリザベスはまばたきしてそれを払った。

手を返して彼の大きな手をにぎる。「わたしもうすぐあなたの妻になります」

少しして、ジェオフリーは彼の家族のタウンハウスのまえで手綱を引いて馬を停めた。まえと同じように彼女を馬車から抱え下ろしたが、今回は自分の体に沿ってゆっくりとすべり下ろすようにした。前夜の記憶がすぐによみがえってきた。ふたりの住まいで誰にも邪魔されないのはどんな感じだろう？　彼のものになるのがどんな感じか教えてもらえるのだろうか？

「お茶のあとまで馬車は必要ない」とジェオフリーは執事に言った。家にはいると、彼は彼女を連れて左側の廊下を進み、小さなダイニングルームへ向かった。テーブルにはふたり分の席が用意されていた。「先代のレディ・マーカムは昼食をいっしょにとるのかい？」と彼は使用人に訊いた。

「いいえ、旦那様。大奥様とミス・コヴニントンは外出中で、夕方近くまでお戻りにならないそうです」

それはいい知らせだ。先代のレディ・マーカムとその付添人のことは好きだったが、ジェオフリーをひとり占めできるのはありがたかった。

部屋には脇の庭に向いた三つの長い窓があった。テーブルは端に一席しつらえてあり、もう一席はその隣に横向きにしつらえてあった。ジェオフリーは横向きの席の椅子を彼女のために引いた。

ジェオフリーが自分の席につくと、ボウルにはいった白いスープが出された。エリザベスが訊いた。「午前中は何をなさっていたの？」

ジェオフリーはにやりとした。「大主教院に行って特別結婚許可証を手に入れてきた」

「見たいわ」ほんとうに彼と結婚するのだ。

とはいえ、そんなふうに思うのはばかばかしかった。結婚するのでなければ、ジェオフリーとふたりきりでここで昼食をとることなどあり得ないのだから。特別許可証はそのことをよりたしかなものに感じさせるだけだ。

もちろん、特別結婚許可証のことは聞いたことがあった、親しい三人の友人たちもそれによって結婚したのだったが、エリザベスにはそれを目にする機会がなかった。自分のものは見てみたかった。

「ぼくの部屋にある。ぼくらの部屋に行ったときに見せるよ」

すぐさまあのベッドが心に忍びこみ、体がうずき出した。「いいわ」

スープのあとはパンと冷製の肉とチーズとグリーンサラダが出された。ジェオフリーはハリッジへ行き、それからオーステンデへ向かう旅程について手配したことを彼女に説明した。

「ハリッジまでは大変だが一日で行ける。きみがそれだけの時間、馬車に揺られていてもかまわなければの話だが」

「大丈夫よ。旅は好きなの」ギャヴィンといっしょにロンドンまで二日かけてやってきたときもすばらしかった。道中の何から何までが気に入ったのだった。宿屋も、郵便馬車を見るのも、ときには悪路でさえも。

「よかった」ジェオフリーは薄く切ったハムにマスタードを塗った。「チェルムスフォードで昼食をとれるよう従者に手配させるよ。そこが中間点だから」

「よければ」彼の母と祖母と同じ家にいて、度を超したことはしたくなかった。「ここの料理人に頼んでバスケットに食べ物を用意してもらうわ。とても早く出立しなきゃならないんでしょうけど」

「旅についても、借りる住まいについても、将来ぼくたちが住む家についても、きみは好きに命令してくれてかまわない」ジェオフリーはハムを食べ終え、彼女の皿に目を向けた。

自由の感覚がエリザベスの魂を満たした。父のすべての邸宅と小作人たちについての責任を負っているとはいえ、今ジェオフリーが言ってくれているような完全な自由裁量を与えられたことはこれまでなかった。

彼に目を向けると、彼のほうも見つめてきていることがわかった。「もう部屋に行けるの？」

「きみがまだならまだだ。牛肉をひと切れどうだい？　すばらしいんだ。ぼくも少し食べるよ」

最初は彼とふたりきりで食事することに緊張していたのだったが、何もかもごくふつうのことに思えた。この世でもっともあたりまえのことに。「ええ、ひと切れいただくわ」エリザベスは牛肉にナイフを入れ、しばらくふたりは黙って食べた。オランダまでの旅程についてはまだ話し合っておらず、エリザベスは彼の計画を詳しく知りたかった。「もう船は予約したの？　それとも待たなければならないの？」

「少しまえにカリブ海からイギリスに到着した船を見つけたんだ。個人所有の船で、これまでのところ、兵士や装備の輸送のために徴用されていない」ジェオフリーは自分のしたことに満足するように顔を上気させてから眉根を寄せた。「ぼくらが着くまで港から見えない場所で待機しろという命令を受けて、ハリッジへ向かっているところさ」

自分たちだけのために船を一隻抑えたことに彼がやましさを感じているのは好もしかった。

「それはいいことだと思うわ。だって、必要とあれば、ほかの人もいっしょに連れていくことはできるのだから。あなたはサー・チャールズのところへ行かなくてはならないわけだし」

ジェオフリーは息を吐き出した。「ぼ、く、ら、はね」

その〝ぼくらは〟ということばがエリザベスにはとてもうれしかった。

数分後、ふたりは階段をのぼって自分たちが使う一画へ向かった。寝室の扉を開けたとたん、エリザベスは身をひるませた。「この部屋の色はほんとうに変えなくちゃならないわ。家具のスタイルは悪くないいんだけど」

ジェオフリーは部屋を見まわし、片方に寝椅子が置かれ、もう一方に椅子が二脚置かれた低いテーブルを指差した。「生地見本はあそこだ。ひとりで見たいかい？　それとも、ぼくも手伝ったほうがいいかい？」

「いっしょにいて。あなたの意見も聞きたいから」エリザベスは寝椅子にすわり、彼はその隣に席を占めた。

生地見本は冊子からとり外して垂らしたり掲げてみたりできるようになっていた。数分後、エリザベスは好みの生地見本を選び、部屋じゅうの家具の上に置いていた。

「このふたつはちがうのにするわ」そう言って寝椅子の上に置いたクリーム色と淡いピンク色の縞模様の生地見本を大きな軽やかなプリントのはいったものに変え、縞模様のほうは椅子に置いた。「このほうがいいわ。あとは壁とカーテンね」シルクの壁紙の見本をふたつ選んで持ち上げてみたが、近すぎて、壁に張ったときにどう見えるかわからなかった。「向こうの壁際でこれらを持っていてくださる？」エリザベスは遠いほうの壁を指差した。「そう、太いほうの縞模様のクリーム色とピンクのがいいわ」

ジェオフリーは腕を下げ、彼女が選んだ見本を壁際のテーブルの上に置いた。「思ったほど長くかからなかったね」

「ええ」この寝室を初めて見たときから、どういう部屋にしたいかをずっと考えてきたのだった。もう一度部屋を見まわしてみる。明るい色にすれば、ずっと広く見えるだろう。

内装を考えるのはあと一カ所だった。エリザベスは優美な金色とクリーム色の縞模様の見本を持ち上げた。「入口の間にこれはどう？」

「悪くないな」それも簡単に済んだ。

エリザベスは見本を入口の間に持っていってテーブルの上に置いた。「そろそろ家政婦を呼びます？」

ジェオフリーは彼女のほうへ歩いてきたが、青い目にはいたずらっぽい光が浮かんでいた。「次はぼくの寝室について話し合うべきだと思うな」そう言って彼女を腕に引き入れ、思いきりキスをした。「あのベッドカバーがきみにどれほどの影響をおよぼすか、はっきりたしかめたいと思ったんだ」

「ふうん。科学的な実験ってこと？」エリザベスは手を硬い胸にすべらせ、たくましい首にまわして胸に胸を押しつけた。彼に愛撫してほしくて体がうずいた。

ジェオフリーはまた彼女の口を求めた。「まさしく科学的実験さ。すでにきみの息が速くなっているのがわかるよ」

「クラバットが台無しになるのは心配じゃないの？　とてもすてきに結んであるのに」

「クラバットならほかにもある」彼は彼女の首や顎をやさしく嚙んだ。「怖いのかい？」

「いいえ」エリザベスは興奮のあまり、ことばを見つけられなかったが、誘惑されることをたのしんでいた。ズボンに隠された硬いものに身をこすりつけると、彼は声をもらした。それには数多くの名前がつけられていると聞かされていたが、ジェオフリーはどう呼ばれるのが好きなのだろう。彼は何でも訊いてくれてかまわないと言っていた。「これのこと、あなたは何て呼ぶの？」

ジェオフリーは彼女の手をとってそこへあてた。「これかい？」

エリザベスはうなずいた。ほんとうに硬い。おそらくは木か鉄のような感触？

「ぼくは竿と呼んでいる」彼の息が速まり、声が荒っぽくなった。「きみはどう呼ぶ？」

「わたしは〝男性の証〟としか聞いたことがないわ」聞いたなかではそれが一番威厳のある名前に思えたのだ。

「きみの呼び名のほうがいいな」ジェオフリーは自分のものにできないなら死んでしまうとでもいうように彼女の口を強く求めた。

エリザベスは手で触れるその部分がさらに大きくなったように感じて訊いた。「撫でてもいい？」

「ああ」エリザベスが軽く触れたまま指を上下にすべらせると、ジェオフリーはうなるような声をもらした。

ここがふたりをつなぐ部分となる。「とても硬いのね」

「きみのせいで死にそうだよ」ジェオフリーの手が彼女の胸を包み、そっとつかんだ。

「死なないでもらいたいわ」エリザベスはもう一方の手を硬い尻に下ろした。「そうなったら、とても短い夫婦生活になってしまうから」

「生意気なことを」彼は突然彼女を腕に抱き上げた。「きみとベッドに行くよ」

エリザベスが笑いながらしがみつくと、ジェオフリーは扉を抜けて彼の寝室へはいり、彼女をベッドに下ろした。

すぐにも靴を脱がされ、手を引っ張られて立たされた。「きみを見たい。きみの全部を」

ドレスが下げられ、まもなく床へと下ろされた。エリザベスはペティコートを両手で持ち上げようとした。「ぼくにやらせてくれ。これはクリスマスプレゼントの包みを開けるよりもずっといいな」

じっとしていられず、エリザベスは彼のネクタイピンを外し、クラバットをほどいてその長いリネンを引っ張った。次にウエストコートのボタンを外したが、彼がコルセットのレースをほどいているあいだは、上着を脱がせることができなかった。後ろに手をやり、あれこれ探ってようやくズボンのボタンを見つけて外したところで、コルセットが床に落ちた。

男性の証が自由になって彼女の手に載ると、ジェオフリーは歯の隙間から鋭い声をもらした。

「こんなになめらかなものだとは知らなかったわ」最高級のシルクのような手触り。

「ぼくの上着の袖を引っ張ってくれ。もっと余裕のあるものを着るべきだった。少なくとも、ブーツを脱ぐ必要はないが」

どうして彼が短靴を履いているのか不思議だったのだ。これで理由がわかった。「もともとそのつもりだったの？」

「そうなればいいと思っていた」彼女を見つめる彼の声はかすれていた。「きれいだ。きみほどきれいな女性は見たことがない」

エリザベスは赤くなり、気恥ずかしく思わずにいられなかった。それでも、ジェオフリーに手と目で体を探られるあいだ、じっと動かずにいた。彼は彼女の胸を持ち上げ、ゆっくりと指を腰に走らせ、尻のふくらみへと動かした。その手が脚のあいだにはいりこむと、エリザベスは息を呑んだ。「きみはぼくのためにすでに濡れている」

きっとそうだと思いつつ、エリザベスは自分も彼に触れたいと思った。「わたしの番よ」衝動に抗えず、指をやわらかくカールした胸毛のあいだに広げ、硬い筋肉を包む肌のぴんと張った感触をたのしんだ。「すばらしい感触だわ。あなたの胸に毛があるとは思いもしなかったけど」

「多くの男の胸にあるさ」

胸毛を指で梳き、平らで丸い胸の先を見つけた。そのうちのひとつを軽く歯でこすってからなめ、同じことをもう一方にもした。

ジェオフリーはじっとしているのがむずかしいというように筋肉をこわばらせた。エリザベスは手を引き締まった腹に移し、その手を硬くなったものに移して両手で包んだ。また彼はうなるような声をもらした。

「気持ちいいの？」

「ああ。きみの脚のあいだをぼくが撫でたときにきみが感じたのといっしょさ」そんなに敏感なものだとは思いもしなかった。

「きみが必要だ」彼は彼女を抱き上げ、キスをしながらベッドの上に横たえた。「きみの胸の先はどんな色だろうと思っていたんだ。暗闇のなかでしか見たことがなかったから」

「あなたのと同じ色よ」エリザベスは手の届くほうの胸の先に爪を走らせて笑みを浮かべた。

「ぼくはゆっくりやるつもりでいるのに」彼は歯を食いしばるようにして声を出した。「きみがそれをむずかしくしている」

「謝ったほうがいい？」自分の耳にもその声はなまめかしく聞こえた。

「いや。きみがぼくに触れたがってくれるのはありがたいよ」

ジェオフリーは均整のとれたなめらかな体を彼女の体の上ですべらせ、顔を下へ動かした。触れられた部分に火がついていく気がした。彼がきつくとがった胸の先の一方をなめ、次にもう一方を吸うと、エリザベスは悦びのあまり死んでしまうのではないかと思った。脚のあいだでうずきがはじまり、猫のように彼に体をすりつけずにいられなかった。

「やめないで」彼女は彼の顔を上に戻そうとしたが、彼は忍び笑いをもらして胸から顔を離し、唇を腹へと下ろした。口を下へ動かしながら、なめたり軽く噛んだりしている。

そして広い肩で彼女の脚を広げさせると、そこをなめた。その感触はあまりにすばらしく、エリザベスは体をベッドから持ち上げたが、ジェオフリーに押さえつけられた。うずくような張りつめた感覚は昨晩よりもさらに強かった。すぐに達しないと、欲望のあまり絶命してしまいそうだった。

彼は指をなかに入れた。「ぼくのために達してくれ、愛しい人」

波が砕かれ、彼の指を包む部分が痙攣した。やがて、硬くなったものがその入口にあてられ、そっとそこをつついているのを感じ、エリザベスは体をこわばらせまいとした。それがければ。

痛みをもたらすことはわかっていたが、それも短いあいだのことだ。そのことを覚えていな

「ぼくを許してくれ」ジェオフリーは彼女にキスをした。「ほかに方法はないんだ」

「わかってる」心の準備はできているとエリザベスはみずからに言い聞かせた。

彼がキスを深め、彼女がキスを味わうことに注意を集中させていると、鋭い痛みが悦びを脇に追いやった。彼の手がふたりの体のあいだに動き、昨晩と同じ部分をこすった。すぐにエリザベスの全身に欲望が広がり、ジェオフリーはみずからを奥まで突き入れた。彼女は脚を彼に巻きつけた。今度はさらに深い部分から頂点に達し、二度と彼を放したくないと思った。

20

ジェオフを包む部分が痙攣し、彼を絶頂へと押し上げた。息絶えて天国へ行ってしまったのはたしかだ。この行為からこれほどの満足を得られるのは――いや、これほどの幸せを感じるのは――彼女が妻になる人だからにちがいない。エリザベスを欲するほどに女性を欲したことは覚えているかぎりなかった。今、これまでよりもさらに彼女がほしかった。

彼女が経験するであろう痛みを減らすのに何ができるかをあれこれと考えたのだった。それが成功したのならいいのだが。

彼女の髪に顔をすり寄せて彼は訊いた。「大丈夫かい？」

エリザベスは首を巡らして腫れた唇を彼の唇に寄せた。「思っていたよりもずっとよかったわ。次は痛くないんでしょう？」

「ああ。ずっとよくなるはずだ」ジェオフは彼女の体の上から身を転がして降り、彼女を脇に引き寄せると、ナイトテーブルの上に置いておいた布と水のはいった洗面器に手を伸ばした。彼女の秘部にそっと布を押しつけ、自分のその部分を拭くと、布を洗面器に戻した。

彼女の手は彼の胸に置かれていた。ジェオフは何か言うことを考えた。会話のきっかけとなる何かを。こうした営みのあとに女性たちが話をしたがることはわかっていた。しかし、エリザベスは何を話したいだろう？　やがて彼女の呼吸が深くなった。

なんてことだ。眠ってしまったのか。

それなら自分が時間を気にしなければ。まだ何時間もあるはずだが、祖母といっしょにお茶を飲むことになっており、家政婦を呼んでエリザベスがどの生地をどこに用いるかを記した書きつけも渡さなければならない。

すぐに服を着る必要があった。自分はエリザベスのためにメイドの役割をはたすことはできるだろうが、彼女のほうは男をどう手伝っていいか見当もつかないだろう。夜までネトルに休みをやるべきではなかった。

彼女の巻き毛のひとつが顎をくすぐった。髪を下ろした姿を見たかったのだが、互いに熱くなりすぎて、髪のことなど思い出しもしなかった。ジェオフは巻き毛に編みこまれたリボンをそっととり除いた。次に真珠のついたピンをナイトテーブルに落とした。できるだけほかのピンも見つけてから、彼女の髪を指で梳いてほどいた。ひと房腰まで引っ張り下ろして放してみる。それが背中の真ん中まで勢いよく戻るのは驚きだった。

部屋は涼しくなっていたが、ふたりはベッドカバーの上にいた。彼女のほっそりした肩の向こうへ手をやり、ベッドカバーを引っ張ってそれを彼女の体にかけた。彼女が身をすり寄せてくると、ジェオフはまわした手に力を入れた。女性といてこれほどに満足したことは初めてだった。

午後じゅうずっとそのままここにいられたなら。ああ、夜も明日も一日じゅう。

少しして、寝室の扉をノックする音がした。いったい誰だ？「邪魔するなと命令を残しておいたはずだ」

「旦那様」扉の向こうからネトルの声が聞こえてきた。「一時間以内にご両親がこちらにいらっしゃるそうです。マーカム侯爵夫妻の従者とメイドが先ほど到着いたしました」

なんてことだ！

両親は結婚式の直前にやってくるものと思っていた。「なんて間の悪いときに」それから、従者には午後じゅう休みをやったことを思い出した。「おまえはここで何をしている？」

「ほかに何もすることがございませんで」ネトルは謝るような声を出した。「それで、ミス・ターリーのメイドと知り合いになろうと考えました。メイドは着替え室を見学したいそうです。はいってもよろしいですか？」

扉が細く開いた。「だめだ！　ちょっと待ってくれ」少なくとも、ネトルはノックをしてくれた。ジェオフはエリザベスの肩を揺すった。「エリザベス、起きなくちゃならないよ」

彼女はまばたきして目を開けた。「何か問題でも？」

問題と言えば大問題だ。「ぼくの両親がもうすぐ到着するそうだ」

エリザベスは隠れる場所を探すように部屋を見まわした。「どうしたらいいかしら？　こんな姿を見せるわけにはいかないわ」

「幸運なことに、きみのメイドがここに来ている」エリザベスは口を開けたが、ジェオフが急いで続けた。「どうしてそんなことになったかはメイドから説明が聞けるはずだ」彼はベッドからすばやく出ると、彼女のシュミーズを探し、部屋の反対側の床の上で見つけた。

「ほら」そう言ってそれを彼女に手渡す。「それを着て。きみの着替え室まで連れていくよ。服を着て、家政婦を呼ぶだけの時間しか残っていない」

エリザベスはうなずき、ジェオフリーは彼女がコルセットとペティコートを身に着けるのを手伝い、ほかの衣服を拾い集めた。ジェオフリーが言ったとおり、メイドのヴィッカーズが着替え室で待っていた。ありがたいことに、ヴィッカーズは何も言わずにエリザベスをひと目見ると、ドレスを着るのを手伝い出した。

髪の毛を整えはじめてから、メイドはようやく口を開いた。「すてきな着替え室ですね。ミスター・ネトルがわざわざ自己紹介しに来てくださって、ここを見学させてくれたのはありがたいことです」エリザベスの口から忍び笑いが次々もれ、やがて笑いすぎて目に涙が浮かんだ。「じっとしていてくださいな、お嬢様。そうやって動いてばかりでは、おぐしをちゃんと整えることはできません」

エリザベスは必死で自分をおちつかせようとした。「おまえがここにいてくれて、どれほどうれしいか、ことばにできないほどよ」

「それについてはお話しする必要はありません。何といっても、お嬢様は婚約なさっていて、すぐに結婚なさるんですから」

エリザベスがドレッシングテーブルから立ち上がったところで、ジェオフリーが部屋にはいってきて、まっすぐ彼女に近づき、頰にキスをした。「家政婦がすぐにここへ来るよ。名前は訊かないでくれ。ぼくも知らないんだから。まだここへ来て数年の女性だ」

「だったら、ふたりでいっしょに会ったほうがいいわね」

ヴィッカーズはどこからか持ってきた櫛を手にとり、咳払いをした。「わたしもあと数分は着替え室におりますが、ミスター・ネトルがほかの使用人たちにわたしを紹介したいとおっしゃっていまして」

エリザベスの頬がかっと熱くなった。家じゅうの人間がわたしとジェオフリーが何をしていたか知っているの？

「そうやってお顔を赤くなさらないようにできれば、お嬢様と伯爵様が何をしていたかについて誰も関心を抱かないはずですよ」そう助言して、メイドは寝室から出ていった。

「ありがとう」エリザベスは声を詰まらせながら言った。

ジェオフリーが彼女を振り向かせて腕に引き入れた。顔には懸念の色が濃かった。「後悔しているのかい――」

「いいえ」エリザベスは彼の唇に指を置いた。「まったく。ただ、あなたのご両親がこんなにすぐに到着なさると聞いて驚いてしまって」

「ぼくもさ」ジェオフリーは首を下げて彼女にキスをした。「ぼくらの使用人がここにいてくれたのはありがたかった。そうじゃなかったら、きちんと服を着て両親に挨拶できたかどうかわからないよ」扉をノックする音がした。「家政婦だな」

数分後、家政婦のドラウティ夫人はエリザベスが加えようとしている変更についてメモをとり、感嘆の声をあげていた。「ご出立まえに改装したお部屋をお見せできればいいんですが。それが可能な方法があれば、そういたします。お約束いたします」

家政婦が下がるとすぐに、使用人たちが忙しく動きまわる気配があり、家のなかが活気づいたようだった。

「陛下《した》へ行くかい？」ジェオフが腕を差し出した。「たぶん、両親が着いたんだ」

エリザベスはスカートの皺を伸ばしてから、彼の腕に指を置いた。「わたしのことを気に入ってくださるといいんだけど」

「どうして気に入らないなんてことがあり得る？」ジェオフリーは力づけるような笑みを浮かべた。それでも、エリザベスは緊張せずにいられなかった。

気に入られない可能性はなきにしもあらずだ。伯爵の娘で持参金の額も多いシャーロットのような女性と結婚する許しを得るためでも、ジェオフリーは家族の所領地まで行かなければならなかった。エリザベスの父は子爵で、持参金もシャーロットに比べれば慎ましい。

ジェオフリーの父のマーカム侯爵が結婚を中止できるということではない。女性の側に不正行為がないのに男性の側から婚約を破棄することはできない。エリザベスに落度はないはずだ。夫婦財産契約も結ばれ、ジェオフリーは特別結婚許可証も手に入れている——見たいと思っていながら、まだ見る機会のない許可証だったが。

それでも、彼の両親に気に入られなかったら、問題が起こる可能性はあった。不満を抱く親がどれほど悲惨なことを引き起こすものか、わたし以上によくわかっている者はいない。

ただ、わたしたちは何年か海外で過ごすことになるから、跡継ぎを作れれば彼の両親の覚えもめでたくなるかもしれない。

エリザベスは下唇を噛んだ。ありとあらゆる種類のトランクが玄関の間から家のなかへと運び入れられようとしていた。ジェオフリーといっしょに階段の一番下の段に達したところで、ブロンドの髪の最新流行の装いをした女性が玄関の扉からなかにはいってきて、その後ろに同じように洒落た装いの明るい茶色の髪の紳士が続いた。ジェオフリーは髪と目の色を母親から受け継いでいたが、姿形はほぼ父親にそっくりだった。

レディ・マーカムが目を上げた。「ハリントン、こちらはミス・ターリーにちがいないわね」侯爵夫人はエリザベスに両手を差し出した。「ここにいてくださってうれしいわ。うちの家族にようこそと言わせて」

一瞬、エリザベスは驚きのあまり、何も反応できなかったが、ジェオフリーが彼女をまえに導き、母のもとへ歩み寄りながら腕をエリザベスの体にまわした。「エリザベスはここ何分か、母さんたちに自分ががっかりされるにちがいないと思いこもうとしていたんですよ」

何てことを。なぐってやってもいいぐらいだった。「ちょっと——」

「赤くなるほど唇を噛んでいるじゃないか」と彼はささやいた。

「ああ、かわいそうに！」突然エリザベスはラベンダーの香りのする温かい腕に包まれていた。「心配する必要なんてなかったのに。ハリントンが花嫁として選んだ方にわたしたち、わくわくしていたのよ」レディ・マーカムは一歩下がった。「どうしてそうせずにいられて？　あなたは娘として望み得るすべてを兼ね備えた人だって義理の母が手紙で知らせてくれたの。あなたにとても感心していたわ」レディ・マーカムはまたエリザベスを抱きしめた。「あなたのこと、エリザベスと呼んでいいかしら？」答えを待たずに彼女は狭めた目を息子に向けた。「エリザベスにそんな思いをさせるなんて、あなたのせいよ。二度とこんなことはしないで」

ジェオフリーがそれなりに悔いるような態度を見せたので、エリザベスは笑いたくなるのをこらえた。「ええ、母さん」

「少なくとも、おまえの母親の怒りを買った男は私だけではないわけだ」マーカム侯爵はそばへ近づいてきながらゆっくりと言った。「わが家族へようこそ。きみがうちの役立たずの息子との結婚に同意してくれて、こんなにうれしいことはないよ」

レディ・マーカムの抱擁から解かれ、エリザベスは将来の義父にお辞儀をした。「ありがとうございます。ようやくお会いできて光栄ですわ」

「さて」とレディ・マーカムが言った。「お茶にはまだ早いのはわかっているんだけど、喉が渇いておなかが空いたわ。わたしたちが顔を洗って着替えをしたらすぐに朝の間で会いましょう。エリザベス、あなたがあのひどい深緑色の部屋をどんなふうに変えるつもりなのか聞きたいわ。あんな陰鬱な色で装飾したときに自分が何を考えていたのかわからないぐらいよ。きっとずっときれいにするつもりなんでしょうね」

レディ・マーカムは階段をのぼりながらもまだ話しつづけていたが、その相手は階段をのぼりきったところまで出てきていたメイドだった。エリザベスはまるでつむじ風に巻きこまれたような気分になった。

「とても活力に満ちた方ね」

「きみには見当もつかないよ。いっしょに田舎の森を歩きまわっても、ただひとり疲れ知らずなんだ。ある年、湖水地方を訪れたことがあるんだが、母のせいでみんなへとへとになったものさ」ジェオフリーは彼女の手を持ち上げ、家の奥へと導いた。「何も心配要らないと言ったわけがわかったはずだ」

「そうね。でも、あなたのお母様があなたのせいだとおっしゃったのはそのとおりだわ。わたしがひどく緊張していたって告げ口したときには、あなたのこと、なぐってやりたくなったもの」

「母もぼくをなぐってやりたいと思ったかな？」ジェオフリーはそれについて考えこむように首を傾げたが、やがて言った。「きみと同じかもな。ありがたいことに、母がじっさいになぐることはないだろうが」彼は悲しげな笑みを浮かべた。「母は何年もまえに、ぼくはお尻を打つには年がいきすぎていると判断したんだ。その代わり、ぼくに自分の行いを後悔させるためのほかの方法を見つけたけどね」

それはこれまで知らなかったジェオフリーの一面で、エリザベスはそれを好ましいと思った。「あんな告げ口はもうしないと約束してくださいね、ハリントン様」

「ああ、もちろんさ。二度ときみに気まずい思いはさせないよ。少なくとも、ほかの人がいるところでは」彼は彼女を引き寄せた。「ふたりだけのときは別だけどね」

エリザベスは身をそらして眉を上げた。「何ですって？」

「つまり、これまできみがベッドで経験したことがないようなことをするってことさ」その声はベルベットのように感じられた。彼の口が口を求めてくる。

ふたりが離れたのは、足音が聞こえてきたときだった。今度は赤くなっているのは彼女だけではなかった。結婚式の日、というよりも新婚初夜が待ち遠しくてしかたなくなる。

彼の両親が応接間にはいってきて、その後ろにトレイを持ったふたりの使用人が続いた。レディ・マーカムは小さなソファーのひとつを軽くたたいた。「エリザベス、ここにいっしょにすわって。あなたの寝室をどんなふうに変えるつもりなのか、それと、結婚式について、何もかも聞かせてもらいたいわ」

お茶のカップとケーキやタルトの載った皿を受けとると、ジェオフリーとその父親はこぶのあるクルミ材の小さな丸テーブルのそばに置かれた椅子にすわった。

エリザベスが部屋の内装に使う予定の生地についてレディ・マーカムに説明し、結婚式については日取り以外は何も知らないと告白すると、レディ・マーカムが声を張りあげた。「ハリントン、特別結婚許可証はとったんでしょうけど、司祭様とはちゃんと話したの？」

ジェオフリーは目をみはり、口をぽかんと開けた。「何か忘れていることがあると思っていた。ぼくはまぬけだ」

「ええ、まあ、それについてはあとで話し合えばいいわ。でも、エリザベスもわたしもあなたがまぬけだということについては難なく同意するわね」エリザベスは笑いがもれないように唇をきつく引き結んだ。母が亡くなって以来、今日ほど笑ったことはこれまでなかった。「わたしの弟で司祭のリチャードが――」レディ・マーカムは続けた。「何日かロンドンにいる予定なの。結婚式をとり行えないか手紙を送って訊いてみるわ」レディ・マーカムはエリザベスに目を戻した。「ここで結婚式を行うことに反対だったら、おっしゃってちょうだい。それでかまわなかったら、庭で式ができるわ。特別結婚許可証で結婚する利点のひとつは、何でも望みどおりにできるってことよ。時間に制限があるから、大きな結婚の祝宴を計画する暇がなかったのは残念だけど」

エリザベスはここの庭の眺めはすばらしいと思っていた。花は満開で、小さな噴水は完璧な場所にあり、まるで箱にはいった宝石のようだった。庭で結婚式を挙げることはすばらしい考えに思えた。

伯母が何と言うかはわからなかったが。「大賛成ですわ」

「よかった」レディ・マーカムはにっこりとほほ笑んだ。「すぐに弟に手紙を書くわね」

そのことばどおりに、レディ・マーカムはすぐさまサクラ材の書き物机のところへ行き、圧縮紙を一枚出して鵞ペンをインクに浸し、書きはじめた。

手紙を書き終えると、エリザベスに目を向けた。「あなたの伯母様には何年もお会いしていないから、いっしょに夕食にお招きしたいんだけど、残念ながら、今日はもう準備させるには遅すぎるわね」レディ・マーカムは顔をしかめた。「料理人のことは絶対に怒らせてはならないって学んだの。今晩、あなたの伯母様はお茶をごいっしょしてくださるかしら？

もちろん、あなたのお兄様かお父様もよかったら、ぜひいらしていただきたいわ」

「おっしゃるとおりですね」エリザベスは忍び笑いをもらした。「うちの料理人も急に言われたら、まずまちがいなく気を悪くしますわ。伯母はきっと喜んでお茶をごいっしょすると思います」

「よかった。伯母様にも手紙を書くわね」

数分後、手紙を届けるよう、使いの者が送り出され、エリザベスとレディ・マーカムは気安い会話を交わしはじめた。昨今の会話がすべてそうであるように、結局は大陸の状況が話題にのぼった。「大使館の職員が国境を越えるための旅券の発行を拒まれて、退避しなければならなかったって話は聞いた？」

「ついこのあいだ聞いたばかりですわ。たぶん、全員無事に国境を越えたとは思いますけど」エリザベスは答えた。「それがどれほど危険なことだったか、想像もつきません」

「わたし自身はどこかの国からこっそり逃げ出さなきゃならないことはなかったから、心からありがたいと思うわ」とレディ・マーカムは言った。

一時間半後、ジェオフリーが馬車でエリザベスを家まで送った。「あなたのご両親のこと、ほんとうに好きだわ」

「うちの両親もきみについて同じように感じているのは明らかだな」ジェオフリーは唇を引き結んで眉根を寄せた。「父はぼくたちに式のあと二日ほどロンドンに留まってほしいと言っている。旅程をひと晩延ばす手配もしたそうだ」彼はそう言ってため息をついた。「式のあと、すぐに出立するほうがいいと言いたいんだが、どう言っていいかわからなくてね」

「言えないでしょうね」エリザベスはじつを言うと、彼の母と過ごす時間をもっと持てるほうがよかったが、ジェオフリーがなぐさめと支えを必要としていたため、彼の腕に手を置いた。「六月中旬まで猶予はあるっておっしゃっていたじゃない。もちろん、それよりまえには到着したいけど、まだ時間はあるわ」

「ああ、そうだね」彼は彼女を見て笑みを浮かべた。「それに、あのベッドをまたたのしむこともできる」

幸い、彼がそれ以上話を続けてエリザベスが気恥ずかしい思いをするまえに――そういう話はふたりきりのときに、ほかに話題がないとき以外はしないと彼は約束していた――馬車は彼女の家に着いた。

扉のところまで行くと、戻ってきた娘に父がすぐに会いたがっていると告げられる代わりに、父は出かけていて、夕食にも戻らないと知らされた。しかし、伯母が朝の間で彼女を待っていた。

「また今夜」ジェオフリーはそう言って彼女のてのひらにキスをし、それを包むように指をたたんだ。

「たのしみにしているわ」エリザベスは彼が馬車で去るまで扉をはいったところで待った。それから、伯母に会うまえに急いで階段をのぼり、ボンネットと手袋を外した。ジェオフリーとの結婚は完璧なものになる。そうならないはずがないのでは？

21

数分後、エリザベスが朝の間にはいっていくと、伯母は本を読んでいた。「ただいま。伯母様はどんな一日だったの?」

「おかえり」伯母は本から目を上げた。「あなたのお父様とお兄様が言い争いをしているのを聞いてすぐに、外出して済ませなければならない用事をいくつも思いついたの。あなたもどうにか逃げ出して忙しい一日を過ごしたようね。レディ・マーカムのお手紙からして、すべてうまくいっているようだわ。今どんな気持ち?」

「最高よ。わたしの寝室と入口の間の生地や壁紙を選ぶのは簡単だったし。ハリントン様がわたしの好きにしていいっておっしゃったの」エリザベスは伯母のすぐそばの椅子に腰を下ろした。「彼のご両親が到着して、とても歓迎されている気分にしてくださったわ。レディ・マーカムは体も心もとても活力に満ちた女性よ。伯母様のことをご存じだとおっしゃっていたわ」

「わたしよりもいくつか年上のはずよ。デビューしたときに、あなたのお母様といっしょに紹介されたわ。年下のご婦人たちみんなにとてもやさしい方だった。昔も疲れることを知らない女性だったわね」

レディ・マーカムが伯母よりも年上だと聞いてエリザベスは驚いた。「お茶へのご招待はお受けしたの?」

「ええ。今朝口論していたときから、あなたのお兄様にもお父様にも会っていないので、ご招待を受けるにあたって彼らのことは含めなかったわ」

「お父様の機嫌が悪いときには、ごいっしょしないほうがいいわ」兄には来てほしかったのだがしょうがない。

「わたしもそう思ったのよ」伯母はうなずいた。「ご機嫌はますます悪くなっているようだし」

自分がいなくなったあとで誰が父や家の面倒を見るのか心配だったが、それについてエリザベスにできることは何もなかった。父は娘に家に留まってほしいとも思っていないのだから。今後はギャヴィンにまかせることになる。「伯母様のおっしゃるとおりね。わたしに挨拶すらしなかったわ」

伯母はエリザベスにお茶のカップを渡した。「男と女のあいだでどういうことが起こるものか、あなたに話しておいたほうがいいと思うの」

そういう話はドッティやルイーザから聞いたと伯母に言おうかと思ったが、言わないことにした。それだけでなく、伯母が何と言うか知りたい思いもあったからだ。すでに聞いていることや、ジェオフリーと経験したこととちがうのだろうか。「何を知る必要があるの?」

「あなたとハリントン様は少なくともキスはしたと思うわ」伯母の眉根がわずかに寄り、エリザベスはうなずいた。「彼はやさしくしてくれた?」

「やさしくて情熱的だったわ」どれほど情熱的だったかを伯母に言うつもりはなかった。伯母は考えこむような目を姪に向けた。「怖がらせたりはしなかった?」

「いいえ。まるで逆よ」エリザベスの頬が熱くなった。

「だったら、あとは彼にまかせておけるわね」伯母は立ち上がって言った。「夕食のために着替えないと」

エリザベスは部屋を出ていく伯母をじっと見つめた。男と女のあいだで何が起こるか、友人たちが説明してくれていたのはありがたかった。それも、結婚式の直前ではなく、ずっとまえもって。


その晩、お茶を飲み終え、結婚式について話し合ったあとで——リチャード卿は姉に、喜んで結婚式をとり行うと告げる魅力的な手紙を書いてきていた——エリザベスと伯母とレディ・マーカムは階段をのぼり、エリザベスとジェオフリーのが暮らす一画へと向かった。

エリザベスは扉を開けて足を止めた。入口の間も彼女の寝室も壁紙がはがされていた。寝室では、ベッドカーテンやカーテンも外されていた。それどころか、手が加えられていないのは家具だけだった。「いったいどうやってこれを?」

レディ・マーカムは指をひらひらさせた。「むずかしいことじゃなかったわ。うちの使用人たちが内装業者の助手たちの手伝いをしたの。新しい壁紙は明日張られることになっているわ。ベッドカーテンやカーテンもよ」そう言って眉をわずかに上げた。「ソファーや椅子の張り替えも終わるはずよ」

「でも、どうして？」それにどれほどの労力が注ぎこまれたものか、想像もできなかった。

「どうして？」レディ・マーカムは訊き返した。「ここにいるあいだは、あなたにくつろいでほしいからよ。長くはいられないかもしれないけれど、あなたがロンドンにいるときはいつもあなたの家になるんだから」

エリザベスは喜びの涙があふれそうになるのをまばたきしてこらえようとしたが、できなかった。ハンカチで目を拭くと、わっと泣き出すのだけはしないと心に誓った。それでも、母が亡くなってからというもの、この半分もすばらしいことを自分にしてくれた人は誰もいなかった。そう、今シーズン後見人を務めてくれている伯母以外には。「あ、ありがとうございます」

三人が男性たちのところへ戻ろうとしたところで、伯母がささやいた。「あなたのためにこれほどうれしいことはないわ。ハリントンは婚約している男性らしく振る舞っているし。あなたから目を離せない感じよ。レディ・マーカムはすでにあなたを娘のように扱っているわ。あなたのお母様もとてもうれしく思ったことでしょうね」

「そうだといいんだけど。わたしはとても幸せよ」どれほど想像をたくましくしても、これほどジェオフリーの両親に歓迎されるとは思いもしなかったのだった。

今日の午後、ジェオフリーと経験した愛の営みについては言うまでもなく。何もかも、そう教えられていたとおりだった。ふたりですばらしい人生を送れることには疑念の余地はなかった。

翌朝、朝食の間にはいって行ったジェオフは、その日は父と過ごすことになると知らされた。大いに不満だったが、母がエリザベスを友人たちのところへ連れまわすことにしたのだった。そのなかには、現外交官や元外交官の妻たちや、それ以外の影響力の大きい貴婦人たちも含まれていた。「だって、必要なときに力になってくれる人たちとは知り合いになっておいたほうがいいに決まっているもの。エリザベスのことを、いわばちゃんと武装させようというわけ。あなたのお祖母様もわたしに同じことをしてくれたわ」と母は説明した。

今日はエリザベスとふたりきりにはなれないとわかっていても、いっしょに過ごす時間はあると思っていたのだった。彼女の姿を見て、やわらかい肌に触れ、彼女のなかに身を沈め、眠っている彼女を抱いていたいという、感覚に訴えかけるような欲望を抱くようになっていた。

「朝食が終わったら――」父が言った。「ホワイトホールへ行こう。おまえに会わせたい紳士が何人かいる」ジェオフは父の目が自分に据えられるのを感じた。「花嫁に結婚の贈り物はもう選んだのか？」

くそっ。もうひとつ忘れていたことがあった。エリザベスといっしょにいると、彼女といっしょにいることしか考えられなくなるようだった。「いいえ。〈ランデル・アンド・ブリッジ〉に寄ってもいいですね。きっと彼女の気に入る何かが見つかるでしょうから」

女性たちが家で昼食をとることはわかっていたが、戻ってきて昼食は女性陣といっしょにとろうと提案するまえに、父が言った。「昼食はホワイツでとる」

「ぼくは明日まで婚約者に会えないということですか？」そのことばが自分の耳にもすねた子供が文句を言っているように聞こえるのは嫌でたまらなかった。

父の唇の端が持ち上がった。「ああ。おまえの母親によると、ミス・ターリーはほんの短い時間でやらなければならないことがたくさんあるそうじゃないか。昼食にはおまえの叔父も加わって、式の相談をすることになっている。特別結婚許可証を持っていったほうがいいな」

特別結婚許可証。それもまだはたしていないことのひとつだった。エリザベスは許可証を見たいと言っており、ジェオフは彼女を喜ばせたかったが、叔父のリチャードがどんな人間か知っていれば――自分は知っているのだが――きっと許可証を持ち帰ってしまうことだろう。何もかもジェオフが思ったとおりには進まない。自分の人生が思わぬ方向へ転がっていくようだった。いつになったら、人生をまた思いどおりにできるものか、見当もつかなかった。

ジェオフはその日、会ったことをいつかありがたく思うであろう紳士たちに会って過ごしたが、頭のなかは婚約者のことで一杯だった。

その日の午後、父といっしょにようやく家に戻ったときには、雇った船の船長であるヒギンズ船長からの手紙が待っていた。

ハリントン伯爵殿
今、本船はハリッジの北にある入江に停泊しています。ロンドンをご出発する際には、対岸のフィーリクストウの船気付でご連絡をお願いします。貴殿をお迎えする手配をいたします。
敬具
J・ヒギンズ

ありがたいことに、手配させていたことが望みどおりに進んでいた。

手配したネトルは、船は彼と妻の――そう、そのころには彼女は妻になっている――乗馬用の馬と二台の馬車、それに妻と彼の使用人たちと荷物全部を悠々運べる以上に大きい船だと請け合っていた。それでも、その帆船を自分の目で見てまわりたかった。その船がまもなく妻になる女性にふさわしいものであるとみずからを納得させるためだけにでも。

まあ、今自分にできることは何もない。それに、公平を期すならば、ネトルはその有能さに疑問を抱かせるようなことをしたことは一度もなかった。エリザベスといっしょにいられないことで、自分がひねくれた気分でいるのは明らかだ。

ほかにすることもなかったので、ジェオフは彼女の寝室を見に行った。母と祖母が一役買ったことはわかっていても、顎が床につきそうなほどに口をぽかんと開けずにいられなかった。

淡いピンクと白の壁紙が張られていた。メイドが何人かカーテンとベッドカーテンの裾をかがっており、ふたりの男が家具の張り替えを行っていた。

「ああ、旦那様」年上のメイドが立ち上がった。「ここはとてもきれいな部屋になります」

「ああ、そうだな」そして明るい部屋になる。エリザベスのように。ジェオフはベッドに歩み寄った。「すばらしい仕事をしてくれているな」

「ありがとうございます」メイドは喜びに顔を赤くした。四人の年下のメイドも同様だった。「夜明けに起きてからずっと作業しているんです。新たなレディ・ハリントンをちゃんと整った住まいにお迎えしたいとみんな思っております」

新たなレディ・ハリントン。ジェオフはチャボの雄鶏のように胸をふくらませた。先代のレディ・ハリントンはジェオフの母だった。今度はエリザベスがそう呼ばれるのだ。「ぼくの花嫁はきっと喜ぶよ。まかせたぞ」

「旦那様」父の副執事であるプレストンが言った。「ミスター・ターリーが、旦那様がご在宅か知りたがっておられます」

ターリーが訪ねてきたと？　何の用だ？　すでに夫婦財産契約には署名を済ませたはずだ。ジェオフの全身の筋肉が張りつめた。エリザベスに何かあったのか？　いや、そうだとしたら、きっと母から連絡があったはずだ。「すぐに階下《した》に降りる」

少しして、正面の応接間にはいっていくと、ギャヴィン・ターリーがすわって新聞を読んでいた。「エリザベスが婚約を破棄したと告げに来たんじゃなかったら、きみに会えてうれしいよ。今日は最悪の一日だったから」

「婚約破棄?」ターリーは声をあげて笑った。「まさか。妹のことはきみの母上とうちの伯母がしっかり面倒見ているよ。ただ、明日の朝まではきみが妹に会うことはない。ぼくはきみが困ったはめにおちいらないように送りこまれたんだ」

結婚式前夜だったが、ジェオフはエリザベス以外の誰ともいっしょにいたくなかった。明日の朝二日酔いになるのも嫌だった。誓いのことばを述べるときには素面《しらふ》でいたい。「酔っ払ったり、娼婦を買ったり、行きすぎた賭けをしたりするのは嫌だな。だとしたら、何をしようっていうんだい?」

ターリーは忍び笑いをもらした。「ブードルズで食事する以上のことにきみを誘ったら、ぼくは深刻な危険にさらされることになる。賭けのテーブルに近づかないかぎりは、大丈夫のはずだ」

ふたりが発つまえに、玄関の扉のところにいたギブソンが告げた。「ベントリー侯爵とエンディコット伯爵がお見えです」

いったい何なんだ? ぼく以外のみんなが外出しようと考えたわけか?

「玄関のまえでベントリーに会ったんだ」エンディコットはのんびりとそう言って部屋にはいってきた。「パーティーと決めこむかい?」ジェオフもターリーも当惑顔になったにちがいなかった。「そう。何と言っても結婚式前夜なんだから」

ベントリーの顔が明るくなった。「パーティーとは知らなかったよ。ハリントン、結婚するのかい？　ぼくも結婚するんだ。父といっしょにロンドンに来たので、ちょっと寄ってみようと思ってね。ミス・ブラックエーカーもいっしょだったらよかったんだが。きみに紹介したのにな。ぼくが結婚する予定の女性だ。すばらしい人だよ。そばを離れたくなかった。会ったことはあるかい？」

ジェオフは友人たちと握手して彼らを歓迎した。ベントリーに向かってはこう言った。

「きみの婚約者にはお会いする光栄に浴してないな」

ベントリーはジェオフの親友のひとりだったが、ベントリーほど優柔不断な男はいなかった。ジェオフが父に会うためにロンドンを離れたときには、ベントリーはレディ・ルイーザ・ヴァイヴァーズ――今はロスウェル公爵夫人――にひと目惚れしていたはずだ。しかし、ジェオフがロンドンを離れたあとで友は別の女性と婚約したのだった。「きみの婚約については聞いていたよ。幸福を祈る」

「ああ」ベントリーは胸をふくらませた。「いつか彼女には会ってもらわなくちゃな。ミス・オリアナ・ブラックエーカーと――」彼はその名前を祈りの文言のように発した。「ぼくは来月結婚する。すばらしい女性なんだ。肖像画の画廊を変えることもしない。ぼくの母がそれを嫌がるからね」

肖像画の画廊がどう関係するのかジェオフにはわからなかったが、質問してはっきりさせようという思いは押し殺した。ベントリーが何かを説明しようとすると、話が延々と続き、最後は最初よりも余計にわけがわからなくなることが多かったからだ。

そこでその代わりに、ジェオフは言った。「きみは結婚式まで田舎にいるんだと思っていたよ」

「父が貴族院の用事で急にロンドンに来なきゃならなくなって、ぼくも同行したのさ」

おそらく、戦争の資金の問題だ。

「きみはレディ・シャーロットと結婚するのかい？」ベントリーは頬をふくらませて眉根を寄せた。「まさかな。彼女はケニルワースという名前の男と結婚したばかりじゃなかったか？　たしかオリアナがそう言っていた」

「そうさ」ジェオフの口調は自分で思った以上にそっけないものになった。失敗を思い出させられるのは嫌だったからだ。何もかももっともいい結果に終わったとはいえ。自分にとってエリザベス以上に完璧な女性は想像できなかった。「ぼくはミス・ターリーと婚約しているんだ」

「美の女神たち《グレーシズ》の友人だ」エンディコットが説明するように言った。

「公爵夫人たち《グレーシズ》？」ベントリーがわけがわからないという顔で訊いた。

エンディコットは目を天に向けた。「レディ・シャーロットとレディ・ルイーザとミス・スターンが三人の美の女神たちさ。きみはシーズン中ずっとここにいたじゃないか、ベントリー。どうやってそれを知らずにいたんだい？」

突然、ベントリーが晴れやかな顔になった。「ああ、そうだった。思い出したよ。まあ、美の女神じゃないけど、ぼくはミス・ブラックエーカーと結婚する。ぼくにぴったりの女性だ」

「ターリーとぼくはブードルズに行こうとしていたんだ」とジェオフは言った。「きみたちふたりもいっしょに来るかい？」

「行ってもよければ」とエンディコットが言った。

「ああ、もちろん」ベントリーはうなずいた。

数分後、四人はブードルズへ向かった。エンディコットは、今シーズン、自分が誰かにとられるまえにご婦人たちの誰かに求愛する先見の明を持っていなかったことを嘆いた。

それに対して、ベントリーはこう言ってみんなを驚かせた。「きみはまだ自分にぴったりの女性に会っていないんだよ。会えば、ちゃんと求愛するだろうさ」それから、すぐさまいつもの彼に戻った。「メモをとるといい。従者にそれを思い出させるのも役に立つ」

ジェオフはエンディコットとターリーといっしょに笑いそうになったが、祖母とアポロニアに渡された指示書きを思い出した。祖母たちの助けがなければ、自分もエリザベスと結婚することにはなっていなかったかもしれない。

夕食後、四人はカードのテーブルにつき、少額をかけてカードをたのしんだ。誰も賭け事にはまっている者はいなかった。エンディコット以外はみな収入を父親に頼っており、賭け事の借金を喜んで払ってくれる父親はいなかったからだ。ジェオフはロンドンに来て最初の週に痛い思いをしてそれを学んだ。その週以降、次の手当の支給日が来るまで、まったく遊べなくなったからだ。

ジェオフは午前零時まえに比較的素面のまま家に帰った。翌朝は夜明けとともに目覚めた。数時間のうちに、自分は既婚者となる。それはそんなことがあり得るとは思っていなかったほどにたのしみだった。

22

結婚式の前日、ギャヴィンが応接間からエリザベスに呼びかけた。「リジー、こっちへ来てサットン大尉に会ってくれよ。ロス将軍の連隊に加わってアメリカに行った人間で、今は大陸に行く途中なんだ」

兄のところへは、ウェリントン公の軍隊に加わるためにオランダへ向かう途中、ロンドンに寄った学校時代の友人たちが訪ねてきていた。彼らは一人前の男として、鉤鼻親父《オールド・フッキー》と彼らが呼ぶ人物——そのあだ名は公爵の際立った鉤鼻に由来していた——といっしょに戦えることにわくわくしていた。ただ、古参の将校や兵士たちが間に合って合流できないのではないかという懸念はあった。そういう人たちとの会話についてギャヴィンが話してくれるすべてにエリザベスはよく耳を傾けていた。

立ち上がっていた大尉はお辞儀をした。「お会いできて光栄です、ミス・ターリー。近々お祝い事があるとか」

大尉はエリザベスが差し出した手をとったが、手にキスしようとはしなかった。「わたしもお会いできてうれしいですわ。ありがとうございます」エリザベスは男性たちと向かい合うソファーに腰を下ろした。「どの連隊に加わることになっているんです?」

「かつて所属していた第九十五ライフル連隊の第二大隊です」戦争に向かうことに大尉の気

持ちが高揚しているのは明らかで、何分か会話は、誰がどの分隊の指揮をとるかとか、アクスブリッジ伯爵がコットンの代わりに騎兵隊の指揮をとるために派遣されたといった噂話が中心だった。「そう、今はコットンもコンバーミア卿ですが、アクスブリッジが公爵の義理の妹と駆け落ちしたことを考えれば、誰も予想しなかった交代でした」

「それが問題を引き起こさないといいんですけど」エリザベスは誰がそんな決断を下したのだろうと考えながら言った。

「ぼくが聞いたかぎりでは問題にはなっていないようです」大尉は彼女の兄に目を向けた。「ギャヴィンに聞いたんですが、あなたには大陸でもお会いできそうですね」

「ええ、そうなんです。結婚式が終わったらすぐに出立することになっています」エリザベスは立ち上がった。「そう言えば、まだしなければならないことがたくさんあるんです。すぐにレディ・マーカムと外出することにもなっていますし。そのままずわっていらして。大尉、またお会いできますように」

旅行の荷造りについてメイドと最後の確認を行い、タウンハウスから新しい家に持っていく物のリストをたしかめ、まだ田舎の家にある、母から受け継いだ家具を送る手配をさせたころには、レディ・マーカムとの外出のために着替える時間となっていた。

レディ・マーカムが到着したときには、エリザベスは伯母といっしょに玄関の間にいた。「なんてきれいなの」レディ・マーカムはエリザベスにほほ笑みかけた。「いっしょに過ごす一日をとてもたのしみにしていたのよ」

「わたしもですわ」エリザベスは笑みを返した。

親しい伯母とまもなく義理の母になる人との外出が完璧にすばらしいものになることは、ほどなく明らかになった。エリザベスがこれほどにたのしい思いをしたのは久しぶりだった。三人は馬車のなかも荷物入れも買い物の包みで一杯になるほどに買い物をし、ガンターズでアイスクリームを食べ、レディ・マーカムの知り合いである何人かの外交使節団の夫人たちとお茶を飲んだ。彼女たちからエリザベスはいくつか助言をもらった。

「いつも言動に気をつけること。会話に耳をそばだてて情報を得ようとする人は必ずいるものよ。だから、全世界に知られたいと思わないことは何も口にしないほうがいいわ」夫人たちのひとりが皿のレモンビスケットを選びながら言った。「ウェリントン公が敵に勝つのは絶対にまちがいないと思うの。でも、パリの状況はいっとき困難なものになるでしょうね」

「すばらしい助言だわ」レディ・マーカムが言った。「それと、ハリントンにあまり望みをかけすぎないで。この職務は彼にとって経験を積むひとつの方法なの。天職ってわけじゃないのよ」

「わたしもそんな印象を持ちましたわ」エリザベスは、わたしたちはどのぐらい海外にいることになるのかしらと思わずにいられなかった。

伯母のレディ・ブリストウがその晩、ターリー・ハウスでの夕食にレディ・マーカムを招いた。「あり合わせになってしまうと思うし、早い時間の夕食になるんですけど。この子の父のターリー子爵は結婚式のあとすぐに家を閉めて田舎に戻るつもりなんです」

「喜んでお招きにあずかりますわ」レディ・マーカムはほほ笑んだ。「エリザベスとハリントンが出発するまえに、もっとエリザベスといっしょに過ごす時間があったらよかったんですけど」

「レディ・マーカム、教えていただけませんか？　ハリントン様とわたしはどのぐらい海外にいることになるんです？」

「あなたが息子を産むまでよ」レディ・マーカムは顔をしかめた。「わたしはハリントンが生まれるまえに女の子をふたり産んだから運がよかったわ。身ごもったら、男の子でありますようにと祈るのよ。そうすれば、逆に女の子が生まれるから」

「お姉様たちのことは聞いたことがありませんわ」それどころか、彼の家族については、両親以外は弟のことしか聞いていなかった。

「それについては意外ではないわね。ふたりともハリントンよりもいくつも年上で、ひとりは外交官と結婚してロシアにいて、もうひとりは田舎にいるほうがいいみたいだから」レディ・マーカムはため息をついた。「ふたりにはそれぞれの娘がデビューするまでロンドンで会うことはないと思うわ。それも、ほかの誰かに娘の後見を頼めなかったらの話だし。ハリントンと弟のエドモンドはもっとずっと親密よ」

その晩、お茶のあと、レディ・マーカムが帰って数分してから、エリザベスの父が応接間にいるエリザベスと伯母のところへ現れた。

「おまえのことはあまり見かけなかったな」父は不機嫌な口調で言った。「ふと思ったんだが、今日が過ぎたら、長いあいだおまえには会えないかもしれないわけだ」父はぎこちない手つきでエリザベスの肩を軽くたたいた。「こんな良縁に恵まれて、おまえが誇らしいよ。ハリントンはまだ侯爵ではないが、そのうちそうなる」

何てことを言うの！　エリザベスはジェオフリーが侯爵になるのは何年も先でありますようにと祈った。将来の義父母のことをとても大事に思うようになっていたからだ。「ありがとう、お父様」

「私が言っておかなきゃならないのはそれだけだ。また明日の朝に」

父が部屋を出ていくと、エリザベスは伯母に目を向けた。「ずいぶんとおかしなことを言うわよね」

「みんな知っていることだけど、あなたのお母様が亡くなってからというもの、彼はすっかり変わってしまったのよ」伯母は肩をすくめた。「それについてはわたしたちにできることは何もないわ」

「たぶんそうね」少なくとも、エリザベスは父の力になることは何もできなかった。彼女はあくびを噛み殺した。「ベッドにはいるわ。また明日の朝に」

「よく眠ってね。明日もまた忙しい日になるんだから」

明日、人生そのものが変わることになる。それもいいほうに。相思相愛の男性と結婚するのだから。

翌朝、エリザベスが目覚めると、カーテンの隙間から陽光がうっすらと細く射し、トルコ絨毯の上に線を投げかけていた。彼女は寝室を見まわした。ここで目覚めるのもこれが最後となる。それでも、喪失感も後悔もまったくなかった。

父の所領地に戻ることもないかもしれないと思い、大事なものはほぼすべてロンドンに持ってきていた。荷造りされた本やいくつかの小さな絵画は、ジェオフリーと暮らす家ができるまでそのままにされることになる。

あと数時間で愛する人と結婚する。まだことばにしてはくれないけれど、きっとわたしを愛してくれている人と。エリザベスも自分の気持ちをはっきり告げてはいなかったが、だからといって、愛情が本物ではないというわけではないのだから。

ヴィッカーズがお茶とトーストとベイクドエッグを部屋に運んできた。「今朝はここで召し上がりたいんじゃないかと思いまして。朝食が終わられたら、髪を洗いますね」

数時間後、エリザベスは鏡のまえにすわり、ヴィッカーズが髪に真珠のついたピンを差していた。

扉をノックする音がした。しかし、ヴィッカーズがそれに応えるまえに、シャーロットとルイーザとドッティが部屋にはいってきた。何てすばらしい驚き！

「お邪魔したんじゃないといいんだけど」ドッティがエリザベスの頬にキスをした。

「ちっとも」エリザベスは立ち上がろうとしたが、メイドがそれを押し戻した。

「まだ終わっていません」

エリザベスは笑っている友たちと鏡越しに目を合わせた。「みんな田舎にいるんだと思っていたわ。スタンウッド・ハウスのノッカーが外されているのもたしかだし」

「グレースが子供たちと犬を連れてスタンウッドに戻ったの」シャーロットが説明した。

「ワーシントンは貴族院での最後の仕事があってここに残っているわ。差し迫った戦争の資金について議論があって、それを止めなくちゃならないからって。わたしたちがここにいる理由もそれよ。政治の趨勢を動かすのに女性がどれほどの影響力を発揮できるものかわかったから」

「みんなマートン・ハウスに泊まっているの」ルイーザが言った。「こんな短い期間ロスウェル・ハウスをまた開けても意味がないから」

「あなたのメイドが髪の仕上げを終えたらすぐに――」ドッティの目は喜びにきらめいていた。「あなたにあげたいものがいくつかあるのよ」

少しして、エリザベスは立ち上がることを許された。

シャーロットが鼻に皺を寄せた。「あなたはピンクを着るかもしれないと思ったんだけど、結婚式には何か〝青い〟ものが必要だから、アクアマリンのついた真珠のブレスレットを持ってきたわ」

「ああ」ルイーザが顔をしかめた。「あなたがすわっているときにこれをあげるべきだったわ。〝古いもの〟よ。うちの義理の母が見つけたんだけど、すぐにあなたのことを思い出したの」そう言ってエリザベスに真珠とダイヤモンドの飾りのついた重い銀の櫛を手渡した。

「ありがとう。完璧だわ！　ヴィッカーズ？」

「おまかせください。さっきおぐしにつけたものと交換するのはすぐです」

櫛が交換されると、ドッティが笑みを浮かべた。「それで、これは〝借り物〟よ」そう言って小さなピンクのカメオのブローチをエリザベスのボディスにつけた。

「どれだけお礼を言っても足りないわ」エリザベスは視界がぼやけるのを感じながら友人たちを抱きしめた。

「泣かないで」ルイーザがエリザベスにハンカチを手渡した。「つられてみんな泣き出しちゃうから。それに、わたしは泣き顔がかわいくないの」

「わたしたちのときもまったく同じことを言ったわよ」ドッティとシャーロットは笑った。

扉がまた開き、伯母がはいってきた。「お客様がいらしていると聞いたの。こんにちは、レディ・マートン、レディ・ケニルワース、ロスウェルの奥方様」伯母はお辞儀をした。

「エリザベス、あなたのお母様からあなたが結婚式で身に着けるようにと、これをあずかっていたのよ」

伯母は革の箱を差し出した。エリザベスは箱をテーブルに置いて蓋を開けた。ベルベットの上に、ダイヤモンドの留め金のついた、淡いピンク色の真珠の二連のネックレスがあった。

「なんてきれいなの！　こんなのこれまで見たこともないわ」

友人たちもエリザベスの肩越しにのぞきこみ、同意するようにうなずいた。

「極東で作られたもので、あなたのひいお祖父様からひいお祖母様への結婚の贈り物だったのよ」

「ヴィッカーズ?」エリザベスがまた言った。

メイドはエリザベスの首からそれまでつけていた真珠のネックレスを外し、代わりにピンク色の真珠のネックレスを首にまわした。「イヤリングもあるんだけど、これは夜の装い向きね」

エリザベスは凝ったデザインの真珠とルビーのイヤリングを見てうなずいた。「こっちはしまっておくわ」

「もう遅いのはわかっているけど」ドッティが言った。「でも、あなたの付き添いは誰?」

「伯母が――」

「エリザベスったら」伯母が異を唱えた。「わたしが付き添いをすることに同意したのは、あなたのお友達がみんな田舎に帰ってしまったからよ。というか、そう思っていたからでしょう。わたしはすわって式を見守るので心から満足よ」

「だったら、あなたたちの誰かが付き添いを務めてくれたらほんとうにうれしいわ」

「あら」シャーロットの目がたのしそうにきらめいた。「わたしたち三人の既婚婦人が務めるよりも、もっといい候補がいるわ。今朝、オリアナ・ブラックエーカーがロンドンに着いたの。彼女と彼女のお祖母様はプルトニーホテルに滞在してらっしゃるわ。わたしたちほど彼女があなたと親しいわけじゃないのはわかっているけど、彼女のことは知っているはずよ。

未婚の女性が付き添いを務めるのは伝統だし」

「それに」ルイーザが言った。「いずれ彼女とはよく知り合うことになるはずよ。ハリントン様と彼女の婚約者のベントリー様は親友同士だから。彼もロンドンにいて、きっとハリントン様の付き添いを務めるはず」

「でも、彼女が同意してくれるかしら？」とくにこんなに差し迫ってから。

「きっと同意するわ」とシャーロットが言った。「書きつけを送るわね」

初めてエリザベスは結婚式が十一時からで、それよりも早い時間でなかったことをありがたく思った。ジェオフリーは八時にしたいと希望したのだが、リチャード卿と彼の祖母が十一時まえに準備を整えるのは無理だと言い張ったのだった。もちろん、彼らの主張が通った。エリザベスとジェオフリーは彼の叔父がいなくては結婚式を挙げられないのだから。

書きつけが使いの者に託されてから一時間後、オリアナがエリザベスの寝室に案内されてきた。「なんてすごい驚きなの！」オリアナはエリザベスを含む全員を抱きしめた。「それにこんな光栄なこと。ベントリー様が今朝訪ねてきて、結婚式のことを話してくれたんだけど、あなたに付き添いを頼まれるなんて予想もしなかったわ」

「あなたはハリントン様がエリザベスへの求愛をはじめるまえにロンドンを離れたんですもの、予想できたはずはないわ」ルイーザが言い返した。

「まさしくそうね」オリアナは悲しげに言った。「ずいぶん長くロンドンから離れていたから」

「何もかもあまりに展開が早くて」ジェオフリーがじっさいに求愛をはじめてからは、彼と結婚しようと決心するまで長くはかからなかった。「ちょっと無茶な感じになってきたぐらいなの。それでも、結婚の祝宴にはそれなりの数のお客様がいらっしゃるはずよ。レディ・マーカムが昨日、伯母とわたしを連れて今ロンドンに残ってらっしゃるお友達全員を訪ねてまわって、祝宴に参加してくださるように頼んだから」

ほかの女性たちがおしゃべりをはじめると、ドッティがエリザベスを脇に引っ張った。

「あなたは彼を愛しているの？　彼のほうはあなたを愛しているの？」

「わたしは彼を愛しているし、彼もわたしを愛してくれていると思う。彼は――」エリザベスはことばを探した。「わたしたちがまえに話したこと、全部してくれているの。このあいだの舞踏会ではほかの殿方みんなをにらみつけていたし――」たとえ相手がドッティでも、何もかも話すわけにはいかなかった。あのことはふたりだけの秘密なのだから。「夜のあいだずっとわたしのそばにいつづけたわ。ことばにしてくれてはいないけれど、わたしとずっといっしょにいたいと思っている。それに、話し合うときもわたしの意見を尊重してくれるの。それって愛していることだって思えない？」

ドッティはしばらく黙りこんでから言った。「たしかに愛しているように思えるわ」

エリザベスは安堵の息をついた。もう何かを変えるには遅すぎるが、友が保証してくれたことで、まだ不安につかまれていた心の一隅が解放された気がした。

23

ジェオフはこの五分のあいだに二十回目に時計に目をやり、朝の間で行ったり来たりを続けた。父も唇を引き結び、顔全体に険しい皺を寄せている。

「いったい何に手間取っているんだ？」何か問題が起こったのか？「三十分まえにはここへ来ていてしかるべきなのに」

「どうやら、あまり時間に正確なご婦人じゃないようだな」父が苦々しい口調で言った。

「ばかを言わないで」母が居間にはいってきた。動きに合わせてシルクのスカートがこすれる音がした。「まったく、結婚式の日には、女性は自分を最高によく見せたいものなの」母はこぶ模様の木に一部金メッキをほどこしたマントルピースの時計に目をやった。「まだ十一時二十五分まえじゃないの。リチャードも到着していないし、あなたのお祖母様も降りてきていないわ」母は手を腰にあてた。「あなたの花嫁は十一時五分まえより一分でも早くここへ来るとは思わないことね」

それにはあと二十分もある。エリザベスがそれ以上に遅く来なければだが。母にはことばを返さず、ジェオフは肩を丸めて部屋のなかをまた行ったり来たりしはじめた。

「きみがそんなに遅れてきた記憶はないんだがな」父がつぶやいた。

「だったら、あなたの記憶力が悪いのよ」母は威圧するように片方の眉を上げた。「約束の時間からゆうに十五分はあなたを待たせたんだもの」

「十五分！」自分はそれには耐えられないとジェオフは思った。家を訪ねていって、彼女を肩にかつぎ、祭壇まで運んでしまうことだろう。

「それがほんとうのはずはないな」と父は言った。

「ああ、まったく」祖母がアポロニアを従えて部屋にはいってきた。「ワインを一杯やりなさい。でも、騒ぐのはやめて。マーカム、ジェーンを待っているあいだ、あなたがどれほど文句を言っていたか、わたしははっきり覚えていますよ。お父様の家へ花嫁を迎えに行ってそのまま教会に連れていこうとでもするように、馬をまわさせたりまでして」

ジェオフはひとり笑みを浮かべた。少なくとも、花嫁を担いでこようと考えたのは自分だけではなかったのだ。

「ハリントン、赤ワインをグラスに注いでちょうだい。あなたも一杯飲みなさい。こんな調子では、疲れはててしまうわよ」

ジェオフは祖母にワインのはいったグラスを手渡し、できるだけ威厳を保って言った。

「結婚するときに酔っ払っているのは嫌ですから」

「グラス一杯のワインで酔っ払うなら、あなたは自分で思っているよりも多くの問題を抱えているのね」祖母は辛らつな口調で言った。

ジェオフはうなるような声をもらしてグラスにワインを注ぎ、ひと口飲んだ。

約束の時間の五分まえに、叔父とベントリーとギャヴィン・ターリーが到着した。

ターリーは、結婚式は中止だと告げに来たのか？　ああ、なんてことだ！　あれだけ関係を深め、エリザベスが幸せそうに見えていたにもかかわらず、ジェオフは彼女に振られるのではないかという不安に押しつぶされそうになっていた。「エリザベスはどこに？」

「ぼくが家を出たときには階段を降りてくるところだった」彼女の兄はジェオフのグラスを指差した。「それは赤ワインかい？」

「ああ」ジェオフは全員のためにグラスにワインを注いだ。

父が田舎から連れてきた副執事が扉のところに現れてお辞儀をした。「ロスウェル公爵夫妻、ケニルワース侯爵夫妻、マートン侯爵夫妻がお見えです」

「エリザベスが結婚式に招いてくださったんです」一行が部屋にはいってくると、レディ・マートンが言った。「彼女はこちらへ向かっている途中です」そう言ってベントリーに目を向けた。「あなたの婚約者が彼女の付き添いを務めます」

「オリアナがここへ？」ベントリーはほほ笑んだ。「朝食はいっしょにとったんだが、そんなこと言っていませんでしたよ。少なくとも、言っていなかったとぼくは思う」次の瞬間、彼は顔をしかめた。「彼女をエスコートするべきだったかな」

「いいえ、まったく」レディ・マートンは力づけるようにほほ笑んだ。「花嫁といっしょに来るはずですから」

「さて」叔父のリチャードが言った。「そろそろ庭で位置についたほうがいい」

何人かの男の使用人が結婚式のためにしつらえられた場所にさらに椅子を並べた。椅子が置かれるとすぐに家政婦がそこにリボンを結んだ。テラスや庭のあちこちにテーブルが置かれ、どれも花やリボンで飾りつけられていた。舞踏場にもテーブルが数多く置かれている。母は何人招待したんだ？

すぐに誰もが席についた。叔父で司祭のリチャードが正面に立ち、ジェオフとベントリーがリチャードのまえの位置についた。

「ああ、ちょうどだ」リチャードが満足そうにほほ笑んだ。「ハリントン、きみの花嫁が到着したよ。花嫁として完璧なタイミングだな」

ジェオフはあまりに急いで首を巡らしたため、首の骨を折ってしまった気がした。ふわりと体を包む淡いピンクのドレス姿のエリザベスは美しかった。ジェオフがこれまで見たこともないようなピンク真珠の長いネックレスが首元を飾っている。ブロンドの髪は陽光を受けて光っていた。「なんて美しいんだ」

「ああ、そうだな」ベントリーもそう言ったが、彼の目はエリザベスの後ろについている小柄な黒っぽい髪の女性に向けられていた。

そのとき初めて、ジェオフは彼女の父親にも気づいた。

世間を避けて暮らしているターリー子爵。その体は縮んでしまったように見えた。背が高く、肩幅は広いのだが、ちゃんと食事をとっていないかのように上着はゆるく見えた。そこまで考えてジェオフはみずからを叱責した。今は結婚式以外のことに注意を向けている場合ではない。すでに叔父は話しはじめている。

エリザベスの父はジェオフの隣に立ち、エリザベスが父の横に立った。リチャードが訊いた。「この女を誰がこの男に嫁がせますか？」

「私が」とターリー卿が言った。

叔父は彼女の父の手から彼女の手をとると、その手をジェオフに渡した。ジェオフは彼女の指を指できつくにぎった。溺れる者が藁をつかむようにきつくにぎりすぎないように努めながら。

顔を上げた彼女の目を探るようにのぞきこむと、そこにはためらいも疑念もなかった。あるのはどんな女性の目にもこれまで見たことがないような熱だった。友が婚約者を見るまなざしや、母が父を見るまなざしとそっくりで——。

「私の言うとおりにくり返しなさい」叔父が促した。

「……死がふたりを分かつまで、愛し、いつくしむことを」ジェオフは口をぽかんと開けそうになるのをこらえた。

エリザベスをいつくしんでいるのはたしかだった。それでも、なぜか、愛することを誓うものだとは思っていなかったのだった。

何か考えていたとすれば、見合い結婚には恋愛結婚とはちがう結婚の誓いがあるのではということだ。エリザベスとは見合い結婚ではないが、恋愛結婚でもない。おそらく、叔父のリチャードに正しい式をしてくれと話しておくべきだったのだ。それが必要だとわかっていたら、そうしていたことだろう。

しかし、もう遅すぎる。彼女に誓いのことばを述べた今、紳士として、それを守る方法を見つけなければ。どこからはじめていいかはまるでわからないが。

彼女を愛することができるだろうか？　愛とは何なのだろう？　そうした感情を経験したことはこれまで一度もなかった。恋に落ちたいとも思わなかった。落ちたとしても、自分が認識できるかどうかもわからなかった。

エリザベスは誓いのことばを述べながら、彼の指をつかむ指に力を加えた。彼女も彼を愛すると約束した。彼女はすでに愛してくれているのか？　それとも、それを求められるのは奇妙なことだと思っているのだろうか？

まもなく、ジェオフは彼女の指に指輪をはめ、わが身をもって彼女を崇めると約束した――それはすでにしており、喜んでこれからも続けるつもりだった。少しして、叔父はふたりを夫と妻であると宣言した。

そのあとでいくつか祈りがささげられた。しかし、ジェオフの耳にはほとんどはいらなかった。なぜか、バラの香りにエリザベスのラベンダーとレモンの香りが混ざり合って、それにばかり注意を惹かれたからだ。気がつけば、彼女のてのひらを撫でており、彼女は彼に身を寄せていた。

ジェオフはエリザベスを自分の部屋に運び、彼女のなかに身を沈めたいとそれしか思わなかった。結婚式のあとはそうなってしかるべきはずだ。扉のところに立って客に挨拶し、ケーキがカットされるのを待つのではなく。ズボンのなかでそれが張り詰めていた。くそっ、何かほかのことを考えないと、恥ずかしい思いをすることになる。

エリザベスは彼に身を寄せ、バラの木のあいだの日向に居場所を見つけた隣人の黒白の猫を顎で示した。

ペットがほしいのか？　だとしたら、どんな種類を？　犬？　猫か？　あのパグという犬はだめだ。もっと大きな犬を飼うほうがいい。ワーシントン家の子犬の一匹をもらい受けられないが、訊いてみよう。パリに到着したら、子犬をちゃんと訓練する暇もあるはずだ。

司祭である叔父が話し終えると同時にジェオフが目を下に向けると、エリザベスと目が合った。ふたりは結婚したのだ。ようやく妻を持てた。ジェオフにとってそれだけが重要だった。


エリザベスにとってジェオフリーはこれまでにないほどにハンサムに見えた。父の手から彼女の手をとったときに彼はほほ笑んだ。ほかの誰でもなく、わたしと結婚したことで、彼もわたしと同じぐらい幸せなのかしら？

誓いのことばを述べる自分の声がしっかりしていたことはうれしかった、彼がわが身をもって彼女を崇めると約束した声は太く、エリザベスは膝が崩れそうになった。ほんとうに崩れていたら、どれほど恥ずかしかったことだろう。自分の結婚式で倒れるなんて。

すぐに式は終わり、司祭は登録簿に署名するよう指示した。ジェオフリーは彼女の腰に手をまわした。「奥様」

「旦那様」エリザベスはくらくらするほど幸せを感じつつ言い返した。「でも、正式なものにするには、まず署名しなきゃならないと思うわ」

形式的なことが終わり、シャンパンのグラスが手に押しつけられると、ふたりが実り多き幸ある人生をともに送ることを祈って乾杯が行われた。

「あなたが娘になってくれてどれほど幸せか、ことばでは言えないぐらいよ」レディ・マーカムがエリザベスの頰にキスをした。

「おめでとう、ハリントン」エンディコット卿がジェオフリーの手をにぎった。「あなたにも、レディ・ハリントン」

エリザベスは新しい名前で呼ばれて目をぱちくりさせた。結婚式の準備で忙しくしていたせいで、名前が変わることについては深く考えていなかったのだった。「ありがとうございます、エンディコット様」

使用人が食べ物の載ったトレイを急いで運びはじめ、エリザベスとジェオフリーは目を見交わした。「祝宴の準備ができるまで、わたしたち、居間に行っていてもいいんじゃないかしら」

「そうだな」と彼も言った。「きみの新しい寝室も見られるしね」

「まさか改装が終わったってこと？」自分のために部屋が特別にしつらえられるのは初めてだった。父の家で子供部屋から別の部屋に移ったときですら、内装を自分で決めることはできなかった。しかし、父の家は自分のほんとうの家とは言えなかった。自分の家とは夫と住む家のことなのだから。

「今朝終わったんだ」ジェオフリーに背中を撫でられて、エリザベスの全身に悦びの震えが広がった。ふたりだけで彼の寝室に引きとれるならよかったのに。「きみの感想を聞きたくて待ちきれないよ」

エリザベスは爪先立ってささやいた。官能的に聞こえるといいのだけれどと思いつつ。

「わたしのたのしみのほとんどはあなたの寝室で経験するんだと思うわ、旦那様」

「それは絶対にそうなるようにするよ」彼は彼女の手をとった。「結婚の祝宴がはじまるまえにぼくらの住まいに行こう。ぼくらは結婚したんだ」

しかし、応接間を出るまえに、彼の母の声に呼び止められた。

「エリザベスとハリントン」レディ・マーカムが庭から部屋にはいってきた。「そろそろお客様が到着しはじめるわ。お迎えの位置についてもらわないと」そう言って肩越しに自分の夫に目を向けた。「マーカム、あなたもよ」

「庭はまだ準備できていないよ」ジェオフリーは抗議した。

「結婚の祝宴は舞踏場でする予定よ。ほかの場所の準備もすぐに整うわ」

「ふたりきりで過ごす時間を持てると思ったのにな」ジェオフリーはつぶやき、エリザベスに腕を差し出した。

彼の上着のやわらかい上質の生地に指を置いて彼女はささやいた。「わたしも同じことを思ったわ」

一時間後、義理の母はまだ姿を消してはだめだと警告しつつ、客たちと交われるようふたりを出迎えの位置から解放した。

ゆっくりと舞踏場を一周してから、エリザベスはドッティとシャーロットとルイーザを見つけた。「よければ、ちょっとだけお友達と話してきたいんだけど」

ジェオフリーはエリザベスが示した方向へ目を向けた。「もちろんさ」彼は彼女の手を持ち上げて指の一本一本にキスをした。「すぐにきみを見つけるよ」

暗黙の了解があったかのように、エリザベスが近づいていくと、友たちは立ち上がった。

「テラス？」

みなうなずき、フランス窓からテラスへ出はじめた。エリザベスは使用人に合図した。

「テラスのわたしたちのところにシャンパンと食べ物を持ってきてちょうだい」

「かしこまりました、奥様」

エリザベスはひそかに笑みを浮かべた。まだ一時間にしかならないが、〝奥様〟とか〝レディ・ハリントン〟と何度も呼ばれていた。新しい呼び名はすでに聞き慣れないものではなくなっていた。

エリザベスは急いで友たちに合流した。「オリアナは？」

「ベントリー様といっしょよ」とシャーロットは言った。「ふたりは今朝まで一週間会っていなかったの」

「ねえ――」ドッティがほかの三人に目を向けた。「婚約しているあいだは、わたしたちの誰も、夫となる人から一日以上離れるなんて考えられなかったわよね」

「そのとおりだわ」ルイーザが額に縦皺を寄せた。「ギディオンとわたしがそうだったのはたしかよ」

「コンスタンティンとわたしも」シャーロットも言った。

「わたしたちもよ」エリザベスは友たちにすわろうと合図し、ふたりの使用人が彼女たちのためにテーブルをしつらえてくれた。「結婚するのに二カ月も待つなんて想像もできない」

友たちは同意の声をあげた。

エリザベスはグラスを掲げた。「わたしたちと未来に」

「乾杯」ルイーザ、ドッティ、シャーロットが声を合わせた。

「いつオランダに発つの？」各々がシャンパンを飲み、皿に食べ物をとってから、ルイーザが訊いた。

「三日以内に」とエリザベスは答えた。「ジェオフリーとわたしは明日朝一番に発ちたかったんだけど、彼の両親がもうしばらくいてほしいというので、そうすることにしたの。新婚旅行に出かけて、数カ月で帰ってくるってわけじゃないから」

シャーロットは咀嚼していた食べ物を呑みこんだ。「どのぐらい国を離れることになるかわかっているの？」

「義理の母によると――」エリザベスは目を空に向けた。「息子を産むまでですって。女の子が生まれるよう祈ったほうがいいって言われたわ」

ドッティはすばやくナプキンで口を覆ってから笑い出した。話ができるようになるまでしばらくかかった。「それに対してハリントン様はなんて？」

「彼には話す暇がなかったの」エリザベスはシャンパンを飲み干し、お代わりを注いだ。

「昨日聞いたばかりで、今日は一分以上ふたりきりになれる時間がなかったから」

「ハリントン様はあなたに夢中みたいね」シャーロットが言った。「見てたんだけど」

「わたしも見てた」ルイーザも言った。「あなたが愛する人を見つけられてほんとうによかった」

まだ愛しているとは言ってもらっていないけれど、それでも……。「わたしもよ」

「ハリントン様と言えば」とドッティが言った。「あなたを探しているようよ」

「わたしたちの夫たちのことも引き連れているわ」ロスウェルが近づいてきてルイーザは笑みを浮かべた。

ジェオフリーは身をまえに乗り出してエリザベスの椅子をつかんだ。指がゆっくりと彼女のうなじを撫で、ぞくぞくするものをもたらした。「ケーキを切る時間だ」

「そのあとで」ケニルワースが言った。「きみたちふたりが抜け出すのをぼくらが手助けしよう。シャーロットとぼくにとってそれがどれほど大変だったか、覚えているからね」

エリザベスは何気なくジェオフリーを見上げたが、彼はケニルワースに嫉妬するような様子はまるで見せず、単に彼女に笑みを向けただけだった。「それはありがたいな。きみはどうだい、エリザベス？」

「ええ、そうね」エリザベスは彼の手に自分のずっと小さな手を重ねた。「結婚の祝宴もないほうがいいと思ったぐらいだもの」エリザベスは立ち上がり、ほかの女性たちもそれに続いた。「なかにはいったほうがいいわ」

友人たちがひとりひとり彼女を抱きしめた。

シャーロットはエリザベスの頬にキスをした。「あなたとハリントン様に最高の幸せをお祈りするわ」

「あなたにも」エリザベスはシャーロットの頬にキスをしてささやいた。「彼を望まないでくれてありがとう」

「あなたはきっと幸せになるわ」ルイーザがエリザベスを抱きしめた。

「きっとみんなそうよ」彼女は友を抱きしめ返した。

「すばらしい旅を。無事でいてね」ドッティはそう言ってエリザベスの両手をとった。

「わたし――わたしたちは大丈夫。何もかもありがとう」エリザベスは一歩下がり、ジェオフリーの腕に手をたくしこんだ。「来年の春にはみんなパリに来てくれなくちゃ」

エリザベスとハリントンを先頭に、全員が舞踏場にはいった。

24

四十分もしないうちに、ジェオフリーは彼女の手をとった。「たった今使用人が出てきた扉を出るんだ。裏からまわるよ」

そのときエリザベスは、友人たちとその夫たちがその扉の出入りを誰にも見られないよう、防壁を作ったのに気づいた。「連れていって」

ふたりはふたつの大きな鉢植えの植物の陰にまわり、扉から廊下に出た。廊下は狭かったが、照明は明るかった。突きあたりまで行き、ジェオフリーが別の扉を開くと、質素な木製の階段が現れた。エリザベスはスカートを持ち上げ、ふたりは上の階へと階段をのぼった。まもなくふたりは彼の寝室にいて、彼女は彼の腕に抱かれていた。

「永遠にふたりきりになれないかと思ったよ」ジェオフリーは唇で彼女の唇をかすめるようにした。

エリザベスはキスをもっと深めてと促すように腕を彼の体に巻きつけた。「結婚の祝宴って花嫁と花婿をできるだけ長く引き離しておくためのものかと思ったわ」

「少なくとも、床入りの儀式は廃れていてよかったよ」彼の唇が彼女の顎から首筋へと降りた。「廃れてなかったら、きみはすでに裸だっただろうけど。ぼくがメイドの役割をはたそうか？」

「ええ、お願い。わたしはあなたの従者の役割をはたすわ」

すぐにもドレスが床に落ち、エリザベスは彼のクラバットを椅子にかけていた。ジェオフリーはドレスを同じ椅子にそっとかけたが、自分の上着は床に脱ぎ捨てた。それから、彼女を腕に抱き上げると、ベッドにはいった。

彼の両手に全身をまさぐられ、触れられたところに火がついていった。エリザベスは身をよじり、欲望のすべてが集まっている場所に彼をまっすぐ向かわせようとした。彼にはいってもらいたくてうずいている場所に。

「我慢するんだ、エリザベス」ジェオフリーは彼女の胸を手で包み、まずは片方の胸の先をなめて吸い、次にもう一方に移った。エリザベスは焦れるあまり叫び出したくなった。まえのときと同じように、彼はなめたりキスしたりしながら、彼女の脚のあいだへと降り、そこを吸った。エリザベスは背をそらし、彼の口に体を押しつけようとした。

「それがきみの望みかい？」そう訊く声は低く張り詰めていた。

「もっと」体がこわばり、空気を求めてあえぐ。「あなたがほしい」

「きみに奉仕するのがぼくの役目さ」次の瞬間、彼は彼女のなかに自分を突き入れていた。彼を包む内なる筋肉が収縮し、目もくらむような感覚の波が次から次へとエリザベスを襲った。

ジェオフはエリザベスの横に倒れこみ、彼女をそばに引き寄せた。こんなふうに達したのは初めてだった。こんなことがあり得るとすら思わなかった。なかにはいった瞬間、すべてを搾りとられる感じだった。

彼女の髪に顔をうずめ、シルクのようなふさふさとした巻き毛を手に巻きつける。手を離しても、巻き毛は指に絡みつこうとするかに見えた。彼女の手は彼の胸にあてられている。そして彼女は明らかに眠っていたが、その唇には笑みが浮かんでいた。目覚めたときには、もう一度彼女のなかにはいれるといいのだが。

上掛けをふたりの上にかけ――今度はあらかじめ従者にベッドカバーを外させておいたのだ――ジェオフは目を閉じた。これでこれからずっといっしょにいられる。


その日と翌日も丸一日、ふたりは愛を交わしつづけた。ときおり、ふたり用のダイニングルームに行って用意されていた食べ物を見つけた。最初にエリザベスが指についた鶏肉の肉汁をなめたときには、彼は彼女を抱き上げてまっすぐベッドに連れ戻した。

「指をなめることがあなたにこんな影響をおよぼすなんて思いもしなかったわ」エリザベスは笑みを浮かべた。「おおやけの席ではしないように気をつけなきゃ」

ジェオフは、彼女がそばにいるだけで自分が硬くなると思いはじめていた。「ほかに何が同じ影響をおよぼすかたしかめてみるかい？」

「そうしなきゃならないわね」エリザベスは彼の首に舌を走らせた。「まだおなかぺこぺこだし」

彼に止める暇も与えず、彼女はベッドから出た。ジェオフは仰向けに横たわり、寝室から出ていく妻のふっくらした尻を眺めた。今度はシュミーズすら身に着けていない。ダイニングルームから忍び笑いが聞こえてきた。「誰かが氷を持ってきてくれたわ」

ジェオフは足を振り上げてベッドから下ろした。「氷にはおもしろい使い方がたくさんあるよ」

二日目の朝には着替え室でネトルが扉を開け閉めする音が聞こえてきて目が覚めた。

エリザベスは重そうにまぶたを開いた。「あれは何の音？」

「うちの両親と朝食をともにするようにとわれわれに知らせるためだと思うな」

エリザベスは体を転がして彼の腕のなかにはいり、わずかに顔をしかめた。「お風呂にはいらなきゃ」

寝室が娼館のようににおうのを考えれば、ジェオフも風呂にはいったほうがよさそうだった。「よければ、先にはいってくれ。しばらく湯につかるんだ。そうすれば、体も楽になる」

「そうするわ」エリザベスは彼にキスをしてからベッドを降り、シュミーズを着てすばやく自分の寝室へ歩み去った。

彼女についてはもっと気をつけてやるべきだった。たとえ夫婦の営みの何度かは彼女のほうがしかけてきたとはいえ。結局、経験があるのは自分のほうなのだから。

一時間後、ふたりは服を着ていた。ジェオフは彼女の手をとった。

「みんなわたしたちが何をしていたか知っているんでしょう？」エリザベスの声には少々気

まずいという以上のものが表れていた。

「ぼくらは結婚しているんだ」唯一の問題は彼自身、多少ぴりぴりしていることだった。結婚したばかりの夫婦が新婚旅行に出かける理由はこういうことなのかもしれない。

エリザベスは背筋を伸ばした。「ええ、そうね。きっと何か言われるとも思えないし」

「ああ」それでも、自分たちが朝食の間に最初に着いたことにはほっとせずにいられなかった。

祖母の老執事ギブソンが見守るなか、父の副執事プレストンが皿を並べる指揮をとっていた。

「なんだか、ギブソンはプレストンがいなくなったらうれしいんじゃないかという気がするわ」とエリザベスがささやいた。

「きみの言うとおりだと思うよ」ジェオフもささやき返した。「さあ、何を食べたいかぼくに教えてくれ。ぼくがきみの皿に料理をとるから」

「ありがとう」

エリザベスは燻製の魚は断ったが、ベイクドエッグとハムはとってもらった。ジェオフがテーブルの中央の椅子を彼女のために引くと、使用人がお茶のポットと砂糖とミルクを皿の横に置いた。「ありがとう。トーストもお願いするわ」

使用人に対する彼女の話し方は好ましかった。使用人に礼を言わない人もいるが、礼を言うと、より忠実なよりよい奉仕を受けられることにジェオフも気がついていた。

数分後、両親が現れた。

「おはよう、おふたりさん」母はそう言って小さなテーブルの下座に席をとった。プレストンが卵と燻製の魚の載った皿をそのまえに置いた。

「お茶は？」とエリザベスが訊いた。

「ええ、お願い」さらにトーストがテーブルに運ばれた。「砂糖をひとつとミルクを入れて」

父はサイドボードの皿から食べ物を選ぶのにもっと時間をかけ、それからテーブルについた。

テーブルの母のそばに淹れ立てのお茶のポットが置かれ、母が父のお茶を注いだ。お茶をひと口飲むと、母は言った。「エリザベス、あなたの雌馬が一昨日届いたわ。それから、今日の午後、訪ねてくるという書きつけをあなたの伯母様とお兄様から受けとったのよ」母の唇が不満そうに引き結ばれた。「あなたのお父様は田舎に戻ったそうよ」

「わたしのことを気の毒に思わないでくださいな」エリザベスはハムにフォークを突き刺しながら言った。「予想していたとおりなので。伯母とギャヴィンが訪ねてきてくれるのはうれしいわ」

「よかったら、お昼にお招きしてね」

「そのほうがよかったら、ぼくらのダイニングルームでもてなしてもいいしね」とジェオフは言った。「きみはぼくらの部屋を誰にも見せていないし」エリザベス自身、部屋の改装が終わってから、今日着替えのときに見たぐらいでほとんど自分の寝室を見ていないはずだった。

　エリザベスは顔を明るくした。「それはすばらしい考えだわ」それから、彼の母のほうに顔を向けた。「ごいっしょされますか？」

「いいえ。あなたも伯母様たちと水入らずの時間を過ごしたいでしょうから」母は笑みを浮かべた。「午前中のほとんどをわたしといっしょに過ごすことになると思うし。わたし、何年もまえに義母から受けとったリストを持っているんだけど、いまだに役に立つと思うわ。必要かもしれないけど、まだ準備していないものがわかるから」ジェオフは口を開いて父からリストは受けとっていると言いかけたが、母が手を上げた。「何も害はないし、出発が遅れることもないわ」

　昼まえにジェオフはシーツなどの寝具で一杯のトランクを目にして驚くことになった。皿も一式もあり、ほかに何があるかは見当もつかなかった。それなのに、必要なものはすべて準備したと思っていたのだ。明らかにまちがっていたようだ。家庭用品は何も荷造りしていなかった。

　妻は近くに来てリストをじっと見つめ、きれいな顔をしかめた。「決められないことがあるんだけど」エリザベスはそう言って目を上げた。「あなたのお母様がわたしたち専用の執事を連れていきたかったら、プレストンを連れていっていいとおっしゃってくださったの。プレストンのお母様がフランス人で、彼はフランス語を話せるんですって。彼もいっしょに来たいと言っているわ。執事を雇うかどうか決めるのはあなただってことはわかっているの。

どう思います？」

「フランス語を話す使用人がいると助かるだろうな」ジェオフは彼女の望みをかなえることにした。

妻の顔が晴れた。「そう言ってくださると思っていたのよ。いっしょに来てほしいってプレストンに伝えるわね」

「寝具以外に、トランクには何がはいっているんだい？」

「すぐに家を整えるために必要なすべてよ」エリザベスは鉛筆をとり出し、紙に印をつけてからピンで留めた時計に目をやった。「これは終わりにしなくちゃ。伯母様とギャヴィンがもうすぐここへ来るのに、まだあなたのお祖母様とお話ししなくちゃならないの」

エリザベスはリストの最後の品目を線で消すと、先代の侯爵夫人の部屋へ向かった。付き添い人のアポロニアがノックに応えた。「どうぞ。家族の一員になったあなたにまだちゃんと歓迎の気持ちを伝えていなかったから。先代のレディ・マーカムの居間はこちらよ」

ふたりは小さな入口の間の脇にある部屋へ歩み入った。ここもエリザベスとジェオフリーが使う一画と同じ様式で整えられているにちがいなかった。先代の侯爵夫人の居間はツタや小鳥や花の大きな模様がはいったクリーム色の壁紙やカーテンで装飾されていた。

「ようこそ、ようこそ」甲高い声。灰色のオウムが大きな鳥かごのなかで翼をばたつかせた。

なんておもしろいの！　エリザベスはその鳥にどう近づいていいかわからず、恐る恐るまえに進み出た。「ありがとう。あなたの名前は？」

鳥は首をまずは一方に、次にもう一方に傾げてまばたきした。「フロリアン、フロリアン。すてきな娘っ子、すてきな娘っ子」

「おまえの名前はネルソンよ。それに、娘っ子なんてことばを使うのはやめなさい。彼女は貴婦人なんだから」ジェオフリーの祖母が言った。「一度言ったら、百度言ったのと同じことよ。〝すてきなご婦人〟よ」

「すてきな娘っ子、すてきな娘っ子」

「まったく聞きわけがないようですね」エリザベスは笑みを浮かべて義理の祖母にお辞儀をした。

先代のレディ・マーカムはため息をついた。「フロリアンという名前を聞いてからずっと、それが自分の名前だと主張するのよ」

エリザベスは笑いそうになるのをこらえた。「お元気ですか、お祖母様?」

「この年のわりには元気よ」老いた鋭い目が何かを探るようにエリザベスに向けられた。「問題はあなたがどうかということよ。わたしのろくでなしの孫はあなたをしかるべく扱っているの?」

昨日と昨晩のことを思い出し、エリザベスの頬が熱くなった。「たぶん」扇があればよかったのに。「とにかく、不満は何もないですわ」

ジェオフリーの祖母はうなずいた。「そう聞いてうれしいわ。さて、ジェーンが家族の一員になったときに、わたしが彼女に渡したリストをもらったと思うけど。何か質問はある？」

「あれだけのものを持っていくのがちょっと気がかりですわ。何も残していかないみたいな感じで」

「ばかなことを」先代のレディ・マーカムはエリザベスの心配を振り払うように手を動かした。「全部あなたに必要なものよ。わたしたちには新調する機会になるし。プレストンもいっしょに連れていくの？」

「ええ。必要とあれば料理もできる家政婦と、メイドと男性の使用人も。わたし個人のお使いをしてくれる男性の使用人です。現地で使用人を雇えるようになるまで、それでどうにかできるはずです」

「ええ、それで充分のはずよ。政府は兵士と武器を現地に運ぶために船という船を抑えているそうね。あなたたちもさしあたってはハリッジに留まることになるんじゃないかしら」

「そういう話でした。それを考えて、ハリントンはそこで出迎えてくれる船を手配したんです。もちろん、大陸へ渡る必要のあるほかの人もいっしょに船に乗せることになるでしょうけど」

またも先代の侯爵夫人はうなずいた。「すべてうまくいっているようね。ひとつだけ言っておくわ。新婚旅行は永遠には続かないものよ。あなたたちを結びつけているものを忘れず、必要なものがあれば、彼に伝えるの。男性ってたいていの場合、何にも気づかないから。鼻先にあるものが見えていないことがほとんどなの。さあ、キスしてちょうだい。あなたに準備を終えさせてあげなくちゃ」

エリザベスは言われたとおりに頬にキスをした。「ありがとうございます。おっしゃったこと、心に留めておきますわ」

先代の侯爵夫人との話を終えてまもなく、伯母とギャヴィンが到着した。食事の席につくまえに、エリザベスはふたりに住まいを見せてまわった。

「あなたの寝室と入口の間の仕上がりは悪くないわね」伯母は満足そうにつぶやいた。「ほかはしばらくそのままにしておくことに賛成だわ」

テーブルにつくと、ギャヴィンがワイングラスを掲げた。「おまえとハリントンに。おまえたちを結びつけられてぼくもうれしいよ」

伯母は天井に目を向けて首を振ったが、エリザベスはグラスを掲げた。「あなたのしてくれたことすべてにお礼を言うわ。ほんとうに最高のお兄様よ。あなたが花嫁を見つけるのにはわたしが手を貸せると思うわ」

「それは近い将来の話じゃない」ギャヴィンは冷ややかに言った。「でも、いつかね」

昼食はプレストンとケントンによって給仕された。ケントンは海外の住まいへ同行させるのにエリザベスが父の家から連れてきた使用人だった。

「遅れてすまない」ジェオフリーがエリザベスの頬にキスをして、テーブルの端の自分の席についた。彼が昼食をいっしょにとれるのはうれしかった。

「準備は終わったの？」と伯母が訊いた。

「ほとんどは。旅に出るのがとてもたのしみだわ。ハリントンとギャヴィンのおかげで、ブリュッセルに行くことになっている人にも何人か会ったし」

「ぼくもいっしょに行きたいと多少思ったんだが――」ギャヴィンが言った。「残念ながら、誰かが残って領地を見ないとね」

兄のことは愛しているが、今は正直とんでもなく邪魔な存在になったはずだ。「わたしたちがパリにおちついてから、訪ねてきてくれればいいわ」

四人は食事を終え、お茶のカップを手にしばらく過ごしたが、やがて伯母が立ち上がった。「明日の朝出発するまえに、やることはまだたくさんあるでしょう」そう言ってエリザベスを抱きしめた。「手紙を書くわ。春には訪ねていけるかもしれない」

「さみしくなるわ」エリザベスは伯母をきつく抱きしめた。「わたしの後見人を務めてくれてほんとうにありがとう」

「こちらこそ」

伯母と兄が帰ってから一時間後、エリザベスには計画を最終的に詰める時間が充分ないことが気がかりだったが、数時間まえに最後に新調したドレスが届き、ヴィッカーズが荷造りを担ってくれ、どうにか旅に必要なすべての手筈を整えた。

それでも、迫りくる恐ろしい戦争がいつまで続くものかは誰にもわからない。あまり犠牲者を出さずにそれがすばやく勝利に終わるようにと短い祈りをささげずにいられなかった。あまりに多くの知り合いが戦場に送られることになっていた。

25

エリザベスはマーカム侯爵の秘書であるグランサムの事務室へ足を踏み入れた。手には実家から連れていくメイドと男の使用人と馬丁の雇用契約書の写しと義理の両親の家から連れていく予定の使用人の名前のリストを持っていた。「お邪魔じゃないといいんですけど、レディ・マーカムがあなたとお話しすべきだとおっしゃったので」

グランサムは銀髪の年輩の男性で、立ち上がってお辞儀をした。「邪魔だなど、とんでもない。私がどうお力になれますか?」

「ハリントン伯爵とわたしはマーカム侯爵夫妻の使用人を七人と、うちの父の使用人を三人雇うつもりなんです。使用人たちの雇い主を変更する旨を記載した新しい雇用契約書が必要で」エリザベスは父の使用人についての契約書を秘書に手渡した。「これはわたしのメイドと男性の使用人と馬丁の契約書です」

「私におまかせください、レディ・ハリントン。すべて整えて使用人たちに署名させますから」

「ありがとう」これでもうひとつ、やるべきことの項目を消せる。

エリザベスは馬車に載せる食べ物のバスケットについて料理人と話をするために厨房へ行った。料理人に書きつけを送るか、呼び寄せるかするべきだったが、その手配は急がなければならなかった。

バスケットについて相談し終えると、もうひとつジェオフリーに意見を聞きたいことがあった。その日ふたりは何度も出くわしていたが、今彼がどこにいるかは見当もつかなかった。

エリザベスが広間を横切っていると、執事がお辞儀をした。「ギブソン、ハリントン様を見かけなかった？」

「何度かお見かけしました、奥様」かわいそうなギブソンは家のなかがこれほどにばたばたしているのに慣れておらず、それが顔に表れていた。「図書室に行かれたらどうでしょう。たしか、旦那様は地図が要るとおっしゃっていたので」

「ありがとう、ギブソン」エリザベスは家のなかもすぐにいつもの状態に戻ると保証してやりたくなったが、ギブソンはそうして心配されることをよく思わないかもしれなかった。

図書室に近づくと、ジェオフリーの声とそれに答える義理の父の声が聞こえてきた。ふたりの邪魔をしたくなくて、エリザベスは振り向いて広間へ戻ろうとしたが、そこでマーカム侯爵がこう言った。「エリザベスを妻にするとは、よくやったな。あやうくサー・チャールズの副官としての立場を失うところだったが」

そのことばを聞いて、エリザベスは足を止めた。そのまま立ち去るべきだったが、足が動くのを拒んだ。エリザベスは夫が愛ゆえに結婚したと父親に答えるのを待った。

「ありがとう、父さん」とジェオフリーは答えた。「ちょっと手間はかかったが、どうにかやり遂げたよ。彼女は最後に残された選択肢で、逃すつもりはなかったんだ」

〝やり遂げた。最後に残された選択肢？〟

喉が痛いほどに締めつけられ、息がむずかしくなった。

「いい子のようだ」マーカム侯爵が続けた。「おまえの母さんは彼女が侯爵家のすばらしい女主人になると思っているようだ」

「ぼくも同じ意見ですよ」ジェオフリーがそれほどもったいぶった声を出すのをエリザベスは初めて聞いた。「父さんとの話で出た、妻にふさわしい資質をすべて備えていて、それ以上のものも持っている」

〝妻にふさわしい資質〟

彼が望むのはほんとうにそれだけなのだ。彼の地位が必要とするものを満たす妻。

熱い涙がエリザベスの視界をぼやけさせた。部屋のなかからはグラスを合わせる音が聞こえてきた。

彼が言った何もかもが、誓ったすべてが……嘘だった。

わたしに触れたときも、相手はほかのどんな女性でもよかったのだ。

わたしに愛情を見せてくれていると思っていたことも、単にわたしが彼と結婚するのを確実にしようと思ってのことだった。わたしが逃げられないようにしようと。

涙がこぼれそうになったが、泣くつもりはなかった。彼のせいで泣くつもりは。これほどだまされたあとで、彼のために泣く価値はない。

エリザベスは使用人の階段へ向かった。主階段よりも傾斜が急で狭かったが、その階段を駆けのぼった。二階に達したときにはあえいでいた。深呼吸して気持ちをおちつけようとし、自分の寝室へとさらに階段をのぼった。

父の家に逃げられればよかったが、父には夫のもとに戻れと言われるだけだろう。ギャヴィンと伯母にも、どうにか夫婦関係がうまくいくように努力しろと言われるだけだ。

エリザベスは肩をそびやかし、廊下に足を踏み出すと、ジェオフリーとの住まいへ向かった。入口の間にはいると、自分の寝室に行った。

結婚式以来ずっと彼の寝室で寝ていたのだが、今夜からは自分の寝室で寝ることになる。部屋にはいると、ヴィッカーズがトランクを閉めているところだった。メイドに何と説明するか、考えていなかった。おそらく、まだ何も言わないほうがいいだろう。

「具合がよくないの」エリザベスはメイドの鋭い目を避けて言った。「今夜の食事は部屋でとるわ」

「こんな忙しくなさって、奥様がへとへとになるのはわかっていたんです」ヴィッカーズが急いでエリザベスのもとに歩み寄った。「ちょっと待っていてください。寝巻に着替えるのを手伝いますから」

メイドがドレスのひもをほどくあいだ、エリザベスはまばたきで涙をこらえながら、そこに立っていた。そうしてこらえていたにもかかわらず、ひとしずくの涙がこぼれ、やがてふたしずくが頬を伝った。ヴィッカーズに気づかれていないことを祈りつつ、エリザベスは涙を払った。

しかし、エリザベスがドレッシングテーブルに向かうと、メイドが鏡越しに目を合わせてきた。「どうなさったんです？」

「話せないわ」エリザベスは首を振った。「今はまだ。旦那様には――」彼が訊いてきたなら。「わたしは気分がすぐれないと言って」

「かしこまりました、奥様。ラベンダー水につけた冷たい布をあてて、カモミールティーを少し飲むと気分もよくなるかもしれません」

「少しのあいだ休みたいだけよ」エリザベスの頭はほとんど働かなかった。

次にどうしたらいいかわからなかった。わかっているのは、どうしたらいいかわかるまで、彼とベッドをともにすることはできないということだ。みずから進んで彼に体を差し出したことを考えると、気分が悪くなった。

どうしてここまでまちがうことができたの？

心臓がふたつに裂かれてしまったかのように胸が痛んだ。暗い穴に落ちこんでいってのぼってこられないような。すべての痛みが消え去るまでひたすら眠っていたかった。

また目から涙があふれそうになり、まばたきでそれを払った。

泣いちゃだめ、泣いちゃ。

一瞬、図書室にはいっていって、自分の気持ちを彼にぶちまけようかと考えた。ただ残念なことに、そこには彼の父もいた。それに、もちろんきみを愛してなどいない、愛されていると信じるほうがばかだと言われたら、どうしたらいい？　そう、彼といっしょに旅をしなければならないかもしれないが、それ以上のことはしない。彼にふさわしい妻になるだけのこと。

ジェオフリー・ハリントンがわたしに望むのがそれだけだとしたら、彼が手に入れられるのもそれだけとなる！

彼がどれほどの嘘つきかわかってさえいたら。ここから消え失せることができさえすれば。

ジェオフは父との会話を終え、主階段へ向かった。

「旦那様」ギブソンが言った。「レディ・ハリントンにお会いになりましたか？」

「いや、会っていない。彼女がどこにいるか知っているのか？」あわただしく走りまわっている様子だったので、屋根裏から厨房にいたるどこにいてもおかしくなかった。

「申し訳ありませんが、存じあげません」

「いいさ、ぼくが見つけよう」エリザベスは旅に持っていく食べ物の話をしていた。きっと料理人のところだろう。

厨房へ行くと、すでに妻はそこへ来て去ったあとだった。ジェオフは家のなかのおもな場所を探し、屋根裏には使用人を見に行かせた。

祖母の部屋をのぞいたあとで、自分の部屋に行った。エリザベスは彼の寝室にもふたりの居間にもいなかった。いったいどこにいるんだ？

ようやく彼女にも自分の寝室があったのを思い出した。これまでそこで彼女が過ごすことはなかったが。寝室の扉をノックすると、お付きのメイドが出てきた。

「ヴィッカーズ、レディ・ハリントンを見かけなかったかい？」

「奥様は具合が悪くていらっしゃいます、旦那様」メイドの顔はひどくこわばっていて、仮面のようだった。

そんなはずはない。彼女に何かあったはずは。「具合が悪い？」ジェオフは妻のメイドを怒鳴りつけたくなった。「さっきはあれほど元気だったんだぞ」

「その、今はそうではありません、旦那様」メイドはジェオフをエリザベスの寝室に入れまいとするように扉のまえから動かなかった。

ジェオフは指で髪をかき上げた。くそっ。ぼくが無理をさせたということか？　だから、メイドがなぐってやりたいという目でぼくを見ているのか？

今朝、エリザベスはぎごちない歩き方をしていたが、そのあとは大丈夫そうだったのに。

「ちょっと様子を見るだけだ」

「奥様は邪魔されたくないとお思いです、旦那様」メイドは身を動かし、ジェオフのまえに立ちはだかるようにした。

脇に押しのけたら、ヴィッカーズはどうするだろう？　しかし、エリザベスがひとりでいたいと言うのなら、ぼくを見て動揺するだろうか？「明日の朝、出立はできそうかい？」

「ええ、たぶん。少なくとも、発つおつもりではいます」メイドがこれほどに頑固であることにはこれまで気づかなかった。

発つつもりではいる？　ふと、エリザベスは病気なのにもかかわらず、明日出立するつもりなのかもしれないと思いついた。深刻な病状を隠すなど、妻らしいと言えば妻らしいのでは？　それは知っておかなければならないことに思えた。「医者を呼んだほうがいいかな？」

「いいえ、旦那様」メイドの手が腰にあてられた。「お医者様は必要ありません」

「だったら、何なんだ？」何か手を打たなければ。

そんなに急にエリザベスが病気になるはずはない。何か理由があるはずだ。自分は彼女の夫だ。妻に会わせろと言い張ってもいい。メイドにそこをどけと命令してもいいはずだ。今話しているのは自分の妻のことなのだから。自分には何が問題なのか知る権利がある。

「まったく、いったいどうなっているの？」母が居間にはいってきた。「ハリントン、あなたが怒鳴っているのが廊下まで聞こえたわ」

「エリザベスの具合が悪いんです。それがどういう意味にしろ」ジェオフは苦々しく説明した。妻の様子を自分の目で見られるように、みんなここから消えてくれとしか思えなかった。

「だったら、向こうへ行って」母が息子にあきれた目をくれた。「ここであなたが足を踏み鳴らして怒鳴っていても、彼女のためにはならないんだから。わたしがエリザベスなら、出立のときまで待っていてと言うわね」

「医者を呼びにやりますよ」ジェオフは扉から出ようとしたが、母は息子を放さなかった。

「いいえ」母は目を天井に向けた。「医者はまったく役に立たないわね」ジェオフは母をじっと見つめた。これまで目を天井に向ける姿など見たこともなかった。それだけでなく、同じことを自分がしたときに罰せられたことをはっきり覚えていた。「あなたがそんな――ぼんくらだなんて信じられないわ。具合が悪いのは病気じゃないのよ」母は両手で追い払うような仕草をした。「向こうへ行って」

こんなことになるはずではなかったのだ。何もかもすばらしくうまくいっていたのに、こんなことになるとは。明日の朝彼女が無事に出発できるのか、エリザベスのそばに行ってたしかめたいのに、誰も彼もがそれを阻止しようとする。

メイドも母も部屋のなかに入れてくれないのに、いったいどうやって――結婚式で誓ったように――病めるときの妻の面倒を見られるというのだ？

ジェオフは自分の寝室へ行って部屋のなかをうろつき出した。

誰かに共感してもらいたかったが、ロンドンに残っているなかで話せるとしたら、ベントリーとターリーのふたりだけだった。ベントリーに話してわかってもらうのはかなり大変そうで、彼女の兄のほうは、ジェオフの話に耳を貸すよりもエリザベスの心配をすることだろう。父に話しても、母にまかせておけと言われるだけだ。

ジェオフは帽子とステッキをつかんだ。助けになりそうな場所はひとつだった。ジャクソンのボクシングクラブ。妻に会わせてもらえなくても、少なくとも何かをなぐることはできる。

運よくボンド街を歩いてくるエンディコットと出くわし、並んで歩くことになった。

けた。


「ジャクソンのところへ行くのかい？」

エンディコットは挨拶代わりに首を下げた。「ああ。きみもか？」

「明日の出立のまえに、多少運動が必要なんだ」ふたりはクラブに着き、ジェフが扉を開けた。

「きみの花嫁はあれこれ引っ張りだこなんだろうな」エンディコットはジェフに続いて扉のなかにはいった。「まったく、家族ってのは困ったものだ。いつもはそばにいてほしいなんて言わないのにな。うちの弟とその妻がカンブリアへ行ったときには、すがりつく母の手を無理やり引きはがさなきゃならなかった。ふたりはたった一カ月行っていただけだったのに。きみたちふたりがどんな目に遭っているか、想像もできないよ」

クラブにはいってみると、リングにはふたりの男がいたが、誰も待っている人間はいなかった。「すでに三日も出発を延期しているんだ」

「きみの花嫁が頭痛を訴えてベッドにはいっていても驚かないな。うちの義妹が同じことをすると脅したことがあったからね」

そういうことなのか？　エリザベスはひとりになる時間がほしいだけなのか？　まったく。そうであってくれとジェオフは祈った。そうであったとしても、彼女を責めるつもりはなかった。それが生業《なりわい》とでもいうように、彼女は旅の支度を一手に引き受けていた。そのせいで体力を奪われたにちがいない。とくに夫婦の営みを交わしてからは。「ぼくと打ち合うかい？」

「喜んで」エンディコットは笑みを浮かべた。

着替え室へ向かうころには、ジェオフの気分も軽くなっていた。友人と話をするのは何にも代えがたいことだ。

26

「さて」義理の母がメイドに向かって話しかける声がエリザベスに聞こえてきた。「おまえのご主人様に月のものが来ているの？　それとも、ほかに何か理由があるの？」

「その……わたしは……言っていいものかどうか」レディ・マーカムを納得させられる言い訳を思いつこうとヴィッカーズが必死で頭を働かせている音が聞こえる気がするほどだった。しまいにヴィッカーズは言った。「月のものではありません。何があったのか、わたしも存じあげないのです」

「わたしに会ってもらえるか、彼女に訊いて」

最悪だ。よりにもよって、耳にしたことを義理の母に言えるはずがない。義母はきっとジェオフリーの味方をするにちがいない。なんといっても、彼はじつの息子なのだから。

上掛けを頭からかぶって寝ている振りをしたくなる。

「奥様？」メイドがベッドのそばに来た。「レディ・マーカムとお話しされないと、誰かにお医者様を呼ばれてしまいます」

そうなったら、家のみんなに病気でないことを知られてしまう。「いいわ、はいってもらって」

少しして、レディ・マーカムがエリザベスのベッドのそばに椅子を引き寄せ、顔をのぞきこんできた。「泣いていたのね。きっとわたしの鈍い息子の言動のせいね」エリザベスがうなずくと、レディ・マーカムは彼女の顎を軽くたたいた。「でも、直接言われたことじゃないのね？　直接言われたことだったら、さすがのあの子もあなたがどうして会おうとしないのか、わけがわからないはずはないもの」どこからはじめていいかわからず、エリザベスはまたうなずいた。「わたしはあなたの力になろうとしているのよ、エリザベス。でも、わたしは占い師じゃないから、何があったのか、教えてくれなくちゃならないわ」

また目に涙が浮かび、エリザベスは急いでそれを払った。「わ――わたし、彼が愛してくれていると思っていたんです。ことばで言われたことはなかったけど、彼の振る舞いのすべてから……でも、今日、そうじゃないとわかって。か、彼は職務に就くために、妻としてふさわしいわたしと結婚しただけだったんです。彼がわたしと同じように思ってくれていないとわかっていたら、結婚しなかったのに。わたしは恋愛結婚がしたかったんです。それで、どうしていいかわからなくて」

エリザベスはまた嗚咽した。それでも、吐き出すことはできた。

レディ・マーカムは椅子に腰を戻した。「あなたはだまされやすい女性には見えないわ。きっと息子はとても説得力ある振る舞いをしたにちがいないわね」レディ・マーカムは一瞬、窓のほうへ行きかけた。「それどころか、わたしに言わせれば、息子はあなたに夢中であるようにしか見えない」

「まったく、困った子ね」先代のレディ・マーカムが顔をしかめて部屋にはいってきた。

「誰か、わたしに椅子を用意して」

ヴィッカーズが急いで椅子を見つけ、それをレディ・マーカムのそばに置いた。「どうぞ、奥様」

「ありがとう」先代のレディ・マーカムは肩越しにメイドに礼を言ってからエリザベスに顔を戻した。「これはきっとわたしのせいね。さあ、何があったのか、ひとつ残らず話してちょうだい。それで、おまえ、ヴィッカーズだったかしら？　わたしたちにお茶をお願い」

「かしこまりました」

エリザベスのメイドが先代のレディ・マーカムの要望に応えるために部屋を出ていくと、エリザベスはベッドのなかですばやく身を起こし、枕に背をあずけた。「彼に一度も愛していると言われたことがないのはお話ししておかなければならないと思います」

「そのことばを口にするのがむずかしいと思う殿方は多いわ」レディ・マーカムのやさしい目がエリザベスの心をなだめてくれた。打ち明ける相手がいることはありがたかった。「彼らがどう振る舞うかを注意深く見守るのが賢明よ」

「それは役に立ちませんでした」頭痛を払おうとエリザベスは額をこすった。「わたしのお友達でさえ、彼を見て、彼がわたしと恋に落ちていると思っていましたから」

レディ・マーカムはため息をついた。「何て困ったことでしょう」

先代のレディ・マーカムはバッグから一枚の紙をとり出した。「彼はこの紙に載っているすべてを実行した？」

エリザベスはそこに書かれていることを三度読んだ。そこに書かれていない唯一のことはキスだった。それは自分で考えたにちがいない。

〝各催しで二度はダンスを申しこむこと〟

〝花を贈ること〟

〝いっしょに馬車に乗りに行くこと〟

〝彼女がほかの人と踊っていても、ひと晩じゅう彼女のそばにいること〟

〝好きなものを訊くこと。会話を終えるころには、彼女の好きな色、好きな花、好きな音楽を聞き出していること〟

〝彼女の行きたいところへ連れていくこと。ガンターズにアイスクリームを食べに行くのは必ず喜ばれる。リッチモンドでのピクニックもしかり。劇場も同様だが、その場合は、ほかにも連れを作らなければならない〟

「このすべてと、それ以外にも。どうしてです？」

「ハリントンに自分で考えさせるべきなのはわかっていたのよ」先代のレディ・マーカムはエリザベスやレディ・マーカムにというよりは、ひとりごとのように言った。「でも、彼があなたのことを気に入っていて、求愛するのに手助けが必要だと言ってきたの。それで、この指示書きを渡したわけ。これを実行しているあいだに、あなたを愛していることに気づくだろうと思って」

レディ・マーカムが紙をちらりと見て首を振った。「でも、あの子があなたを愛していないとどうしてわかったの？」

「彼に訊きたいことがあって。ギブソンが図書室にいると教えてくれたんです。でも、扉のところまで行ったら、マーカム侯爵がジェオフ――ハリントンに、わたしを妻にするとはよくやったって言っていたんです」喉がまた詰まりはじめたが、エリザベスは話しつづけることをみずからに強いた。「マーカム侯爵は、わたしは侯爵家のいい女主人になるだろうと言って、ハリントンはわたしには自分の妻にふさわしい資質がすべて備わっているって言ったんです」

「ばかな子ね」先代のレディ・マーカムは眉根を寄せた。

「そう言わざるを得ませんね」レディ・マーカムそっくり。でも、マーカムも言った。「とんでもないぼんくらだわ。わたしが結婚した当初のマーカムもそうだったわ」先代のレディ・マーカムはエリザベスにちらりと目を向けた。「そう、あなたもベッドで目が飛び出るまで泣いているわけにはいかないわよ。ただ、あなたがそうしたくなる気持ちはわかるけど。これからどうするつもりなの？」

「わ――わたし、お父様との会話を立ち聞きしたことを彼に言おうと思って、それで……」

エリザベスは最後まで言おうとしたが、言えなかった。

「これだけは言えるけど、それではうまくいかないわね」レディ・マーカムがエリザベスの手を軽くたたいた。「あなたがどう行動を起こしたらいいか、わたしたちで何か考えましょう」

「ほんとうに彼はわたしを愛していると思います？」義理の母と祖母のことばを聞いて、エリザベスのなかで希望がふくらんでいた。このふたりがそう思うなら、彼がわたしに何らかの感情を抱いているのはまちがいない。

「わたしにはそう思えるけれど、ハリントンは恋愛結婚を求めていなかったから」レディ・マーカムは言った。「激しい恋に落ちて結婚した親友がふたりいたの。一年以内にどちらの夫婦もいがみ合うようになっていたわ」

「あなたのご結婚は恋愛結婚だったんですか？」とエリザベスは訊いた。

「そうね――」レディ・マーカムは茶目っ気のある笑みを見せた。「マーカムのほうは最初はちがったけど、結局、誰かを愛するのも悪いことじゃないとわかったのよ」

「ヘンリーは恋に落ちまいと必死に抗ったけど、しまいに降参したわ」先代のレディ・マーカムは扉のほうへ目を向けた。ヴィッカーズがお茶のトレイを持ってはいってきた。「ナイトテーブルの上に置いて」

レディ・マーカムがお茶を注いでカップを配った。「単にハリントンに愛していると言ってもらっても、それではだめね」

「口ではそう言うでしょうか？」エリザベスは初めて、彼に直接思いをぶつけなくてよかったと思った。

「言うでしょうよ」と先代のレディ・マーカムは言った。「感情ということになると、男性って必ず楽な逃げ道をとろうとするのよ。あなたは結婚しているわけだから、あなたを満足させるために嘘をつくのも彼にとってはむずかしいことじゃないわ」

エリザベスは自分のカップを持ち上げてお茶を飲んだ。今は何もかもがはっきりしていた。立ち聞きしたことを話せば、けんかなどの騒ぎを恐れた彼に腕に引き入れられ、きみの思いちがいだと説得されることだろう。そうなったら、彼の気持ちは永遠にわからない。「ええ、彼の気持ちがことばどおりだとは信じられないわ」

「あの若者にあなたを愛していると認めさせるためには、彼がどれほどあなたを必要としているかを思い知らせなきゃならないわね」先代のレディ・マーカムは椅子の肘を手でこつこつとたたいた。

レディ・マーカムはお茶を飲み、しばし部屋のなかは静まり返った。やがて彼女は言った。「あなたのメイドにこの部屋にはいるのを拒まれたときには、息子はいつになく狼狽した様子だったわ」

「ええ、彼がエリザベスを欲しているのはまちがいないわ」先代のレディ・マーカムは眉根を寄せた。「それは助けになるわね。こと女性のことになると、男性たちは下のほうの部分の言いなりだから」

エリザベスはまずは義祖母に、それから義母に目を向けた。「でも、わたしがどんな行動をとったらいいかはわかりませんわ」そう言ってため息をついた。「おふたりはどうされたんです？」

年輩の女性の唇にゆっくりと笑みが浮かんだ。「わたしはヘンリーをきりきり舞いさせたの。パリにいるときには、フランス国王を含むすべてのフランス男性とふざけ合ってみせた。国王のときは、あやうく抜け出せなくなるような困った状況におちいるところだったけど。ヘンリーはとてもやきもち焼きだったから、しまいにはわたしが男性とふざけ合うのを禁止したわ。そこで、言ってやったの。あなたに望まれなくても、国王を含め、わたしを望む男性は大勢いるのよって」

エリザベスはぽかんと口を開けそうになった。そんなことを夫に言うなど想像もできなかった。ただ、リトルトン卿に対するジェオフリーの反応からして、うまくいくかもしれなかった。唯一の問題は、自分がこれまであまり男性とふざけ合ってこなかったことだ。

「そのときに、夫もわたしの言うとおりだと気づいたの」先代のレディ・マーカムは気取った笑みを浮かべた。「それで、自分の気持ちを認めるか、わたしを失うかだったわけ」

「わたしはそれほど大胆ではなかったわ」レディ・マーカムは義理の母にちらりと目を向けた。「愛と情熱のない結婚がどういうものか夫に示してやろうと決心したの。マーカムに、誠意は示しても、彼が望むよりもずっと冷ややかに接したの。彼はどうしたらわたしの関心をひとり占めできるか頭をしぼったわ。それでも、わたしの決意は固かった。何カ月かかかったけど、彼もようやくわたしを愛していることに気づいたの」

「わたしもそんな大胆なことができるとは思えませんわ」エリザベスは先代のレディ・マーカムに言った。それに、ジェオフリーに対してどのぐらいのあいだ冷ややかにしていられるかもわからなかった。それでも、何か手を打たなければならず、彼に冷たく接するのは唯一効果がありそうな選択肢だった。「怒っていると彼に知らせるのはどうでしょう？」悲嘆に暮れているというほうがあたっていたが。「彼に対して。でも、その理由についてはほのめかすだけにするんです」

義母と義祖母はしばらくエリザベスをじっと見つめた。やがてレディ・マーカムが自信なさそうな声で言った。「うまくいくかもしれないわね」

「そうかもね」先代のレディ・マーカムも言った。「でも、殿方ってほのめかしてもなかなか理解しないから」

「それはそう」レディ・マーカムも同意した。

やり方は決まった。彼には冷ややかに接しなければならない。そして、彼がほのめかしに気づくかどうかたしかめるのだ。

ふたりは立ち上がった。「ハリントンが戻ってきたら、ここへよこすわね」レディ・マーカムが身をかがめてエリザベスの髪を後ろに撫でつけた。「ギブソンによれば、ジャクソンのクラブに行くとかなんとか言っていたそうだから」

「いかにも男性のやりそうなことよね」先代のレディ・マーカムはスカートを振った。「ここに留まってあなたとどうにか会おうとする代わりに、誰かをなぐりに行く」そう言ってエリザベスの頬にキスをした。「ときどき、男性については、アマゾネスが正しいんじゃないかと思うことがあるわ」

「お義母《かあ》様！」レディ・マーカムは息を呑みつつ笑うような声を出した。「お義父《とう》様のことはあがめるほどだったでしょうに！」

「彼に問題を解決させたあとはね」先代のレディ・マーカムは威厳ある口調で言った。

「おふたりのお力添えに感謝いたしますわ」エリザベスの胸を押しつぶしていた重しが軽くなり出した。ふたりの言ったことがほんとうなら、妻を愛していることをジェオフリーに気づかせればいいのだ。

これからの人生をみじめなものにしないためにはそうするしかない。

「どういたしまして、エリザベス」レディ・マーカムは扉の取っ手に手を載せた。「あなたが彼を名前で呼んでいることもとてもいい兆候だわ」

エリザベスはベッドから降りて鏡のところへ行った。充血して腫れた目の女が見返してきた。きゅうりをあてても無駄だった。どうしようもない。エリザベスは身をひるませた。この顔をジェオフリーに見せることになり、解決しなければならない問題がいくつもあると家じゅうの人間に知られることになる。

契約書ができたので署名してほしいとグランサムが書きつけを送ってきた。つまり、そこが最初の目的地というわけね。

大陸に同行させる家政婦と話をしに行く途中で、義理の母につかまった。「言い忘れていたんだけど、ハリントンがいっしょの馬車に乗りたがったら、その気にならないように手を打たなくはだめよ。あの子が父親に似ているとしたら、きっと馬車に乗るのがもっとたのしくなるような方法をいくつも見つけるでしょうから」

レディ・マーカムのことばを理解するのにしばらくかかった。「あら」エリザベスの頬が熱くなった。

「そういうこと」レディ・マーカムはうなずいた。「メイドをいっしょに乗せなくちゃならないと何か言い訳を考えたほうがいいわ」

「それはありがたい助言ですわ」助言されなければ、馬車のなかで何が起こるのか考えもしなかったことだろう。

「ああ、そこにいたのか」マーカム侯爵が歩み寄ってきた。「ハリントンを見なかったかい？」

義理の母は首を振り、エリザベスが答えた。「しばらく外出しているはずですが」

「だったら、きみの馬は先に送ったと伝えてくれ。きみは私の馬を使えばいい。道中、替えの馬も準備した」

夕食のための着替えをするころには、明日の出発の準備はすべてできたと確信が持てた。エリザベスはモスリンの夜用ドレスに身を包むと、買ったばかりの本から一冊選び、窓のそばの寝椅子に腰を下ろした。最初のページから先に進めない気がしたが。

夫は七時になっても帰宅せず、いつ戻るか伝言を送ってくることすらなかったので、エリザベスは自分たちのダイニングルームに夕食を用意するようにと言った。

内心ほっとしていた。ジェオフリーに正直な気持ちを伝えられないとしたら、何と言っていいか見当もつかなかったのだから。そして、彼の祖母の言うことはきっと正しい。愛してくれないから動揺していると打ち明けたとしたら、彼は妻の機嫌を直すために口だけでそれを言ったことだろう。そんなことは望んでいなかった。愛していると口で言われるよりも、愛していることに気づいていてほしかった。

それからはさまざまな手を思いついては打ち消して過ごした。彼と同じベッドでこれからも寝ることを一瞬考えたが、それができるとは思えなかった。その行為が自分にとってと同じぐらい彼にとって意味のあることだとわからないうちは。エリザベスは頭痛に悩まされることはめったになかったが、彼を避けるとなると、これから色々と問題が起こることは予想できた。

その後、ヴィッカーズが温めて蜂蜜を加えたミルクを持ってきてくれ、時計が十時を告げたところで、エリザベスはひとり、ジェオフリーとのあいだをどうしたらいいか、いい考えもなくベッドにはいった。誰かとベッドをともにすることにどれほどすぐに慣れるかは不思議なほどだった。そう、ジェオフリーもひとりで寝ることになる。それによって、彼も多少は考えなければならないはずだ。

エリザベスは寝返りを打ち、枕をなぐった。まったく。誰かを愛することがこんなに心痛むことだとは思いもしなかった。

ジェオフはジャクソンのクラブでエンディコットと何ラウンドか拳を交わしてから、彼といっしょにブードルズへ行った。夜の装いに着替えに家に戻ることすらしなかった。ふたりは夕食をともにし、ナポレオンに勝てるだけの軍力をウェリントンが集められない可能性について語り合った。

「問題は、もっといい将軍がいるかということさ」とエンディコットが言った。

「ぼくはウェリントンに賭ける」ジェオフは給仕を呼んでワインを追加で注文した。

「それはみんなが願っていることさ」友はワイングラスを干した。「和平推進派が資金集めをむずかしくしていなかったら、ぼくもきみのように向こうへ行くんだがな」

「そういう理由でロンドンに残っている同朋は多いよ。うちの父ですらね。ただ、ロンドンへ来たのは母がぼくの結婚式を見逃したくなかったからだと言っているが」

「旅の無事を祈ると花嫁に伝えてくれ」エンディコットは部屋を見まわした。「ホイストをやるのに仲間を見つけるのはどうだい？」

「一回か二回だな。明日の朝は早いんだ」


その晩十一時すぎにジェオフはエリザベスがいますようにと祈りながら、自分の寝室の扉を開いた。しかし、妻はおらず、空っぽの大きなベッドに出迎えられた。まったく。メイドや母に何を言われたにしても、彼女のそばに行くべきだったのだ。

ネトルが着替え室から現れた。「奥様はご自分の寝室にいらっしゃいます」

「どんな様子だ？」ジェオフはベッドに腰をかけ、従者にブーツを脱がせてもらった。

「しばらく、旦那様の母上と先代の奥方様がごいっしょでした。その後、明日の準備を終えられ、本を読んでおられました。夕食に旦那様がお戻りにならないとわかって、おひとりで食事されました」ネトルの声にはとがめるような響きがあった。「外でお食事なさるという伝言もお送りなさいませんでしたね」

しまった！　書きつけをしたためて送るのを忘れていた。

締め出されてどれほど腹が立ったとしても、彼女のためにここにいるべきだったのだ。夫としての最初の試験に失敗してしまった。今、彼女は具合が悪いだけでなく、夕食をともにしなかった夫に対して怒ってもいるだろう。そうでなくて、どうしてこのベッドにいない？

ジェオフは何にしても彼女に埋め合わせをする方法を見つけなければならないと心に誓った。ハリッジまでの旅はエリザベスの気持ちをとり戻すいい機会になるはずだ。きっとそんなにむずかしいことではない。これまでずっとうまくやってきたのだから。

27

　翌朝、ジェオフは夜明けまえに目覚めた。そばにエリザベスがいないせいでよく眠れなかった。ようやく大陸に向けて出立するのだという事実も、さほど満足をもたらしてくれなかった。

　ネトルがひげ剃り用品をそろえてくれるのを待ってから起き出した。着替えを済ませ、ふたり用のダイニングルームへ行ってみると、空になった皿をまえにエリザベスがお茶を飲んでいた。

「おはよう」彼は彼女の頬にキスをした。それがそれ以上のことに変わるようにと祈りながら。

「おはよう」彼女は笑みを浮かべてみせたが、目は笑っていなかった。ほんとうに困ったことになったのだ。「お茶はいかが？　まだ冷めていないわ」

「頼む」ハムとローストビーフの皿がトーストとともにテーブルに載せられていた。「出発の準備はできているんだね」

「あなたの準備ができ次第」ジェオフは身震いしそうになるのをこらえた。彼女の口調はレディ・メアリーに匹敵するほど冷たかった。

　その冷ややかな態度のせいで、部屋は六月ではなく、三月の気温に思えた。エリザベスはお茶のカップに砂糖をひとつと大量のミルクを入れた。ジェオフは顔をしかめるのは胸の内だけにした。

「具合はよくなったのかい？」カップを受けとって彼は訊いた。

「どうにか」彼女はトーストをふたつに割ってひと口食べた。

ほかに何をしたり言ったりしていいかわからず、ジェオフは朝食にとりかかった。彼女といっしょに馬車に乗っていくつもりだったが、馬に乗っていったほうがいいかもしれない。おそらく、彼女に赦してもらうには、自分が目のまえにいないほうがいいだろう。

数分後、エリザベスはテーブルから立った。「使用人たちの出発の準備ができているか見てこないと」

使用人たち？　昨日家を出るときには、個人付の使用人をふたり、馬丁をふたり、御者をふたり、執事をひとり連れていくことになっていたが問題なさそうだった。何かあったのか？

ジェオフは急いで食事を終え、彼女のあとを追った。玄関の間へ行くと、彼女が玄関から出ていくところだった。彼は大股であとを追った。

トランクを高く積み上げた旅行用の馬車が一台家のまえに停まっていた。同行するとわかっている使用人たちに加えて、さらにふたりの女の使用人がジェオフの知らない男の使用人の手を借りて馬車に乗りこんでいるところだった。家政婦とメイドが席におちつくと、その使用人は御者のウィリアムの隣にすわった。

エリザベスが御者に呼びかけた。「お昼に会いましょう」

「はい、奥様」馬車は走り出し、迅速に通りを遠ざかっていった。

「奥様?」とジェオフが言った。

エリザベスは振り向いて彼に目を向け、うんざりするような礼儀正しい声で答えた。「はい、旦那様?」

知らない馬丁と彼女のお付きのメイドがそばに立っていた。使用人のまえで彼女と話したくはなかった。彼は腕を差し出した。「ちょっといっしょに来てくれるかい?」

「ええ、もちろん」彼の腕に軽く指を載せると、エリザベスは導かれるままに馬車と使用人から少し離れた。「連れていく使用人の数を増やしたのかい?」

「あなたのお母様が、わたし個人のメイドに加えて、男性の使用人と、メイドと、料理もできる家政婦が必要だっておっしゃったの。それで、そうすることにしたのよ」

ジェオフにはほとんど反論できなかった。母は外国で住まいを整えるにあたり、自分よりも経験豊富だ。「わかった」馬車に目を戻すと、ちょうど馬丁のリドルがフェートンを家のまえに寄せるところだった。驚いたことに、フェートンには粕毛の青馬の二頭がつながれていなかった。「二台目の馬車に使用人全員を乗せる余地はなかったということだね?」

「ええ。じつを言うとなかったの」エリザベスの声はまだ凍りそうなほどに冷たかった。彼女に嫌われていることが嫌でたまらなくなる。「わたしのお付きのメイドのヴィッカーズがわたしたちの馬車に同乗しなきゃならないわ」

エリザベスが夫とふたりきりでいたくないのか、ほんとうに使用人の馬車が満員なのか、ジェオフには見当もつかなかった。どちらであってもどうでもいいことだったが。すでにほかの使用人たちは出発させてしまっていた。「ところで、ぼくの二頭の粕毛がどこに行ったのか知っているかい？」

「ええ」エリザベスはまた礼儀正しすぎる笑みをくれた。「大陸に連れていく馬はみんな先に送られたわ。それで、あなたのお父様がご自分の馬の何頭かを途中に配置させたの。わたしたちをここに長く留めおいてしまったので、ハリッジまで短時間で到着できるようにしてくださったのよ。そうすれば、予備の馬も必要ないし」

父であれば、それを手配するのもむずかしいことではなかっただろう。ジェオフはただ、まえもって言っておいてくれたらよかったのにと思った。「父がいつ馬を送り出したか知っているかい？」

「一昨日よ。わたしに教えてくださったのは昨日の晩の夕食まえだったわ」エリザベスは眉を上げ、まるで感情を表さない目で彼を見た。「あなたが昨日家に帰ってらっしゃったなら、今朝よりまえにあなたもそのことを知ったでしょうけど」

父が夕食に戻らず、伝言も送らなかったとしたら、母がどう反応するかを考えれば、エリザベスはさほど辛くあたらずにいてくれると言わざるを得なかった。ただ、あとからどんな罰を考えているかは誰にもわからない。

馬に乗っていくという考えは捨てるしかなかった。ジェオフは咳ばらいをした。「ぼくはフェートンに乗っていってもいいかな?」

「そうなさりたかったらどうぞ」エリザベスは馬車のところに戻り、彼のほうを振り向いた。「出発しなくては」

エリザベスのそばから離れるのがどこまでも臆病な行為であることはジェオフにもわかっていた。彼女は腹を立てている。それは当然のことだったが、ジェオフにはどうしたら状況を改善できるかわからなかった。

エリザベスを馬車に乗せるのに手を貸そうとすると、母が扉のところから合図してきた。「見送りたくて」母はエリザベスを抱きしめ、耳打ちした。それから、息子を抱きしめた。「結婚生活に大いなる喜びがありますように。でも、そのためには、しかるべくエリザベスを思いやらないとだめよ」

「そうしてますよ」と彼はささやき返した。

「いいえ、してないわ」母は息子から離れた。「自分で理解しなければならないけれど、きっとあなたならわかる。あなたのお父様とお祖父様にもできたんだから」

ジェオフはこれまでに経験したことがないほどに当惑した。昨日家を留守にしたのがまずい考えだったのは明らかだ。そうせずにエリザベスの寝室に入れろと言い張るべきだったのだろうか?「状況がおちついたら、訪ねてきてくれるといいんですが」

「そうするわ」母は息子をそっと押しやった。「奥さんの手助けをしてらっしゃい」

ジェオフが馬車のところへ行くと、ちょうど男の使用人が、エリザベスが馬車に乗るのを手助けしようとしていた。「ぼくにやらせてくれ」またもエリザベスは感情を表さない目をくれたが、手は彼の手に置いた。彼女が馬車に乗ってスカートを直すと、ジェオフは彼女のメイドが馬車に乗るのを手伝った。「最初に停まる場所でまた」

「ええ、また」エリザベスはそう言いつつも、首を巡らして彼に目を向けようとはしなかった。

馬車の扉を閉めながら、ジェオフの心のなかでやましさと募る怒りがせめぎ合った。彼は自分のフェートンに向かった。こんなふうに扱われるのは不愉快だった。彼女の不機嫌がそんなに長く続くはずはない。彼は自分に言い聞かせ、そうであることを祈った。「フェートンはぼくが乗っていく」

ふたり目の馬丁がフェートンから飛び降りた。「私は御者といっしょに乗っていきます、旦那様」

フェートンに乗ると、ジェオフは言った。「見たことのない馬丁だな」

「ええ、旦那様。あれはファーリーです。奥様の馬丁でして」

リドルが後ろに乗り、ジェオフは二頭の馬を走らせはじめた。「レディ・ハリントンの馬車についてくるように合図してくれ。そうすれば、向こうが立てるほこりをかぶらずに済む」

メイフェアのほとんどの住民がまだベッドのなかにいる時間だったが、使用人や荷車などの乗り物がどんどん通りを埋め出していた。ジェオフは朝の込み合った道で馬車を進めながら、エリザベスの乗る馬車にも目を配っていた。首都の反対側にある最初の道路料金所に着くころには、出発してほぼ二時間が経っていた。

「ここからはましになるといいんだが」

妻のことは適切に扱っていたはずだ。それなのに、母も妻もそう思っていないのは明らかだ。妻が腹を立てた原因は、結婚したばかりだというのに自分が外出したことだろう。家に留まったほうがよかった。ネトルでさえ、あきれていたではないか。自分にできるのは、彼女が機嫌を直すまで数日待ち、同じ過ちを二度とくり返さないことだけだ。

馬を交換する最初の宿で、チェルムスフォードのクイーンズ・ヘッド亭で昼食をとることになっていると知らされた。

彼女より少し早く到着したジェオフは、妻の乗る馬車へと歩み寄り、扉を開けて踏み台を下ろした。「脚を伸ばしたいかい？　食べ物が運ばれるまで、庭を散歩できるよ」

「ええ、ありがとう」とエリザベスは言った。さっきよりは機嫌が直っているようだ。

幸い、そのあたりは度を超してほこりっぽくも湿っぽくもなかった。宿の使用人がお茶と皿に載せたビスケットを急いで運んでくるまえに、ふたりは広いまえ庭をぐるりと一周できた。軽食をとるとまもなく、替えの馬が馬車につながれ、一行は宿をあとにした。妻はまだ、必要最低限しかことばを発しなかった。

ジェオフはフェートンに戻り、馬車のまえに出て、ついてくるよう合図した。からりと晴れた日で、道も空いていた。正午すぎには、腰をおちつけてすばらしい昼食をとることになった。

「あなたのお父様がここに部屋を手配してくださったのはわかっているんだけど――」エリザベスが言った。「船を待たせているハリッジに暗くなるまえに到着するようなら、このまま進んだほうがいいわ」

「宿の亭主とネトルに知らせてくるよ」新婚の妻が夫を避けようとしているのか、それとも単にハリッジに早く着きたいと思っているのか――ジェオフは考えずにいられなかった。

この態度からして、おそらくはぼくを避けようとしているのだ。

ジェオフは部屋を出ると、まず従者を呼び、先に送り出した。宿の亭主には自分で話をすることにした。ありがたいことに、息子ができるだけ短時間で目的地に到着しなければならないと察した父が、すでに部屋は必要ないと宿に連絡しておいてくれていた。

「道中ご無事で」と宿の亭主は言った。「近い将来、よきイギリスの地にお戻りになられますように」

「ありがとう」扉の外へ目を向けると、エリザベスが馬車のところへ達しようとしており、使用人がそばに立っていた。

ジェオフは妻が馬車に乗るのに手を貸そうと外へ急いだ。エリザベスとメイドが馬車の座席に腰をおちつけると、御者に出発の合図をした。数分後、フェートンは楽々と馬車に追いつき、追い越した。

その日の夕方、日が沈むまえに、一行はハリッジのスリー・カップス亭に到着した。

宿の亭主が急いで玄関に出てきて一行を出迎えた。「スリー・カップスへようこそ。私は宿の亭主のエイブラハム・ハインドです。何もかもご用意できております。あなた様の従者が一時間ほどまえに到着して、今夜のお泊まりを告げてくれましたので」

「長旅でしたけど、ここへ到着できてとてもうれしいですわ、ミスター・ハインド」エリザベスは優美な笑みを浮かべてみせた。今このとき、ジェオフが自分に向けてもらうためなら、誰かを殺すこともいとわないと思えるほどの笑みを。「ありがとう」

「奥様のメイドがお部屋にご案内するために玄関のところにおります。庭を見晴らす個人用の応接間がある部屋です。奥様のご準備ができ次第、夕食をお出しします」

ジェオフリーが腕を差し出し、エリザベスはそこに指を置くしかなかった。彼に触れることで必ず感じるうずきも感じたが、無視した。夫は一日じゅう悔いる様子で思いやり深かった。妻が怒っているのがわかっているのだ。胸が張り裂けそうなほどに怒っているのを――怒りをそんなふうに表現するもの？　かまわない。そう感じているのはたしかなのだから――傷ついていてというほうがあたっているが――それを彼が理解してくれるかどうかは疑わしかった。エリザベスは一日じゅう絶望を隠し、苛立っているふりをしなければならなかった。彼のせいで傷ついていることを張本人に告げられないことは神経に障った。すべて打ち明けてしまいたかったが、ジェオフリーの母と祖母は彼のことを一番よくわかっている。ふたりとも、ほんとうの感情をぶつけても、彼は妻が聞きたいことを言うだけだと言っていた。

最後に馬を替えたときに、年若いメイドが御者台に乗ることで、ほかの使用人たちといっしょの馬車に乗れたヴィッカーズが、階段の下で待っていた。「お顔を洗うお湯をご用意しておきました、奥様」

「ありがとう」エリザベスはジェオフリーと夕食をともにすることも考えられなかった。そんなに長くふりを続けることなどできない。「食事は部屋に届けてもらって、食べたら休むわ」

「おおせのままに、奥様。お顔を洗っているあいだに宿の亭主に伝言を送っておきましょう」

エリザベスはすぐにも居心地のよい寝室に足を踏み入れた。大きなベッドと、丸テーブルと、椅子が四脚と、寝椅子を置けるだけの広さがあった。火のはいった暖炉のそばには、チンツをかけた椅子も二脚あった。馬車用のドレスを脱いで昼用のドレスに着替えると、手と顔を洗った。まもなく夕食が運ばれてきた。

「旅の最後のほうはどうだったの？」エリザベスはメイドに訊いた。

ヴィッカーズは笑みを浮かべた。「こんなに急いで旅したことなんてないと思います。ミスター・ネトルは奥様と旦那様のためにここですべての準備を整えておくと決心していたので」

テーブルの上には切り花を生けた花瓶があり、ラベンダーの香りがしたのはうれしい驚きだった。ベッドにはエリザベスがいつも使う枕もあった。「ネトルがそうしてくれたのはありがたいけど、この部屋はおまえが整えてくれたのね。ありがとう」

「この部屋でも居心地よく過ごせますように、奥様」そう言いつつ、メイドは赤くなった。

「呼び鈴を鳴らしてお皿を片づけさせますね」

「明日はこの町を散歩してもいいわね」エリザベスはあくびを隠そうとしたが、メイドをだますことはできなかった。

ヴィッカーズは皿を扉の外に置いた。「ベッドにはいる用意をいたしましょう。さもないと、明日の朝にはへとへとになってしまいます。そのドレスではなく、寝巻をお着せすればよかったですね」できるかぎりすばやくエリザベスは上掛けの下にたくしこまれていた。

「旦那様がよくお休みなさいとおっしゃっていました」

メイドがそんなことを言わなければよかったのにと思いつつ、エリザベスはそれには答えなかった。ただ、横向きになると、夫のたくましく引き締まった体がそばにあったならと思わずにいられなかった。彼が愛してくれるか、すでに愛していると自覚するまで、こんな演技を続けられるだろうか？

蠟燭が消されると、エリザベスは枕を背中にあてがった。夫ではなかったが、眠りに落ちる助けにはなるかもしれない。

翌日は夜がすっかり明けてから目覚め、ジェオフリーが船に行って船長に伝言を残し、中世の市場町を見てまわるために出かけたと知らされた。

夫に会ったのは、昼近くになってから、彼が個人用の応接間にはいってきたときだった。

「乗る予定の船の船長と話をしてきたよ。明日の午後までにすべての荷物を積みこめれば、夜の潮に乗って出航し、翌朝には到着できるそうだ」

エリザベスは小舟に乗って多くの時間を過ごしたものだが、船旅は初めてだった。馬や馬車を運べるほど大きな船はもちろんのこと。船にすべてを載せられるものかどうか少々心配だった。

ジェオフリーが船長に、同乗する人や馬や馬車の数を伝えているのはまちがいなかったが……。「船のどこにすべてを積むことになるのか話し合った？」

「全員が乗って、すべてを積むにも充分な広さがあるよ」ジェオフリーは少年っぽい笑みを浮かべ、エリザベスの心は溶けそうになった。この人はどうして、わたしが愛するようにわたしを愛してくれないの？「積めなかったら、馬丁を残していってあとから積めなかったものを持ってこさせればいい」

「大陸に連れていく馬たちはどこ？」

「宿の厩舎さ。ゆっくりと旅して昨日早い時間に到着したそうだ。みな体調は良好のようだ」

「海を渡るのもうまくいくといいんだけど」そう言えば、宿のおかみに船酔いの酔いどめがあるかどうか訊いてみなければならない。船酔いに苦しめられる人は多い。

「船は波止場にいるはずだ。ぼくらの船室をたしかめてくるよ。どのトランクから積みこみたいかい？」

エリザベスは彼に対して冷ややかな態度をとろうと精一杯努めていたが、旅の途中で気分が高揚し、ほとんど忘れかけていた。それでも、彼に望んでもらいたければ、この演技は続けなければならない。「それについてはロビンズ夫人と相談するわ。船で会いましょう」

その日の午後、新しい家で使う品々を入れたトランクがすべて船倉の一画に積みこまれた。その船がどれほどの荷物を運べるかを知ってエリザベスは驚いた。そして、家政婦をともなって馬が積みこまれる予定の一画を見に行った。「どうやって船倉に積むんです？　馬が道板をのぼれるとは思えないんですけど」

サリー・アン号の一等航海士であるヘイヴァーズは忍び笑いをもらした。「いいえ、吊り索があって、馬たちは桟橋から船へと持ち上げることになります。下ろすときも同じやり方をします」

「それは賢いやり方だと思いませんか、奥様？」ロビンズ夫人が船を見ながら言った。

エリザベスはうなずいた。「そう思うわ。ほんとうに賢いやり方ね」

一等航海士は、馬車も同じように船に積むのだと説明した。

「風向きはどうなんです？」とエリザベスは訊いた。「夫は明日の晩には出航できると思っているようですけど、風向きを何日も待つこともあり得ると聞きました」

「このまま風向きが変わらなければ、何日かいい風が吹くはずです。いつもこんな感じですよ、レディ・ハリントン。船長が大丈夫と言えば、それはたしかだと信頼できます」

「ありがとう」答えをもらって満足したエリザベスはロビンズ夫人とともに一等航海士に別れを告げ、波止場からチャーチ街の宿へ向かった。もう少しで宿に着くというところで、エリザベスが訊いた。「船に乗ったことはあるの?」

「ええ、奥様。アイルランドへ行ったときに。わたしのことはご心配要りません。船酔いしたことはありませんから。船酔いする人がいるのもわかっていますし、そういう人の介抱をするのはたのしい仕事じゃありませんが」

それは大変な仕事になるだろうとエリザベスにも想像はついた。しかし、使用人たちの誰かが船酔いしたら、できるだけのことはしてやろう。宿に戻ったときには、必要となるかもしれない酔いどめはすべて用意できたと宿のおかみに告げられた。

幸い、エリザベスもジェオフリーも一日じゅう忙しく、ほとんど会話を交わす暇もなかった。エリザベスは夕食の時間を恐れながら着替えをした。彼が愛ゆえに結婚したのではないとわかってから、初めてふたりきりで過ごす時間となる。

しかし、運命が味方してくれたにちがいなかった。応接間に降りようとしたところで、ジェオフリーが階段を駆けのぼってきた。

彼は彼女に警戒するような目をくれた。「ブラック・ブル亭に第七十三連隊の将校たちが泊まっているんだが、一週間ここで足止めされていたそうで、明日朝の潮に乗って出立するそうだ。きみさえよければ、彼らから情報を得てきたいんだが」

エリザベスは心からの笑みを向けそうになったが、あやういところで演技をしなければならないことを思い出した。「たのしい夕べを。わたしはひとりで大丈夫ですわ」

一瞬、彼は不満そうに唇を引き結んだ。わたしの態度についてついに何か言うつもり?

しかし、彼はこう言っただけだった。「よかった。そうするよ。ぼくの帰りを待たないで寝てくれ。遅くなると思うから」

彼が踵を返して階段を降りていくと、エリザベスは大きく息を吸った。

泣かない。泣いたりするもんですか。

28

学校時代の旧友ふたりに再会し、彼らの連隊のほかの将校たちに引き合わされることへの興奮は、エリザベスの冷たい受け答えのせいで消え去った。

いつかはふたりのあいだの問題に向き合わなければならないが、どうしても直面する気になれなかった。明日、船が出航してから、彼女が腹を立てていることについて話し合いたいと主張しよう。

しかし今夜は、自分がどんな状況のもとへ妻や使用人たちを連れていこうとしているのかたしかめるつもりだった。

将校たちは、兵士たちで込み合ったブラック・ブル亭の酒場の横にある個人用の応接間を別途使っていた。

「われわれは最後に到着する部隊なんだ」ジェオフのイートン時代の友人で大尉のトーマス・プレンダーガスト卿が言った。「間に合って到着できるとは思っていなかったが」

「残念ながら、新たな志願兵については懸念があると言わざるを得ないしな」もうひとりの将校がワイングラスを干し、お代わりを注いだ。

「アクスブリッジがウェリントンのもとに送られたと聞いているんだが――」ジェオフは言った。「うまく受け入れられたかどうか知っているかい？」

トーマスが大笑いした。「父が友人から手紙を受けとったそうだ。アクスブリッジが奥さんと駆け落ちしたらどうするかとウェリントンに訊いた人間がいるそうで、われらが輝かしい将軍はこう答えたそうだ。『アクスブリッジは駆け落ちできる人間なら誰とでも駆け落ちするという評判の持ち主だ。彼が私と駆け落ちしないように、よく気をつけるつもりだよ』」

ほかの者たちも笑いの輪に加わった。

「ほんとうにいい司令官だ」別の将校も言った。「ぼくのいとこはスペインでアクスブリッジの指揮下にいたそうだ」

それから、戻ってきてくれてありがたい司令官や、二度と顔も見たくない司令官が話題にのぼった。

やがて若い中尉のひとりが言った。「舞踏会などの最高の催しはみな終わってしまったそうですよ。ぼくらが到着したときに多少は残っているといいんだけど」

「ただちに戦闘におもむくのでなければ——ナポレオンがまだパリを離れていない以上、そうはなりそうもないが——最後に聞いた話では、ウェリントンが舞踏会を開くらしいぞ」とトーマスが言った。「噂では、みな行進よりもダンスをするほうが多いそうだ」

エリザベスも舞踏会などの催しに参加したいはずだとジェオフは思った。彼女との仲を修復しなければならない。そう、ハリッジからオーステンデへの移動の際が機会としては完璧だ。ふたりだけの部屋をとろう。彼女が船酔いしなければ、それが完璧な機会となる。

「ウェリントンはナポレオンと戦争をはじめると思うかい?」と彼は訊いた。

「自分の旅団がすべて集まるまではじめないだろうな」と友は答えた。「花嫁をいっしょに連れていくことは心配じゃないのかい？」

不思議なことに、ジェオフはエリザベスを残していくことは考えてもみなかった。自分は戦場におもむくわけではないので、退避が必要となれば、妻を連れて退避するだけのことだ。

「状況を慎重に見極めるつもりではいる」

「奥さんを連れていくのはきみとハリー・スミスだけだな。彼の奥さんのジュアンナはすでに向こうにいるという話だ」

「ハリー・スミス？」ジェオフは首を振った。

それから数分かけて、トーマスはジェオフに、スミス少佐と彼がバダホスの戦いのあとで結婚した年若い女性のことについて説明した。「奥さんはたった十四歳だったが、互いにひと目惚れだったそうだ。ハリーは彼女と結婚すると言い張り、奥さんも同意した」

トーマスとほかの将校たちにブリュッセルで会おうと言ってジェオフがようやく宿をあとにしたときには午前零時を過ぎていた。将校たちや向こうで会う紳士たちのためにエリザベスは夕食会を催したいと思うだろうか。ジェオフはそう考えて、大主教院の若い書記官との約束を思い出した。到着したら、彼の兄であるホークスワース大佐を見つけなければ。

翌日、ジェオフとエリザベスと使用人たちが船に乗りこみ、馬たちと馬車と荷物を積みこむとすぐに、大佐の記章をつけた男性が船長のもとに歩み寄った。ふたりは何分か会話を交わしていたが、やがてヒギンズ船長がジェオフを手招きした。

「ハリントン伯爵」大佐は言った。「ぼくは第七十三歩兵連隊長のジョン・フィッツエンリー大佐です。オーステンデへ向かわれると聞きました。うちの兵士たちも大陸へ送らなければなりません。ぼくの連隊の残りはすでに大陸に渡ったのですが、われわれはここで足止めをくっています。もう一週間も待っていますが、輸送手段を得られていません。申し訳ないが、あなたの船に同乗させてもらえないでしょうか？」

「船は今朝も一隻出航したはずですが」とジェオフは言った。フィッツエンリー卿がいては妻と話す機会はほとんどないだろう。自分勝手ではあったが、ジェオフはエリザベスとの関係を修復する機会をあきらめたくなかった。

「残念ながら、今朝の船にはわれわれが乗船する空きがなかった。あちこち訊いてまわったところ、サリー・アン号で大陸に渡れるかもしれないと言われました」

ジェオフは本音ではその要望を拒否したかった。妻に嫌われてずいぶんと経っており、大陸への船のなかで、自分がしでかしたことを探り、関係の修復を試みるつもりだった。しかし、もちろん援助を申し出る義務があった。大佐が兵士たちを同乗させるよう強いることも可能で、この船が徴用されていないだけでも幸運だったのだ。それでも、逃れる方法があれば、そうしたかった。兵士たちを乗せていく別の船を見つけられれば。

しかし、ジェオフが答えるまえに、夢のなかでもつきまとって離れない女性の声が言った。

「あなた、同乗していただいてかまわないのでは？」エリザベスは大佐に向かって浅くお辞儀をした。「大佐、きっとあなたとあなたの部隊の兵士たちも楽に乗られるはずですわ」

ああ、まったく！　ジェオフは顎を引き締め、顔をしかめまいとした。彼女と話をする時間は永遠にとれないのだろうか？　それでも、妻が申し出たあとでそれに異を唱えることはできなかった。妻の怒りに油を注ぐことになる。「妻の言うことはまったくもって真実です。どうぞ同乗なさってください。この船は夜の潮に乗って出航することになっています」

「ありがとうございます、伯爵、奥様」大佐はお辞儀をした。「お待たせはしません」

「お気になさらないで」エリザベスが言った。「どういう形にしろ、お力になれて光栄です」

大佐は、おそらく兵士たちを集合させるために、その場を去った。「船は込み合うことになる」エリザベスが自分に注意を向けてくれることを祈って彼は言った。

「ええ。でも、ほんの数時間のことですわ」エリザベスは船を見まわした。「乗り心地が悪くなることはないわ。サリー・アン号には充分な数の船室があるから、わたしたちが使う予定の船室をあきらめる必要もないし。でも、サロンはフィッツエンリー様や同行の将校たちと共同で使わなければならないと思うけれど」

充分な数の船室があるから、わたしたちが使う予定の船室をあきらめる必要はない。

ジェオフは安堵の息をついた。おそらく、彼女のほうもふたりのあいだの問題を解決したいと思っているのだ。「大佐たちも同乗することについて船長に話してこなければ」

エリザベスはジェオフリーが大佐と再度話をしている船長のほうへと歩み去るのを見守った。ほかに何人が乗船するのか尋ねるべきだった。宿のおかみは、エリザベスの一行に充分なだけの酔いどめを準備してくれていたが、兵士たちが同乗するのであれば、宿の料理人に生姜スープなどの酔いどめをもっと作ってもらえるか訊いてみなければならない。サリー・アン号の料理人が酔いどめを持っているとしても、新たな乗客の分はないかもしれず、兵士たちのうち何人が船酔いするかはわからなかった。

「ヴィッカーズ、スリー・カップス亭に戻らなければならないわ。付き添ってくれる男性の使用人をひとり見つけてきて」エリザベスは割り当てられた船室について思い返した。

幸い、彼女と彼女の夫のために自分が個室をあきらめなければと船長が思わずに済むだけ、船には客を乗せる充分な余裕があった。ただし、夫婦には船室がひとつしか割り当てられなかった。ふたりで泊まるには充分な広さのある部屋が——彼とベッドをともにしたいと思うならば——でもエリザベスはともにしたくなかった。彼を自然に避けることはどんどんむずかしくなっていた。「大陸へ渡るあいだ、わたしがひどい船酔いに悩まされる可能性もあるから」

「奥様——」ヴィッカーズはびっくりして目を丸くした。「奥様はこれまで船酔いなさったことなど一度もないではないですか」

「そうかもしれないけれど」エリザベスは静かに言った。「こんな荒れた海に出たことはないもの」エリザベスは目を丸くしているメイドを見てため息をついた。「あなたの言うとおりね。船酔いのふりがうまくいくとは思えないわ。それどころか、大佐の部隊の兵士が船酔いしたら、あなたもわたしも介抱に忙しくなるでしょうね。そうだとしたら、それ以外に時間はなくなるわ。わたしたちにとってとても長い夜になるかもしれない」

「旦那様が何をなさったかは存じませんが、相手を避けていても問題は解決しません。うちの母がいつもそう言っていました」ヴィッカーズは責めるような顔になった。

今の状況を考えれば、メイドを責められなかった。ヴィッカーズは、エリザベスが義母と義祖母と会話を交わしたときにずっと同じ部屋にいたわけではなかったので、ジェオフリーが何と言ったかは知らないはずで、幸せになるためには恋愛結婚でなければならないという考えに賛成するかどうかもわからなかった。「これだけは言えるけど、旦那様については、義理のお母様と義理のお祖母様の助言に従っているの」

「そうだとしたら、わたしは何も申しません」メイドは頼まれたことをはたしにその場を去った。

幸い、エリザベスがどれほど夫を避けようと決意していても、ジェオフリーは何も知らなかった。船旅の経験について訊かれたこともなく、彼女がとても幼いころから、母方の祖父に船の操縦を習ったと知ったら、彼はきっと驚くはずだ。

数時間後、サリー・アン号は出航の準備ができていた。エリザベスはほかの乗客のほとんど全員が船酔いしても大丈夫なように、生姜のスープと生姜ビスケットと生姜茶を大量に準備していた。そのすべてが――スリー・カップス亭のおかみに――船酔いを治しはしなくても軽減すると保証されたものだった。家族の誰も船酔いをしたことがないので、エリザベスには経験のないものだったが。

経験を積んだ船乗りの多くも船酔いには悩まされると聞いたことがあった――そのなかでもっとも有名なのはネルソン提督だ。今晩、あまり眠れない場合に備え、午後に昼寝をしたほうがいいだろう。

四時間後、エリザベスは厚手のウールのマントに身を包んで船の手すりのところに立っていた。南西の方角から身の締まるような強い風が吹いていた。オスタンドまですばやく船を渡してくれる風。それでも、それはつまり波も高いということだ。

乗組員がすでにサリー・アン号の一番帆を揚げており、船は港を離れようとしていた。一瞬、エリザベスはオランダが見えた気がしたが、水平線に雲が湧いているだけにちがいなかった。

うなじがちくちくし、ジェオフリーが後ろに来たのがわかった。「なかにいたほうが居心地がいいんじゃないか？」

「いいえ。でも、そう言ってくれてありがとう」この人はじっさいにわたしの身を気遣ったわけではない。わたしは目的をはたす手段にすぎないのだから。「雨も降っていないし、ほかの小舟《ボート》や港を見ていたいの」

「小舟《ボート》とは言えないよ」ジェオフリーは忍び笑いをもらした。「正しくは船《シップ》だ。小舟《ボート》はもっとずっと小さい」

「あなたのおっしゃるとおりね」エリザベスは陸地に目をやり、あとどのぐらいで見えなくなるだろうと考えた。少なくとも一時間はかかるはずだ。「船の長旅をしたことはある？」

「いや。ぼくの経験はテムズ川で小さな帆船を操るか、湖でボートを漕ぐかにかぎられている」ジェオフリーは彼女の肩に両手を置いた。エリザベスはすでに恋しくてしかたないその感触をいっそう恋しく思うまえにその手を払いのけたかった。彼と愛を交わすことはたのしく、それが恋しかった。それでも、彼にとってそれが夫婦の営みにすぎないことは覚えておかなければならない。そこに愛はかかわっていないのだ。「でも、何かあったら、きみの身を守るぐらいはきっとできる。何かあるだろうと思っているわけじゃないが。ヒギンズは極めて有能な船長のようだし」

「きっと何事もないわ」ほかの帆が揚げられる音がして、エリザベスはわくわくする思いを感じた。母が亡くなって以来、船には乗っておらず、それがどれほどの解放感を与えてくれるものか忘れてしまっていた。

「船長が夕食をともにしないかと訊いてきたよ」ジェオフリーは肩から腕に手をすべらせた。エリザベスはその感触に悦びの震えが走りそうになるのをこらえた。

「そう聞いたわ」サリー・アン号は港口を通りすぎ、エリザベスは夫のほうに向き直った。「船室に行って顔を洗ってくるわ」

「ぼくもすぐに行くよ」

船が大きく傾き、エリザベスは手すりにつかまった。舵手が船の航路を定めたのだろう。

「気をつけてください、奥様」ヒギンズ船長が横に現れた。「船室へ行くのにお手伝いが要りますか？」

エリザベスはひとりで大丈夫と答えようかと思ったが、それではあまりに無作法だと思い直した。船長はこちらの機嫌を損ねるようなことは何もしていないのだから。「ありがとう」そう言うと、夫のしかめ面を無視して、船長の腕に手を置いた。「オーステンデにはいつ到着すると思います?」

「オーステンデまでは直線距離で八十海里です。この風なら、明日の朝には到着するはずです」

予想どおりだった。割り当てられた船室に着くと、エリザベスは頭を下げた。「エスコートいただき、ありがとうございます、船長」

「兵士や武器を同乗させることに反対なさらなかったことに礼を言いますよ、奥様。私には拒むことはできなかったでしょうし」

「ええ、大佐はこの船を徴用することもできたでしょうから。でも、たとえわたしたちに大佐と兵士たちを拒む権利があったとしても、そんなことはできませんわ。ウェリントンはできるかぎりの兵士を集めなければならないのですから」

「そのとおりです、奥様。そのとおりです」船長はお辞儀をした。「では、夕食の席で」

「ええ、また」

扉を開けると、ヴィッカーズが待っていた。「ミスター・ネトルに、旦那様はミスター・ネトルとミスター・プレストンがふたりで使う船室でお着替えしていただけるかと訊いたら、それでいいと言われました」ヴィッカーズがそう言い終えるころには、エリザベスは旅用のドレスを脱いで顔を洗っていた。「奥様、お訊きしたいんですけど、旦那様を撥ねつけてばかりいたら、どうやって好きになってもらえるというんです？」

どうして知っているの？　その話が出たときにヴィッカーズは部屋にいなかったはずだ。エリザベスは顔を拭き、メイドが淡いピンクのドレスを頭からかぶせてくれるあいだ立っていた。「撥ねつけないでいたら、うまくいかなかったのよ」エリザベスはため息をついた。「うまくいく方法を見つけなきゃならなくて。こうするのが唯一うまくいきそうな方法なの」

「わたしに言わせれば、旦那様の振る舞いは恋に落ちている男性のものでしたけどね」ヴィッカーズはエリザベスの髪を高く結い上げ直した。

「わたしもそう思っていたわ」みんなそう思っていたのに、みんなまちがっていたのだ。メイドにどのぐらい話を耳にしたのか訊こうとしたところで、扉が開き、新しいクラバットと上着に着替えたジェオフリーが部屋にはいってきた。

ああ、なんてハンサムなの。上着は肩から引き締まった腰へと体にぴったりしている。彼の膝丈のズボン《ブリーチズ》に目をやる勇気はなかった。そんなことをしたら、降参してしまうだろう。

エリザベスは彼への欲望を容赦なく払いのけた。もしくは払いのけようとした。裏切られたあとですら、体も心もなんともみだらな形で彼に反応してしまうのだった。すぐにほかの人のいるところへ行ったほうがいい。

彼と同じベッドで眠らなければならないとしたら、どうしたらいいの。その誘惑を無視することはできそうもなかった。

29

「きみは今夜はとくに美しいね」ジェオフリーは腕を差し出した。必要以上に彼に触れないようにしながら、エリザベスは彼の上着に指を置いた。「船長のところへ行きましょう」

通路を歩くあいだ、エリザベスはもう一方の手で船内のどこかを触れているようにした。片手は船にと祖父がいつも言っていたものだ。船は大きく傾き、エリザベスはよろめいたジェオフリーの腕をつかんだ。

「大丈夫かい？」足元をしっかりさせてから彼が訊いた。

「ええ。あなたは？」

「ああ、もちろん」その声はきっぱりしていたが、少しばかり震えているようだった。「船があんな動きをするとは思っていなかった。ああ、ここだ」

船長が自分と航海士たちのために独立したダイニングルームを持っていることは驚きだった。エリザベスがこれまで乗った船では、船長のテーブルは船長の船室のなかにあった。

「奥様、ようこそ」ヒギンズ船長がお辞儀をした。

「こんばんは、船長」エリザベスは笑みを浮かべた。長いテーブルには八人分の席が用意されていた。テーブルは船の底に固定されており、壁にとりつけられたランプや天井から吊り下げられたランプの明かりを反射するほどによく磨かれていた。テーブルの長辺と両端に重い木製の椅子が八つ置かれている。皿がすべり落ちるのを防ぐために端が高くなったサイドボードの上は、覆いのついた皿で一杯だった。

連隊長であるフィッツェンリー卿がワインのはいったグラスを手に別の戸棚のまえに立っていた。

「すてきな船室ですね」とエリザベスは言った。

「ありがとうございます、奥様。食べ物もおたのしみいただけるといいのですが」船長はジェオフリーにお辞儀をした。「伯爵様、こんばんは」

「こんばんは」夫はかなりぎごちなく首を下げた。さっきわたしが船長に船室までエスコートするのを許したことで、ジェオフリーが少し嫉妬しているということがあるかしら？　そこで彼の祖母のことばが頭に浮かんだ。

〝わたしはヘンリーをきりきり舞いさせたの。パリにいるときには、フランス国王を含むすべてのフランス男性とふざけ合ってみせた。国王のときはあやうく抜け出せなくなるような困った状況におちいるところだったけど。ヘンリーはとてもやきもち焼きだったから、しまいにはわたしが男性とふざけ合うのを禁止したわ。そこで、言ってやったの。あなたに望まれなくても、国王を含め、わたしを望む男性は大勢いるのよって〟

ジェオフリーも嫉妬してくれるかもしれない。

「フィッツェンリー様」エリザベスはフィッツェンリー卿にお辞儀をし、彼もお辞儀を返した。

「あなたは船には慣れてらっしゃるようだ」フィッツェンリー卿は言った。「残念ながら、ぼくは慣れるまで多少かかりそうですが」

フィッツェンリー卿は戸棚を手振りで示して言った。「ワインを一杯ごいっしょしていただけるといいんだが」

彼がワインをグラスに注ぐあいだに、一等航海士のヘイヴァーズと副船長のベンチリーがフィッツェンリー卿の旅団副官のダルトン少佐とともに部屋にはいってきて、すでに集まっていた面々に挨拶した。

立っているよりはと一同はテーブルについた。天気や害のない話題について数分堅苦しく会話したあとで、エリザベスは男性たちに迫りくる戦争を話題にするよう促すことにした。

「ウェリントンがかつて半島戦争で活躍した軍をとり戻せないのは残念ですね」ヒギンズ船長が意見を述べた。

「かつての彼の部隊の多くがアメリカへ送られ、戻ってきた者もいるが、まだアメリカにいる者もいる」フィッツェンリー卿が言った。「いまだにあまりに多くの兵士が未熟な志願兵です。私の理解では、ウェリントン公は未経験の兵士のなかに熟練の兵士をまぎれこませるつもりでいるそうです。いい考えだと思いますね。そういう志願兵たちをいっしょにしておくんです。そういう理解で正しいかい、ウィル？」

ダルトン少佐はうなずいた。「そのとおりです、大佐殿」

少しして、ふたりの船乗りが栄養のある牛のテールスープを運んできた。エリザベスは船酔いの兆候がないかとジェオフリーとフィッツェンリー卿と航海に慣れていないそれ以外の紳士たちに目を配っていた。聞いた話では、早い段階で手を打てば、症状も軽く済むということだった。

スープの皿が下げられ、クリームソースで仕上げたおいしそうな魚料理が出されると、ダルトン少佐が急いで手で口を覆った。「すみません。席を外さなければ」

テーブルをはさんだ向かい側では、ジェオフリーの顔が奇妙な緑色に変わっていた。「わたしのところに生姜茶などがあります。船長、もしよければ、船の料理人のところへそれらを持っていきますわ」

「お望みなら、奥様。ただ、うちの料理人も準備はしておりますので。必要なものは備えてあるはずです」ちょうどそのとき、船の操舵手が部屋にはいってきて、船長に耳打ちした。「どうやら、お持ちのものが何であれ、ありがたく使わせていただくようです。兵士のほとんどが船酔いしたそうで」

「船に備えてあるものを兵士たちに用いるように言ってくれ」そう言って顔をしかめた。「どうやら、お持ちのものが何であれ、ありがたく使わせていただくようです。兵士のほとんどが船酔いしたそうで」

操舵手が椅子を引いてくれた。「すぐに戻ります」扉へと急ごうとしたところで、エリザベスは足を止めた。「ハリントン、あなたも船酔いするまえに横になったほうがいいわ」

「ばかなことを。ぼくは大丈夫さ。船酔いなどしたことはない」次の瞬間、彼は口を手で押さえて彼女の脇をすり抜け、通路へ出ていった。

エリザベスは目をくるりとまわしたくなる衝動をこらえた。「ほかにもあまり具合のよくない方がいたら、寝床にはいってくださいな。そうすれば、ずっと気分もよくなるはずです。船長――」エリザベスは首を下げた。「わたしと、うちの者で動ける者は喜んでお力になりますわ」

それからの数時間、エリザベスとヴィッカーズとネトルとロビンズ夫人とフィッツェンリー卿は船酔いした人たちの介抱にあたった。そのなかにはフィッツェンリー卿の従卒も含まれていた。

エリザベスが船酔いした兵士たちに生姜茶などを分け与える手伝いをしているあいだ、ジェオフリーのことは、彼のために作らせた生姜スープを主人に全部飲ませると請け合ったネトルにまかせておいた。

従者が請け合ってくれたとはいえ、自分で夫の介抱をしていないことにエリザベスは気まずさを覚え、何か食べたらすぐに彼の様子を見に行こうと決めた。この一時間ほど胃が文句を言っており、このまま動きつづけるなら、栄養をつける必要があった。

飲みたくてたまらなかったお茶を飲み終え、二枚のパンにはさんだ牛肉の薄切りを食べ終えたところで、ネトルが足早に食堂にはいってきた。「奥様、どうか急いでいらしてください。旦那様が心配で。何を口にしてもすべて戻してしまうんです」

「今行くわ」ジェオフリーが船酔いに苦しめられるのも自分は大丈夫と過信していたせいだと思ったが、船室に足を踏み入れたとたん、そんな思いも消え去った。彼はチョークほども白い顔で用足しの壺に吐きつづけていたが、明らかに胃のなかは空っぽだった。「何を与えようとしたの？」

「スープです、奥様。旦那様はあまり生姜がお好きじゃなくて」

「温かい生姜スープと生姜ビスケットを持ってきて」

「でも、奥様、旦那様はきっと――」

「言ったとおりにして。口答えはなしよ」今夜は言うことを聞かない男性をあまりに多く相手にしてきた。もうこれ以上耳を貸すつもりはない。

「かしこまりました」ネトルは扉を開いた。

「お湯と布もお願い。熱があるわけではないけど、気分がよくなるはずだから」エリザベスはメイドがつねに持っているラベンダー水を探した。

ジェオフリーはうなるような声を出した。エリザベスは彼の手をとり、額を撫でて湿った髪を顔から払ってやった。触れた部分は冷たく湿っていて、彼の身が不安になったが、すぐに船酔いで死んだ人の話など聞いたこともないと自分に言い聞かせた。今夜、こんなことなら死んだほうがましだと言う男性は何人もいたが。

エリザベスはジェオフリーの額にキスをし、唇で唇をかすめずにいられなかった。

「エリザベス？」彼の声はしわがれていた。ほんとうにひどい船酔いに苦しめられているのだ。

「ここにいるわ」彼女は小声で言った。「気分はすぐによくなるわよ」

「きみがここにいてくれてうれしいよ。きみが恋しかった」彼は意識を失い、エリザベスはそれが気分をよくする眠りであるようにと祈った。

ふたつの小さな金属製のバケツとカップとビスケットの載った皿を持ったネトルが扉を開けるまで長い時間が過ぎた気がした。

バケツをひとつ床に置いてネトルが言った。「スープはボウルよりもカップに入れて旦那様に差し上げたほうがいいと料理人が言いまして」

エリザベスはうなずいた。「食べ物はこのタンスの上に置いて。おまえは下がっていいわ」

従者は言い争おうとするかのように口を開いたが、彼女の目に浮かんだ表情を見てとったにちがいない。「ええ、奥様。扉のすぐ外におります」

「おまえはヴィッカーズを手伝ったりして、よそで役に立ってきて」

答えを待たずにエリザベスは湯を入れたバケツに乾燥させたラベンダーを入れ、かきまわした。それから、布の大きな切れ端を手にとってその湯につけてしぼり、ジェオフリーの額に載せた。ロビンズ夫人によれば、患者を温かく保つのも効き目があるということだった。

数分後、ジェオフリーは小声で言った。「そうすると気持ちいい」

ああ、この人をどれほど愛していることか。「これでもっと気分がよくなるわよ」彼女は彼の体の下に腕を差し入れ、カップを唇に寄せられるだけ体を起こさせた。「これを少しだけ飲んで」

彼は顔をしかめ、首を振ろうとしたが、子猫のように弱っていて、抗おうとすることしかできなかった。

それでも、彼にカップ一杯のスープを全部飲ませるのに一時間ほどもかかった。それを吐かずにいられれば、ビスケットを与えるつもりだった。今彼は安らかに眠っており、顔色もよくなりつつあった。

エリザベスは疲れに襲われて目をこすった。ジェオフリーに目をやると、ベッドの半分を占領して横たわっていた。具合が悪すぎて、彼女がすぐそばにいることにも気づいていないようだ。

エリザベスはベッドの壁際にはいって身を横たえた。必要があれば、誰かが呼びに来るだろう。


ジェオフは目を開けた。船はまだ揺れていたが、吐き気はおさまっていた。人生でこれほどに具合が悪い思いをしたことはなかった。そういう意味では、人生でもっとも長い夜だった。一時《いっとき》は死にたいとまで思うほどに。

あまり動きたいと思わず、彼は首を巡らして船室の窓の外に目をやった。隣でやわらかく温かいものが動いた。

エリザベス。

彼女が彼と同じベッドで寝ることに同意したのは何日ぶりだろう。しかし、〝同意〟というのは正しい言い方ではない。この船が込み合うことになったため、その点あまり選択肢がなかったせいだ。

彼が目覚めたのを感じとったのか、彼女は目を開けた。「具合はどう?」

「よくなった」じっさい、吐き気はまったく感じなかった。「起きられそうだ」

エリザベスはベッドから急いで降り、彼のほうへまわった。「いいえ、だめよ」そう言って肩をそびやかし、腰に拳をあてた。髪は背中に降りている。彼女は額に落ちた巻き毛を押しのけた。ジェオフはその巻き毛を指で梳き、また体を重ねることに同意してくれるまでキスしたくてたまらなくなった。「港まではあと一時間かそこらかかるわ」と彼女は言った。「吐き気を催さずに起き上がれるようになるまでベッドから出てはだめよ」そう言って扉に目をやった。「そのまま寝ていて。すぐに戻るわ」

数分後、エリザベスはカップを持って戻ってきた。「今度は自分で飲めるわね。それが飲めたら、牛肉のスープと生姜ビスケットも食べていいわ」

ジェオフはにおいを嗅いで顔をしかめた。「このスープ、好きじゃないな」

「起きているときは好きじゃないかもしれないけど、気にすることもできないほど具合が悪かったときにはよく飲んだわよ」カップを持って近づいてくる彼女の目には好戦的な光が宿っていた。

頭を撫でる彼女のやわらかい手の感触がぼんやりと思い出された。「ひと晩じゅうぼくを看病してくれたのかい?」

「ええ。さあ、これを飲んで」彼女はカップを彼の手に押しつけるようにした。

彼はひと口飲んだ。思っていたほどまずくはなかった。「ネトルはどこに?」

「ヴィッカーズたちといっしょに具合の悪くなった人たちを介抱しているわ。兵士たちのなかで船酔いしていないのは大佐だけというくらいだったから」ジェオフリーはカップのスープを飲み終え、エリザベスからビスケットを手渡された。「ゆっくり嚙んで」

「おおせのままに」彼は言われたとおりにし、胃が反乱を起こすのを待った。スープを吐かずに済みそうだとわかって彼は訊いた。「牛肉のスープももらえるかい？」

「とってくるわ」彼女は空のカップを手にとった。「起きちゃだめよ」

「ここにこうしているよ」そして隣に彼女が裸でいる情景を思い描いた。どうすればふたりの関係を改善できるかわかりさえすれば。

彼女の気持ちを聞き出したいのは山々だったが、今はそのときではなさそうだ。具合の悪い自分をひと晩じゅう介抱してくれていたとすれば、彼女も疲れはてているはずだ。それだけでなく、今の彼女は有無を言わせない感じで、こちらの言うことを聞くとは思えなかった。彼女のそんな一面を見るのは初めてだった。

少しして、ジェオフはベッドの上で起き上がり、シチューほども濃いスープを飲んでいた。エリザベスは彼の看病をネトルにまかせてもよかったはずだが、そうはしなかった。この一週間のことを思えば、期待以上のことだった。それはつまり、もう怒っていないということだろうか？「どうして酔いどめを持ってこなくちゃならないとわかっていたんだい？」

「船酔いに苦しめられる人が多いから。この航海でもきっと誰かが具合を悪くすると思ったの。でも、まさか、船の乗組員以外のほぼ全員がそうなるとは思わなかったけど」

彼女の目の下には黒いくまができていた。ジェオフは、自分と、もしかしたらほかの人たちの介抱をしていたとしたら、彼女はどのぐらい眠ったのだろうかと思わずにいられなかった。「きみは具合悪くならなかったんだね」

「ええ。ならない確信があったの」エリザベスは会話以外に何かする必要があるとでもいうように、ベッドのシーツを直し、枕をふくらませた。「子供のころは小舟や小型の帆船に乗って多くの時間を過ごしたけれど、船の上で具合が悪くなったことは一度もなかった」

「知らなかったな」

彼女はブロンドの眉を片方上げた。その目に怒りが戻ってきた。「わたしのこと、気にしたことなんてあった？」

「もちろん、気にするさ」いったい何に対して彼女はこれほどに怒っているんだ？　外出して伝言を送らなかったこと以外に何かあるはずだ。「きみはぼくの妻だ。どうしてぼくがきみについて知りたいと思わないと？」

「ああ、そうね」エリザベスの声に懐疑的な響きが加わった。「わたしはあなたに極めてふさわしい妻ですものね」彼女は扉のところへ行って扉を開いた。「ネトルをここへ呼ぶわ」

「エリザベス」とジェオフは呼びかけた。こうして話を続けていれば、彼女がどうしてこれほどに腹を立てているかわかるかもしれない。

エリザベスは扉からなかば出かけたところで足を止めた。「何かほしいものはあります、旦那様？」

ある。どうしてぼくにそれほど腹を立てているのか教えてくれ。しかし、口に出してはこう言った。「いや。ぼくを介抱してくれたことに礼を言いたいだけだ」

「どういたしまして」彼女は船室を出ていき、ジェオフはまたひとり物思いにふけることになった。

どうにかして理由を明かしてもらわなければ。

彼女はどうして自分のことを〝あなたに極めてふさわしい妻〟などと言ったのだろう。最初からわかっていたことなのに。じっさい、それをたしかめて結婚したのだ。そして、エリザベスはジェオフが思っていた以上に彼の妻にふさわしい女性だった。

あの言い方には何かふくみがあった。ふさわしい妻であることが不満だとでもいうような。夫が妻に満足していることに、どうして不満など抱くのだろう？　明らかに何かがおかしい。それが何なのかわかりさえすれば、状況を改善し、彼女の望むものを与えられるのだが。

まもなく、ネトルがいつもと変わらず身ぎれいな様子で——その身ぎれいさがなぜかジェオフを苛立たせた——大きな水差しを持って部屋にはいってきた。「船長が約一時間で港に到着するとおっしゃっております」従者は水差しから木製の洗面台に据えられた洗面器に水を注いだ。「旦那様が起き上がれて、洗面とひげ剃りを終えられたら、ベッドから出ていいと奥様が。でも、また具合が悪くなりそうなら、すぐに横になるようにとのことです」

ジェオフは彼女に船室へ戻ってきてもらうためだけに具合の悪いふりをしようかと考えた。が、そうせずに起き上がった。「まずは歯を磨くよ」

一時間後、ジェオフはベッドの上でクラバットを首に巻いていた。今のところはまあまあの気分だった。もうすぐ陸地に降りられる。オーステンデで一日過ごして船酔いから回復し、旅を続けることになる。

最後に受けとった手紙には、サー・チャールズはジェオフにブリュッセルの自分のもとへ来るよう望んでいると書いてあった。問題はその指示がいまだに有効かどうかだ。もしくは、ハーグなど、別のどこかに送られることになるのか。伝言を送って問い合わせなければ。どこへ配置されるにせよ、父が各地に家を手配してくれていた。ヘント――フランス国王がいるからだろう――と、ハーグ――その理由はジェオフにはわからなかった――と、重要なすべてが起こっているように思われるブリュッセルに。

唯一本気で心配しているのは、そのままどこかよそへ単身派遣されるかもしれないことだった。これまでのところ、エリザベスは何にしてもすばらしくやってのける能力を見せてくれていたが、知らない国にひとり残していきたくはなかった。

まあ、何が起こるかを心配してもしかたない。何が起こるにしても起こらないにしても、妻といっしょにそれに対応するだけのことだ。

どうやらまた自分を避けているように思える妻と。ジェオフはゆっくりと立ち上がった。幸い、まだ気分はよかった。通路を抜け、昇降階段をのぼって甲板に出る。乗組員たちはいくつかの帆を下ろすのに忙しくしていた。舳先に目をやると、オーステンデの街が見えた。船の前方や横を見やると、港に帆船が込み合っていた。

「錨を下ろす準備をしているところです」副船長のベンチリーが言った。

「こんなにたくさんの船を目にするとは思わなかった」

「いつもより多いですね。アントワープも同様でしょう。戦況がわれわれにとって不利になったら、大勢がイギリスへ戻ろうとするでしょうし」

初めて、エリザベスの身を案ずる思いが胸を貫いた。サー・チャールズは奥方をともなってきてはいなかったが、ジェオフは妻をイギリスに置いてこようとは思ってもみなかった。エリザベスをそばに置いておきたいと思ったのは自分勝手だったのかもしれない。イギリスへ送り返す提案もできたが、ふたりのあいだがこれほどに不安定な今、亀裂が広がるだけかもしれない。それも自分勝手な考えだろうか？ 彼女の命がここで危険にさらされたら……。

「さしあたってはオーステンデに停泊するんですか？」

「おそらく」副船長はジェオフに目を向けた。「本船にとってレディ・ハリントンの乗船はいつでも大歓迎ですよ。奥様がいらっしゃらなかったら、船酔いした全員を手当することはできなかったでしょうから」ジェオフは妻がどんな手当をしたのだろうかと思ったが、それを訊くことで自分たちが問題を抱えていることを明かしたくはなかった。しかし、その心配も無用だった。ベンチリーは喜んで話してくれたからだ。「伯爵様ご自身具合が悪かったので、ご存じないかもしれませんね。奥様は船酔いしてない使用人を兵士たちの手当にあたらせたんですが、きっとハリッジには生姜と名のつくものは何も残されていなかったと思いますよ。あれだけのものを船に持ちこんだんですから。伯爵様が奥様を必要とされるまでは、奥様ご自身もほかの者の手当を手伝っておられました。奥様のお力には感謝しております」

「教えてくれて礼を言いますよ」やはり、エリザベスはあまり眠っていなかったのだ。きっと疲れはてているにちがいない。「今朝ぼくが起きたときには、ぼくの具合がよくなっているかどうかたしかめるばかりで、自分が何をしたかは話してくれなかった」

「お会いしたときに、そういうタイプのご婦人だという気はしました。他人のために役に立ちながら、決してそれを言いふらしたりしない。そういう女性はあまり多くありません」

「ええ、そうですね」旅の準備のために彼女がありとあらゆることをしてくれ、ひとことも不満をもらさなかったことが思い返された。彼女は単純にやるべきことがあれば、それをしただけだった。エリザベスにはできないことなどないのではないかと思われるほどだった。一週間まえに思っていたよりもさらに有能な女性であるのはまちがいない。ほかにぼくが見当もつかないようなどんな才能を持っているのだろう？「われわれにこの船が必要になったときには、どこに伝言を送ればいいですか？」

「シップ亭へ。そこの亭主が伝言をこちらに伝えてくれます」副船長は後ろに下がり、短くお辞儀をした。「私は仕事に戻ったほうがよさそうです」

「ありがとう」とジェオフは言った。「船長は船着き場へ到着するまでどのぐらいかかると予測していますか？」

「ここでは船の出入りがかなり迅速に行われています」ベンチリーは港に目を向けながら言った。「明日のいつか、運がよければ今日の午後にでも」船が大きく揺れ、ベンチリーは足を踏ん張った。「ああ、よかった。錨が下ろされた。そろそろ船長から命令が出るはずです」

ジェオフは、船長が横に一等航海士を従えて立っている場所へ向かうベンチリーを見送った。エリザベスの姿がないかと甲板を見渡したが、姿は見えなかった。昼寝をしていてくれるといいとは思ったが、なぜかそうではない気がした。ふと思ったのは、エリザベスは絶えず動いているのに、おちついた印象を与えるということだった。彼女がじっとしているのを目にするのは眠っているときだけだ。そして彼女を最後に胸に抱いてからあまりに長い時間が経っていた。

すぐに。とジェオフは胸に誓った。すぐに妻との仲を結婚式直後の状態に戻さなくては。

30

船が荷下ろしを待ってベルギーの玄関口、オーステンデの港に錨を下ろしたときには、エリザベスはメイドの船室で顔を洗って着替えをしていた。自分の船室に行く勇気はなかった。具合のよくなったジェオフリーがベッドにいるのでは、その誘惑に耐えられない気がしたのだ。彼への欲望を消し去る唯一の方法はとげとげしい態度をとることだが、そういう態度を長く続けることもできない。

真実をほのめかすことについては義理の母も賛成していたが、やってみても、ジェオフリーは気づきもしなかった。義理の祖母が言っていたとおりだ。

エリザベスは頭痛に襲われませんようにと祈りながら額をこすった。このまま距離を置き、彼が妻を愛していることに気づくよう祈るのがせいぜいね。もっといい手立てを思いつければいいのだけれど。

昇降階段をのぼると、フィッツェンリー卿が手すりのところにいた。兵士たちが船酔いから回復しつつあるので、大佐は船が船着き場に着くのを待つよりも、兵士たちをはしけで陸地に運ぶほうがいいと判断していた。

フィッツェンリー卿は彼女のほうに目を向け、笑みを浮かべてお辞儀をした。「あなたとあなたの使用人たちのお力添えに感謝しますよ、レディ・ハリントン」

「わたしはしなければならないことをしただけですわ、フィッツェンリー様」ほんとうに、ほかの誰であってもしたであろうことをしただけのことだった。

フィッツェンリー卿はゆがんだ笑みをくれた。「そうかもしれませんが、貴婦人で庶民の兵士の介抱をしてくれる女性は多くありませんよ。たとえ兵士の妻であったとしてもね、あなたのご主人は幸運なお方だ」

頬に熱がのぼるのを止めることはできなかった。「ありがとうございます。ご無事の旅とその後の幸運をお祈りしますわ」

「ありがとう、レディ・ハリントン。われわれには幸運が必要だと思いますよ」彼の顔に刻まれた皺がさらに険しいものに見えた。

「おそらく、ブリュッセルでお会いできるでしょう」エリザベスはフィッツェンリー卿の気分を軽くしようと明るい笑みを浮かべた。

「そうだといいのですが」フィッツェンリー卿は笑みを浮かべて首を下げると、その場を離れ、部下の少佐と従卒に、荷物が陸揚げされるまで留まる場所を見つけるよう指示して最初のはしけに乗れと命じた。

「きみも上陸したいかい？」横にジェオフリーが現れ、彼女の手を自分の肘にたくしこむと、大佐の部隊の兵士たちに手を振った。

ふつうだったら、船に留まるほうがよかったが、そうなれば、夫と同じベッドで眠らなければならなくなる。「ええ。そのほうが船長もわたしたちの心配をせずに停泊位置を見つけられるから。ネトルによると、宿は手配済みだそうだし。まず彼とヴィッカーズを送り出してすべての準備を整えてもらえばいいわ」

ジェオフリーは彼女をわずかに引き寄せたが、エリザベスは彼に身をあずけたくなる衝動に抗った。「わかった。船長に知らせてこよう」

しかし、ちょうどそのとき、ヒギンズ船長がふたりに近づいてきた。「よければ、兵士たちを全員下ろしてすぐに、あなた方も陸へお運びいたしましょう」

夫によって引き起こされたちくちくする感覚を無視しようとしてできずにいたエリザベスは船長に笑みを向けた。「わたしたちもちょうど同じ決断をしていたところです」

「よかった。どこに宿泊される予定かうかがえれば、馬や馬車を下ろす準備ができたときに伝言をお送りしますよ」

「プリンセス・ヘンリエッタ亭です」ジェオフが即座に答えた。「街の城壁の内部にある宿だとか。ぼくたちはあとどのぐらいで降りられますか？」

「あなた方のトランクを船倉から運び出すのと、彼らを――」船長は兵士たちを顎で示した。「港に運ぶのに一時間ほどいただければ、準備を整えますよ」

「ありがとう。ぼくたちも準備をしておきます」ジェオフリーはエリザベスを昇降階段へ連れ戻した。「きみは夜じゅうほぼずっと起きていたようだね。宿についたら、休みたいかい？」

その質問にエリザベスは虚をつかれた。正直、彼がそのことに気づくとは思っていなかったのだ。「疲れてはいるけど、街を少し見て歩きたいわ。それから、次にどこへ行くのか話し合わないと」エリザベスは夫の顔に疲れた表情を見てとった。「でも、あなたは休みたいのでは？　とても具合が悪かったんだから」

「いや。喜んでオーステンデを見て歩くよ」彼女が今後の旅程のことを話そうとすると、彼が言った。「最初のはしけでサー・チャールズに指示をあおぐ伝言を送っておいた」

「伝言が届くまでこの街で待つの？」それはどのぐらいかかるのだろうとエリザベスは思った。すでに六月中旬に近づいていた。十五日までに大陸に到着すれば、サー・チャールズは満足だろうと義理の父は請け合っていたが。

「ブリュッセルまでは七十マイル近くあるし、さほどすばやくは動けないからね。馬が休息したらすぐに出発したいところだ」

「そのほうがよさそうね」つまり、彼もとても忙しくなり、寝室をともにすることについて気にする暇がなくなるということだ。もしくは、そうなることをエリザベスは期待した。

その日の午後、ふたりは宿に着き、翌朝、馬と馬車が二時間以内に船から下ろされるとヒギンズ船長が書きつけを送ってよこした。

ジェオフとエリザベスは港へ降りてその様子を眺めた。オーステンデの住民はその手のことに慣れているはずだったが、桟橋には人だかりができていた。ジェオフでさえも、馬が吊り索によって船倉から桟橋に揚げられる情景は驚くべきものだと認めずにいられなかった。

「まったく怯えてはいないようね」エリザベスが驚いた声で言った。「きっとわたしの雌馬は怯えると思っていたんだけど」

「よく我慢しているよ」とジェオフも言った。

馬たちが港の厩舎に運ばれると、ジェオフは自分で馬たちの状態を調べてまわった。

非常に短い時間で馬丁たちは馬たちに馬具をとりつけ、一行は宿の厩舎へ向かって出発した。

オランダに到着した今、ジェオフは先を急ぎたかったが、馬たちを休ませる必要もあり、そもそもサー・チャールズから返事が来るまでは、どちらの方角へ進めばいいか見当もつかなかった。

しかし、幸い、長くは待たずに済んだ。翌朝早く、朝食をとっているときに、サー・チャールズからジェオフあての伝言が届いた。彼は手紙を開いてすばやく目を通した。「ブリュッセルに向かう」

「そこが目的地だといいなと思っていたわ」エリザベスは使用人たちを呼んだ。

手紙を再度読み、ジェオフリーは顔をしかめた。「ぼくは馬に乗っていってもいいかな？」

「ええ。何か問題でも？」ジェオフリーは悔やむような表情で手紙から目を上げた。「必要な乗馬従者の数を低く見積もっていたかもしれない」

エリザベスは彼の指から手紙をとった。

道路の状況について懸念を強めている。非常に危険という話だ。ナポレオンについての噂も数多く飛び交っているが、彼がどの進路をとるかはまだわからない。ここへ向かうであろうことはたしかだが。同朋のなかには、すでにイギリスへの帰還の手配をはじめた者もいる。ウェリントン公がどうするかを見極めるために待機している者もいる。多くの人間が動揺しはじめているのは明らかだ。

「エリザベス」ジェオフリーは彼女の手をとってにぎった。「きみはイギリスに戻りたいかい？　そのほうが安全かもしれない」

「いいえ。大丈夫よ」フィッツエンリー卿の部隊がすでに出発してしまったのは残念だったが、自分たちが兵士たちの速度に合わせて進むのは無理だったので仕方ない。今の状況はどのぐらいひどいの？　戦闘はまだはじまっていない。誰もが知っているかぎりでは、ナポレオンはまだパリにいるはずだ。「あなたが雇える使用人がいないか、宿の亭主に訊いてみて。それで、馬車に積んでいる銃のすべてに弾丸をこめて、予備の弾丸と火薬も積みましょう」

使用人たちが集められると、エリザベスは命令を発しはじめた。「一時間以内に出発するわ。ミセス・ロビンズとプレストンとネトルとモリーとケントンは、トランクが積みこまれたらすぐに荷物用の馬車に乗って。ヴィッカーズ、あなたはわたしといっしょの馬車よ。旦那様のフェートンも馬車に同行します。旦那様の馬はヘラクレスになると思うわ。宿の使用人の何人かに乗馬従者の役割を務めてもらうよう手配するけど、手持ちのすべての銃とマスケット銃に弾丸をこめてもらいたいの」使用人たちは目を見交わした。「昼食のときに会いましょう。何らかの理由で全員がいっしょにいたほうがいいと感じるなら、今言ってちょうだい」

リドルが唇を引き結んだ。「どうなるかやってみましょう、奥様。御者のウィリアムと私が止まるべきだと思ったら、途中の宿で止まることにします」

「いいわ。その判断はまかせます」エリザベスは使用人たちに笑みを向けた。「早く出発すればそれだけすぐに新しい家に到着することになるわ」

使用人たちが部屋を出ていくと、ジェオフが彼女の手をとった。「よくやってくれた、エリザベス」

「これこそが、あなたがわたしと結婚した理由でしょう？」エリザベスはパンとチーズの最後のひと口を食べ終えた。「ヴィッカーズが馬車に積みこむためにトランクをすぐに下ろせるかどうかたしかめてくるわ。荷物用の馬車からあまり遅れたくはないから」

ジェオフは何と答えていいかわからなかった。家のことを管理する能力だけが彼女と結婚した理由ではなかった。しかし、弁明する暇もなく、彼女が部屋を出て扉がぴしゃりと閉まった。

理由を知る機会をまた逸してしまった。

それでも、ジェオフにもこれだけはわかった。問題が彼女の能力と関係があるのは明らかだ。自分は彼女に期待をかけすぎているのだろうか？

寝室に着くころには、エリザベスも怒りをおさめていた。彼をののしってやりたい思いはおちついていた。わたしの能力以上のものに目を向けられれば、わたしという女を理解できるかもしれないと言ってやりたかった。自分が愛するのと同じように夫に愛してもらわなければならない女だと。

エリザベスは旅行用のドレスに着替え、メイドがトランクからとり出したわずかなものを荷造りするのを手伝った。「これでいいと思うわ」

「どのぐらい危険なんです？」とヴィッカーズが訊いた。

「正直、わからないの。だから、何があってもいいように備えておくつもりよ」

扉をノックする音がした。メイドが扉を開いた。

「トランクを下ろしに来ました。準備ができたなら」とケントンが言った。

エリザベスが宿のまえ庭に出たときには、最後のトランクが馬車に積みこまれるところだった。

少しして、ジェオフリーがそばに来た。「一日につき二人雇えることになった」

エリザベスは失望の息を吐いた。「ひとりも雇えないよりはましだと思うけど」それでも充分な数とは言えない。みな警戒を怠らないようにしなければならないだろう。「少なくとも、何を警戒すべきかはわかっているわけだから」

彼とその父親との会話を聞いてから初めて、彼に腕のなかに引き入れられた。エリザベスは腕を両脇に下ろしておくのがやっとだった。あの会話を耳にさえしなければ――。

でも、起こったことを変えることはできない。

少しして、彼は彼女を放した。エリザベスは腕がまだ体に巻きついていてくれたならと思った。

「出発の時間だ」夫は首を傾け、唇にひそかに笑みを浮かべた。エリザベスは腕をまわしてキスしたくてたまらなくなった。「銃の撃ち方はわかっていると言ってくれ」

「ええ、わかっているわ」エリザベスは馬車へと歩み寄りながら、肩越しに振り返った。「それどころか、得意でもある」

三歩の大股で彼は彼女のそばに来た。彼女は彼の腕に手を置いて、馬車に乗りこんだ。

「気をつけて」

「気をつけるさ」

馬車が走り出した。しばらくは平らな田舎の風景が続いた。「ここはイギリスとはだいぶちがうのね」

「そうですね、奥様」とヴィッカーズが答えた。「ちょっと低湿地帯《フェンズ》を思い出させますけど、ここのほうが雲が高いし、沼地が見えません」

「フェンズには行ったことがないわ」とエリザベスは言った。「どんな感じなの？」

「こんなふうに平らなんですが、あちこちに沼があります。いつも雲に頭のてっぺんを押さえつけられている気がしていました」

「それってあまり気分がよさそうじゃないわね」ここの雲が低くないのはありがたかった。

「わたしにとってはイギリスでもとくに気に入りの地域じゃありませんけど、多くの人が好む場所です」ヴィッカーズは窓の外に目をやった。「わたしはここのほうが好きです」

「ブリュッセルまで何事もなく到達できたら、ここのこともうんと気に入るわ」

膝の上に拳銃を置いて本をとり出したが、読むことはできなかった。道には農民や馬車が一定数いたが、何も変わったことはないようだった。しばらくすると、エリザベスは馬車の揺れに眠気を誘われた。

目が覚めると、馬を休めるころあいだった。

昼食のときに、使用人たちがエリザベスとジェオフリーよりも先に進んでも道は安全だろうと馬丁のリドルが予測した。

その晩、一行はフランス国王のいるヘントの街から十マイルほど離れたところにある小さな町に泊まった。気持ちのいい日だったが、馬を休めなければならない回数からして、ブリュッセルに到着するまであと二日はかかる計算だった。

そしてエリザベスはジェオフリーについてすでに実行していること以外、どんな手を打っていいかまるでわからなかった。彼に抱きしめられるうちに、きっといつかキスしてしまい、それがほかのことにもつながってしまうだろう。愛してくれているかどうかわからないまま、またベッドをともにすることになる。

そのため、共通の居間を持つふたつの寝室をネトルが手配したことがわかったときはほっとしたのだった。

顔を洗って着替えをすると、エリザベスとジェオフリーは町を散策した。店はまだ開いていて、迫りくる戦争にびくびくしている者はいなかった。運に恵まれれば、残りの道程もそんなふうに終わることだろう。

夕食をとるころには、エリザベスはベッドにはいりたいとしか思わなかった。明日はまた長い一日になる。

31

ジェオフとエリザベスと使用人たちは翌朝早く出発した。

昨日のうちにヘントまでたどりつきたいと思っていたのだが、そこまではまだ数マイルあり、たとえブリュッセルに到着するのが多少遅れても、必要以上に馬を疲れさせないことにしたのだった。

その日、ヘントを通り過ぎてから、徒歩の人や馬に乗った人、農場の荷車や馬車で道はどんどん混んでいった。

何人か心配顔の人間から、まわれ右をして戻るよう、同じことばで警告された。「ナポレオンがすぐに北へ進軍してきますよ。彼の軍は巨大で、ウェリントンの軍などひとたまりもないという噂です」

ジェオフは助言には感謝したが、正午を過ぎるころには不安が募り出した。いっとき、馬車に近づき、エリザベスに戻りたくないのはたしかかと訊いたりもした。予想どおり、妻はこのまま進もうと言い張った。

それでも、ジェオフは、離れ離れになってしまい、彼女を今以上の危険にさらすことになるかもしれないと何度も考えずにいられなかった。

しまいには彼女に対し、わずかに異なる訊き方をした。「ヘントに戻りたくはないかい？」

エリザベスは目を細め、しばらく黙りこんでから答えた。「どうしてヘントに？」

「そのほうが安全かもしれないからさ」そう言いながらも、離れることはできないとわかっていた。自分以上に身を挺して彼女を危険から守ろうとする人間はいない。

エリザベスの表情が緩んだ。「いいえ、このまま旅を続けたほうがいいわ。ここまで来たんだから、ヘントに戻るころには、ブリュッセルに着いているはずよ。一度で旅を終えてしまいたいわ」

それはたしかにそうだった。「わかった」

彼女がバスケットに食料を詰めさせていたので、ジェオフは馬上でサンドウィッチを食べた。暗くなっても、一行はアッセまでしか行けず、ジェオフはそこで宿をとることにした。

エリザベスは馬車から身をこわばらせて降りた。「止まってくださってありがとう。今夜のうちにブリュッセルにたどりつきたいと思っていらしたのはわかっているけど、こうすれば、使用人たちを明日の朝、先に向こうに送ってわたしたちが到着するまえに家の準備をさせることができるわ」

「きみがどんな状況でもいい面を見つけるのは驚きだよ」ジェオフは彼女の手を自分の腕にたくしこんで体を支えた。

エリザベスは肩をすくめた。「状況を変える方法がないときに、悪い面をくよくよ考えてもしかたないから」ふたりはネトルとヴィッカーズが部屋の準備を整えているあいだ、宿の裏にある庭を散歩した。「状況がどうなっているのか知りたいわ。耳にするのは、ナポレオンが北進しているという噂ばかりだから。ウェリントンがどんな計画でいるのかについては何も聞こえてこないし」

「おそらく、宿の誰かは知っているはずだ」ジェオフは今日会ったほかの誰か以上に宿の亭主が事情に通じているはずはないと思いつつ、彼女をなだめるために言った。

軍に加わっている友人が、砲弾などの音は、じっさいの戦場から何マイルも離れた場所でも聞こえると言っていたが、これまでのところ、軍隊の行動を示すような音は何も聞こえてこなかった。ブリュッセルに着いてすべての疑問に答えが得られたら、ほっとできるだろう。

翌朝もふたりは早く目覚めた。今や早起きは日課となっていた。前日、ネトルは宿の亭主にブリュッセルの地図を借り、ジェオフの父が借りてくれた家の場所を見つけた。

残念ながら、宿の亭主はイギリスの司令部をブリュッセルのどこで見つけられるかジェオフに教えることはできなかった。

使用人のほとんどが夜明けまえに出発し、ジェオフと妻と妻のお付きのメイドともうひとりのメイド――どうしてその年若いメイドが家政婦に同行しなかったのか、誰も説明してくれなかったが――と、馬丁たちと男の使用人ひとりが残された。

一行がブリュッセルの端に到達したところで、ナポレオンがウェリントンの虚をつき、北進していると知らされた。

ジェオフはエリザベスの馬車に追いついた。「よければ、ぼくは馬で先に街にはいるよ。サー・チャールズの居場所を知っている人がいるとすれば、それはぼくの母の友人のリッチモンド公爵夫人だ。少なくとも、彼女の住所は知っている。それほど遠くない。きみは馬車でブリュッセルの中心地までこのまま進むので大丈夫かい？　それとも、ぼくが戻ってくるまで待つ場所を見つけるかい？」

「このまま進むので大丈夫よ」エリザベスはおちついた様子で答えた。ジェオフも彼女が冷静でいてくれることを期待するようになっていた。「この戦闘が終わったら、きっとイギリスの部隊がこちらへ来るのを目にするはずだし」

「だったら、またあとで」ジェオフは彼女を抱きしめてキスし、きみほど勇敢な女性はいないと言ってやりたかった。しかし、そうせずに、街を脱出しようと道を埋め出した人々を避けるために道の端を通って馬を進めた。

　公爵夫人の家に着くと、たしかに公爵夫人はサー・チャールズの住まいを教えてくれたがジェオフがそこに着くと、ロワイヤル街にあるウェリントンの本部へ向かうように言われた。今度は幸いなことに、ジェオフがその建物に近づくと、サー・チャールズが石段を降りてきた。

「こんにちは、サー・チャールズ」ジェオフは手を差し出して言った。

「ハリントン伯爵か、会えてよかった。ここで会えてよかった」年上の男性は心をこめてジェオフの手をにぎった。「いっしょに来てくれ。状況を説明するから。住む場所はあるのか？」

「ええ。父が手配してくれました。あなたに会うために馬で妻よりも先に到着したんですが、使用人たちは数時間まえにその家に着いているはずです。ツィナー街の家です」

「ああ、そうか」サー・チャールズはうなずいた。「いい場所だ。ここから公園を越えていったところにある小さな通りだ。大陸への航海はどうだった？」

「予想どおりでした。この二日ほどは、オーステンデとアントワープに向かう人の流れが途絶えませんでした」

「まだ何も起こっていなくても、動揺する人間は必ずいるものさ」サー・チャールズは首を振った。「レディ・ハリントンに会うのがたのしみだな。ところで、やることは山ほどある。きみが使用人を先に送る深慮を働かせたことは喜ばしいよ」

エリザベスと過ごす時間も、新居で過ごす時間もあまりとれないのは明らかだった。「ぼくも仕事をはじめるのがたのしみです」

それからの数時間は、メモをとったり、報告書を写したり、手紙を書いたりして過ごしたが、そのあいだずっとエリザベスは無事だろうかと考えていた。五時になると不安になり出した。もう何か知らせが届くはずだ。

サー・チャールズの使用人のひとりがツィナー街の家に伝言を届けてくれることになった。すぐに何か知らせがなければ、伝言を送ることにしよう。

エリザベスはジェオフリーがブリュッセルの中心地に向けて馬をゆるく駆けさせるのを見送った。ここまで来たら、残りは全員馬に乗っていけたらいいのにと思わずにいられなかっだ。人や馬車や荷馬車で混雑する道を大きな馬車で縫うように進むよりもずっと簡単なはずだ。

道沿いに乗り捨てられている乗り物もあった。所有者は運べるものだけ持って逃げたとでもいうような。一時間後、彼女はフェートンを先にやった。フェートンのほうが大きな旅行用の馬車よりも混んだ道をすばやく動けるからだ。

三時間も経つと、エリザベスはほとんど進めずにいる馬車に乗っているのに飽き飽きした。そのあたりには店もあり、使用人たちは食事をする必要があった。

馬車の天井をたたいて彼女は呼びかけた。「馬車を停めて」馬車が停まると、エリザベスはヴィッカーズと年若いメイドのモリーに目を向けた。かわいそうなモリーがこの馬車に乗っているのは具合がよくないせいで、夜明けまえに出発した、出せるだけの速度で走る荷物用の馬車に乗っていくのは耐えられそうもなかったからだ。「道の向こうにあるパン屋に行ってくるわ。こんなに道が混雑すると想像がついていたら、宿のおかみさんに頼んでバスケットに食料を入れてもらったんだけど。ヴィッカーズ、パン屋の隣のチーズ屋に行って、ロールパンにはさめるチーズを買ってきて。モリー、わたしといっしょに来て」使用人のケントンに馬車から助け下ろしてもらうと、エリザベスはスカートを振った。「状況についてはよくわからないけれど、馬車と馬のことはよく見張っていて。近づきすぎる者がいたら、警告して追い払うの。必要とあれば、拳銃を使って」

エリザベスは通りを渡ると、パン屋にはいって店の若い女性に挨拶した。焼き立てのパンの香りに包まれると天国にいるような気がした。その香りのせいで、空っぽの胃が抗議をはじめた。

エリザベスが家に到着するまで同行者の空腹を満たすに足るロールパンを注文していると、モリーが悲鳴をあげた。「奥様、うちの馬たちを奪おうとしている男がいます！」

エリザベスははっと振り返った。いったいそんな悪どいことをするのは誰なの？

御者は馬具に触れようとしている紳士と使用人に対して拳銃を振っている。あの悪党はほんとうにうちの馬を盗んで逃れられると思っているの？

彼女は財布からいくつか硬貨を出してメイドに渡した。「パンを買っておいて。わたしは馬たちを助けに行くから」そう言って店を出て拳銃をとり出しながら馬車へ向かった。

馬を奪おうとしている紳士とその使用人がいるのとは反対側にまわると、びくびくしながら馬を馬車から外そうとしている若者に銃口を向けた。「すぐにやめなさい。さもないと、うんと後悔することになるわよ」その使用人は驚いて顔を上げた。それから、とり出した銃を三十代半ばから四十代初めぐらいに見える紳士に向けている御者にちらりと目をやった。

エリザベスは片方の眉を上げた。「こちらはあなたの馬丁？」

「ああ、そうだ」男は顎を上げ、横柄な声で言った。「私はきみの馬を緊急に必要としている」

「偶然ですけど」エリザベスは紳士以上に威厳のある声を出そうとした。「わたしもこの馬たちを緊急で必要としているんです。それに、馬たちはわたしのものですから、わたしのほうが馬を使う権利は大きいはずです。馬を手放すつもりもありませんし」そう言って銃の撃鉄を上げた。「さあ、あなたのせいで使用人にけがをさせたくなかったら、ふたりともわたしの馬と馬車から離れて」

男はじっさいため息をついた。「残念だが、きみはわれわれのどちらかを撃たなければならないようだ。私の必要のほうがきみよりも大きいと言わざるを得ないのでね。私はイギリスへただちに戻らなければならない」

「ウィリアム」エリザベスは御者に呼びかけた。「少し後ろに身をそらしてその馬丁に銃を向けていて」御者が命令に従うと、エリザベスはそれ以上ことばを発することなく紳士に銃を向け、弾丸を発射した。紳士がかぶっていたビーバー帽が吹き飛んだ。

馬丁と紳士は同時に悲鳴をあげて後ろに飛びすさった。横にいたヴィッカーズが、エリザベスが持っていた小さな拳銃を受けとり、代わりに馬車に積んであった銃のひとつを手渡した。「あなたとモリーは馬車に乗って日よけを下ろして」

少しして紳士は叫んだ。「いったい何をしているつもりだ？」

「強奪されようとしている自分の持ち物を守っているんです」エリザベスは重い銃を彼に向けた。

「私が誰か知っているのか？」自分は摂政皇太子ほども世に知られた人物だと言わんばかりの口調だ。

「それはおかしな質問ですわね。紹介されたことがありませんもの。ですから、あなたがどなたかは知りようがありません。そういう意味では、知りたいとも思わないけれど。わたしに言わせれば、あなたは泥棒でしかないのだから」エリザベスは銃の撃鉄を上げ、愚かな男に、何の問題もなくもう一度撃つつもりであることを知らせた。「もっと大事なものを傷つけられたくなかったら、この場を去ったほうがいいわ。ただちに」エリザベスは男と馬丁が道を下っていき、もはや脅威でなくなるまで銃を彼に向けたままでいた。「行きましょう。でも、人のものを自由に奪っていいと思っている人はほかにもいるかもしれないから、気をつけるのよ」

「あの人、戻ってくると思いますか、奥様？」とモリーが訊いた。

「自分の身のためを思ったら、戻ってこないでしょうね」とヴィッカーズが答えた。

「すばらしい射撃の腕でした、奥様」馬丁のファーリーが忍び笑いをもらした。「紳士が悲鳴をあげるのを聞いたのは初めてです」

「小さな女の子のような悲鳴だった」御者のウィリアムが片手で膝を打った。「旦那様がこの話を聞いたら何とおっしゃるか」

「よくやってくださいました、奥様」エリザベスが馬車に乗るのに手を貸しながらケントンが言った。

扉が閉まると、ケントンはウィリアムの隣によじのぼり、馬たちはまえに進んだ。

それから一時間以上ものあいだ、エリザベスは馬車に積んである銃を膝に載せたままでいたが、ようやく安全だと思えて銃をホルスターに戻した。「この旅が終わったら、ほんとう

うにして言った。

「紳士が貴婦人から馬を奪おうとするなんて誰が思います？」とヴィッカーズが考えこむようにして言った。

「必死だったのよ。でも、そのせいでわたしたちが動けない状況におちいるわけにはいかなかった」エリザベスは先ほどの出来事についてジェオフリーはどう思うだろうかと考えた。最近の振る舞い方からして、動揺するかもしれない。でも、彼はわたしに銃は撃てるかと訊いてきた。おそらく、それも彼の妻にふさわしい資質のひとつだと考えているのだろう。

ヴィッカーズとモリーがチーズのサンドウィッチを作り出した。ヴィッカーズは最初に作ったサンドウィッチをエリザベスに差し出したが、エリザベスは首を振った。ほかの人たちが食べ終えてから食べるつもりだった。

モリーが窓から男たちにサンドウィッチを手渡してから、エリザベスは差し出されたサンドウィッチのひとつを手にとった。彼女がひと口食べてから、ヴィッカーズとモリーもサンドウィッチを食べた。

二時間後、馬車は大きな公園の裏の上品な通りに面した、慎ましい大きさの家のまえで停まった。馬が足を止めるやいなや、執事のプレストンが扉を開き、ネトルとジェオフリーの馬丁のリドルがトランクを下ろし、馬の手入れをするために家から出てきた。

「馬を守らなくちゃならないわよ」とエリザベスが言った。「今日、あやうく盗まれかけたんだから」

「裏に鍵のかかる厩舎がございます、奥様。二階から寝台を下ろしてきて、夜は交代で馬たちのそばで番をしましょう」

「銃には弾丸をこめておいて、何かあったら、ためらわずに知らせてね」

当然ながら、エリザベスが馬泥棒をどんなふうに追い払ったかはすぐにみんなの知るところとなった。

「まばたきひとつせずに、男の帽子に銃弾で穴を開けなすったんだ」ウィリアムがほかの面々に語ってきかせた。

「お部屋の用意はできております、奥様」ロビンズ夫人がエリザベスとヴィッカーズを庭を見晴らす二階の大きな部屋へと導いた。

暖炉には火がはいっていた。フランス窓の向こうには、ふたつの椅子とテーブルが置かれた小さなテラスがあった。

「家の状態は悪くありませんでした」と家政婦は言った。「常勤で家を管理している地元の夫婦がおりまして。奥さんのほうは手伝いのメイドを使っていたんですが、軍隊やら何やらがこの街にいるようになってから、家のことはほとんど自分でやってきたそうです」

今日の夕食と明日の朝食のメニューを家政婦と話し合っているときに、エリザベスはようやく自分が思いのままにとり仕切れる家ができたのだと実感できた。

「その奥さんがとてもいい料理人を知っているそうです。奥様が雇いたいとお思いなら」とロビンズ夫人が言った。

「少なくとも、試験的に雇ってみましょう」とエリザベスは答えた。地元の人間なら、新鮮な食材をどこで買えばいいか心得ているはずだ。

「わかりました、奥様。奥さんに伝えます」

部屋に銅製の湯船が運ばれ、すぐに湯が張られた。

エリザベスはメイドがラベンダーとレモンバームで香りをつけた湯に身を沈め、使用人たちとともに大変な思いをした一日を終えて、みずからに気を緩めることを許した。

心はうつろい、夫のことを考えていた。サー・チャールズは見つかったかしら？　きっと見つかったにちがいない。この家にジェオフリーは来ていないのだから。すでに仕事をまかされているのか、それとも旧友にばったり会ったのかも。

それを知る方法はたったひとつだった。「ヴィッカーズ、男性の使用人の誰かに旦那様を探しに行かせて。無事に到着したのかどうか知りたいし、わたしたちがここに着いたことも知らせたいわ」

「かしこまりました」

エリザベスはこの街に滞在する短い時間をたのしもうと決めていた。ナポレオンとの戦いが勝利に終わったら、すぐにパリに移ることになる。そして、勝利に終わらなかったら、イギリスに逃げ帰ることになる。

32

エリザベスは居眠りしてしまったにちがいなかった。気づくと湯はかなり冷めており、ヴィッカーズに肩を揺すられていた。

まばたきして訊く。「今何時？」

「五時をまわったところです。上がってください。拭き布をお渡ししますから」

エリザベスは言われたとおりに立ち、拭き布が暖かいことに驚いた。「暖炉のそばに置いておいてくれたのね」

「かけるための台があるんです。というか、たぶん、そのためのものだと思うものが」

「旦那様から何か知らせは？」夕食をともにすることになっているのかどうかすら知らなかった。

「書きつけが届いたところです」ヴィッカーズはエリザベスにガウンを手渡した。「それでお起こししたんです。それと、あそこにこれ以上つかっていたら、死ぬほど凍えてしまいますから」メイドはポケットに手を突っこんだ。「これです」

親愛なるエリザベス

ブリュッセルまでの残りの道のりは問題なく過ごしたようだね。きみが無事着いたと知ってほっとしている。家できみを出迎えられたらよかったんだが。残念ながら、ぼくは今夜遅くまで家には戻らない。サー・チャールズに会ってすぐに仕事にあたることになった。明日、リッチモンド公爵夫人の舞踏会に招かれたんだが、そのまえに食事をともにと言われている。

ウェリントンはモンスにいる誰かからの連絡を待って行動を起こすそうだ。

きみの僕《しもべ》たる夫　G

エリザベスは目を刺す涙をまばたきで払った。望むような夫婦関係だったら、何もかも非の打ちどころがないはずだった。それでも、信じなければならない。先代の侯爵夫人は、ジェオフリーの祖父も気づくのに時間がかかったと言っていた。彼の一族の男性にはそういうところがあるにちがいない。

いつか、愛してもらえるといいのだけれど。

それまでのあいだ、自分は彼にふさわしい妻の役割を演じなければ。「今夜、旦那様は家でお食事はされないけど、お戻りになったときにおなかが空いているといけないから、スープとお肉とチーズとパンは用意させておいて」

ヴィッカーズはうなずいた。「ミセス・ロビンズに伝えておきます」

ヴィッカーズが扉を閉めると、エリザベスはテラスへ出て椅子のひとつにすわった。教会の尖塔が遠くにそびえており、ほかの家々の屋根が見えた。庭にはさまざまな色の花が植えてあり、小道によって区切られている。

明日、家のなかを望みどおりに整えたら、庭を探索し、街に出てみてもいいかもしれない。ここはほんとうにきれいなところだもの。

それでも、家のなかのことをする以外に何か時間をつぶせるものを見つけなければ。自分が役に立てることがあるかどうか、ほかの女性たちに会って訊いてみるのもいいかもしれない。知己の誰かがここにいる可能性もなきにしもあらずだ。

エリザベスはジェオフリーからの手紙にもう一度目を通して息を呑んだ。
リ、リ、リ、リッチモンド公爵夫人の舞踏会。どうしてそれを見落としていたの？
ブリュッセルでは誰もが催しを開いているとジェオフリーの友人が言っていたのは冗談ではなかったのだ。

数分後、メイドが部屋に戻ってきた。「お着替えの準備はいいですか、奥様？」

「ええ。ふつうの昼用のドレスを。ただ――」エリザベスは笑みを浮かべた。「明日の晩のために新しい舞踏会用のドレスにアイロンをかけておいてくれるかしら。リッチモンド公爵夫人の舞踏会に招待されているから」

メイドの顔に満面の笑みが広がった。「つまり、噂に聞いていたことは全部ほんとうなんですね」

ひとり静かな夕食を終えても、まだ庭を見てまわれるほどには明るかった。エリザベスは朝まで待たないことにした。

イボタノキの生け垣のまえにはワタチョロギや、ビジョナデシコや、チクマハッカが植えられていた。四角く区切られた一画の真ん中には、タチアオイ、ヒエンソウ、フロックス、ヒナギクなどが集められ、別の一画はツゲの小さな生け垣がバラを囲んでいた。バラの下ではラベンダーが花開いている。

庭の真ん中には噴水があり、それを囲む敷石の上にいくつかのテーブルと椅子が置かれていた。エリザベスは椅子のひとつに腰を下ろし、水音や近くで聞こえる蹄の音や人の話し声に耳を傾けた。

日が沈みはじめると、家のなかにはいり、グラスにワインを注いですわり心地のいい椅子を見つけ、ジェオフリーが帰宅したときに出迎えられるように本を読み出した。それでも、時計が十時を打つとベッドにはいった。

その晩遅くか翌朝早く、玄関の扉が開く音と低い声が聞こえた。ジェオフリーが帰宅したにちがいない。用意させておいた食べ物を喜んでくれるといいのだけれど。

次に目を開けると、レースのカーテン越しに陽光が射しこんでいた。開いた窓の窓枠に小鳥が留まってさえずっている。エリザベスにとっても起きる時間だった。彼女は呼び鈴を引いた。今日もやらなければならないことがたくさんある。

ジェオフは忌々しい小鳥を呪った。従者でさえ、こんなに朝早く起こしには来ない。昨日は真夜中すぎまで帰宅できなかったのだった。

サー・チャールズと夕食をともにはしたものの、簡単なものだったので、エリザベスが食事の用意をさせておいてくれたことはありがたかった。

寝るまえに、温かいオニオンスープとハムとやわらかいチーズとパンとワインをたのしむことができた。

その心遣いに、船酔いのときに彼女が介抱してくれたことを思い出した。船酔いなどしないとあれほどに思い上がっていた自分を。

そして昨晩、服を脱ぐのをネトルに手伝ってもらっているときに、エリザベスが馬泥棒を追い払った話を聞かされたのだった。

ああ、妻は驚くべき女性だ。

「ケントンによると、奥様は拳銃を手に、馬を馬車から外そうとしていた使用人のところへ歩みより、銃口を向けてやめろと命じたそうです」

「どういう意味だ、使用人とは？」自分の使用人に何かを盗めと命じる主人がいるとは思えなかった。ましてや馬車から馬を盗もうなどと。

「その場にいたのは、母国へ帰るのに馬が必要だと言うイギリスの紳士だったそうです」

「それが誰かはわかっているのか？」その悪党が誰かわかったら、父に手紙を書いて、誰であろうとつかまえてもらおう。

めったにないことだが、ネトルは忍び笑いをもらした。「その紳士が奥様に自分が誰か知っているのかと訊いたところ、奥様は頭がおかしいのかというような目で相手をにらみつけ、紹介されたことがないのだから、知りようがないというようなことをおっしゃったそうです。誰であろうと関係ないと。奥様はその紳士の帽子を撃って飛ばしたとか」

撃って？　一瞬、ジェオフは口がきけなくなった。「何をしたって？」

「その紳士の帽子を撃って飛ばしたそうです。それから、ほかに大事なものを失いたくなかったら、この場を去れと言ったそうです」従者はジェオフのブーツの一方を脱がせた。「そのころには、馬車に積んである銃を手にしていたそうで」

ジェオフは自分が腰を下ろしていてよかったと思った。そうでなければ、妻が泥棒に向かって銃を発射したと聞いて倒れていたかもしれない。ああ、なんてことだ。万が一彼女の身に何かあったとしたら……。彼女をひとり残していくべきではなかったのだ。妻に会ったらすぐに、残していったことについて赦しを請わなければ。

ああ、まったく。彼女の身に何もなかったのはほんとうに幸運だった。

エリザベスが拳銃の使い方を知っていると言ったときには、まさかそんな悪党と対決しなければならない事態におちいるとは思ってもみなかったのだった。知っているご婦人のほとんどなら、とり乱したことだろう。しかし、彼女——妻——は冷静にその場をおさめたのだ。自分で紳士を撃つことで、つかまる危険から使用人たちを守ってもくれた。その男が貴族で——その態度からしてそうにちがいないが——御者がその男を脅したとしたら、困った状況におちいっていた可能性もある。

彼女を見つけ、結婚できたことがどれほど幸運だったのか、わかっていなかった。じっさい、今すぐ部屋へ行って彼女を担いでくることなく、自分のベッドに連れ戻すことができたら、人生は完璧なのだが。

ジェオフは彼女とベッドをともにすることや、目覚めたときに彼女がそばにいることを恋しく思っていた。夢に見るのはつねに、結婚式後いっしょに過ごした二日間のことばかりで、忌々しい小鳥に起こされたときには、これまで経験したこともないほどに硬くなっていた。

朝食の間に行ってみると、ありがたいことに、エリザベスがちょうどテーブルにつこうとしていた。

ジェオフは身をかがめて彼女の頬にキスをした。「おはよう。昨日はおもしろい旅をしたと聞いたよ」

エリザベスの隣に腰を下ろすと、魔法のように彼女の手に淹れ立てのお茶のポットが現れた。エリザベスは夫のためにカップにお茶を注ぎ、砂糖をふたつとミルクを加えた。ジェオフはお茶をひと口飲み、妻が調合したお茶の芳醇な香りをたのしんだ。

「期待していた以上のね」エリザベスは冷ややかに答えた。「でも、かなりうまく責任ははたしたと思うわ」

「ぼくが聞いた話では、きみはほんとうにすばらしかったそうだ」彼女の頬がピンク色に染まり、ジェオフは褒めることで彼女を喜ばせたことがうれしくなった。

「ありがとう」エリザベスはテーブルの上のパン入れからロールパンをとった。「あなたはどうやってサー・チャールズを見つけたの？」

そこで初めて、自分がその場に居合わせなかったことを謝るのは、ある意味彼女を侮辱することになるかもしれないと思った。それでも、何か言わずにいられなかった。「すぐに話すよ。でも、まずは、きみが自分で泥棒に対処しなければならなかったことで、腹を立てていないかどうか訊きたい」

エリザベスは眉を下げ、しばらく彼の質問について考えていたが、やがて言った。「あなたがあそこにいたら、あんな状況にはならなかったでしょうね。あの男性は馬を奪う権利について争う紳士が乗っていない馬車だと見てとってあんなことをしたんだから。きっと、わたしには何もできないと思ったのよ」彼女の唇にかすかな笑みが浮かんだ。「それは思いちがいだったけど。じっさい、撃てるものなら撃ってみろと挑まれたのよ」

その一件について彼女がどう感じているかをジェオフが理解したのはそのときだった。

「挑戦だったんだな。きみはそれをたのしんだ」

エリザベスの笑みが深まった。「ええ、かなり。銃の撃ち方は兄に習ったの。最初から、標的を撃つのが上手だったのよ。じっさいに撃ちたいものを撃てることにはわくわくしたわ。泥棒の企てを阻止できたのはうきうきするような経験だったし」彼女は手をひらひらさせた。「そのおかげで自分が……力を持ったように思えた」そう言ってテーブルに置かれた皿からトーストをひと切れとった。「それで、あなたはどんな一日だったの？」

そんなふうに活き活きとした妻を目にするのも久しぶりだった。ぼくを赦しつつあるのだろうか？「思いがけず忙しかった」彼は笑みを浮かべた。「サー・チャールズは簡単に見つかったんだ。ただ、予測不能のことだらけの混乱した状況でね。じっさい、ナポレオンが進軍してきたらどうなるのかを、みな待っているような感じだ。昨日、どうしてあれほどの人間が道にいたのか、理由はわかったよ。あのフランス人が北へ向かっているという噂が出まわっていて、一般市民が逃げ出しているんだ」

「彼がいつここへ来るかわかっているの?」エリザベスはトーストをひと口かじって嚙んだ。

プレストンがジェオフのまえに肉と卵の載った皿を置いた。「燻製の魚は手にはいらなかったんだな?」

「ええ、今朝は」エリザベスは濃いブロンドの眉の片方を上げた。「ナポレオンは?」

「それだけだ。何もわかっていない。彼がパリを離れたという確たる知らせもない。ルイ王はまだヘントにいるしね」ジェオフは唇を引き結んだ。短いあいだに彼女は非常によく家を整えてくれていた。すぐに引っ越すことになると伝えるのは嫌でたまらなかったが、それはしかたがない。「王を監視するためにヘントに移れと言われるかもしれない」

エリザベスはトーストの横に置いてあった半熟卵を食べながらうなずいた。「向こうにも家はあるの?」

ジェオフはぽかんと口を開けそうになったが、すぐに気をとり直した。エリザベスは極めていい反応を見せてくれている。「たぶん。少なくとも、まだ手放すことにはなっていない」

「ヘントに行くようにという命令がくだったら、トランクを荷造りして移りましょう」砲弾の音がかすかに聞こえてきて、エリザベスは下唇を嚙んだ。「わたしの疑問のひとつには答えが出たかもしれないわね」

ジェオフは残りの食べ物をすばやく平らげ、お茶をごくごくと飲んだ。「行かなくては」部屋を出る際に、彼はまた彼女にキスをした。今度は口に。「舞踏会のことを忘れないでくれ」

エリザベスは驚いて振り向いた。「まだ舞踏会が催されると思うの？」

「さあ、わからない。催されないようだったら、連絡するよ。そうでなければ、七時までに準備をしておいてくれ。公爵夫妻と食事をともにすることになっているから」

エリザベスは唇に二本の指をあてて朝食の間から出ていくジェオフリーを見送った。どちらのキスにも驚かされた。とくに最初のキスは予想もしていなかった。

彼と彼の父の会話を耳にしたときから、ジェオフリーは親密な行為をしてこようとはしなかった。唇へのキスにはまったく心の準備ができていなかった。キスも愛撫も恋しくてたまらなかったが、心に決めたことを忘れてはならない。

ジェオフリーはどういうつもりでキスしたのだろう？　それはつまり、冷たい態度をとっているのが功を奏しているということ？　突然愛情を示してくるほかの理由は思いつけなかった。きっとそれが理由にちがいない。ようやくわたしを本気で想いはじめたのだ。

エリザベスはひとりほほ笑んだ。もうそれほど長くはかからないはず。

朝食を終えると、ボンネットとマントと手袋をとってこさせ、執事のプレストンに向かって言った。「外出は男性の使用人といっしょでないとね。ケントンを連れていくわ」

メイドのヴィッカーズが急いで階段を降りてきた。「わたしもごいっしょしたほうがいいですか、奥様？」

「今回はいいわ。状況がどうなっているかたしかめたいんだけど、どのぐらい安全なのかわからないから」ヴィッカーズにボンネットをかぶせてもらうと、自分で手袋をはめた。「今夜の舞踏会にはどのドレスを出したの？」

「銀のネットのついた新しい淡いピンクのドレスです」とヴィッカーズは答えた。

「完璧ね」

「お気をつけてくださいね？」メイドは額に縦皺を寄せ、唇を引き結んだ。

「何にしても危険があったら、すぐに戻ってくるわ」エリザベスは約束した。「拳銃を持っていくし」

エリザベスと使用人は公園を通り抜けた。反対側に着くと、通りを埋め尽くす馬車の数に驚いた。「昨日でも最悪と思っていたのに。ブリュッセルのみんなが街を脱出しようとしているの？」

「そのようですね、奥様」と使用人は言った。

「もう充分よ」数分のうちにふたりは家に戻り、エリザベスは奥の居間にロビンズ夫人を呼んだ。

「はい、奥様」家政婦はお辞儀をした。

「料理人に旦那様とわたしは今夜よそで食事をすると伝えて」エリザベスは使用人に何と伝

えるべきか考えながら、指で書き物机をたたいた。「すぐにここを離れる可能性が高いの。そうプレストンに伝えてちょうだい。わたしはヴィッカーズに言うわ。荷ほどきはどのぐらい終わっているの？」

「数日のあいだ必要なものだけです、奥様。またすべて準備を整えるのは問題ありません」

「ほかの人には内緒にしておいて」出発するときにどんな状況になっているかはわからなかったが、ここだけの話にしたほうがいい。

「かしこまりました」

家政婦が部屋を出ていくと、何も変わったことはないふりをしようと決めたが、実行するのはたやすくなかった。

幸い、思った以上にその日は早く過ぎた。伯母と兄に手紙を書き、父にも書いた。それから、ジェオフリーの母と祖母にも、実家の家族に告げたのと同じことをしたためた。無事ブリュッセルに着き、ジェオフリーはサー・チャールズのもとで忙しくしていると。

そうこうするうちに、既婚婦人として初めて参加する舞踏会のために着替える時間になった。

33

ジェオフリーは、出かけるまえの着替えにちょうど間に合う時間に帰ってきた。

エリザベスは着替えを済ませるとすぐに彼の寝室へ行き、夫がクラバットを結ぶのを眺めるという非常に妻らしい振る舞いをした。

おそらく、多少態度をやわらげたほうが彼の助けになるだろう。

たった三度失敗しただけで、クラバットは見事に結ばれた。「とても優美だわ。なんという結び方？」

「〝愛の王座〟さ」ジェオフリーがバースの紺の生地で仕立てた上着を着るのにネトルが手を貸し、彼が唯一身に着ける飾りである時計と片眼鏡も手渡した。ジェオフリーは妻に腕を差し出して言った。「行くかい、奥さん？」

愛情をこめた呼びかけに、一瞬エリザベスは虚をつかれた。彼にはベッドのなか以外でそんな愛情をこめた呼びかけをする習慣はこれまでなかったからだ。

今朝思ったことは正しかった。いい方に進んでいるのはまちがいない。彼が愛していると言ってくれるまでさほどかからないといいのだけれど。

サーンドル街にあるリッチモンド公爵夫人の家に到着すると、来訪が告げられ、ジェオフリーとエリザベスは応接間へと案内された。

「ハリントン」公爵夫人がまえに進み出て挨拶した。「夕食にいらしていただけてとてもうれしいわ」夫人はエリザベスに目を向けた。「花嫁をご紹介いただかないと」

ジェオフリーはエリザベスがお辞儀できるように腕をほどいた。「奥方様、妻のエリザベスを紹介いたします。ターリー子爵の娘です」

「なんておきれいで優美なの」公爵夫人はエリザベスにほほ笑みかけた。「あなたを見つけるなんてハリントンは幸運ね。わが家へようこそ」

「ありがとうございます、奥方様」エリザベスは笑みを返した。「ちょうど間に合って到着できてうれしいですわ」

ジェオフリーはすでにまたエリザベスの腕を抱えこんでいたが、公爵夫人が彼のもう一方の腕に手を置いた。「ほかの方々にご紹介するわ。でも、まずは、ハリントン、お母様がどうしていらっしゃるか話してくれなくては。彼女から消息を聞いてはいるんだけど、ほんとうのところはわからないから」

「母はとても元気です」ジェオフリーは答えた。「両親には、ナポレオンとの争いがうまく解決したら、来年の春にはパリに来てくれと言ってあります」

「すばらしいわ。パリをたのしむのに春は願ってもない季節よ」公爵夫人はふたりを応接間のなかへと導き、客たちに紹介してまわった。

そこにはオラニエ公をはじめとした外国の王族が何人かと、外国の貴族もいた。ほとんどが伯爵か男爵だったが、エリザベスががっかりしたことに、ウェリントン公はいなかった。

ジェオフリーは妻にワインのグラスを手渡した。「パリで付き合うことになるのはここにいるような人たちだ。どう思う？」

自分がうまく振る舞っていることについて褒められるものと思っていたので意外だった――いえ、以前はそうだったというだけね。「もちろん、みなさんすばらしいわ。どう思うか答えるまえに、もっとよく知り合いになりたい」

ジェオフリーは彼女にグラスを掲げた。「たしかにそうだね、奥さん。鋭い意見だ」

外国の軍服姿の紳士が色目を使ってきて、ジェオフリーからわずかに引き寄せられると、エリザベスは笑みを浮かべそうになるのをこらえた。

エリザベスよりもやや年上の女性がふたりのところに近づいてきた。「ハリントン、あなたが到着したと母から聞いたの。あなたに会うのは子供のころ以来ね」

ジェオフリーはしばしその女性をじっと見つめた。「ジョージー！　ここできみに会えるとはうれしいな」そう言ってエリザベスが浅くお辞儀をできるだけ、抱えこんでいた彼女の腕を緩めた。「ぼくの妻のエリザベスだ」

「エリザベス、こちらリッチモンド公爵夫妻の三番目の娘であるレディ・ジョージアナ・レノックスだ」

「お会いできてうれしいわ」レディ・ジョージアナは温かい笑みを浮かべた。「ご結婚おめでとう。わたしたち、いいお友達になれるといいんだけど」

「お会いできてほんとうに光栄ですわ、レディ・ジョージアナ」エリザベスも彼女と友達になれるといいと思った。「ブリュッセルはいかがです？」

「ここではほんとうに陽気に過ごしているの。それが続くといいんだけど。でもお願い、わたしのことはジョージーと呼んで」

「でしたら、わたしのことはエリザベスと呼んでくださらなくては」

それから、ジェオフリーとエリザベスはプロイセン人の会話の輪に加わり、ドイツ語で話すことになった。

そのすぐあとで夕食の準備ができたと告げられた。ジェオフリーが新婚の権利だと言って妻の隣にすわることを主張してくれたのはうれしかった。そんな権利など聞いたこともなかったが、公爵夫人は笑ってそれを許してくれた。

夕食は大きな舞踏会のまえにふさわしいもので、肉や魚の一番いい部分を選んでくれたりと、夫から向けられる関心のせいで、いっそう特別なものになった。ジェオフリーは必ずエリザベスの好みをたしかめ、ワインなどの酒がほしいかどうかを訊いてくれた。

迫りくる戦争の話は避けられ、いつもとちがうことなど何も起こっていないようにみなが振る舞うのはあまりに非現実的に思えた。

舞踏会のために飾りつけられた部屋へ行くと、エリザベスはジェオフリーに耳打ちした。

「夕食の席でナポレオンとの戦争のような話題を出すべきじゃないのはわかるけど、誰もまったくそれに触れなかったのは奇妙だと思わない？」

「おそらく、意識してそれについて考えるのを避けているんだろうな」彼は部屋のなかを見まわした。「ここにいる男たちの多くは国に帰れないかもしれないわけだから」

彼の言うとおりで、エリザベスも考慮してしかるべきだった。そして、夫が戦場に行かずに済むことを極めてありがたいと思った。時間があれば、戦場におもむく予定の彼の友人たちを夕食に招待しよう。

すぐにほかの客たちも到着しはじめ、部屋は色とりどりのシルクや、赤や緑や青の軍服で一杯になった。

エリザベスは最初のダンスをジェオフリーと踊り、二曲目はトーマス・プレンダーガスト大尉と、三曲目をジェオフリーの友人で、ふたりを探し当ててくれたウィリアム・トゥール大尉と踊った。

そのあとは、次のダンスまでいっしょにいてくれとジェオフリーが頼んできた。ふたりがともにシャンパンを飲んでいると、第九十五ライフル連隊の軍服を着た、背が高く黒っぽい髪の紳士が歩み寄ってきた。「ハリントン伯爵ですか？」ジェオフリーはうなずいた。「ぼくはホークスワースです。ぼくをお探しになっていると聞いたんですが」

「そうです」ジェオフリーはにやりとした。「あなたの弟で大主教院にいるセプティミウス卿から、もっと頻繁に手紙を書くようにとの伝言をあずかってきたのでね」そう言って相手の軍服に目をやった。「あなたは近衛連隊にいると聞いていたんだが」

「所属を替える機会があったときに、替えたんです」ホークスワース卿は言った。

ジェオフリーは妻に目を向けた。「忘れていた。エリザベス、ホークスワース大佐を紹介していいかな？　ホークスワース、ぼくの妻のレディ・ハリントンです」
「お会いできて光栄です、レディ・ハリントン」ホークスワースはまるで宮殿でするような
お辞儀をした。「ぼくと踊っていただけますか？」
「喜んで、ホークスワース様」エリザベスがダンスフロアに導かれると、フィッツェンリー
卿がジェオフリーのそばに歩み寄った。兄の友人のサットン大尉や夫の友人のコットン少佐
はこの舞踏会に来ているのだろうかとエリザベスは考えた。
ホークスワース卿と踊りながらジョージーのそばを通ると、彼女は若いヘイ卿と言い争っ
ていた。エリザベスは夫の古い友人が何に腹を立てているのだろうと思わずにいられなかっ
た。
その後、フィッツェンリー卿からもダンスを申しこまれた。「ぼくたちは明日朝三時に出
発できるようにしておけとの命令を受けているんです」
エリザベスは思わずよろめきそうになった。「そんなにすぐに？」
「ナポレオンのせいで虚をつかれましたからね」彼は顔をしかめた。「でも、恐れる必要は
ありませんよ。ウェリントン公がなんとかしてくれるでしょうから」フィッツェンリー卿は
すぐに話題を変え、エリザベスも、誰も戦争の話をしていないことをありがたく思った。親
しくなった紳士が生きて戻らない可能性もあるのだ。「あなたはブリュッセルに留まるんで
すか？」
「よそへ移れと命令されるまでは」とエリザベスは答えたが、心はすでにここにいる兵士の

うち何人が故国に戻らずに終わるのだろうと考えていた。

公爵夫人の企画で、スコットランド近衛連隊と第九十二歩兵連隊の有志の兵士が、リールの踊りとバグパイプの演奏を披露した。ジェオフリーもエリザベスのそばへ来て、それを見物した。

それが終わると、彼は訊いた。「何か聞いたかい?」

「フィッツェンリー様によると、明日朝三時までに出発の準備をすることになっているそうよ」

ジェオフリーは険しい目で彼女を見た。「そんなにすぐにか。ウェリントンも到着していないのに」

それを長く待つことにはならなかった。公爵は夜食の直前に到着した。ご機嫌な様子だったが、それもオラニエ公が彼のところに歩み寄って耳打ちするまでのことだった。

年上の将校たちのなかには心配そうな顔をする者もいたが、若い将校たちは精力にみなぎっていた。

「どうして若者たちが戦争に行きたがるのか、わたしには理解できないわ」エリザベスはジェオフリーにささやいた。

「たいてい一度も戦争に行ったことのない連中だけさ」ジェオフリーは妻の腰に腕を巻きつけた。それがなぐさめとなり、エリザベスはありがたく思った。

夜食に向かうふたりに、フィッツェンリー卿が追いついた。「ぼくはそろそろお暇《いとま》します。

またお会いできて幸いでした」

エリザベスは手を差し出し、フィッツェンリー卿はその手の上に顔を伏せた。「お気をつけて」

「なるべくそうします」彼は悲しげな笑みを浮かべた。「さようなら」

ジェオフリーはフィッツェンリー卿と握手した。「幸運を祈りますよ。あなたとあなたの部隊の兵士に神の恵みを」

エリザベスの目からひそかに涙がこぼれた。「家に帰りたいわ」

「そのほうがいいな」ジェオフリーは彼女にハンカチを渡し、エリザベスはそれをありがたく受けとった。

家に戻る途中、大勢のブリュッセル市民が家から出てきて、兵士たちを抱きしめ、幸運を祈っているのに出くわして驚いた。

ジェオフリーは馬車を停めさせ、ふたりはその情景を見守った。公園は兵士や装備で一杯だった。太鼓の音があたりを満たしている。ありとあらゆる類いの荷車が南を目指して通り過ぎた。

翌日夜が明けると、軍隊がブリュッセルを出発する音が静寂にとって代わった。

エリザベスのもとへお茶を運んできたヴィッカーズのすぐあとからジェオフリーがやってきた。すでに着替えて朝の空気のにおいに包まれている。「もう外出してきたの？」

「ああ」彼が腰かけてベッドが沈んだ。「お茶をひと口もらえるかい？」

エリザベスはカップを手渡した。「よかったら、ポットのお茶を全部飲んでくれてかまわないわ。何をしていたの？」

「朝食のときに話すよ。それから、誰かに用があると言われるまで少し眠るつもりだ」ジェオフリーはお茶をひと口飲んでカップを彼女に返した。「着替えたあと、外に戻って軍隊が出発するのを見送ったんだ」

今日は戦闘となるのだろうが、エリザベスには何もできなかった。「自分をひどく無力に感じるわ。何かわたしにもできることがあるといいのだけど」

ジェオフリーは彼女を腕に引き入れた。「誰かの役に立つ方法を見つけられる人がいるとしたら、それはきみだ」

エリザベスは夫の腕に身を沈め、久しぶりに夫に腕をまわした。ふたりはしばらくそのままでいた。「朝食の間で会おう」

ジェオフリーは彼女の髪に顔をうずめ、彼女にキスをした。官能的なキスではなかったが、甘くやさしいキスだった。そろそろ怒っているふりはやめてもいいのかもしれない。ブリュッセルに到着してから、彼は変わった。きっと愛を返してくれるはず。「階下《した》で会いましょう」

一時間ほど経ち、エリザベスがその日にすべきことを使用人たちに指示し、自分の計画を立てていたときに、運よくリッチモンド公爵夫人の娘であるジョージー・レノックスから書きつけが届いた。

親愛なるエリザベス
あなたにはこの街にあまり知り合いがいないことに気づき、ふと思ったのですが、負傷兵のための包帯を作っている女性のグループに参加するつもりはないかしら。わたしたちは今日の午前十時にブランシスリ街にあるボーフォール伯爵夫人の家に集合することになっています。

あなたの友であるG・レノックス

ありがたいこと。「まさに今のわたしに必要なことだわ」エリザベスは誰もいない部屋に向かって言った。

ヴィッカーズを呼ぶまえに、ジェオフリーにどこへ何をしに行くか説明した書きつけを残した。「わたしに同行したい？　それとも、ケントンに伯爵夫人の家までエスコートしてもらったほうがいいかしら？」

「わたしが行きます、奥様」ヴィッカーズはきっぱりと言った。「わたしもお手伝いしたいので」

「たぶん、材料も必要だと思うわ」材料になりそうなものはあまりなかったが……。「シーツを何枚か持っていけばいいわね」

「今とってきます」メイドは部屋を出ていった。

伯爵夫人の家に着くと、すでに何人かの女性が集まっていた。そのなかにはジョージーもいて、温かい笑みとともにエリザベスを出迎えた。「来てくれてとてもうれしいわ」

「お手紙をありがとう。何かお役に立てることはないか頭をしぼって考えているところでしたの」エリザベスは部屋を見まわした。「このシーツはどこに置けばいいかしら？」

「レディ・ハリントン？」伯爵夫人がエリザベスのそばに来た。

「はい」

「来てくださってうれしいわ。昨日の晩、ちらりとお会いしたのよ。でも、あなたはこの街に来たばかりで、初めて会った大勢の人を全部覚えているなんて不可能ですものね」

「ありがとうございます」エリザベスはこの女性とその夫に会ったことをうっすら覚えていた。「たしかに、昨日の晩、ご紹介いただきましたわ」

それから、その場にいるほかの女性たちに紹介された。何人かはやはりメイドを連れてきており、ヴィッカーズはメイドたちの輪に加わった。すぐにもエリザベスは包帯づくりの作業をはじめていた。繊維が傷にはいりこんで症状が悪化しないように生地をこする作業をする女性たちもいた。

正午過ぎに遠くから重々しい音がかすかに聞こえてきた。エリザベスは手を止めた。「砲弾の音」

「もう？」ひとりの女性が震える声で言った。「明日まで戦闘はないって夫は言っていたのに」

それから一時間かそこら、女性たちはほとんど黙りこんだまま作業をし、その後解散して家に戻った。ジョージーがロワイヤル街までエリザベスといっしょに歩いた。「明日もきっと会えるわね」

「今日作った包帯が必要とされないことを祈るのみだわ」無意味な祈りかもしれないが、祈らずにいられなかった。

「わたしもよ」

ヴィッカーズとともに家に着いたときには、ジェオフリーはまだ帰ってきていなかった。散歩用のドレスは繊維だらけになっていたので、エリザベスは昼用のドレスに着替え、彼の帰りを待った。幸い、数分後に彼は帰宅した。

ジェオフリーはエリザベスが朝の間と呼ぶ家の奥の部屋に大股ではいってくると、妻にキスをした。「ほこりを落としたら、すぐ戻ってくる。夕食はいつだい？　飢え死にしそうなんだ」

その日初めてエリザベスは笑った。「顔を洗ってワインを一杯やる時間はあるわ。何か知らせはあった？」

「ああ。顔を洗って着替えたら、わかったことを話すよ」

数分後、戻ってきたジェオフリーにエリザベスは赤ワインのグラスを手渡した。「今日、砲声が聞こえたわ」

「ぼくらもだ」彼は彼女をソファーのところへ引っ張っていき、並んで腰を下ろした。「ナポレオンはウェリントンの虚をついてシャルルロア（ブリュッセルの南にある街）を攻撃したんだ。まえに聞こえたのはそのときの音だ。今日はもう少し近いカトル・ブラという場所で戦闘があった。かなり激しい戦闘だったようだ」彼はグラスをあおった。「ルイ王はアールスト（ヘントとブリュッセルのあいだにある街）にいる。ぼくらは数日のうちにここを離れることになる。サー・チャールズはナポレオンを打ち負かしたら、できるだけ早く王をパリに連れ戻したいと思っている」

エリザベスは夫のようにワインをあおりたいと思いつつ、グラスからひと口飲んだ。「わたしたちもアールストに移るの？」

「まだわからないが、たぶんそうなる。つまり、王がブリュッセルに移らなければ」ジェオフリーはグラスを置いて彼女の手をとった。「こんなふうに先が見えないのは嫌じゃないかい？」

「いいえ、まったく」多少はそうかもしれないが。「執事や家政婦にはいつでも出発できるよう準備しておいてって言ってあるわ」

その日二度目に腕に引き入れられ、エリザベスは夫に冷たくするはずだったのを忘れた。

「きみは男が望み得るかぎり、最高の妻だよ」

エリザベスの心は喜びにふくらんだが、頭のなかではそこまで楽観的にはなれなかった。それはどういうことなの？　彼が自分を愛しはじめてくれていると思っていたのに、自分を信じるのが怖くなった。

エリザベスは自分を止められず、彼に腕を巻きつけた。

ああ、なんて人。

34

ジェオフは急いで着替えを済ませ、エリザベスの寝室の扉を開いた。カーテンはまだ閉められたままで、妻はぐっすりと眠っていた。起こそうかと思ったが、唇に軽くキスするだけで満足した。エリザベスは一瞬身動きしたが、寝返りを打っただけで目は覚まさなかった。すぐにしかるべくぼくのベッドに戻ることになる。

昨晩は、彼女がほとんど赦してくれていると確信できたが、残念ながら、今はそれ以上追究することはできなかった。

ジェオフは家を出たが、ロワイヤル街へと曲がろうとしたところで、血だらけの兵士が戦場から戻ってくるのに出くわした。何人かに手を貸し、できるだけのことはしたが、急ぎサー・チャールズのところへ行かなければならなかった。

顔を手で撫で、ジェオフはエリザベスのことを思った。妻が起きたら、きっとできるかぎりの人助けをしようとすることだろう。家から出ないようにと書きつけを送るべきかもしれない。

目の端で、ひとりの女性が膝をついて兵士に水を与えているのが見え、考えを変えた。妻が助けが必要な人を助けるのを止めようとしても無駄だろう。

司令部に着くと、その朝七時すぎに、ウェリントンからサー・チャールズに、戦況と、連合軍がまだ持ちこたえていると告げる急送文書が届いたことを知らされた。

「これから数日で戦況は明らかになる」サー・チャールズは暗い顔で言った。「ただちにブリュッセルから退去できるよう準備を整えておくように」

「うちの妻も使用人に同じ命令を下しておりました」そう冗談っぽく言いながらも、エリザベスがしっかりと家を仕切ってくれていることは何よりもありがたかった。

「きみは若くもすばらしい女性と結婚したな、ハリントン。その見識にお祝いを言うよ」

「ありがとうございます。妻が並外れた女性であるのはたしかです」ジェオフは何かすることはないかとあたりを見まわしたが、何をすべきかわからなかった。ここに着いてからずっと、何もかもが混乱を極めていた。「指示をお待ちします」

「指示？」サー・チャールズは荒々しく鼻を鳴らした。「私はイギリス人を動揺させるなと指示されている。ウェリントンはみんながみんな騒ぎ立てるのは困ると思っているんだ」

「ぼくの知るかぎりでは」ジェオフは切り返した。「ご婦人たちは非常に冷静です。昨日、うちの妻はリネンを切って包帯を作っていました。街で負傷兵を見かけたら、きっとできるかぎりの方法で力になろうとするでしょう」

「私は妻をここに連れてきたいとは思わなかったが、離れたくないという気持ちも理解できる」サー・チャールズはしばし窓の外に目をやった。「ハリントン、あり得ないことが起こり、フランス人どもがここへ進軍してくるようなことになったら、奥さんのことはすぐさまアントワープに送るんだ。ほかの方法を考えることもするな。どんな戦争でも、最悪の目に遭うのは女性たちだ」

恐怖でしばらく息ができなくなった。エリザベスの身に何かがあってはならない。ウェリントンが負ける可能性は受け入れられなかったが、そんなことになった場合は、妻の身の安全を守ることしか考えられないだろう。彼女に害がおよぼされるのだけは許せなかった。「妻にも準備させます」

「ああ。自分のものは自分で守るんだ」

その日はそれから、急送文書を待ち、すべては計画どおりに進んでいると、不安に駆られている同朋たちをなだめて過ごすことになった。ブリュッセルを通過しているフランドル人の騎馬隊がフランス人に追われていると叫んで混乱を引き起こしているという報告もあった。結局、そんな事実はなかったのだが、イギリスの上流社会の人間が家族を連れて逃げたほうがいいのかどうか知りたいと司令部に押しかけた。

一日を終えて重い足取りでロワイヤル街を歩くまでに、ジェオフはうんざりするほど大勢の動揺する同国人をなだめることになった。

道路の先で、妻が膝をつき、負傷した兵士にフラスクから何かを飲ませていた。兵士は頭に包帯を巻き、腕を吊っている。

エリザベスのドレスは汚れ、スカートとボディスに血のしみがついていた。疲れた顔で、ボンネットからはあちこちほつれ毛が落ちていたが、顎は強情にこわばり、目は歩道に立っている紳士をにらみつけている。

彼女がその紳士と言い争っているのはまちがいなく、兵士が安全なところに運ばれるまではその場を離れるつもりはないと言っているようだ。エリザベス以上に疲れた様子のヴィッカーズが女主人のもとへ歩み寄り、地元の女性を兵士のそばに導いた。女性は兵士を見ると膝をつき、別の若い男に近くへ来るよう手で示した。

このときには、ジェオフも女性の声が聞こえる場所まで近づいていた。「兵隊さんをベッドに入れて、お医者を呼びにやらなくちゃ」

「早く行って荷車をとってきておくれ」と女性は若者に言った。「ぼくは歩けますよ、奥さん」兵士は言い張った。「ちょっと手助けが必要なだけで」

地元の女性はエリザベスにお辞儀をした。「この人のことはわたしたちが世話をしますから」

イギリス人の紳士は肩をすくめて歩み去った。

ジェオフはエリザベスを助け起こし、腰に腕をまわした。「大丈夫かい？　最後に食事をしたのはいつだい？」

ジェオフは妻といっしょに家へ向かった。「大丈夫よ」エリザベスは気もそぞろに答えた。「ひどいとはわかっていたけど、現実がどれほど恐ろしいものか、ちゃんとわかってはいなかった」彼女は髪を帽子の下に戻そうとしながら、うつろな笑い声をあげた。「あんなこと納得できる？」

ああ、彼女には頭が下がる。ぼくは一日じゅう動揺した人々をなだめてうんざりしていたというのに、彼女は負傷兵の傷に包帯を巻くだけでなく、彼らの世話をしてくれる地元の人間を見つけて過ごしていたのだ。

ふいに自分がエリザベスをなぐさめなければという思いにとらわれた。自分でもよくわからなかったが、その思いが突然湧き上がった。「命が無駄になるような殺戮をまのあたりにして、納得できる人なんていないさ」

何ブロックか歩いて家に戻るころには、彼女は彼の肩に頭をもたせかけていた。

玄関の間にはいると、ヴィッカーズがエリザベスのために風呂を用意するように命令を発しはじめた。ジェオフはメイド自身も風呂にはいるようにと命じた。

その晩、腕に抱くと、エリザベスは顔を上げて彼にキスをした。ジェオフは驚きのあまりキスを返すことも忘れるほどだった。それは温かく、甘く、これまでジェオフが経験したことがないほどの強い欲望に満ちていた。

「ベッドに連れていって」彼女はまたキスをした。

「きみのかい？　それともぼくの？」どこまでも彼女の望みに従いたいと思いながら彼は訊いた。

「あなたのベッドに」その声はきっぱりしていた。

「本気かい？」ジェオフはまだふたりのあいだに何があったのかまったくわかっておらず、夫婦の営みを彼女が後悔するのではないかと怖かった。

エリザベスは青い目で彼の目を探るように見上げた。「ええ、本気よ」

ジェオフは自分の寝室に彼女を運んだ。ゆっくりと服を脱がせ合い、一枚はがすたびにキスをして互いの素肌を味わった。かつてのような熱に駆られた行為ではなかったが、急ぐことなく、欲望に満ちたその行為は、いっそう心を揺り動かすものだった。

エリザベスは絶頂に達して声をあげ、彼も同時に達した。そのあと、彼女はことばを発することなく彼の腕に抱かれたままでいた。ひとつになったあとで会話は必要ないのだ。

それでも、ジェオフは深く考えたくなかった問題について尋ねた。「ずっと距離を置いていたのに、どうして今なんだい？」

エリザベスは転がって彼の胸の上で身を起こし、目を合わせた。「ロンドンを発つ前日にあなたのお父様があなたに言っていたことを聞いたの。わたしを祭壇に連れていったことを褒めていた。そして、わたしがあなたの妻としてとてもふさわしいとおっしゃった」エリザベスは頭をはっきりさせようとするように首を振った。「それに答えるあなたの声も聞こえた。そのことばで心をぐさりと刺されたの。そのときに、わたしはあなたを愛するようになっていたけれど、あなたはわたしを愛していないんだって気づいたの」彼女の目が暗くなった。「あなたがわたしを愛してくれるまではベッドをともにしないと決心したのよ。でも、今日あんな情景を目にしたあとでは……けがをしたり、瀕死の状態だったりする人の苦悶の表情や、夫や息子を亡くした女性たち――」彼女の目に涙が光り、ジェオフはどうなぐさめていいかわからなかった。「わ、わたしはこれ以上あなたから離れていられなくなった。あなたがわたしを愛してくれていなくてもかまわない。重要なのはわたしがあなたを愛しているということだから。そして、あなたの身に何かあって、わたしが自分の気持ちを伝えていなかったとしたら、きっといつまでも後悔するはずだから」

エリザベスは彼の胸を軽くたたいて身を転がし、深い眠りに落ちた。残されたジェオフはこれまで抱いたことがないほどの疑問に駆られていた。

ずっと、自分が行き先もいつ戻るかも告げずに外出したせいで妻は怒っているのだと思っていたのだった。彼女が自分を愛してくれているとは思ってもみなかった。彼女が感じているものが愛ならば——それを疑う理由は何もなかった——これは友人たちが経験した恋愛とはちがうものだ。嫉妬や言い争いばかりで、情熱でくり返しそれを埋め合わせ、やがてそこに情熱も悦びもなくなってしまう恋愛とは。

ぼくは考えちがいをしていたのか？　エリザベスが自分に対して感じてくれているものが——小さな喜びに満ちた揺らがない関係やともにどう生きていくかを真剣に話し合う関係が——本物の愛だとすると、ぼくの感じているものは何なのだ？

彼女がぼくを愛してくれているのなら、つまり、ぼくも彼女を愛しているということではないのか？

ジェオフは何についても愛ということばを使わないように気をつけてきた。結婚式での愛の誓いも意図的に無視してきた。しかし、それはまちがっていたのかもしれない。

問題は、ぼくが彼女を愛しているか、どうしたらわかるかということだ。

翌日の午後、外は雨模様だった。

ジェオフはその日の朝、サー・チャールズのもとへ行って連合軍がその晩持ちこたえたことを知った。その日も引きつづき同朋たちをなだめて過ごすことになった。そして、子供のような振る舞いはやめろと言いたくなるたびに、妻ならどう対処するかを自分に思い出させた。妻といっしょにいたかった。

その日の午後、大きな稲光に続いて雷鳴が空気を切り裂くと、バケツをひっくり返したような雨が街に降り注ぎ、まわりの誰もが笑い出した。

「まぬけなことを言うようですが、雨の何がそんなにおかしいんです？」

サー・チャールズがジェオフの背中を軽くたたいた。「こういう雨は〝ウェリントンの天気〟なんだ。彼の数々の成功のほぼすべてが大雨のなかで為された」

それはいい知らせだったが、ジェオフの思いはすぐさまエリザベスへと向かった。「少し出てきます」サー・チャールズは眉を上げた。「負傷兵の手当を手伝っているうちの妻が、この大雨のなか、外に出ていないようにたしかめてきたいんです」

「できるだけ急いで戻ってきてくれよ。さらなる知らせが届くだろうから」

ジェオフは自宅のある通りへ急いだ。思ったとおり、通りの先でエリザベスがモスリンのドレスが体に張りつくのもかまわず、少なくとも自分よりも一フィートは背の高い兵士を助けていた。「さあ、代わらせてくれ」ジェオフは彼女から兵士を受けとった。「きみのメイドはどこだい？」

エリザベスはぐしょぐしょになったボンネットを目から押しのけた。「家を探しに行っているわ。この兵士の世話をしてくれる家を」

さらに数ブロック歩くと、ヴィッカーズが中年の夫婦を連れて急いでやってきた。「こちらでおあずかりしますよ、ムッシュウ」と夫のほうが兵士を支えながら言った。

「ジェオフリー」男が去ると、エリザベスが言った。「何をしに来たの？　ずぶ濡れになってしまうわよ」

「すでになっている気がするよ。でも、何をしに来たかって？　雨に濡れてきみが病気にならないようにしているのさ。おいで、愛しい人。家に連れて帰るよ」

ジェオフリーに〝愛しい人〟と呼ばれてエリザベスの心は舞い上がった。昨日の夜にほんとうのことを打ち明けたせい？　でも、今はもう理由はどうでもよかった。演技をすることには疲れてしまい、これ以上続けることなどできなかったのだから。愛する人に生きて二度と会えない人がこれほど大勢いるときに、そんなことはしていられない。

「いいわ」エリザベスは彼の腰に腕をまわした。「あなたも着替えなくちゃならないわね。きっとサー・チャールズはあなたが床に水たまりを作るのを喜ばないでしょうから」

ジェオフリーの忍び笑いがエリザベスを内側から熱くした。「ああ、そうだろうね」家の玄関に着いたところで彼は言った。「この雨を〝ウェリントンの天気〟と呼ぶらしいよ」

「土砂降りの雨を？」将軍がアヒルにでもなったのでないかぎり、わけのわからないことだった。「どうして〝ウェリントンの天気〟なんていうの？」

ジェオフリーはにやりとした。「サー・チャールズによると、雨が降ると必ず公爵が勝利をおさめるんだそうだ」

説明されてもやはりわけがわからなかったが、人というのは何であれ、希望にしがみつかずにいられないものなのだ。「きっとみんな気持ちが楽になったわね」

「それと、連合軍が昨晩持ちこたえたという知らせも届いたしね」ジェオフは妻にすばやくキスをした。

「それはうれしい知らせだわ」しがみつくに足るたしかな事実。

濡れた服を脱ぐのにヴィッカーズが手を貸してくれた。「旦那様と仲直りしたようですね」

「ええ」一応は。人生がどれほどはかなく貴重なものであるかを思い知らされたせいで。それでも、彼の母と祖母の予想とは裏腹に、彼ははっきりと愛を返してはくれなかった。エリザベスはみずからを叱責した。戦争が終わったら、結婚について考える時間はいくらでもあるはず。「雨のなか、手伝ってくれてありがとう」

「そうしたかったので」ヴィッカーズはむっつりと言った。「わたしたちのために戦ってくれているわが国の兵士ですから。できるときはお返しをすべきだと思います」

「わたしも同じ思いよ」エリザベスは顔から雨のしずくをぬぐった。「この戦争は嫌でたまらないけど、ここでできるかぎりのお手伝いができるのはうれしいわ」

メイドもうなずいた。「お風邪を召すまえに、そのドレスを脱ぎましょう」

エリザベスが玄関の間へ行くと、ジェオフリーが出かけるまえに防水のマントを着こもうとしていた。

「今夜はいつ帰れるかわからない」彼はそっと妻を抱きしめた。

エリザベスは彼の頰を手で包んでキスをした。「とても遅くなるようだったら、伝言を送って。七時までは夕食を待っているわ。あなたが夕食に戻れなくても、何か食べるものは用意しておくわね」

「ぼくが何時に家に戻っても、必ず食べ物を用意してくれているのは、ことばにできないぐらいありがたいよ」

昨日だったら、こんなふうに妻としての務めをきちんとはたしていると言われたら、文句を返していただろうが、今日は褒めことばとしてすなおに受け入れられた。「あなたがちゃんと食事をなさるようにしたいの。サー・チャールズといっしょにお食事していることはわかっているけど、あなたがそのお食事について褒めたことがないから、きっとあまりよくないんだろうと思ったの」

ジェオフリーは声を出して笑った。「きみがずっとすばらしい食事を用意してくれてありがたいよ」

その晩、ジェオフリーは彼女をきつく抱きしめた。夫は愛してくれてはいないかもしれないが、思いやりと気遣いを見せてくれている。それで満足できたならいいのだけれど。残念ながら、エリザベスには自分のことがわかりすぎるほどにわかっていた。何かを変えなければ、この結婚は不幸な結果に終わる。

35

続く何日かについての記憶は曖昧だった。エリザベスが祈り、望み、信じたとおりにはなった。ナポレオンは打ち負かされたが、味方が払った代償も大きかった。イギリスで、少なくとも上流社会では、兵士として戦死したり負傷したりした身内のいない家族はいなかったはずで、死者の総数は恐ろしいほどだった。

それでも、ジェオフリーとエリザベスの仕事はある意味はじまったばかりだった。サー・チャールズがフランス国王を王位に戻す役割を課せられたため、ふたりもパリに行かなければならなくなった。

エリザベスにとって友人たちを置いていくのは心痛むことだった。なかには愛する人の生死もまだわかっていない女性もいた。しかし、出立まえに自宅を病院のようにする手配はしてあった。そしてホークスワース大佐が目を配ると約束してくれた。

ブリュッセルに到着するまえからの友人のうち、フィッツエンリー卿とコットン少佐は負傷していた。症状が悪化しなければ、ふたりとも生き延びるはずだ。フィッツエンリー卿の副旅団長は戦死していた。それ以外の友人の消息については、ジェオフリーもエリザベスも出発まえには知りようがなかったが、わかり次第連絡してもらうことになっていた。

イギリスを発つまえと同様に、エリザベスは荷造りを監督した。幸い、非常に有能な料理人は引きつづき仕えてくれることになった。エリザベスたちは、自分たちが住んでいるあいだは使用人たちに家を引き渡してくれ、今後はその家に負傷兵を滞在させることに同意してくれた地元の管理人の夫婦に、涙ながらに別れを告げた。

ウェリントンと移動できる兵士たちは、ルイ王とそのお付きたちと、ブリュッセルを離れるサー・チャールズの部下たちに同行することになった。

フランスの都市の多くが連合軍を敵とみなしていることはすぐに明らかになり、ウェリントン将軍が憤怒に駆られたことに、城門をルイ十八世にしか開こうとしなかった。

パリまで百マイル余りのカンブレに着いたときに、王は戦争の扇動者のみが罰せられることになると宣言した。王はまた、自分の政府がまちがいを犯したことを認め、正すと約束した。

ジェオフリーはそれについてあまり評価しなかった。「同じおべっかつかいのとり巻きや聖職者たちに囲まれていて、どう変われるというんだい？」

エリザベスも、誰かが王を監督しなければ、変化など起こりそうもないという夫の意見に賛成するしかなかった。

六月末には、庶民院と貴族院の議員五名からなる代表団がウェリントンに、王座にはルイの代わりに外国の君主をつけるようにと要請したが、フランスを保全するためには、ルイを王座につけるのが最善策だと言ってウェリントンはそれを拒んだ。

エリザベスたち一行がもうすぐパリに到着するというときに、小さな村の郊外で一頭の馬の蹄が外れた。しかし、その村には宿が一軒と鍛冶屋が一軒しかなかった。

まだ早い時間だったが、執事のプレストンと馬丁のファーリーが馬を鍛冶屋に連れていった。しかし、鍛冶屋からは、明日まで作業にとりかかれないと知らされただけだった。

「これだけは言えますが」ファーリーが言った。「われわれがイギリス人だからです」

エリザベスは顔をしかめた。「でも、プレストンのフランス語はすばらしいはずよ」

「ええ、たしかに。流暢なフランス語で会話し、フランス人の鍛冶屋のほうもひとこともらさず理解していましたが、旦那様のお名前を出したとたんに、鍛冶屋が今日はできないと言い出したんです」

エリザベスはジェオフリーに目を向けた。「あなたは先に行って。わたしは蹄を直してもらうまでここで待つから」

「前回きみを置いていったときに馬車強盗に遭ったのに？」ジェオフリーは片方の眉を上げた。「だめだ。ぼくもきみといっしょに待つよ。田舎は安全じゃない。軍の保護が得られないとしたら、いっしょに留まったほうがいい」彼は彼女に身を寄せてキスをした。「きっとサー・チャールズも同じことを言うよ。ファーリーに伝言を届けさせよう」

じつを言えば、ジェオフリーが留まってくれることはありがたかった。「そうおっしゃるなら」

執事が村に一軒しかない宿屋で宿泊の手配をしてくれた。エリザベスには理解できなかったが、宿のおかみも鍛冶屋と同じく、彼女たちを客として迎えたくないようだった。どちらもプレストンと料理人には冷たい目を向けたという。

宿の部屋は狭く、薄汚い壁もカーテンも洗ったほうがよさそうだった。ロビンズ夫人とヴィッカーズとモリーが部屋を居心地よいものに整えようとしていると、プレストンがエリザベスのところへ来た。

「奥様」彼は声をひそめて言った。「こんなことをお伝えするのは気が進まないのですが、ここの連中はナポレオンの支持者で、われわれがここに泊まるのを嫌がっているんです」

そうなると、ありとあらゆる類いの興味深い可能性が持ち上がってくる。「宿のおかみさんはわたしたちに出ていってほしいとどのぐらい強く思っているの？　たとえば、毒を盛ろうと思うぐらい？」

「そこまではしないと思いますが、おかみが奥様たちの夕食の準備をするときは、厨房に行って見張っていようと思います。うちの料理人に厨房を使わせるのは嫌だと言うので」

残念ながら、持ってきた食料では、明日まで家の者全員の空腹を満たすには足りなかった。

「ケントンを連れていって。彼はフランス語は話せないけど、目は鋭いから」

「料理人だけで大丈夫です。私たち以上にこの地の薬草やスパイスに詳しいので」

「わかったわ」イギリス人というだけで命を狙われるかもしれないとはこれまで思ったこともなかったが、ここではちがうらしい。

執事が厨房へ向かうと、ジェオフリーがそばに来た。「何か問題でも？」

「対処できないことは何も」エリザベスは顔をしかめた。「宿の人間がわたしたちにここに泊まってほしくないそうで、プレストンが何か問題が起こるかもしれないと心配しているの」

「ぼくらを出ていかせたいなら」ジェオフリーは苦々しい声で言った。「宿の連中が鍛冶屋を急かしてくれたらいいのにな」

「あとは祈るしかないわね」廊下はまえよりも冷え冷えと感じられた。「部屋の準備ができたかどうか見てくるわ。ヴィッカーズがシーツは持ってきたものを使うと言い張ったの。宿のシーツは白カビくさいんですって」

「すぐに戻るよ。馬たちがおちついたかどうかたしかめて来る」

エリザベスが部屋を見ると、ずっとましなものになっていた。自分たちのシーツを持ってきてよかったと思わずにいられなかった。ベッドにすわると、マットレスが沈み、マットレスを支える縄がきしむ音を立てた。「まあ、寝心地の悪い夜になるのはたしかね」

食べ物も量が少なく、さして食欲をそそるものではなかった。ベッドはあまりにひどかったので、ジェオフリーが枠をひっくり返して縄を結び直した。

「あなたがそんなに器用だとは思いもしなかったわ」エリザベスは彼が直したベッドにシーツをかけ直しながら言った。

「貴族となるべく育てられた人間であっても技術は習えるものさ。オックスフォードでよくベッドの縄を結び直していたからね」彼は彼女がシーツをたくしこむのを見守った。「きみもそういう技術を身に着けているようだな」

「何にしても、やり方をわかっているようにしなさいと母に言われて」

シーツをかけ終えると、エリザベスはベッドの端に腰かけ、拳に顎を載せてほほ笑んだ。

「あなたについてはほんとうにすばらしいことばかりわかっていくわね」

「生意気な奥さんだ」ジェオフリーはにやりとしてベッドに飛び乗り、彼女とともに転がって彼女が上に来るようにした。「そのすばらしい、い、い、ことというのを見せてあげるよ」

翌日、宿を出てからほんの一時間で、ジェオフは嫌な予感に襲われた。うなじがちくちくしはじめ、見張られているような気がしたのだ。昨日使用人と交わした会話を思い出した。彼らが村にいるのが気に入らないのは宿の亭主と鍛冶屋だけではなかった。村人たちも彼らに村にいてほしくないと思っていると男の使用人が言っていた。

不吉な感覚を払いのけようとしたところで、銃声が鳴り響いた。「身を伏せろ」

「左からやってくる」ファーリーが叫んだ。

ジェオフは馬を馬車の右に寄せた。妻が拳銃をとり出していて、ヴィッカーズが馬車に積んでいる銃を膝に載せているのがわかっても驚かなかった。敵が何人かはわからなかったが、どこから来るかははっきりわかった。

ジェオフは御者のところに馬を寄せた。「必要があるまで馬を止めるな」

「了解です、旦那様」

ひとりの男が馬を止めろと命じてきたが、御者のウィリアムはそのまま馬車を走らせた。

弾丸が馬車の横にあたったが、金属の枠にあたって跳ね返った。そのときジェオフは大きな木の枝が前方の道をふさいでいるのに気づいた。くそっ、悪党どもは待ち伏せしていたのだ。馬車があの枝を乗り越えていけるはずはない。

御者のウィリアムといっしょに御者台に乗っていたリドルが馬車の屋根によじのぼり、マスケット銃をサドルのまえに置いているファーリーがジェオフに並んだ。「五人います。両側にふたりずつ、ひとりは馬に乗っています」

「ケントンに馬車の屋根に乗ってリドルとは反対側を守れと言ってくれ。おまえは馬車の左につき、ぼくは右につくんだ」

「はい」

少なくとも、ほかの使用人たちを乗せた馬車は罠の先へ進んでいる。それでも、この馬車にエリザベスが乗っていることでジェオフは恐怖を感じずにいられなかった。

馬車が速度を落とすと、マスケット銃を持ち、ぼろぼろのフランス軍の軍服を着た男たちが道路の両側の林のなかから走り出てきた。予想よりも多い人数だった。

もうひとりの敵が見映えのする馬に乗って追いついてきた。「ずいぶんと貴重なものを運んでいるにちがいないな」馬に乗った男は窓からエリザベスの側を横目で見た。「おれはきれいなものが好きだ。この女をとられないためにいくら払う？」

ジェオフが答える暇もなく、馬車から銃弾が発射された。馬に乗った悪党は悲鳴をあげ、太腿に近い股の部分をつかんだ。撃たれた場所からは血が滴っている。さらに四度銃声が響き、馬丁が馬車の両側にいる悪党をひとりずつ倒した。ジェオフは悪党のひとりを倒したが、そのまえに彼を狙って発射された銃弾が外れ、馬車にあたった。

「最後のひとりを倒した」とケントンが言った。

「旦那様、早く来てください」ヴィッカーズが馬車から叫んだ。「奥様が撃たれました」

ジェオフは自分が馬から飛び降りたことも意識になかった。力まかせに馬車の扉を開く。エリザベスは横向きに倒れており、頭から出血していた。

嘘だ！　嘘だ！　こんなことが起こるはずがない！

「リドル、ファーリー、どちらか先に行ってくれ。医者が要る」ジェオフが言い終えるまえにファーリーが馬で駆け去った。「ヴィッカーズ、クッションを傷にあてがってくれ。出血を止めるために強く押しつけるんだ」ジェオフはあたりを見まわした。「ほかの者は道をふさぐあの枝をとり除くんだ」

まもなく馬車は道を疾走していた。少しして、道の先からファーリーが駆足で近づいてきた。「宿で医者が待っています。こちらです」

医者が待っている寝室へエリザベスを運び入れたときには、ジェオフには時間の流れがゆっくりになった気がした。

「ブノワです」医者はお辞儀をした。

「ハリントンだ」ジェオフはエリザベスをベッドに下ろした。「妻が頭を撃たれた」

「そのようですね」医者は彼女の頭のほうに行って髪のなかを探った。しばらくして立ち上がった。「頭蓋骨は砕けていない。それはよかった。ただ、今のところ、どのぐらい深刻な傷かはわかりません。冷湿布が要りますね。手にはいれば、氷のほうがいいが」

ジェオフは青ざめた彼女の顔を見下ろした。胃が締めつけられる。いつもよりも息が浅いように思えた。彼女を失うわけにはいかない。エリザベスはあまりに大事な存在になっていた。「生き延びられますか？」

医者は往診かばんに道具をしまった。「あとは神のご意志次第です、ムッシュウ。マダムは意識不明でいらっしゃる。長く意識を失ったままでなければ、生き延びるかもしれない」

それはジェオフの望む答えではなかった。エリザベスを回復させられないのなら、いったい医者が何の役に立つ？　ああ、まだ息はある。見たところ、頭にこぶがある以外は、内部に損傷はないようだ。きっと生き延びるはずだ。

ジェオフは自分の髪を手でかき上げた。「傷を治すのに何かできることがあるにちがいない。医者のあなたは妻を救う薬草や薬を知っているはずだ」

「目が覚めたら、栄養をとらせるようにしてください」医者は口をすぼめた。「早く意識をとり戻させるために奥様に話しかけてもいい。それが助けになることがあると聞いたことがあります」

ジェオフは使用人を見つけようと振り返り、ネトルとぶつかりそうになった。「レディ・ハリントンのためにスープを。栄養のあるものにするんだ」

「ミセス・ロビンズがすでに何かを作らせに行っています、旦那様」

ジェオフはほかにできることを思いつけず、うなずくしかなかった。頭は真っ白だった。彼女を失うのではないかという恐怖に呑みこまれそうになっていた。しかし、彼女だったら、とり乱したりしないはずだ。エリザベスだったら、何をすべきか考え、何もできずに茫然としていることをみずからに許しはしないはずだ。

〝奥様に話しかけてもいい〟何かエリザベスに話しかけることを考えなければ。むずかしいはずはない。いつも話すことはたくさんあったのだから。答えを必要としない話題がきっと見つかるはずだ。もしくは、彼女の意見を訊いてみるべきかもしれない。答えなければと強く思って目覚めてくれるかもしれない。

「旦那様？」

「何だ、ネトル？」

「旦那様も何か召し上がるべきです。こちらにトレイをお持ちしましょう」

「ああ、何でもおまえがいいと思うものを持ってきてくれ」ジェオフは小さな部屋を行ったり来たりしはじめた。本。彼女はいつも読書をしているようだった。「レディ・ハリントンが何の本を読んでいるのかヴィッカーズに訊いてきてくれ」

「ただちに」

ジェオフは従者が部屋を出ていったのにも気づかなかったが、ヴィッカーズが部屋に来て本を手渡してくれた。「奥様は今『ガイ・マナリング』をお読みです、旦那様」

「ありがとう、ヴィッカーズ」

「ひとこと申し上げてよろしければ」メイドのことばはそのままその場で宙ぶらりんになったように思えた。まるで目に見えるもののように。

そのひとことを聞きたいかどうかは自分でもわからなかったが、このメイドは自分よりもずっと長いあいだエリザベスといっしょに過ごしてきたのだった。「言ってくれ」

「本もいい考えだと思いますが、奥様は旦那様がご自分のことばでお話ししてくださるほうがお好きです」ジェオフが返すことばを思いつけずにいると、メイドは続けた。「今日、旦那様はここでお食事を召し上がるということですが、多少お休みにならないと、ご自身も病気になってしまいます。ミセス・ロビンズとわたしも奥様の付き添いをお手伝いしますので」

ジェオフは妻が目覚めるまでずっと自分がそばに付き添うと言い返しそうになった。妻が目覚めないかもしれないなどとは考えるのも嫌だったからだ。しかし、ヴィッカーズの言うとおりだ。何日もかかるかもしれないのに、昼夜問わず自分がずっと起きているわけにはいかない。ベッドはふたりで寝るのに充分な広さがあったが、エリザベスの頭の腫れが引くまでは、寝ているあいだにまちがった動きをしてけがの状態を悪化させる危険を冒したくはなかった。

「わかった」

「ありがとうございます、旦那様。手を貸していただければ、奥様のこのドレスを脱がせて寝巻に着替えさせます」着替えが済むと、メイドはお辞儀をして部屋を出ていき、ジェオフはひとり妻のそばに残された。

手に本を持ったままベッドに椅子を近づけ、話しはじめた。「すまなかった。きみにけがをさせてしまった。軍から離れることがこれほどに危険なことだとわかっていなかったぼくが悪い。ああ、きみはぼくのところへ戻ってきてくれなければ。ぼくたちみんなのもとへ……」

どれほどのあいだ話しつづけていたのか自分でもわからなかった。そのあいだずっと彼女の腕をさすり、顔に触れながら、彼女に声が聞こえ、目を覚ましてくれますようにと祈っていた。声がかすれ、ジェオフはお茶を頼んだ。食べ物が運ばれたときにはそれを食べた。味はしなかったが。

翌日、ジェオフはサー・チャールズにあてて、襲撃されてエリザベスが負傷した旨を手紙に書き、リドルを送った。

そしてひたすら祈った。人生でこれほどに祈ったことはない気がしたが、これまでほかの誰のこともこれほどに大切に思ったことはなかったのだった。

そしてそのときに、自分が妻を愛していることを知った。彼女が目覚めたらすぐにそれを告げなくては。

36

翌日、頭の腫れは引いたが、エリザベスの意識は戻らなかった。

「目覚めてくれなくてはならないよ、愛しい人。ぼくはきみのために祈りをささげている。みんなそうだ。宿のおかみは教会に行ってきみがよくなるようにと蠟燭を灯してきてくれたそうだ」ジェオフは今やつねにそこにあるように思えるお茶をひと口飲んだ。「ぼくが愛していると言えるように、きみは目覚めてくれなくちゃならない。ぼくはほんとうに愚かだった。でも、これまで誰かを愛したことなどなかったからね」涙をこらえたその声は泣き声になった。「手遅れにしないでくれ。きみを失うわけにはいかない。お互いを失うわけにはいかないんだ」


エリザベスはずっと雲のなかを漂っていた。何もかもがあまりに白く、自分はきっと天国に行くのだと思った。かつて母といっしょに根元にすわった木も見え、母がそこで自分を待っていた。

「エリザベス、戻って。まだここへ来てはだめ」母はエリザベスがよく覚えている、追い払うような仕草をした。「あなたの望むすべて、夫も子供も向こうにいるわ。彼のもとへ戻りなさい。彼が言わずにいられないことを聞きなさい」

目を下に向けると、ジェオフリーがそこにいて、彼女の手をとって愛していると告げていた。そしてそれから泣き出した。男の人が泣くのを見るのは初めてだった。彼女は彼の手をつかもうとしたが、できなかった。

そうよね、上にいるのにどうして手がとれて？　母が戻らなければならないと言うのはそういうことにちがいない。

「エリザベス、今すぐ戻らなければならないわ。手遅れになるまえに」母は切羽詰まった声を出した。

「ええ、お母様、今戻るわ」

エリザベスの頭にはにぶい痛みがあったが、ジェオフリーがそこにいて体に腕をまわしていた。「ぼくを置いていかないでくれ、愛しい人。これほどにきみを愛しているのに」

エリザベスは彼にとられた手をまわした。「知っているわ」

「目が覚めたんだね！」ジェオフは彼女の体を抱き起こし、きつく抱きしめた。

「ジェオフリー、痛いわ」

「ごめん」ジェオフリーは繊細な磁器でできていて壊れてしまうとでもいうように、彼女の体をそっと横たえた。「ほんとうに怖かったよ。生まれてこのかたこれほどに怖かったことはないが、きみはぼくのもとへ戻ってきてくれた」

「わたしたちのもとへね」エリザベスは彼の頬を手で包んだ。

「ぼくの声が聞こえたのかい？」そのことばが信じられないとでもいうように、ジェオフリーは彼女をじっと見つめ、唇で彼女の唇をかすめるようにした。「愛している」

「わたしもあなたを愛しているわ」エリザベスはたくましい首に腕をまわした。訊きたいことは山ほどあったが、今はただそうして抱きしめていたかった。「永遠に愛してもらえないんじゃないかと怖くなりつつあったのよ」

ジェオフリーは顔をしかめた。「男女の愛でこれまでぼくが目にしてきたのは、雲の上を歩いているほどに幸せか、溺れたように沈みこんでいるかといった友人たちの姿でしかなかったんだ」彼はにぎる手に力をこめ、また彼女にキスをした。「愛がこんなふうにたしかで心安らぐものであり得るなんて知らなかった」そう言って鼻を鳴らした。「きみが撃たれるまでは。それからは、きみが死んだらぼくも死ぬと思った。生きつづける理由がなくなると」

男性が鼻先にあるものも見えていないというのはほんとうだったのだ。彼は自分の両親が抱き合っている愛情にどうして気づかずにいられたの？

「よくわからないんだけど、戻りなさいと命じる母の声が聞こえたの」

「ああ、ありがたい」ジェオフリーは彼女の首に鼻をこすりつけてから彼女の背を枕に戻させた。「医者を呼んでくるよ」

彼が寝室を出ていくとすぐに、ヴィッカーズが勢いよく部屋にはいってきた。「奥様！ああ、戻ってきてくださったんですね」そう言ってしばしそこに突っ立ったまま、エリザベスをじっと見つめていた。「おなかは空いていますか？　お風呂にはいりたいですか？」

「両方ね」エリザベスは笑った。「わたしがどれほど飢えているか信じられないでしょうよ。それから、用足しの壺を使うのに手を貸してもらわなくちゃならないわ」

「旦那様は献身的に看病なさっていました。奥様の手足をさすったりして。馬丁にそうするといいと言われたんです。長いあいだ歩けない男がいたけど、足をもんでやっているうちに、しまいに歩くようになったことがあったと」

そんな話は聞いたこともなかった。「旦那様はわたしのそばで多くの時間を過ごしてくださったのかしら?」

「起きているあいだはずっとです、奥様。ミセス・ロビンズとわたしとで文字通り旦那様を奥様から引き離さなければならないほどでした。旦那様がお休みにならないせいで病気になったりしたら、奥様にとって何もいいことはないとくり返し申し上げたんです。旦那様はお食事もここでとってらっしゃいました。それで、ほとんど声が出なくなるまで奥様に話しかけていたんです。それだけじゃなくて……」

メイドの話は続いた。このささやかな家の者たちが、ジェオフリーが妻の世話をするのを助けるために団結してくれたことは驚きだったが、誇らしくもあった。従者はジェオフリーがきちんと着替えをするよう主張した。馬丁は乗馬でも散歩でも、ジェオフリーが何らかの運動をするように説得した。宿のおかみですら、ジェオフリーの食欲が湧くように新鮮でおいしい食べ物を用意するように気遣ってくれたのだった。

しかし、何よりも驚きだったのは、彼がいかにかいがいしく妻の世話をしてくれたかだった。夫自身が看病してくれるとは思ってもみないことだった。けがをするまえなら、きっと彼はひとり先に行き、自分は使用人たちとあとに残されるにちがいないと思ったことだろう。ジェオフリーがどれほど真に愛してくれているか、明らかに誤解していた。

おそらく、彼は自分で思っていたよりもずっとまえからわたしを愛してくれていたのだ。

メイドはエリザベスが風呂にはいれるよう、部屋に湯船を運ばせた。唯一残念だったのは、髪を洗えないことだったが、それ以外はきれいになって気分がよくなった。

風呂にはいり、きれいな寝巻に着替えるころには、ロビンズ夫人がローストチキンと新鮮なグリーンサラダとパンを載せたトレイを部屋に運んできた。ジェオフリーが自分の食事も運ばせたので、食べながら話をすることができた。

皿が片づけられるとすぐに、医師のブノアの来訪が告げられた。

「目が覚めたようでよかった」と彼は言った。「よろしいでしょうか、レディ・ハリントン」

医者がそばに寄れるよう、ジェオフリーはベッドから離れて立った。ブノアはエリザベスの頭を調べた。「傷はだいぶよくなっているので、お望みなら、髪を洗っても大丈夫です。軽い運動もしてかまいません。庭や宿のまわりを歩くような運動なら。ただ、やりすぎてはいけません。疲れたと思ったら、休むんです。旅はまだできませんね。あなたが受けたような傷は用心して扱わなければなりませんから」医者はお辞儀をした。「また二日後に来ます」そして、彼女の夫のほうを振り向いて言った。「奥様が気を失ったり体力を落としたりしたら、すぐに私を呼んでください」

日々エリザベスは力をとり戻していくように感じたが、ジェオフリーは旅ができると医者が保証してくれるまでは愛を交わすこともしないと言い張った。「きみを傷つける危険は冒せないからね、愛しい人」

彼は頻繁に〝愛しい人〟と言い、エリザベスはそれを何度聞いても飽きなかった。「お好きなように。でも、その結果、どうなっても驚かないでね」

ジェオフリーは妻にいたずらっぽくほほ笑んでみせた。何を言っているかわからないというふりさえしなかった。「驚かないさ」

そんな会話を交わした翌日、リドルが四人の兵士にともなわれ、奥方が旅行できるようになるまでそこに留まるようにというサー・チャールズからの伝言をたずさえて戻ってきた。サー・チャールズは、馬の蹄が外れたときに、ジェオフリーたちのために護衛を残す配慮をしなかったことについて謝罪もしていた。

一週間後、エリザベスは旅ができるだけよくなったと医者が保証してくれた。病人扱いされることにうんざりしていたのでありがたかった。

ジェオフはエリザベスとロマンティックな夕べを過ごそうと決めていた。そしてそのあとで、精一杯ゆっくり愛を交わそうと。

手はじめとして、庭で食事をする手配をした。蠟燭がほしかったが、日はまだ高く、九時ごろになるまでは沈みそうもなかった。

ジェオフは妻の寝室へ行き、ノックしてから扉を開けた。淡いピンクの夜用のドレスを身に着けたエリザベスはいつものように非常に美しかった。ドレスの縁についた金色のレースが彼女の胸を完璧なものに見せている。しかし、ジェオフを驚かせたのは、明るい金色の巻き毛が凝った形に結い上げられるのではなく、細いリボンのみでまとめられ、背中に下ろされていることだった。

「いいえ」エリザベスは笑みを浮かべた。「文句を言っているわけじゃないが、まだ頭が痛むのかい？」「ただ、あなたはこのほうが気に入るかと思っただけよ」

ジェオフはまえに進み出て手を伸ばし、シルクのような髪に手を走らせた。「きみの言うとおりだ。きみの髪のことはきみ自身と同じぐらい愛しているよ」

エリザベスは忍び笑いをもらし、手を彼の胸と肩にすべらせ、彼の髪に指をからめた。

「愛しているわ」

「ぼくも愛している。何度言っても言い飽きないよ」誰かを愛するなどということが自分の身に起こるとは思ってもみなかったのだった。彼は彼女を引き寄せて口を求めた。「きみのキスもきみの体がぼくの体にぴったり合うことも愛している」

「わたしはあなたの触れ方を愛しているわ」彼女は誘惑するように目をきらめかせた。「たぶん、またここで食事してもいいわね」

「そそられる申し出だが、ぼくが計画したこともたのしんでもらえると思うよ」ジェオフは彼女の手を自分の腕に置いた。「おいで、愛しい人」

それから、テーブルがしつらえられた庭へ彼女を導き、反応を待った。

エリザベスは喜びに顔を輝かせた。「きれい！　ああ、ジェオフリー、なんてすばらしい考えなの」

「きみがそう言ってくれると思ったんだ」彼が合図すると、執事がふたつのグラスとシャンパンの瓶を載せたトレイを運んできた。グラスのひとつを彼女に手渡して彼は言った。「きみの回復を祝って」

「わたしたちがともに歩む人生に」と言ってエリザベスはシャンパンをひと口飲んだ。

「ぼくらがともに歩むとても長い人生に」今後は彼女の身に二度と危険がおよばないようにしようとジェオフは心に誓った。

食事のあと、ふたりは庭を散策し、誰が見ていようが気にせずにキスをした。エリザベスはようやくあらゆる意味でぼくのものになったとジェオフは胸の内でつぶやいた。もう少しで彼女を失うところだったと考えると……。ぼくはなんて愚かだったのだ。

しばらくの後、愛の行為を終わらせたくないふたりはみずからを抑えていたが、しまいに同時に頂点に達した。それはこれまでにないほどにすばらしいものだった。

ジェオフたちがパリに着いたのは、サー・チャールズがルイ十八世とともにパリへ凱旋してしばらく経ってからだった。国王は大勢の群衆に歓喜とともに出迎えられ、王政の復活を祝って大きな晩餐会や舞踏会が計画されていた。

パリに到着してすぐにジェオフとエリザベスは住まいを見つけた。イギリス大使館から遠くないところにある大きな古い建物だった。驚くほど短いあいだに、エリザベスはそこを家らしく整え、家での催しを計画した。ジェオフが代理人と話をして、じつはその家の所有者が父だとわかったのは数日が経ってからだった。

「三代に渡って侯爵家のものでした、ハリントン様」と代理人が言った。「あなたのひいお祖父様がパリに住まいを求められたのです。あなたのお祖父様とご両親もここに住まわれました」

「徴用されなかったのは驚きだな」あまりに多くの人が家を失っていた。

「使用人たちが徴用されないよう守り、ナポレオンと取り引きがあった商人に貸し出されたのです。ナポレオンが敗北してからは、その商人がそこに留まる理由はありませんでした」

「こうなったのはきみのおかげなのかい?」

代理人はお辞儀をした。「あなたの母上はここを去るのを非常に悲しがっておいででした。あなたと奥様が母上と同じぐらいここでお幸せに暮らせるといいのですが」

その晩遅く、エリザベスといっしょにお茶を飲んでいるときに、ジェオフは家についての話を思い出した。

「だから、あの寝室をあんな緑にしたのね」エリザベスは唇を引き結び、首を振った。「わたしはあなたのお母様が大好きだけど、部屋の内装の趣味については首をひねらざるを得ないわ」

「母がパリを離れたこととロンドンの寝室にどんな関係があるっていうんだい？」

「誰にも聞いていないの？」とエリザベスは訊いた。

「何を？」ジェオフは教えてくれというように彼女をじっと見つめた。

「あなたのお母様がおっしゃっていたんだけど、男の子が生まれたら、イギリスに戻らなくちゃならなかったそうよ。侯爵家の跡を継ぐ者は、長男が生まれたら、いっしょに海外に留まってはならないというのがあなたの家の伝統なんですって。あなたのお母様はパリが大好きだったので、あなたが生まれてイギリスに戻らなくちゃならなくなったときにはひどく動揺したそうよ」

ジェオフは首を振った。「つまり、ぼくはここで生まれたと？」

エリザベスはうなずいた。「ほんとうに誰にも聞いていないの？　どうやら、あなたのお父様もここで生まれたらしいわ」

「誰も何も教えてくれなかった」父も自分もパリで生まれたというのに、誰もそれを教えてくれなかったとは。「つまり、ぼくらに男の子が生まれたら、イギリスに戻らなくちゃならないけど、女の子なら、ここに留まることになると？」

「そのとおり」エリザベスはカップを下ろした。

「ぼくらがロンドンに戻ることになっても、きみの寝室を陰鬱な色に装飾し直さないと約束してくれ」

エリザベスは軽い笑い声をあげた。「約束するわ」エリザベスは立ち上がりながら彼にちらりと目を向けた。「あなたも約束してくれなくちゃ」

「もちろん、ぼくは――待てよ。ぼくは内装には何も口を出していないぞ」

「子供部屋については口を出してくれていいわ」

「子供ができたのか？」生涯愛する女性といっしょにいる以上に幸せなことはあり得ないと思っていたのだが、これは？

「たぶん」エリザベスはふっくらした下唇を噛んだ。「結婚してから月のものが来ていないの。これまでなかったことなんだけど」

ジェオフは彼女をつかまえて抱き上げ、振りまわした。「ぼくらは親になるんだ！」

エピローグ

八カ月後

「母さん、いったいあれは何ですか？」ジェオフは片眼鏡を持ち上げた。どうにも醜い家具——少なくとも家具だろうと思われるもの——が玄関からなかに運び入れられていた。

エリザベスの出産が近いと両親に知らせてから二週間も経たないうちに、母と祖母は出産に立ち会うために訪ねてくる計画を立てていた。エリザベスの伯母も同様だった。

「出産用の椅子よ」と祖母が答えた。「エリザベスの出産をずっと楽にしてくれるものなの。わたしのときにもあったらよかったのに」

わけがわからない。「お祖母様のものじゃないなら、どこで手に入れたんです？」

「レディ・ケニルワースが送ってくれたの」祖母はケントンが椅子を持って階段をのぼるのを見守った。「エリザベスが彼女に、わたしたちがパリに来ることになっていると伝えたら、あれを勧めてくれたんですって」

「男の子であることを祈ったほうがいいわ」と母が言った。

確実に女の子を産むのに母がそうしていたと妻から聞かされたときには、目をむきそうになったのだった。母も三度目はうまくいかなかったのだったが。

幸い、エリザベスが玄関の間に出てきたので、答えずに済んだ。

「声が聞こえたので、きっと到着なさったんだと思って」彼女は彼の母を抱きしめた。「わたしが何を言っても無駄で、今この家では、わたしの心の平穏を乱してはならないといういましめが行きわたっているんです」エリザベスはジェオフに片方の眉を上げてみせた。「どこからそういういましめが出されたのかしらね？」

少々用心がすぎるのかもしれない。しかし、子供を身ごもっていると聞かされたときに、月を数えてみると、彼女は撃たれたときにすでに身ごもっていたことがわかった。エリザベスが子供を失わなかったのは奇跡だった。

母が彼女をじっと見つめた。「出産間近のようね」

「もういつでも」エリザベスはにっこりした。「この赤ちゃんを迎える準備は万端なんです」

「わたしもそんなときのことを覚えているわ」と母が言った。「いい加減出てきてって感じよね」

「わたしは娘を腕に抱きたいだけですわ」エリザベスは腹をさすった。

ジェオフは今度も目をむきたくなった。最初からエリザベスは赤ん坊を女の子として扱っていた――母とは逆に。

赤ん坊が男の子でも女の子でもどちらでもよかった。そう、パリと今の職務は気に入っていたが、エリザベスと子供がいるところなら、どこへ行っても幸せなはずだ。

「おまえが私の助言に従うなら」父が小声で言った。「彼女が幸せでいるよう祈ったほうがいい。おまえの母さんは自分の寝室をあんな陰気な緑に改装したのがいつだったか覚えていないかもしれないが、私は覚えている。あれはおまえを産んだあとだった。おまえへの愛情が少なかったということじゃない。ただ、彼女はパリに留まりたかったのさ」

その晩遅く、人によっては翌朝早くという人もいるかもしれないが、エリザベスははっと目を覚ました。東に向いた窓からはまったく光は射さず、脚のあいだのベッドは濡れていた。ジェオフリーを起こそうかと思っていると、最初の陣痛が来た。それほどひどくはなかったが、これ以上眠れるとは思えなかった。それだけでなく、シーツを替える必要もあった。

ジェオフリーのことはそのままそこに残していこうかと思ったが、もう何カ月も彼はそばを離れようとせず、単に姿を消して不安がらせたくはなかった。「ねえ、ジェオフリー。わたしの部屋に移らなくちゃ。眠れなくても、体を休めることはできるわ。まだ出産までは時間があるから、家じゅうの人を起こしたくないの」

彼は眠ったまま寝返りを打ち、彼女をそばに引き寄せようとした。が、そこで何かおかしいと感じたかのように目を開けた。「はじまったんだね?」

「たぶん。破水したみたいで、最初の陣痛が来たわ。長い一日になるわね。わたしの部屋に移って体を休めたほうがいい」

数時間後、太陽がゆっくりと地平線からのぼってきた。彼女の部屋のベッドにはいると、ジェオフリーは彼女の背中を胸に引き寄せ、ふくらんだ腹に手を置いた。エリザベスは再度陣痛に襲われたところだった。

「近くなってきているよ。時計を見ていると」彼はまた彼女の腹をさすった。「ぼくはどう手伝ったらいい？」

エリザベスはドッティとルイーザとシャーロットから手紙を受けとっていた。みな最近出産したばかりで、山ほど助言してくれていた――いくつか食いちがう助言もあったが。ずっと立ったままでいたほうがいいという助言があり、足をもんでもらったほうがいいというものもあった。どうやったらその両方ができるのか、エリザベスには理解できなかった。

そのことを伝えたときには、ジェオフリーは忍び笑いをもらしていた。「ぼくが足をもむあいだだけすわっていればいいさ」

しかし、もっとも気恥ずかしい助言はドッティからもたらされたのだった――貴婦人でそんな話をする人はいないので、おそらくは家を貸している女性たちとそういったことについてずいぶんと会話を交わしているにちがいない。「愛の行為が出産を速めるって話よ」

一瞬、ジェオフリーはおかしくなってしまったのかという目で妻を見た。が、やがて笑い出した。「だったら、奥さん、今ほどそれにふさわしいときはないよ。ぼくが娘をこの世に迎えるにあたって、精一杯努めなかったとは誰にも言わせない」

三時間後、ジェオフはエリザベスのそばに置いた椅子にすわり、ふたりでこの世に送り出した小さな人間が妻の腕に抱かれて乳を飲む光景を驚嘆の目で見ていた。淡いブロンドのふわふわとした巻き毛がうっすらと娘の頭を覆っており、小さな手の一方はエリザベスの寝巻をつかみ、胸を押さえつけている。エリザベスがいきみ出したときに産婆がやってきていた。ロビンズ夫人が――大家族の長女で、母親の出産に一度ならず立ち会ったことがあって――知識豊富だったことと、ヴィッカーズがおちつきを失わずに分別をきかせてくれたことをジェオフは神に感謝した。驚いたことに、出産用の椅子もじっさいに役に立った。

出産後の二時間は、家のなかの使用人全員がなんらかの理由を見つけて赤ん坊を見に部屋にやってきた。馬丁や御者が来ないのが意外なほどだった。

厩舎に知らせに行ったネトルによると、赤ん坊が仔馬に乗れる年になったら、誰が最初に仔馬に乗せるかでリドルとファーリーが言い争っていたそうだ。

「名前は決めたのかい？」名前については何度か話し合ったりもしたが、しまいにジェオフはエリザベスに決めてくれと頼んだのだった。

エリザベスは赤ん坊の頭を撫でてにっこりした。「決めたわ。シオドシア・ユニティ・ジェーン」

「ジェーンが誰からとったかはわかる。うちの母だ。たぶん、シオドシアはきみの母上だね」エリザベスはうなずいた。「でも、ユニティは？」

エリザベスは彼の手に手を重ねた。「わたしたちがひとつ《ユニティ》になれたことがどれほど幸運なことだったかを思い出すためよ」

彼は彼女の手を持ち上げて指に唇を押しつけた。「完璧だ」

あとがき

ワーテルローの戦いやそこへつながる出来事について学んだ人なら――きっと学んだ方はいると思いますが――わたしがそのあたりの時間軸を短縮したことに気づいたことでしょう。そうしたのは、この本がワーテルローについて書いた本ではないからです。そうした歴史的な出来事は本書においては二次的なものです。わたしがワーテルローの戦いについて詳しく書かなかったことを物足りないと思う読者がいたら、ハリントンが兵士ではなかったことを思い出してください。彼にはウェリントンがサー・チャールズにあてて送った文書を読むことで得た知識しかなかったのです。わたしが思うに、それも充分ではなかったことでしょう。本書でも述べたとおり、サー・チャールズとウェリントンは――わたしが調べたところによると――ルイ十八世を急いでパリに送るために、戦勝後一日か二日以内には出立したのでした。

昨今の戦争に息子と夫がかかわったこともあり、戦闘についてはあまり詳しく書きたいと思いませんでした。正直に言って、ブリュッセルでの出来事を書く際には、ずっと泣きつづけていたほどです。そしてそれを書いていたのは、とある会議に向かう途中だったため、飛行機の客室乗務員を動揺させることになりました。

ジェオフリーとエリザベスがパリへ向かうことになったときにどれほどうれしかったか、

ことばにできないほどです。

わたしの〈ザ・マリッジ・ゲーム〉シリーズを読んでくださった方なら、ホークスワース大佐が〝*Miss Featherton's Christmas Prince*〟のヒーローであることに気づいたかもしれません。彼の弟のセプティミウス・トレヴァーが最初に登場するのは〝*Lady Beresford's Lover*〟です。

エラ・クイン

伯爵の都合のいい花嫁
2024年12月17日　初版第一刷発行

著 ……………………………… エラ・クイン
訳 ……………………………… 高橋佳奈子
カバーデザイン ……………………… 小関加奈子
編集協力 ……………………… アトリエ・ロマンス

発行 ……………………………… 株式会社竹書房
〒102-0075 東京都千代田区三番町8-1
三番町東急ビル6F
email：info@takeshobo.co.jp
https://www.takeshobo.co.jp
印刷・製本 …………… 中央精版印刷株式会社